HEYNE<

Das Buch

Die Milchstraße im 49. Jahrhundert. Die Erde ist das Zentrum der Liga Freier Terraner, der mehrere tausend besiedelte Welten angehören. Der wichtigste Repräsentant der Liga ist Perry Rhodan, jener Mann, der die Menschheit zu den Sternen führte.

Durch einen Zufall stößt Rhodan auf ein riesiges Raumschiff, das mit nahezu Lichtgeschwindigkeit durch das All rast. Es ist eine Sternenarche, bewohnt von Menschen, die vor über 55 000 Jahren ihre Reise angetreten haben. Bald erweist es sich als Teil einer ganzen Flotte von Schiffen.

Eine mentale Reise Perry Rhodans in die Vergangenheit enthüllt den Zweck der Archen: Sie sind der verzweifelte Versuch, wenigstens ein Saatkorn der Ersten Menschheit vor dem Bestiensturm zu retten, der sie eines Tages auslöschen wird. Doch die Bestien haben den Plan erkannt und setzen in der Vergangenheit an, ihn zu durchkreuzen. Perry Rhodans Freund Icho Tolot sieht sich gezwungen einzugreifen – und wird zurückgeschleudert in eine Zeit des Untergangs ...

Der Autor

Thomas Ziegler (1956–2004) zählte zu den bedeutendsten Autoren der deutschen Science Fiction und war bekannt für seine spannenden, mit verblüffenden Ideen gespickten Romane. »Die letzten Tage Lemurias« ist sein letztes Werk, er starb wenige Tage nach Fertigstellung des Manuskripts. Eine Würdigung Thomas Zieglers finden Sie im Anhang dieses Bandes.

Der Illustrator

Der 1964 in Stuttgart geborene Oliver Scholl gestaltete bereits als Jugendlicher Risszeichnungen für die PERRY RHODAN-Serie. Seit Anfang der 90er Jahre arbeitet er als Production Designer in Hollywood, unter anderem für Science-Fiction-Filme wie *Independence Day*, *Godzilla* und *Time Machine*.

LEMURIA

Thomas Ziegler

DIE LETZTEN TAGE LEMURIAS

Roman

Perry Rhodan
Lemuria
Band 5

Mit einem Anhang
von Hartmut Kasper

Originalausgabe

WILHELM HEYNE VERLAG
MÜNCHEN

Das Umschlagbild ist von Oliver Scholl
Die Zeichnungen auf den Seiten 6 und 7
sind von Gregor Paulmann

Umwelthinweis:
Dieses Buch wurde auf chlor- und
säurefreiem Papier gedruckt.

Redaktion: Klaus N. Frick/Frank Borsch/Sascha Mamczak
Copyright © 2005 by Pabel-Moewig Verlag KG, Rastatt
Copyright © 2005 des Anhangs by Hartmut Kasper
Copyright © 2005 dieser Ausgabe
by Wilhelm Heyne Verlag, München
in der Verlagsgruppe Random House GmbH
www.heyne.de
Printed in Germany 12/2004
Umschlaggestaltung: Nele Schütz Design, München
Satz: C. Schaber Datentechnik, Wels
Druck und Bindung: GGP Media GmbH, Pößneck

ISBN 3-453-53017-9

Zeittransmitter

Das Gerät stellt ein Unikat dar. Es dient dem Transport von Ojekten –
auch Lebewesen – durch die Zeit.

In den beiden trichterförmigen, jeweils fünf Meter hohen
Wandlertürmen befindet sich die gesamte Betriebstechnik.
Die benötigte Energie muss von außen zugeführt werden. Dies kann
entweder durch einen direkten Anschluss von Speichern oder per
drahtloser Übertragung erfolgen. Durch Anlegen einer schwachen
Spannung an bestimmte Kontaktpunkte kann die raue Verkleidung der
Trichter geöffnet werden.

Zwischen beiden Wandlern entsteht im aktiven Zustand ein Energiefeld, welches an den Abstrahlbereich konventioneller Transmitter
erinnert. Der Transport findet beim Durchschreiten dieses Feldes statt.
Zudem kann der Erfassungsbereich durch Projektionserweiterung über
die Wandler hinaus in begrenztem Rahmen erweitert werden.

Die Steuerung erfolgt über ein Kontrollsegment in Würfelform.
Dieses verfügt an vier Seiten über ein holographisches Interface,
zudem über eine eigenständige Energieversorgung und einen
Miniatur-Antigrav.

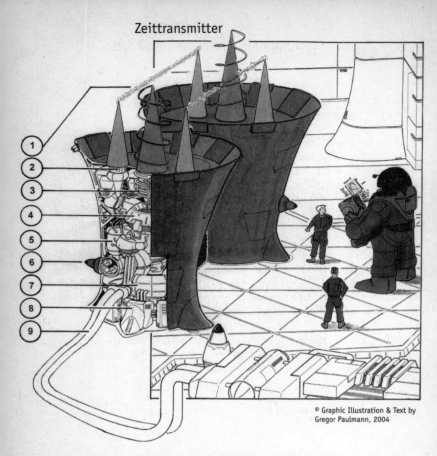

© Graphic Illustration & Text by Gregor Paulmann, 2004

1. Synchronisation der beiden Wandler (erkennbar am Lichtbogen)
2. Sekundärprojektor für erweiterten Erfassungsbereich
3. Hauptprojektor-Spulensatz des linken Primärprojektors
4. Wandlerkern mit Nullfeldgenerator und Strukturfeld-Umrichter, darunter Kühlsystem
5. Transformator für Betriebsenergie
6. Externer Energierezeptor für drahtlose Energieübertragung
7. Energiespeicher-Torus für Ausgleich von Initialspitzen und Betriebsschwankungen
8. Steuerungskomponenten
9. Energie-Röhrenfeldleitung

Kontrollsegment für Zeittransmitter

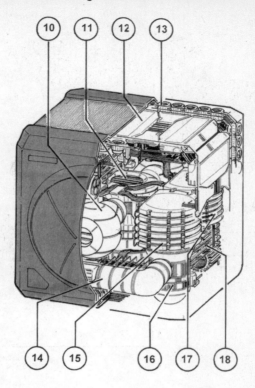

10 Antigrav-Projektorkugel
11 Antigravgenerator
12 Prallfeld-Emittermatrix für die Generierung von Schaltflächen im Display
13 Dioden für Holoprojektion
14 Energiespeicher, dahinter Kühlsystem
15 Hauptprozessor
16 Datensender und Empfangsanlage
17 Co-Prozessor
18 Steuerlogik-Einheiten

1

Mit dem Erwachen kam der Schmerz. Der Schlaf hatte ihn vorübergehend blockiert, durch bizarre, fantastische Träume ersetzt, kleine Fluchten in die Welt des Unbewussten, aber als Thore Bardon die Augen aufschlug, war der Schmerz wieder gegenwärtig. Er nagte an seinem Herzen, nährte sich an seiner Seele, und es gab nichts, was er dagegen tun konnte. Er lag schwitzend auf seiner Pritsche in der Kommandantenkabine, spartanisch und schmucklos wie alle Unterkünfte im Wohndeck des Schweren Kreuzers IBODAN, starrte in die Dunkelheit und hörte das Keuchen seiner stoßartigen Atemzüge, als wäre er nur ein unbeteiligter Beobachter und kein Akteur.

Im Hintergrund rumorte das stetige, gedämpfte Dröhnen der Ringwulst-Impulstriebwerke und täuschte Beständigkeit vor, obwohl es keine Beständigkeit mehr gab, nur noch Zerstörung, Untergang, Tod.

Tod ...

Bardon stöhnte auf.

Die Erinnerungen brachen wieder über ihn herein, eine Bilderflut aus vergangenen Tagen, wahllos herausgegriffene Momentaufnahmen aus dem Leben auf Gunrar II im 34. Tamanium, die lächelnden Gesichter seiner Frau und Kinder, glückliche Augen, unbeschwert, ahnungslos. Die Geborgenheit, die er im Kreis seiner Familie gefunden hatte, hallte als mattes Echo in ihm wider, überlagert von dem Wissen, dass Gunrar II nicht mehr existierte, dass alle, die er einst gekannt und geliebt hatte, tot waren, für immer verloren, verglüht im Feuersturm der Bestienschiffe.

Er war allein.
Nur noch der Schmerz begleitete ihn.
Und alles, was ihm geblieben war, war die Mission.
Die Mission ...
Der Gedanke belebte ihn. Er vertrieb nicht den Schmerz, reduzierte ihn aber zu einem dumpfen Druck im Hinterkopf, aus dem er jederzeit wieder hervorbrechen konnte, brüllend und grell und unerträglich. Doch solange er an der Mission arbeitete, solange er sie mit aller Kraft verfolgte, sich durch nichts und niemand von ihr abbringen ließ, blieb der Schmerz nicht nur gedämpft, sondern verwandelte sich in etwas, das an Hoffnung erinnerte ... wenn es denn im 97. Jahr des großen Krieges Hoffnung überhaupt noch geben konnte.

Thore Bardon schwang die Beine von der harten Pritsche und stand auf. Der Kabinencomputer registrierte seine Bewegung und machte Licht. In der plötzlichen Helligkeit schienen die kahlen Wände näher zu rücken, ihn wie eine eiserne Faust zu umschließen. Er kniff die Augen zusammen, atmete tief durch und wartete, bis sich der jagende Schlag seines Herzens wieder beruhigt hatte.

Er musste kühl bleiben, durfte kein Gefühl zeigen. Er war der Kommandant, und die Besatzung verließ sich auf ihn. Sie sah zu ihm auf, erwartete Autorität und Führung in einer Zeit, in der das Chaos herrschte und der Tod triumphierte. Wenn ihre verzweifelte, tollkühne Mission Erfolg haben sollte, dann musste er mit der Präzision eines Uhrwerks funktionieren und durfte keinerlei Schwäche zeigen.

Sein Blick fiel auf das Holobild auf der Nachtkonsole, und der Schmerz brannte wie Feuer in seinem Herzen. Es zeigte Jercy und ihre drei Kinder Aból, Dhoma und Chemee, in einem glücklichen Moment eingefroren, vor der Kulisse des zentralen Raumhafens von Gunrar II.

Ich werde es für euch tun, dachte er grimmig. *Ich werde den Weltraum durchmessen und die Zeit mir untertan machen, und dann werde ich euch zurückholen aus der Finsternis des Todes. Ich werde nicht zulassen, dass ihr für immer im Grab bleibt.*

Er stapfte mit schweren Schritten in die Nasszelle, trat unter die Dusche und ließ von dem lauwarmen, dünnen Wasserstrahl den kalten Nachtschweiß und die Müdigkeit fortwaschen. Er war ein großer, kräftiger Mann mit samtbrauner Haut, kahl geschorenem Schädel und einem Gesicht, das jungenhaft gewirkt hätte, wäre es nicht von dem verzehrenden Schmerz zerfurcht, der ihn auf Schritt und Tritt begleitete. Das Licht in seinen Augen war erloschen, der Mund ein freudloser Strich, der das Lächeln schon vor langer Zeit verlernt hatte. Von seinem rechten Schulterblatt bis zum Solarplexus zog sich eine rosige Narbe, ein Souvenir der Schlacht um Lhordavan im 44. Tamanium, eine der wenigen Schlachten, die die Lemurer gegen die Bestien gewonnen hatten.

Doch während er im Orbit um Lhordavan gekämpft hatte, furchtlos und heldenhaft, wie es von ihm erwartet wurde, war eine andere Flotte der Schwarzen Bestien über Gunrar II hergefallen und hatte alle getötet, die er liebte. Gunrar war nur eine dünn besiedelte Agrarwelt gewesen, Lhordavan aber ein hoch entwickelter Industrieplanet, dessen Produktionskapazitäten für den Krieg von entscheidender Bedeutung waren. Bardon konnte verstehen, warum das Oberkommando der Flotte einen dichten Verteidigungsring um Lhordavan gelegt, Gunrar II jedoch ungeschützt gelassen hatte.

Strategische Erwägungen.

Nüchternes Kosten-Nutzen-Denken.

Lhordavan musste um jeden Preis gehalten werden, und sie hatten es geschafft, auch wenn Hunderte von Raumschiffen zerstört worden und Hunderttausende von Männern und Frauen gefallen waren. Ein großer Sieg, ein bitterer Triumph. Und währenddessen war Gunrar II verbrannt, mit allem, was dort lebte, seiner Frau Jercy und den Kindern, seinen Nachbarn und Freunden ...

Genug!, dachte Bardon zornig. *Hör auf, dich selbst zu quälen. Gunrar ist Geschichte, und es liegt allein an dir, die Geschichte zu ändern ... sofern dies überhaupt möglich ist.*

Er trocknete sich ab, schlüpfte in seine Uniform und warf

einen Blick auf die Zeitanzeige seines Kom-Armbands. Es war kurz vor 24.00 Uhr Bordzeit. Er hatte nur drei Stunden geschlafen. Flüchtig überlegte er, sich noch einmal hinzulegen, vielleicht etwas Musik zu hören, um Entspannung zu finden, aber er verwarf den Gedanken. Blieb er allein, würden ihn nur die Erinnerungen heimsuchen, das Glück verlorener Tage, das sich in Schmerz verwandelt hatte. Er musste in die Zentrale gehen, musste irgendetwas *tun*, um sich abzulenken und die Mission voranzutreiben.

Das unveränderte Dröhnen der Impulstriebwerke verriet, dass der Schwere Kreuzer noch immer in der Sublichtphase war, aber vielleicht waren die Reparaturen am Halbraumantrieb inzwischen abgeschlossen. Vielleicht konnten sie den Flug zum 87. Tamanium endlich fortsetzen und ihre Mission erfüllen.

Thore Bardon straffte sich, strich mit einer automatischen Bewegung die Schöße seiner Uniformjacke glatt und trat hinaus auf den Korridor. Hier war das Dröhnen der Impulstriebwerke lauter und erinnerte an das Grollen urzeitlicher Tiere, im Bauch des Schiffes eingeschlossen. Es roch nach Ozon, verbranntem Stahlplastik und verdampften Kühlmitteln, eine Folge des Treffers, den die Steuerbordseite der IBODAN vor einigen Tagen abbekommen hatte, als der kleine, aus fünf Schiffen bestehende Verband auf eine Flotte der Bestien gestoßen war.

Sie hatten sich nur durch eine schnelle Flucht vor der Vernichtung retten können, aber der blinde Sprung in den Halbraum hatte sie weit von ihrem Kurs abgebracht, und die Reparaturarbeiten kosteten weitere wertvolle Zeit.

Bardon ging mit schnellen Schritten durch den Korridor, stieg in den Antigravschacht und ließ sich hinauf zur Kommandoebene des Schweren Kreuzers tragen. Unterwegs begegnete ihm kein Crewmitglied, eine Folge der späten Stunde, aber auch der Verluste, die sie erlitten hatten. Ein Viertel der Besatzung war tot, ein weiteres Viertel verwundet. Und die überlebende Crew war müde und erschöpft, von den Entbehrungen gezeichnet, den Schrecken der vergangenen Wochen und Monate, aber auch von der heiligen Entschlossenheit erfüllt, die ihnen allen in diesen düsteren Stunden Kraft gab.

Wir sind die letzte Hoffnung von Lemur, dachte Bardon, das einzige Bollwerk des Großen Tamaniums, das noch nicht in Trümmern liegt. Von unserem Erfolg oder Misserfolg hängt nicht nur unsere Zukunft ab, sondern auch unsere Vergangenheit.

Er schauderte, als ihm plötzlich die Hybris ihres Planes dämmerte, die ungeheuerlichen, unvorstellbaren Folgen, die ihre Mission für die gesamte Galaxis Apsuhol haben würde ... Aber es nicht zu tun, zu resignieren und sich mit der Realität abzufinden, hatte noch weitaus schlimmere Konsequenzen. Das lemurische Reich zerstört, Millionen und Abermillionen tot, Milliarden auf der Flucht nach Karahol, der fernen Zwillingsgalaxis.

Und Jercy ... seine drei Kinder ... Der Tod hatte sie in Gestalt der Bestien geholt und ihm weggenommen, aber er wusste jetzt, dass der Tod nicht das Ende sein musste. Die Zeit war ein unerbittlicher Feind, doch nicht unbezwingbar.

Wenn die Ergebnisse ihrer Nachforschungen stimmten, wenn die Informationen, die sie auf mühevolle und gefährliche Weise gesammelt hatten, den Tatsachen entsprachen, dann war es möglich, den Lauf der Geschichte zu ändern. Das Große Tamanium konnte in all seiner Macht und Herrlichkeit wieder auferstehen, die tödliche Gefahr, die von den Bestien ausging, im Keim erstickt werden.

Und Jercy und seine Kinder würden leben.

Sie würden nie gestorben sein.

Leise zischend öffnete sich vor ihm das Schott, und er betrat die Zentrale. Die Köpfe der diensthabenden Offiziere drehten sich in seine Richtung und nickten knapp. Niemand schien überrascht, dass der Kommandant lange vor seinem offiziellen Dienstbeginn in die Zentrale zurückkehrte.

»Halaton kher lemuu onsa«, murmelte Palanker, sein Erster Offizier, die traditionelle Grußformel. *Gesegnet sei das Land der Väter.*

Palanker war ein muskulöser, gedrungener Mann mit dunklen, kurz geschnittenen Haaren und einem breitflächigen Gesicht, in dem sich manchmal, wenn seine Selbstkontrolle nachließ, derselbe Schmerz spiegelte, der auch Bardon zerfraß. Auch seine Familie war in den Kriegswirren ums Leben gekommen, seine Heimatwelt von den Bestien verwüstet worden.

Es gab kaum ein Besatzungsmitglied an Bord, das keine Angehörigen verloren hatte. Und die wenigen Glücklichen, deren Familien noch lebten, mussten sich mit der Tatsache abfinden, dass sie wie so viele andere Lemurer über den Sonnentransmitter nach Karahol evakuiert worden waren, zwei Millionen Lichtjahre entfernt, unerreichbar.

Palanker stand vom Kommandantensessel auf und trat einen Schritt zurück. Bardon nahm wortlos Platz und überflog die Statusanzeigen. Die Zahl der roten Warndioden, die die Schäden der Bordsysteme anzeigen, hatte sich um die Hälfte reduziert.

Sehr gut, dachte Bardon erleichtert. *Es gibt also Fortschritte. Und Fortschritt bedeutet Hoffnung.*

»Die Reparaturen am Halbraumtriebwerk sind fast abgeschlossen«, sagte Palanker nach einem kurzen Räuspern. »Die Cheftechnikerin hat mir versichert, dass wir in spätestens einer Stunde den Überlichtflug fortsetzen können.«

»Ausgezeichnet«, nickte Bardon.

Er sah auf den großen Hauptbildschirm, auf dem sich vor dem schwarzen, sternendurchfunkelten Hintergrund des Weltraums die Ortungsreflexe der vier anderen Schweren Kreuzer des kleinen Verbands abzeichneten. Palanker folgte seinem Blick.

»Die anderen Schiffe sind bereits hyperflugtauglich«, fügte er hinzu. »Allerdings sind die Waffenleitsysteme der GORGARTH und der PALPADIUM noch immer defekt. Die Reparaturen werden einige Tage in Anspruch nehmen.«

»Dann sollten wir besser auf keine weiteren Bestienschiffe stoßen«, brummte Bardon.

Erneut bedauerte er, dass der Hohe Tamrat Merlan ihnen nur eine Hand voll Schwere Kreuzer zur Verfügung gestellt hatte. Die 230 Meter durchmessenden Schiffe waren den meisten Einheiten der Bestien weit unterlegen. An Bord eines Schlachtschiffs der GOLKARTHE-Klasse hätte er sich viel sicherer gefühlt. Die Giganten mit einem Durchmesser von 1600 Metern waren veritable Kampfmaschinen, die mit ihren Gegenpolkanonen ganze Planeten vernichten konnten.

Aber wir können froh sein, dass uns Merlan überhaupt ein paar Schiffe gegeben hat, dachte Bardon, *trotz des Mangels an kampffähigen Einheiten und ausgebildetem Personal. Und das haben wir nur Ruun Lasoth und seinen hervorragenden Verbindungen zum Flottenkommando und den Hohen Tamräten zu verdanken ...*

»Wo ist Lasoth?«, fragte er laut.

Palanker zeigte auf ein kleineres Schott im Hintergrund der Zentrale. »Im Positronikraum«, sagte er. »Schon seit Stunden.«

Bardon richtete sich auf. »Übernimm wieder das Kommando«, befahl er. »Und informiere mich, sobald das Halbraumtriebwerk funktionstüchtig ist.«

»Natürlich«, erwiderte Palanker, während er sich wieder auf dem Kommandantensitz niederließ.

Bardon durchquerte die Zentrale und betrat den Positronikraum. Ruun Lasoth, der Chefwissenschaftler des 1. Tamaniums, saß an einem der Terminals und studierte die Daten, die über den Monitor flimmerten. Er blickte nicht auf, als Bardon hereinkam und am Nachbarterminal Platz nahm. Lasoth war ein hagerer alter Mann mit grauem Teint und einem schütteren Haarkranz, der wie eine Krone auf seinem Kopf saß. Die ausgeprägte Hakennase und eingefallenen Wangen gaben seiner Physiognomie etwas Raubvogelhaftes, und seine Augen waren kalt und hart wie dunkles Eis.

»Gibt es neue Erkenntnisse?«, fragte Bardon, als das Schweigen sich dehnte. »Irgendetwas, das uns weiterhilft?«

»Ich bin dabei, die Daten auszuwerten, die wir in den Trümmern der wissenschaftlichen Station auf Zalmut gefunden haben«, erklärte Lasoth, ohne den Blick von dem Monitor zu wenden. »Sie bestätigen das, was wir über die

Aktivitäten des Suen-Klubs wissen. Die von Tamrat Markam geleiteten Zeitforschungen waren nach zwanzig Jahren theoretischer Arbeit weit genug fortgeschritten, um in die Praxis umgesetzt zu werden.«

»Mit der Zeitmaschine im 87. Tamanium«, sagte Bardon.

»Sofern sie existiert«, erwiderte der Wissenschaftler. Er drehte den Kopf und richtete den kalten Blick seiner Augen auf den Kommandanten. »Genau das ist das Problem. Die mir zur Verfügung stehenden Unterlagen sind in diesem Punkt widersprüchlich. Durch die Zerstörung der Gartenstadt M'adun auf Suen sind die meisten Dokumente vernichtet worden. Der Suen-Klub ist ausgelöscht, Tamrat Markam verschollen oder tot, die beteiligten Wissenschaftler des Zeitforschungsprojekts sind unter mysteriösen Umständen verstorben oder spurlos verschwunden.«

Bardon trommelte ungeduldig mit den Fingern auf die Abdeckplatte des Computerterminals. »Was ist mit diesem Regnal-Orton, von dem in den Unterlagen immer wieder die Rede ist?«, fragte er. »Er muss ein enger Vertrauter Markams gewesen sein.«

»Und ein maßgeblicher Ideenlieferant für die Zeitforschungen des Suen-Klubs«, bestätigte Lasoth. Er zuckte die Schultern. »Allerdings gibt es in den Staatsarchiven des Großen Tamaniums keine Daten über ihn. Wenn er wirklich einer der führenden Wissenschaftler des Projekts Zeitmaschine gewesen ist, muss er unter größter Geheimhaltung gearbeitet haben – aus welchen Gründen auch immer.«

»Oder die Unterlagen über ihn sind bei einem der Angriffe der Bestien auf Lemur vernichtet worden«, warf Bardon ein.

»Durchaus möglich«, meinte Lasoth. Er seufzte. »So, wie sich der Krieg entwickelt hat, ist es ein Wunder, dass wir überhaupt auf die Spur des Zeitforschungsprojekts gestoßen sind. All das Chaos, die schrecklichen Zerstörungen ...«

Er verstummte. Bardon sah ihn an und fand in seinen kalten Augen ein Echo seines eigenen Schmerzes. Auch Lasoth hatte seine Familie verloren, seine Frau, seine Kinder, seine Enkel ... Aber der Schmerz hatte ihn nicht resignieren lassen. Im Gegenteil, er schien seine Entschlossenheit noch zu stärken, diese Mission zu einem erfolgreichen Abschluss zu bringen, trotz der nur lückenhaften Informationen, über die sie verfügten.

»Wenn es diesen Prototypen der Zeitmaschine wirklich gibt, werden wir ihn finden«, erklärte Bardon mit fester Stimme. »Und wenn wir das gesamte 87. Tamanium nach ihm absuchen müssen – wir werden ihn finden.«

»Und hoffen, dass er einsatzbereit ist«, murmelte der Wissenschaftler. Er hob in einer müden Geste die Hände. »Leider sind die Daten auch in diesem Punkt sehr vage. Aus einigen von Markams persönlichen Aufzeichnungen scheint hervorzugehen, dass der Prototyp erfolgreich getestet wurde, doch andere Unterlagen widersprechen dem. Es steht noch nicht einmal fest, wer die Zeitmaschine gebaut hat. Möglicherweise ist sie nicht Markams Werk, sondern das Produkt einer untergegangenen Zivilisation, und Markam und der Suen-Klub sind nur durch Zufall auf sie gestoßen.«

»Das wäre die schlechteste Alternative.« Bardon nickte düster.

»Wir müssten mit unseren Untersuchungen wieder bei null anfangen«, bestätigte Lasoth. »Und sie werden Zeit erfordern. Zeit, die wir vielleicht nicht haben ...«

Bardon unterdrückte ein verzweifeltes Lachen. Es war eine Ironie des Schicksals, dass eine Expedition, die mit einem Zeitexperiment das Schicksal des lemurischen Volkes wenden wollte, an der Zeit zu scheitern drohte. Während sie hier saßen und miteinander sprachen, durchkreuzten die Flotten der Bestien die Galaxis, um die letzten Reste der lemurischen Zivilisation auszulöschen. Vielleicht steuerten in diesem Moment die Schiffe des Feindes jenen Planeten an, auf dem sich die Zeitmaschine befand, und zerstörten sie. Vielleicht kamen sie zu spät, um das rettende Zeitexperiment wagen zu können ...

»Sobald wir das 87. Tamanium erreichen, wissen wir mehr«, sagte er laut, um die lastende Stille zu brechen, die Depression zu vertreiben, die im Schweigen mitschwang.

»Die geheime Forschungsstation des Suen-Klubs auf Torbutan liegt fernab aller bewohnten Welten. Es ist unwahrscheinlich, dass die Bestien sie gefunden und zerstört haben. Wir werden auf Torbutan landen und dort die Antworten finden, die wir suchen.«

Lasoth sah ihn offen an, und die Müdigkeit, die plötzlich das kalte Schwarz seiner Augen mattierte, erschreckte Bardon. Die lange, gefährliche Suche nach der Zeitmaschine forderte ihren Tribut. Sie waren alle am Ende ihrer Kräfte, und dabei lag das Ende ihres Weges noch in weiter Ferne.

»Wir wissen nicht, ob die Station noch immer in Betrieb ist«, wandte Lasoth ein. »Und selbst wenn, ist es fraglich, ob Torbutan wirklich der Standort der Zeitmaschine ist. Markams Unterlagen sind ...«

»Mit diesem Problem werden wir uns befassen, wenn wir Torbutan erreichen«, unterbrach Bardon. »Ein Schritt nach dem anderen, Lasoth. Nur so kommt man ans Ziel.«

Lasoth schwieg, aber seine Miene drückte weiter Skepsis aus. Eine Skepsis, die Bardon teilte, jedoch nie offen aussprechen würde. Als Kommandant war es seine Pflicht, Optimismus und Zuversicht zu verbreiten. Skepsis würde nur die Entschlossenheit der Männer und Frauen lähmen, die ihn auf dieser Mission begleiteten.

Das leise Summen der Computerterminals und das gedämpfte Dröhnen der Impulstriebwerke waren die einzigen Geräusche im klaustrophobisch engen Positronikraum. Die beiden Männer sahen sich an, voller Unbehagen über die Erfolgsaussichten ihrer verzweifelten Mission und voller Unsicherheit, was die Zukunft bringen würde, aber gleichzeitig von wilder, irrationaler Hoffnung angetrieben. Und als dann Bardon das Schweigen beenden, etwas Aufmunterndes sagen wollte, irgendetwas, das Lasoth und ihn gleichermaßen motivierte, geschah es.

Die Alarmsirenen heulten durch das Schiff.

Ohrenbetäubend laut, stakkatoartig zerhackt.

In Bardon verkrampfte sich alles. Das, was er die ganze Zeit befürchtet hatte, war eingetroffen.

Die Bestien!, durchfuhr es ihn. *Sie haben uns entdeckt!*

2

Das grelle Heulen der Sirenen hielt an, als Thore Bardon in die Zentrale der IBODAN stürmte.

»Bericht«, schrie er Palanker zu, der bereits den Kommandantensitz räumte und am Kontrollpult des Ersten Offiziers Platz nahm.

»Siebzehn Objekte in Sektor Vier-Blau-D, Entfernung knapp dreißig Lichtsekunden«, meldete Palanker mit ausdrucksloser Stimme, während Bardon in den Kommandantensitz sank. »Geschwindigkeit ein Zehntel Licht, auf Kollisionskurs. Objekte identifiziert als Superschlachtschiffe der Bestien. Ihre Schutzschirme und Waffensysteme sind aktiviert.«

Bardon unterdrückte ein Stöhnen. Superschlachtschiffe. Titanen mit einem Durchmesser von 1700 Metern, waffenstarrend, fast unbesiegbar. Selbst ein einziges dieser Schiffe würde genügen, um seinen kleinen Verband zu vernichten. Gegen 17 Einheiten dieses Typs hatten sie nicht die geringste Chance.

»Feindschiffe beschleunigen«, fügte Palanker hinzu. »Sie kommen in drei Minuten in Gefechtsreichweite.«

Das Sirenengeheul verklang. Auf dem Hauptbildschirm bewegten sich die 17 Ortungsreflexe der Bestienschiffe unaufhaltsam auf den Reflexpulk des kleinen lemurischen Verbandes zu. Mit jeder verstreichenden Sekunde rückte der Tod näher, das Scheitern ihrer Mission, das Ende aller Hoffnungen.

»Halbraumfeld aktivieren«, befahl Bardon. Sein Mund war trocken, sein Herz hämmerte hart in der Brust.

»Schutzschirm aktiviert«, bestätigte Palanker. »Leistung bei hundert Prozent.«

»Feuerleitstelle«, sagte Bardon. »Statusbericht.«

»Impuls- und Thermostrahlkanonen feuerbereit«, meldete die Waffenmeisterin Helot von ihrer Konsole im hinteren Teil der Zentrale. Ihre Stimme bebte vor mühsam unterdrückter Anspannung. »Desintegratoren werden hochgefahren. Speicherbänke bei siebenundsechzig Prozent und steigend. Gegenpolkanonen geladen, 100-Megatonnen-Sprengkörper feuerbereit. Raumtorpedos mit schweren Fusionsladungen bestückt und feuerbereit.«

Der nüchterne Bericht der Waffenmeisterin beruhigte Bardon ein wenig. Die IBODAN war nicht wehrlos. Die Impuls-, Thermo- und Desintegratorgeschütze würden ihnen gegen den Feind nicht viel nutzen, doch mit den Raumtorpedos und Gegenpolkanonen konnte sie eine Feuerwand aus Fusionsexplosionen zwischen sich und den angreifenden Schiffen der Bestien errichten und ihren Vormarsch verlangsamen.

Zeit gewinnen.

Aber sie würden die Bestien natürlich nicht stoppen können.

Bardon spürte, wie die Verzweiflung in ihm hochkroch. Sollte dies wirklich das Ende sein? So kurz vor dem Ziel? Er dachte an seine Frau, an das Dunkel des Grabes, das sie ewig umfangen würde, wenn er versagte.

Mit einem Tastendruck aktivierte er den Hyperfunksender auf der verschlüsselten Gefechtsfrequenz. »Kommandant an Verband«, sagte er heiser. »Statusbericht.«

Aus dem Lautsprecher drangen die Statusmeldungen der vier anderen Schiffe des Verbandes. Die OLATH und die HORDAMON waren gefechtsbereit, aber die Waffensysteme der GORGARTH und der PALPADIUM waren bei ihrer letzten Konfrontation mit den Bestien schwer beschädigt worden und noch immer nicht repariert.

Drei Schwere Kreuzer, dachte Bardon, *gegen siebzehn Superschlachtschiffe. Wir sind verloren.*

Wie gelähmt starrte er auf den Hauptbildschirm, auf die

unerbittlich vorrückenden Ortungsreflexe. Er spürte die Blicke der Zentralcrew in seinem Nacken und wusste, dass seine Offiziere Entscheidungen erwarteten.

Aber was konnten sie tun? Kämpfen war keine Option. Und flüchten ...

»Ausweichmanöver M-Neun«, befahl er knapp. »Maximalbeschleunigung.«

Die Gefechtssteuerpositronik, die in der Schlacht die Navigation des Verbandes übernahm und synchronisierte, führte seine Anordnung ohne Zeitverzögerung aus. Die Ringwulst-Impulstriebwerke brüllten auf. Ihr gedämpftes Dröhnen steigerte sich zu einem lauten, schnellen Wummern, das wie der Schlag eines gigantischen Herzens den gesamten Kreuzer erfüllte. Mit flammenden Triebwerksdüsen entfernte sich der kleine lemurische Verband von den heranrasenden Bestienschiffen, aber der Feind reagierte bereits nach wenigen Sekunden und beschleunigte ebenfalls.

Und der Feind verfügte über die bessere Technik.

Erneut schrumpfte die Distanz zwischen den Lemurern und den Bestien.

»Gefechtsreichweite in zwei Minuten dreißig«, meldete Palanker leidenschaftslos.

Bardon drückte eine der Interkomtasten. Auf dem Hauptbildschirm erschien in der rechten unteren Ecke ein Monitorfenster. Es zeigte das müde, graue Gesicht der Cheftechnikerin Guras vor dem Hintergrund des Maschinenraums. Sie wusste, was er von ihr wollte.

»Wir sind noch nicht so weit«, sagte sie grußlos, mit atemloser, gehetzter Stimme. »Die Hypertransformer sind repariert, aber die Halbraumwandler müssen noch durchgetestet werden. Und selbst wenn sie funktionieren, könnten uns die Modulatorbänke Schwierigkeiten machen.« Sie atmete zischend aus. »Wir brauchen noch mindestens eine halbe Stunde, um das Halbraumtriebwerk einsatzbereit zu bekommen.«

»Aber wir haben keine halbe Stunde«, erwiderte Bardon. »Uns bleiben nicht einmal drei Minuten, bis die Bestienschiffe in Gefechtsreichweite sind. Wir *müssen* von hier verschwinden.«

Guras zuckte die Schultern. Resignation ließ ihr Gesicht älter erscheinen, als sie war. »Mit ungetesteten Wandlern in die Halbraumphase einzutreten, ist ein unkalkulierbares Risiko«, warnte sie. »Im besten Fall kommen wir weit vom Kurs ab. Im schlechtesten explodiert das Triebwerk und zerreißt das Schiff.«

»Wir haben keine Wahl«, sagte der Kommandant. »Bereite alles für die Halbraumphase vor.«

Sie seufzte und musterte seine steinerne Miene. Natürlich wusste sie, dass er Recht hatte. Die Bestien an Bord der feindlichen Schiffe würden keinen Moment zögern, das Feuer zu eröffnen, sobald sie in Gefechtsreichweite waren. Und sie würden niemand verschonen, nicht ruhen, bis der kleine Verband vernichtet war, ein Trümmerfeld im Leerraum zwischen den Sternen.

»Wie du befiehlst, Kommandant«, sagte die Cheftechnikerin. »Die Halbraumphase beginnt in fünf Minuten.«

»Aber fünf Minuten ...«, protestierte er.

»Sind das absolute Minimum an Vorlaufzeit«, unterbrach sie. »Die Speicherbänke werden noch geladen. Es tut mir Leid, doch ich kann den Prozess nicht beschleunigen.«

»Verstanden«, murmelte Bardon und beendete die Verbindung zum Maschinenraum. Seine Gedanken überschlugen sich. Zweieinhalb Minuten lang würden sie in Reichweite der feindlichen Waffen sein. Eine Ewigkeit. Genug Zeit für die Bestien, die IBODAN und ihre Schwesternschiffe mit konzentriertem Intervallfeuer zu zerstören.

Er fluchte leise, aber seine Verwünschung ging im wummernden Lärm der Impulstriebwerke unter. Mit einem Schlag der geballten Faust aktivierte er wieder den Hypersender.

»Kommandant an alle Einheiten«, sagte er in das Mikrofon. »Gefechtsbereitschaft. Waffensystemsynchronisierung über die Feuerleitstelle der IBODAN. Halbraumphase einleiten. Sprung in den Halbraum in fünf Minuten.«

Von den anderen Schiffen trafen über die verschlüsselte

Gefechtsfrequenz die Bestätigungen ein. Die Stimmen der Subkommandanten klangen bedrückt, und Bardon wunderte es nicht. Die Männer und Frauen wussten aus leidvoller Erfahrung, was es bedeutete, auch nur zweieinhalb Minuten dem Feuer dieser riesigen Bestienschiffe ausgesetzt zu sein.

Die Schutzschirme der Schweren Kreuzer waren zu schwach, um den Intervallkanonen des Feindes lange zu widerstehen.

Wir werden sterben, dachte Bardon mit hellsichtiger Klarheit. *Dies ist das Ende. Und mit uns stirbt jede Hoffnung für das Imperium. Jercy,* dachte er wieder. *Es tut mir Leid. Ich habe versucht, was ich konnte, aber gegen das Schicksal bin ich machtlos.*

Er starrte auf den Hauptbildschirm.

Die Ortungsreflexe der 17 Bestienschiffe rückten näher und näher an den Verband.

Zeit, dachte Bardon. *Wir müssen Zeit gewinnen ...*

»Gefechtsreichweite in einer Minute zwanzig Sekunden«, meldete Palanker. Noch immer drückte seine Stimme keine Gefühle aus. Es war, als hätte er sich bereits mit dem Ende abgefunden.

Bardon biss die Zähne zusammen. *Nein,* dachte er, *noch leben wir. Und wir werden uns nicht kampflos ergeben.*

»Feuerleitstelle«, sagte er laut, um den Triebwerkslärm zu übertönen. »Feuer frei für alle Gegenpolkanonen. Ich will einen thermonuklearen Vorhang zwischen uns und den Bestienschiffen sehen.«

»Aber wir befinden uns noch nicht in Gefechtsreichweite«, protestierte Helot, die schmächtige Waffenmeisterin. Schweißperlen glitzerten an ihrer Stirn. »Es ist sinnlos. Das Feuer wird wirkungslos ...«

Bardon brachte die Frau mit einem grimmigen Blick zum Schweigen. »Feuer!«, befahl er scharf.

Helot gehorchte. Im nächsten Moment leuchteten in der Finsternis des interstellaren Weltraums neue Sonnen auf. Fusionsbomben mit einer Sprengkraft von 100 Megatonnen TNT wurden von den Hyperdimprojektoren der Gegenpolkanonen in fünfdimensionale Empfangsfelder transmittiert, die sich wie ein Schleier zwischen die Bestienflotte und den lemurischen Verband legten. Als die Bomben materialisierten, explodierten sie in grellen Feuerbällen, die rasend schnell expandierten, sich überlappten und eine massive Mauer aus sengender Hitze und tödlicher Strahlung errichteten.

Die Bestienschiffe flogen direkt in die Todeszone hinein. Mit jeder verstreichenden Sekunde näherten sie sich der thermonuklearen Feuerwand und erreichten dann die ersten Ausläufer der Strahlungszone. Flammenzungen leckten nach ihren schwarzen Rümpfen, die von rötlich wabernden Kraftfeldern geschützt wurden.

Bardon hielt den Atem an.

Die Schutzschirme der Bestienschiffe reagierten und bildeten schwarze Aufrisserscheinungen, die die zerstörerischen Energien der Fusionsexplosionen aufsaugten und in den Hyperraum ableiteten. Aber Bardon hatte ohnehin nicht damit gerechnet, mit den Gegenpolkanonen die Paratronfelder des Feindes durchdringen zu können.

Er wartete, bis die Gluthölle die Bestienschiffe verschluckte, und schrie: »Ausweichmanöver M-Drei!«

Sofort steigerte sich das Wummern der Impulstriebwerke zu einem ohrenbetäubenden Tosen, als die Gefechtssteuerpositronik der IBODAN in Nanosekunden reagierte und sämtliche Energie der bordeigenen Fusionskraftwerke in die Umformerbänke des Sublichtantriebs leitete. Der abrupte Kurswechsel überlastete vorübergehend die Gravoabsorber. Eine gigantische Faust schien Bardon in seinen Sitz zu drücken. Die Luft wurde ihm von den Andruckkräften aus der Lunge gepresst, und vor seinen Augen tanzten rote Punkte.

Verschwommen nahm er wahr, wie der restliche Verband den Kurswechsel der IBODAN mitmachte und sich im rechten Winkel vom Vektor der Bestienschiffe entfernte.

Auf dem Hauptmonitor ließ das grelle Feuer der Fusionsexplosionen bereits nach. Die Umrisse der Bestienschiffe, Kugelzellen mit abgeplatteten Polen und zentral in der unteren Polplatte angeordneten Triebwerken, schälten sich aus der Weißglut der Flammenwand.

Sie waren unbeschädigt.

Ihre Paratronschirme hatten der zerstörerischen Kraft der Fusionsbomben erwartungsgemäß widerstanden.

Aber während sie die Glutwolke durchflogen hatten, waren ihre Ortungssysteme blind gewesen, und der plötzliche, von den Bestien zu spät erkannte Kurswechsel hatte dem lemurischen Verband wertvolle Sekunden verschafft. Sekunden, die über Leben und Tod entscheiden konnten, über das Schicksal der Mission, das Schicksal des Großen Tamaniums.

Aber schon änderten die Bestienschiffe den Kurs und beschleunigten.

»Gefechtsreichweite in einer Minute und dreißig Sekunden«, sagte Palanker.

Sie hatten zehn Sekunden gewonnen. Immerhin. Eine kurze Zeitspanne, aber in einem Raumgefecht konnte sie den Unterschied zwischen Sieg oder Niederlage ausmachen.

Die Bestienschiffe kamen näher. Unerbittlich, unaufhaltsam. Bardon hielt die Armlehnen des Kommandantensitzes umklammert. Seine Finger gruben sich tief in den dunklen Kunststoffbezug. Er warf einen Blick auf das Statusdisplay und stellte befriedigt fest, dass die meisten Diodenanzeigen der primären Bordsysteme grün leuchteten. Trotz der Schäden an der Steuerbordseite war die IBODAN voll manövrierfähig und gefechtsbereit.

»Keilformation«, befahl er. »Die intakten Schiffe nehmen die GORGARTH und die PALPADIUM in die Mitte.«

Die Gefechtssteuerpositronik führte die Anweisung sofort aus. Ein paar kurze Schubstöße aus den Korrekturtriebwerken genügten, um die fünf Schweren Kreuzer in einem anmutigen, exakt choreografierten Ballett ihre Positionen wechseln zu lassen. Energieblitze zuckten zwischen den rötlich leuchtenden Halbraumfeldern, als sich die Schutzschirme der einzelnen Einheiten überlappten und eine geschlossene Blase bildeten.

Die Zeit tickte dahin.

Weiter ging die rasende Jagd.

Die Impulstriebwerke der lemurischen Schiffe arbeiteten mit höchster Leistung, aber sie waren zu schwach, um dem technisch überlegenen Feind zu entkommen.

»Gefechtsreichweite in dreißig Sekunden«, hörte Bardon Palankers nüchterne Meldung. »Beginn der Halbraumphase in zwei Minuten fünfzig Sekunden.«

Bardon kniff die Lippen zu einem blutleeren Strich zusammen. »Feuerleitstelle«, sagte er rau. »Sobald der Feind in Gefechtsreichweite ist, Feuer frei für alle Waffensysteme.«

»Verstanden.« Die Waffenmeisterin nickte.

Auf dem Hauptbildschirm schienen die 17 Ortungsreflexe der Bestienschiffe mit dem lemurischen Verband langsam zu verschmelzen.

»Gefechtsreichweite in zehn Sekunden!« Palankers leidenschaftslose Stimme klang jetzt gepresst. »Der Feind fährt die Waffensysteme hoch. Extreme Energiewerte ... Lahamu möge uns beistehen!«

»Und Lahmu uns beschützen«, fügte Bardon murmelnd hinzu, als könnte die Anrufung der Herrin der Schlachten und des Gottes des Krieges ihre Chancen verbessern. Er hatte nie an die alten Götter geglaubt, doch jetzt wünschte er, dass sie wirklich existierten und ihnen die Kraft gaben, die sie brauchten, um diese Prüfung zu bestehen.

Plötzlich schien der Weltraum zu erglühen. Farbenprächtige Blitze zuckten aus den Impulskanonen des Feindes, sengten durch die Finsternis des Weltraums und schlugen in der rot leuchtenden Halbraumblase ein, die schützend den lemurischen Verband umgab. Lichtexplosionen tanzten über das Kraftfeld. Dunkle Risse entstanden, wo die energetische Struktur unter dem konzentrierten Impulsfeuer schwächer wurde und zu versagen drohte.

»Ausweichmanöver M-Zwo«, befahl Bardon.

Der Schiffspulk scherte aus, und die Abstrahlglut der Impulstriebwerke vermischte sich mit dem Leuchten des feindlichen Strahlfeuers. Ein Blick auf das Statusdisplay verriet Bardon, dass die Leistung des Schutzschirms auf 80 Prozent gefallen war.

Und dabei hatte der Feind noch nicht einmal seine verheerenden Intervallkanonen eingesetzt.

Der harte, kalte Klumpen in Bardons Magengegend schien sich in Eis zu verwandeln. Er hörte irgendjemand ein Stoßgebet rufen, als die Waffenmeisterin aus allen Gegenpolkanonen des Verbandes das Feuer eröffnete. Wieder bildeten sich im Leerraum zwischen den Schweren Kreuzern und den Bestienschiffen die charakteristischen Empfangsfelder, wieder materialisierten die 100-Megatonnen-Bomben und explodierten wie miniaturisierte Supernovae. Die Feuerbälle verschlangen die Bestienschiffe, doch aus der Gluthölle wuchsen die Aufrisse der Paratronschirme und leiteten die zerstörerischen Energien in den Hyperraum.

Unversehrt tauchten die riesigen Bestienschiffe aus der Todeszone auf.

»Ausweichmanöver M-Dreizehn«, überschrie Bardon den Lärm der mit Volllast laufenden Impulstriebwerke.

Die Fusionsmeiler und Umformerbänke im Bauch der IBODAN brüllten auf und ließen die gesamte Schiffszelle erdröhnen, als sie ihre geballte Energieproduktion in die Korrekturtriebwerke leiteten. Erneut führte der lemurische Verband einen abrupten, Technik und Material bis zum Äußersten beanspruchenden Kurswechsel durch, und erneut folgten die Bestienschiffe mit nur wenigen Sekunden Verzögerung.

»Halbraumphase in zwei Minuten«, meldete Palanker knapp, als das Ausweichmanöver abgeschlossen war und das Dröhnen der Maschinen nachließ.

Die Gegenpolkanonen feuerten wieder. Weitere Glutbälle leuchteten im Weltraum auf und wurden von den wabernden Schutzschirmen des Feindes absorbiert. Als die Bestienschiffe aus der Explosionswolke hervorstießen, aktivierte die Waffenmeisterin die Impuls- und Thermogeschütze und schoss eine Salve Raumtorpedos ab. Die Torpedos detonierten und schienen den gesamten Weltraum in Brand zu setzen, aber nicht einmal dieser massive Feuervorhang konnte den Feind stoppen.

Zwei der Bestienschiffe taumelten mit flackernden Paratronfeldern durch den Weltraum, als die Torpedoexplosionen erloschen, doch Bardons wilde Hoffnung, dem Feind zumindest einen kleinen Schlag versetzt zu haben, verflog im nächsten Moment. Die Paratronfelder stabilisierten sich, die beiden Bestienschiffe kehrten auf den alten Abfangkurs zurück.

Dann eröffnete der Feind das Feuer aus den Intervallkanonen.

Die fünfdimensionale Stoßfront, die durch den Weltraum raste, war unsichtbar, bis sie auf das kollektive Halbraumfeld des lemurischen Verbandes prallte. Plötzlich liefen fahle Schlieren über den rötlich leuchtenden Schutzschirm, wuchsen in Sekundenbruchteilen, vereinigten sich und gewannen an Strahlkraft. Grelle Entladungsblitze zuckten wie Speere durch das Weltall. Klaffende Risse entstanden im roten Feld und breiteten sich in einem Zickzackmuster rasend schnell aus.

An Bord der IBODAN heulte der Alarm auf.

»Halbraumfeld überlastet!«, schrie Palanker. »Es kollabiert, Kommandant, das verdammte Feld kollabiert!«

Eine riesige Faust schien die IBODAN zu treffen. Bardon wurde in seinem Sitz heftig durchgeschüttelt und klammerte sich an die Armlehnen, um nicht gegen das Kontrollpult geschleudert zu werden. In der Tiefe des Schiffes donnerte eine Explosion. Dann eine zweite. Das Statusdisplay zeigte reihenweise rote Warnlichter. Entsetzte Schreie gellten durch die Zentrale.

Und auf dem Hauptbildschirm wurde der Schwere Kreuzer GORGARTH von den unsichtbaren, fünfdimensionalen Stoßfronten des Intervallfeuers erfasst und wie eine leere Konservendose zusammengedrückt. Er verging in einer farbenprächtigen Explosion. Die Glutwolke versengte seine Schwesternschiffe und brachte sie ins Torkeln. Trümmerstücke schlugen mit hoher Geschwindigkeit im supergehärteten Spezialstahl der Hüllenpanzerungen ein und verstrahlten in kleineren Nachfolgeexplosionen.

»Ausweichmanöver M-Elf«, krächzte Bardon.

Die IBODAN wich in einem steilen Winkel von ihrem alten Vektor ab und entfernte sich rasend schnell von der heißen, grell leuchtenden Wolke, die noch vor wenigen Sekunden ein Raumschiff mit mehreren Hundert Mann Besatzung gewesen war. Die OLATH und die HORDAMON folgten, von der Gefechtssteuerpositronik synchronisiert. Aber die PALPADIUM fiel zurück. Das konzentrierte Intervallfeuer der Bestien hatte einen Teil ihres Triebwerksringwulstes weggesprengt und tiefe Löcher in den Rumpf gestanzt, aus denen die hellen Nebelschleier der entweichenden Atmosphäre fauchten. Flammenzungen leckten aus dem teilzerstörten Ringwulst.

Dann schlug die nächste Intervallsalve ein.

Die PALPADIUM explodierte.

Bardon keuchte auf. *Zwei Schiffe verloren!*, durchfuhr es ihn. *So viele Leben vernichtet ...*

Aus der Tiefe des Schiffes drang das Heulen der Speicherbänke, die Energie in den kollabierten Schutzschirm pumpten. Ein rötlicher Schleier bildete sich um die IBODAN und wurde kräftiger.

»Halbraumfeld ist reaktiviert«, rief Palanker. »Leistung bei neunzehn Prozent und steigend.«

Ein rascher Blick auf das Statusdisplay verriet Bardon, dass der Intervalltreffer keine lebenswichtigen Bordsysteme beschädigt hatte. Dann sah er wieder auf den Hauptbildschirm. Die Bestienschiffe waren ein Stück zurückgefallen, aber jetzt passierten sie mit flackernden Paratronschirmen die Trümmerwolke der beiden zerstörten Schweren Kreuzer und nahmen mit zunehmender Beschleunigung die Verfolgung des restlichen Verbands auf.

»Feldleistung bei dreiundzwanzig Prozent«, sagte Palanker. Seine Stimme klang brüchig. Er wusste genau wie Bardon, dass sie die nächste Salve nicht überstehen würden.

Der Kommandant fluchte und hämmerte mit der Faust auf die Interkomtaste. Sofort bildete sich in der rechten unteren Ecke des Hauptmonitors das Videofenster und zeigte Guras' verschwitztes Gesicht vor der Kulisse des Maschinenraums. Im Hintergrund wallte Rauch. Irgendetwas brannte.

»Halbraumphase in fünfzig Sekunden«, sagte die Cheftechnikerin. »Alle Systeme stabil.«

Die Ortungsreflexe der 17 Bestienschiffe kamen näher.

»Der Feind fährt wieder die Waffensysteme hoch«, schrie Palanker. »Steigende Energiewerte ... Hyperdimechos ... Sie bereiten die nächste Intervallsalve vor!«

»Wir haben keine fünfzig Sekunden mehr«, sagte Bardon gepresst zu Guras. »Wir müssen in den Halbraum. *Jetzt.*«

Die Cheftechnikerin zögerte. »Die Speicherbänke sind noch nicht vollständig geladen«, warnte sie. »Du kennst das Risiko, Kommandant.«

»Das Risiko, hier zu sterben, ist größer«, gab er rau zurück. »Die Entscheidung ist gefallen. Wir springen. Sofort.«

Guras starrte ihn mit großen Augen an. Dann nickte sie. »Halbraumphase in fünf Sekunden.«

Sie verschwand aus dem Erfassungsbereich der Kamera. Nur die Konverterblöcke des Maschinenraums und die Rauchschwaden waren noch zu sehen, die mit grauen Fingern nach Bardon zu greifen schienen.

»Der Feind ist in Kernschussreichweite«, brüllte Palanker mit sich überschlagender Stimme. »Energiewerte auf Maximum ... Vorbereiten auf Intervallsalve ...!«

Bardon stockte der Atem.

Er dachte wieder an seine Frau, seine Kinder, an den Schwur, den er geleistet hatte, das Versprechen, sie aus dem Tod zurück ins Leben zu holen. Tränen schwammen in seinen Augen, als ihm dämmerte, dass er sein Versprechen nicht halten, sondern ihnen in den Tod folgen würde.

Die fünfdimensionalen Stoßfronten des feindlichen Intervallfeuers schlugen im Schutzschirm der IBODAN ein. Erste Strukturrisse bildeten sich, während das Heulen der überlasteten Speicherbänke zu einem schrillen Kreischen anschwoll. Gezackte Linien tanzten über die Energieglocke und rissen zu klaffenden Lücken auf. Das geschwächte Kraftfeld konnte den Gewalten nur Sekunden standhalten. Nach einem letzten Flackern brach es zusammen.

Thore Bardon schloss die Augen und wartete auf den Tod. Zumindest würde er schnell und schmerzlos kommen.

Aber der Tod kam nicht.

Als der Schutzschirm zusammenbrach und das Kreischen der Speicherbänke abrupt verstummte, aktivierte die Gefechtssteuerpositronik die Überlichttriebwerke der drei Schweren Kreuzer und schleuderte sie in die Zwielichtzone des Halbraums.

Stille kehrte ein, nur vom brummenden Vibrieren des Halbraumtriebwerks durchbrochen.

Thore Bardon schlug die Augen auf. Wie betäubt starrte er auf das rötliche, formlose Wallen der Zwischendimension, das auf dem Hauptbildschirm die Panoramadarstellung des interstellaren Weltraums und die Ortungsreflexe der 17 Schiffe der Bestien ersetzt hatte. In der Zentrale brach Jubel aus. Stimmen gellten, hysterisches Gelächter hallte. Seine Offiziere fielen sich überglücklich in die Arme.

Sie hatten es geschafft.

In letzter Sekunde waren sie dem Feind entkommen.

Aber Thore Bardon wusste, dass es noch ein weiter, gefährlicher Weg zum 87. Tamanium sein würde.

Zu der Zeitmaschine, die dort auf sie wartete.

Hoffentlich.

3

Aus unermesslicher Höhe stürzte er hinab, im freien Fall in einen gähnenden Schlund, bodenlos und unauslotbar. Er wollte schreien, doch er stellte fest, dass er keine Stimme hatte. Er wusste nicht, wer er war und wo er war oder was ihn in diese schreckliche, bedrohliche Lage gebracht hatte. Es gab nur ihn und den Sturz, ihn und den Abgrund, ihn und die Bilder.

Die Bilder ...

Mit einem Schock wurde ihm klar, dass er die Bilder sah, obwohl er keine Augen hatte. Keine Augen und keinen Körper. Sein Fleisch war ihm genommen worden und nur der Geist geblieben. Schattenhaft wie ein Spuk in der Nacht stürzte er weiter und weiter, haltlos in die alles verschlingende Tiefe.

Während an ihm die Bilder vorbeirasten.

Augenlos nahm er sie nur wahr, ohne sie wirklich zu sehen, verschwommen und paradoxerweise gleichzeitig geschärft, mit den Sinnen des Geistes, in der Körperlosigkeit entfesselt. Er sah fremde Planeten ihre Bahnen ziehen, Sonnen in der Unendlichkeit tanzen, ganze Galaxien im Leerraum kreisen. Manche bewegten sich so schnell, dass ihre gleißenden Spiralarme zu vagen Flecken verschmolzen. Er sah, wie sich interstellarer Staub zu Sternen zusammenballte, die ihren Milliarden Jahre währenden Lebenszyklus durchliefen und als Supernovae verglühten oder zu Weißen Zwergen schrumpften. Er sah den Kosmos in all seiner unvorstellbaren Größe zu einem Panoptikum reduziert, in der Zeit komprimiert.

Aber außer diesen kosmischen Panoramen gab es noch andere Bilder. Unberührte, fremdartige Landschaften unter Doppelsonnen und fahlen Monden, von blau schimmernden Pflanzen und Bäumen überwuchert, die binnen Sekunden, im rasenden Zeitraffer, verbrannten und verkohlten und von krebsartig wuchernden Städten ersetzt wurden. Schwindel erregend hohe Häuser, die in einem Atemzug himmelwärts wuchsen und in ihrer ganzen majestätischen Größe über weiten Ebenen thronten, um dann zu Ruinen zu zerfallen, bröckelnder Schutt, von den Elementen abgetragen. Groteske Wesen, die geboren wurden, ihr Leben lebten, alterten, starben und zu Staub zerbröselten, während andere ihre Plätze einnahmen.

Er wollte nach ihnen greifen, doch er hatte keine Hände. Er wollte ihnen zurufen, dass er Hilfe brauchte, doch er hatte keine Zunge.

Und so fiel er weiter, ungebremst und immer schneller, einem unsichtbaren Ziel entgegen, wenn es denn überhaupt ein Ziel für ihn gab.

Panik flackerte in ihm auf, und er drückte sie nieder. Auch wenn er seinen Namen nicht kannte, seine Erinnerungen verloren, sein gesamtes bisheriges Leben vergessen hatte, so wusste er doch instinktiv, dass Panik das schädlichste aller Gefühle war. Wenn er Hoffnung auf Rettung haben wollte, musste er ruhig bleiben, gefasst, emotionslos.

Denk nach!, schärfte er sich ein. *Erinnere dich! Erinnere dich!*

Aber da war ein Schleier zwischen seinem Bewusstsein und dem Unbewussten, in dem seine Erinnerungen versunken waren, wie Steine in einem Meer, als er diesen endlosen Sturz in die Tiefe begonnen hatte. So sehr er sich auch mühte, er konnte den Schleier nicht durchdringen, und so resignierte er. Ergab sich dem freien Fall, dem rasenden, jagenden Bildersturm, der überwältigenden Flut der Eindrücke, die ungefiltert auf ihn eintrommelten.

Wer auch immer er war, er war verloren.

Der Schlund hatte ihn verschlungen und ließ ihn nicht mehr los. Er stürzte tiefer und tiefer hinab, dem fernen, unsichtbaren Grund entgegen, sofern diese Kluft überhaupt einen Grund hatte, und ließ jede Hoffnung fahren.

Und dann, unerwartet und kaum merklich, nach und nach, wie Wasser, das durch feine Ritzen tröpfelte, kehrten die Erinnerungen zurück. Plötzlich sickerte ein Name durch. Plötzlich wusste er wieder, wer er war.

Tolot.
Icho Tolot.
Ein Haluter.
Der Gedanke wurde von einer Impression begleitet, die sich explosionsartig aus der Bilderflut herausschälte. Er sah sich selbst wie in einem Spiegel, obwohl er seinen Körper verloren hatte und nur ätherisches Bewusstsein war. Er war groß, maß weit über drei Meter, mit einer Schulterbreite von zweieinhalb Metern, ein Riese mit vier Armen und zwei kurzen Säulenbeinen. Sein Kopf war eine Halbkugel mit drei runden, großen, rot leuchtenden Augen, kaum sichtbaren Nasenöffnungen und einem breiten, dünnlippigen Mund, der beim Öffnen ein Raubtiergebiss entblößte. Seine Haut war ledrig strukturiert und pechschwarz.

Er staunte angesichts der Fremdartigkeit seiner Erscheinung, bis sich die Erinnerung verdichtete und zur Vertrautheit wurde.

Eine weitere Erinnerung bahnte sich ihren Weg durch den Schleier zwischen seinem Bewusstsein und den unerreichbaren Regionen des Unbewussten. Er war ein Unsterblicher. Ein Zellaktivatorchip verlieh ihm ewiges Leben. ES, eine Superintelligenz, hatte ihm den Chip geschenkt. Nur durch einen Unfall oder Einwirkung von Gewalt konnte er sterben.

Die Erkenntnis ließ ihn schaudern, während er weiter stürzte, haltlos und ungebremst, hinab in die Kluft des Unergründlichen. Die Erinnerung wurde von einem Namen begleitet, der untrennbar mit seinem eigenen Schicksal verknüpft war, einem Namen, dessen Klang genügte, um neue Erinnerungen auszulösen.

Perry Rhodan.

Rhodanos, wie er ihn zärtlich nannte.

Verblüfft registrierte er elterliche Gefühle, die mit diesem Gedanken einhergingen.

Und dann, als wäre der Name ein Sprengsatz, der eine massive Mauer hinweggefegt hatte, fluteten die Erinnerungen heran, überspülten ihn, drohten ihn davonzureißen. Erinnerungen ... Seine erste Begegnung mit Perry Rhodan im Jahr 2400 altterranischer Zeitrechnung auf dem Planeten Opposite, der Vorstoß mit dem Superschlachtschiff CREST II zum Sonnensechsecktransmitter und der Sprung zum Twin-System im intergalaktischen Leerraum, die Abenteuer in der Hohlwelt und in der Mikrowelt von Horror, die Reise durch den Zeittransmitter von Vario in die lemurische Frühgeschichte, die Konfrontation mit den Maahks und den Meistern der Insel, die Kämpfe in Andro-Beta und der Angriff auf Andromeda, der am Ende, mit der Entscheidungsschlacht um Tamanium, mit der totalen Niederlage der Meister der Insel endete ...

Mit letzter Kraft stemmte er sich gegen die Erinnerungsflut und drängte sie zurück, verschloss sein Bewusstsein vor dem Ansturm der Bilder, Töne und Gerüche. Diese Erinnerungen waren Jahrtausende alt und hatten nichts mit seiner derzeitigen unerklärlichen Situation zu tun. Sie würden ihm nicht helfen zu verstehen, wie er in diese Lage geraten war, sondern drohten ihn zu lähmen, von dem abzulenken, was wirklich wichtig war.

Aber instinktiv spürte er, dass Perry Rhodan etwas mit seiner Entkörperlichung und dem Sturz ins Nichts zu tun hatte. Während er unaufhaltsam fiel, manifestierte sich die entscheidende Erinnerung unvermittelt mit überwältigender Wucht und erschütterte ihn bis in den Kern seiner Seele.

Rhodan hatte seine Hilfe angefordert, und er war dem Hilferuf des alten Freundes gefolgt. Im Ichest-System war er auf eine vergessene Station der frühen Akonen gestoßen, eine Todesfalle, der er nur mit knapper Not und der Hilfe Denetrees entkommen war, der Lemurerin von der Sternenarche NETHACK ACHTON. Dann die Begegnung mit Torg Kaltem, einem Haluter wie er, aber aus einer längst verflossenen Zeit stammend, der einer unbekannten Zersetzungswaffe zum Opfer fiel. Der Flug nach Drorah, der Ausbruch der alten Seuche auf dem Zentralplaneten des akonischen Reiches, hervorgerufen durch den Kontakt mit dem flüchtigen Archenbewohner Boryk. Und dann die Expedition ins Gorbas-System, die Landung auf Gorbas IV, die Kämpfe mit den Bestien ... und die Entdeckung der Zeitmaschine.

Die Zeitmaschine!

Erregung erfasste Icho Tolot, als sich das letzte Puzzleteil hinzufügte und das Bild abrundete. Er war gezwungen worden, durch die Zeitmaschine zu gehen, auf der Flucht vor den angreifenden Urhalutern, den Bestien, wie die Lemurer sie nannten. Nur den letzten Schritt hatte er aus eigener Kraft und freiem Willen getan, aus der jähen Erkenntnis heraus, dass sein Schicksal vorherbestimmt war. Und jetzt stürzte er körperlos in den Abgrund der Zeit, tiefer und tiefer in die Vergangenheit.

Doch irgendetwas störte ihn. Irgendetwas fehlte. Eine wichtige Information, durch den Schock der Entmaterialisierung in Vergessenheit geraten, eine Information, die alles erklären würde, wie er ahnte. Konzentriert dachte er nach und ließ die Ereignisse der letzten Tage noch einmal Revue passieren. Die Erinnerung dämmerte am Horizont seines Geistes herauf, und schlagartig wusste er, was das fehlende Informationsbruchstück war.

Perry Rhodan hatte ihn um Hilfe gebeten, weil er im Ichest-System auf einen Haluter gestoßen war, den er für Icho Tolot gehalten hatte – trotz der Tatsache, dass Tolot sich zu diesem Zeitpunkt auf Halut befunden hatte. Und dieser andere Tolot war auch später im Gorbas-System wieder aktiv geworden und hatte ihm die Landung auf Gorbas IV ermöglicht ... Er dachte an den herzlichen Empfang, den ihm die Lemurer an Bord der Sternenarche ACHATI UMA bereitet hatten, ihre Freude über die Rückkehr ihres vermeintlichen Beschützers, und an die mysteriösen Einträge im Tagebuch des Levian Paronn, das Perry Rhodan wenigstens in Bruchstücken in die Hände gefallen war.

Zusammen mit der Existenz der Zeitmaschine ließen all diese Informationen nur einen Schluss zu: Er existierte doppelt in der Zeit. Dieser andere Tolot war er selbst gewesen, nur in der Zeit verschoben, eine zukünftige Ausgabe seiner selbst, und diese unfreiwillige Reise in die Vergangenheit, die er jetzt antrat, hatte der andere Tolot bereits hinter sich gebracht.

Fieberhaft überlegte er, während er weiter haltlos stürzte, an den Jahrzehnten und Jahrhunderten vorbei, die an den Rändern seiner Wahrnehmung dahinjagten. Bedeutete die Existenz des anderen, zukünftigen Tolot im Jahr 1327 NGZ, dass seine Reise in die Vergangenheit ein gutes Ende nehmen, er dieses Abenteuer lebend überstehen würde? Die Logik sprach dafür. Wenn er in der Vergangenheit starb, konnte er nicht in der Gegenwart des Jahres 1327 NGZ doppelt existieren. Er musste also überleben, um später im Gorbas-System helfend eingreifen zu können und sich selbst die Flucht durch die Zeitmaschine zu ermöglichen.

Der Gedanke beruhigte ihn ein wenig, doch bald keimten Zweifel auf. Konnte er wirklich sicher sein? Er verstand genug von Temporalphysik, um die Risiken eines Eingriffs in die Vergangenheit zu kennen, die unberechenbaren Zeitparadoxa, die im Extremfall ganze Realitätslinien auslöschen konnten. Ein falscher Schritt im Gestern genügte, um dem Heute eine völlig andere Struktur zu geben ...

Ganz gleich, wann dieser Sturz endete, in welche Epoche es ihn verschlug, er würde vorsichtig sein müssen, um die Realität, wie er sie kannte, nicht in Gefahr zu bringen. Und selbst die größte Vorsicht würde nicht verhindern können, dass er Veränderungen auslöste, und mochten sie auch noch so geringfügig sein. Selbst kleinste Manipulationen konnten über einen längeren Zeitraum extreme Konsequenzen haben ...

Furcht beschlich ihn, als er ahnte, in welche Zeit er stürzte. Perry Rhodan hatte Beweise dafür gefunden, dass der andere, zukünftige Tolot den Dilatationsflug der Sternenarche LEMCHA OVIR mitgemacht hatte. Das bedeutete höchstwahrscheinlich, dass es ihn in die Frühzeit der lemurischen Geschichte verschlagen würde, in die Ära vor der Entwicklung der überlichtschnellen Raumfahrt, in eine über 50 Jahrtausende zurückliegende Vergangenheit.

50 000 Jahre waren eine lange Zeit.

Lang genug, dass sich selbst minimale Eingriffe zu monströsen Veränderungen hochschaukeln konnten.

Kein Wunder, dass der andere, zukünftige Tolot jede direkte Begegnung mit ihm, seinem früheren Ich, vermieden hatte. Er kannte genau wie er die unermesslichen Gefahren, die ein Zeitparadoxon heraufbeschwören konnte.

Er stürzte weiter, immer tiefer hinab in den Abgrund der Zeit, umwabert von den Bildern längst vergessener Epochen, ein hilfloser Spielball temporaler Energien, die er nicht kontrollieren konnte, einem Schicksal ausgeliefert, das sich für den anderen, zukünftigen Tolot längst erfüllt hatte.

Und er hatte Angst.

Er war ein Haluter, Jahrtausende alt, fast unbesiegbar, gestählt in zahllosen Krisen und Kämpfen, aber er hatte trotzdem Angst.

Vor der Vergangenheit, die seine Zukunft war.

4

Der Rücksturz in den Normalraum erfolgte nur wenige Minuten nach Beginn der Halbraumphase, begleitet vom Flackern der roten Warndioden an den Triebwerkskontrollen und dem gedämpften Heulen der Speicherbänke, die neue Energie in den kollabierten Schutzschirm der IBODAN leiteten. Auf dem Hauptbildschirm gleißte das UV-reiche Licht einer planetenlosen blauen Riesensonne, die ein Viertel des Monitors ausfüllte.

Thore Bardons Blick fiel auf die Displayleiste der Navigationskontrollen. Kalter Schweiß trat auf seine Stirn. In der kurzen Halbraumphase hatten sie nur knapp 30 Lichtjahre zurückgelegt. Sie befanden sich noch immer im Erfassungsbereich der Fernortung des Feindes! Mit einem Faustschlag aktivierte er die Normalfunkverbindung zu den beiden anderen Schiffen des geschrumpften Verbandes.

»Schleichflug einleiten«, stieß er hervor. »Alle primären Bordsysteme abschalten. Energieverbrauch der sekundären und tertiären Systeme auf ein Minimum reduzieren. Kommunikation bis auf Widerruf über Normalfunk.«

Die Subkommandanten der OLATH und der HORDAMON bestätigten seinen Befehl. Noch während ihre Meldungen eintrafen, verschwand der rötliche Schleier des Halbraumfelds um die IBODAN, verstummte das Heulen der Speicherbänke. Die Lichter in der Zentrale erloschen und wichen dem trüben Schein der Notbeleuchtung. Selbst das Fauchen aus den Belüftungsschächten des Lebenserhaltungssystems wurde leiser, als die Gefechtssteuerpositronik Bardons Befehl ausführte und die Schleichflugphase einleitete.

Alle Maschinen, die verräterische Energiewerte abstrahlten, wurden abgeschaltet oder im energiesparenden Notmodus weiterbetrieben. Die drei Schweren Kreuzer drifteten antriebslos durch den sonnennahen Weltraum.

Bardon hoffte, dass er schnell genug reagiert hatte, um die Fernortung der Bestienschiffe zu täuschen. Die Nähe der Sonne würde ihr Übriges tun, um die energetischen Signaturen der Schiffe zu überlagern.

Während die Sekunden träge verstrichen und sich zu Minuten dehnten, trafen die Schadensberichte aus den verschiedenen Sektionen der IBODAN ein. Mehrere Decks waren schwer beschädigt, zwei Notgeneratoren explodiert, ein Teil der Achternsensoren zerstört, doch ansonsten war das Schiff manövrierfähig. Und es hatte erstaunlicherweise keine Toten gegeben, nur eine Hand voll Verletzte.

Glück im Unglück, dachte Bardon erleichtert.

Auch die OLATH und die HORDAMON hatten den kurzen Kampf mit den Bestien weitgehend unversehrt und ohne Verluste überstanden. Die geringen Schäden konnten mit Bordmitteln in kurzer Zeit behoben werden.

Dann dachte Bardon an die GORGARTH und die PALPADIUM, und seine Erleichterung verwandelte sich in Trauer und Entsetzen. So viele gute Männer und Frauen waren in so kurzer Zeit ums Leben gekommen. Freunde und Kameraden, Untergebene, für deren Sicherheit und Wohlergehen er verantwortlich gewesen war.

Er hatte versagt.

Schlimmer noch, die Verluste gefährdeten den Erfolg der Mission.

Unwillkürlich ballte er die Fäuste und starrte mit zusammengekniffenen Augen auf den grellen Sonnenball, der auf dem Hauptmonitor strahlte. Es waren nicht die ersten Toten dieser Expedition und es würden vermutlich auch nicht die letzten sein. Er durfte sich dadurch nicht von seinem Vorhaben abbringen lassen. Zu viel stand auf dem Spiel … Er fuhr zusammen, als sich in der rechten unteren Ecke wieder das Monitorfenster zum Maschinenraum bildete und Guras' müdes Gesicht auftauchte.

»Kommandant«, sagte sie rau, »die überstürzte Halbraumphase hat wie befürchtet die Modulatorbänke überlastet. Zwei Einheiten sind komplett ausgefallen, die übrigen leicht beschädigt. Wir können sie reparieren, aber das kostet Zeit.«

Bardon räusperte sich. »Wie viel Zeit?«

Die Cheftechnikerin zuckte die Schultern. »Ein bis zwei Stunden. Und durch den Totalausfall der beiden Bänke reduziert sich unsere Halbraumgeschwindigkeit auf achtzig Prozent des Normalwerts.« Sie atmete tief durch. »Ich empfehle, so schnell wie möglich ein Raumdock anzusteuern, um die zerstörten Modulatorbänke zu ersetzen.«

Aber sie hatten keine Zeit, um das Schiff in ein Raumdock zu bringen. Jeder Tag, der verstrich, erhöhte das Risiko, dass die Bestien die geheime Forschungsstation des Suen-Klubs auf Torbutan entdeckten und die rettende Zeitmaschine vernichteten. Sie mussten den Flug zum 87. Tamanium so schnell wie möglich fortsetzen, selbst wenn dies bedeutete, dass ihre Halbraumgeschwindigkeit dauerhaft reduziert war. Sobald sie die Zeitmaschine gefunden hatten, konnten sie die Schweren Kreuzer gründlich überholen lassen.

»Führe die Reparatur an den Modulatorbänken durch«, befahl er. »Die Arbeiten haben absolute Priorität. Informiere mich, sobald wir wieder hyperflugfähig sind.«

Die Cheftechnikerin schien diese Antwort erwartet zu haben. Mit einem Seufzen nickte sie und beendete die Verbindung.

Bardon drehte den Kopf und sah Palanker an. Im trüben Licht der Notbeleuchtung wirkte das breitflächige Gesicht des Ersten Offiziers wie aus grauem Stein gehauen.

»Ortung?«, fragte er.

»Passive Ortung negativ«, sagte Palanker ruhig. »Keine Bestienschiffe im Erfassungsbereich der Sensoren.«

Aber das hatte nichts zu bedeuten, sagte sich Bardon düster. Die Bestien verfügten über hoch entwickelte Sensorstörsysteme, die von der Passivortung nicht durchdrungen werden konnten. Und wenn sie mit den leistungsstärkeren Aktivsensoren ihre interstellare Umgebung abtasteten, würde dies messbare Hyperdimspuren hinterlassen, die vielleicht den Feind anlockten.

Sie waren blind und taub und mussten auf ihr Glück vertrauen.

Bardon lehnte sich in seinem Kommandositz zurück und dachte an den langen Weg, der hinter ihnen lag, die mühsame und gefährliche Suche nach den Hinterlassenschaften des Suen-Klubs und an das halbe Dutzend geheimer Forschungsstationen, die sie inzwischen aufgespürt hatten. Er fragte sich, was aus Tamrat Markam und den Wissenschaftlern des Projekts Zeitmaschine geworden war. Waren sie tatsächlich tot, in den Kriegswirren umgekommen oder verschollen, oder hielten sie sich auf Torbutan versteckt und arbeiteten weiter an ihren Zeitforschungen?

Aber wenn sie noch lebten, warum hatten sie die Hohen Tamräte nicht über die Fortschritte ihrer Arbeit informiert? Warum diese extreme Geheimhaltung? Weil sie fürchteten, dass die Bestien ihnen auf die Spur kamen und die Zeitmaschine zerstörten, bevor sie zur Rettung des Großen Tamaniums und des lemurischen Volkes eingesetzt werden konnte? Oder hatten sie – genau wie Bardon – mit der Ignoranz und Fantasielosigkeit der zivilen und militärischen Führung zu kämpfen gehabt, die eine Massenevakuierung nach Karahol einem unberechenbaren Zeitexperiment vorzog?

Dabei war der Gedanke so verführerisch ... Eine kampfstarke Flotte in die Vergangenheit versetzen, in die Frühzeit der Bestien, und ihren Heimatplaneten vernichten, bevor ihre Zivilisation zu einem galaktischen Machtfaktor werden konnte. Dann würde es keinen Feind mehr geben, der das Große Tamanium bedrohte und an den Rand des Untergangs trieb, und die geschichtliche Entwicklung würde einen anderen Verlauf nehmen.

Jercy und seine Kinder würden leben.

Unruhe erfasste Thore Bardon. Er sprang auf, übergab Palanker das Kommando und machte einen Rundgang durch das Schiff. Überall wurde fieberhaft an den Reparaturen gearbeitet, und die Crew – obwohl erschöpft und von den Strapazen der letzten Zeit gezeichnet – wirkte entschlossener denn je, ihre Mission fortzuführen.

Jeder Einzelne von ihnen wusste, dass sie Erfolg haben mussten, um jeden Preis.

Die Unbeugsamkeit der Crew rührte Bardon. Er hatte die Männer und Frauen, die ihn auf dieser Mission begleiteten, handverlesen, und er schien eine gute Wahl getroffen zu haben. Mit einer derartigen Besatzung konnte er Wunder vollbringen. Weil sie nichts mehr zu verlieren, dafür aber alles zu gewinnen hatte. Neuer Optimismus durchströmte ihn, als er seinen Weg fortsetzte, doch das Hochgefühl verflog beim Betreten der Krankenstation, beim Anblick der Verwundeten in den Regenerationstanks, der furchtbaren Verletzungen, die sie erlitten hatten.

Die ihnen die Bestien zugefügt hatten.

Bardon redete mit den Verwundeten, sprach tröstende und aufmunternde Worte und sah den Schmerz in ihren Gesichtern, einen Schmerz, der nichts mit körperlicher Pein zu tun hatte, sondern mit den Dingen, die ihnen die Bestien genommen hatten, ihre Heimat, ihre Familien, ihre Zukunft.

Und er spürte Zorn.

Hilflos und heiß, gemischt mit Ratlosigkeit.

Seit fast 100 Jahren tobte dieser Krieg, und in all diesen Jahren hatten sie nie herausgefunden, warum ihnen die Bestien mit solchem Hass begegneten, warum sie die lemurische Zivilisation mit allen Mitteln vernichten wollten. Vielleicht ging es ihnen wirklich nur darum, einen Konkurrenten um die Vorherrschaft in Apsuhol auszuschalten, wie die Exopsychologen und die Strategen der Flotte meinten, aber Bardon glaubte nicht daran. Die Galaxis war groß. Sie bot genug Platz, genug besiedelbare Welten für zwei Sternenvölker, mehr Lebensraum, als sie in vielen Jahrtausenden nutzen konnten.

Hinter dem Hass und dem erbarmungslosen Vernichtungswillen der Bestien musste etwas anderes stecken. Es musste eine logische, rationale Erklärung für ihr Verhalten geben.

Möglicherweise werden wir es erfahren, wenn wir in die Vergangenheit reisen, sagte er sich, als er die Krankenstation verließ und in den Hauptantigravschacht stieg, der ihn hinauf zum Kommandodeck trug. *Falls wir in die Vergangenheit reisen,* fügte er in Gedanken hinzu.

Es gab keine Sicherheit, dass auf Torbutan tatsächlich eine Zeitmaschine auf sie wartete. Sie hatten nur Indizien, bruchstückhafte Informationen, vage Hinweise ... und die Hoffnung auf Erfolg.

»Keine Veränderung«, berichtete Palanker knapp, als Bardon die Zentrale betrat.

Der Kommandant unterdrückte einen erleichterten Seufzer. Offenbar waren sie den Bestienschiffen entkommen. Aber er durfte sich nicht dem Gefühl falscher Sicherheit hingeben. Die Galaxis war ein gefährlicher Ort. Überall bestand das Risiko, auf Einheiten der Bestien zu stoßen, die durch die Tamanien streiften und nach versprengten Schiffen der lemurischen Flotte suchten.

Bis sie das 87. Tamanium erreichten, konnte viel geschehen. Eine Menge Dinge konnten ihre Mission zum Scheitern bringen.

Bardon überließ Palanker weiter das Kommando und ging wieder in den Positronikraum, wo Ruun Lasoth noch immer an dem Computerterminal saß und die verstümmelten Dateien auswertete, die sie in der geheimen Forschungsstation des Suen-Klubs auf Zalmut geborgen hatten. Das raubvogelartige Gesicht des Wissenschaftlers wirkte noch düsterer als zuvor.

»Ich habe die Zalmut-Daten komplett analysiert«, sagte er grußlos wie stets, ohne auf den Angriff den Bestien und die kurze Halbraumphase einzugehen. »Und ich muss gestehen, dass ich inzwischen ernste Zweifel am Sinn unserer Mission habe.«

Bardon zog irritiert die Brauen hoch. Lasoth und Zweifel? Es passte nicht zu dem Mann, der vom Projekt Zeitmaschine geradezu besessen gewesen war und mithilfe seiner Verbindungen zu den Hohen Tamräten und der Flottenführung diese Mission überhaupt erst ermöglicht hatte.

»Was sind das für Zweifel?«, fragte der Kommandant.

»Wenn wir die Zeitmaschine finden, das Zeitexperiment wagen und die Gefahr, die von den Bestien ausgeht, in der Vergangenheit neutralisieren – müssten wir dann die Auswirkungen nicht schon jetzt spüren? Müssten die Bestien nicht längst verschwunden sein?«

Es war eine rhetorische Frage, und Bardon sagte nichts, beschränkte sich nur auf ein knappes Nicken, das Verständnis ausdrückte, und ließ sich am Nachbarterminal nieder.

»Dass sich nichts verändert hat, könnte darauf hindeuten, dass unsere Mission ein Fehlschlag wird«, fuhr Lasoth leise fort. »Dass es keine Zeitmaschine gibt oder wir nicht in der Lage sein werden, die Bestien in der Vergangenheit zu vernichten.«

Bardon versteifte sich. »Ich werde nicht aufgeben«, sagte er gepresst. »Nicht auf Grund irgendwelcher theoretischen Überlegungen.«

»Aus den Zalmut-Dateien geht hervor, dass auch Markam am Sinn eines Zeitexperiments zweifelte«, erklärte Lasoth. »Kennst du die Multiweltentheorie von Levian Paronn?«

»Sicher.« Bardon zuckte mit den Achseln. Er hatte von dem Wissenschaftler gehört. Paronn war zwar gut, zählte aber keineswegs zu den brillantesten Vertretern seiner Zunft. »Wenn ich mich recht erinnere, meint Paronn, dass das Universum nur ein winziger Teil eines unendlich verästelten Multiversums ist. Jede Handlung, jedes Ereignis führt dazu, dass sich das Universum aufspaltet – in eine Welt, in der es das Ereignis gegeben hat, und eine, in der es nicht geschehen ist.«

»Grob formuliert, aber durchaus korrekt«, sagte Lasoth mit seiner typischen Mischung aus Herablassung und Gönnerhaftigkeit. »Stimmt diese Theorie, könnte es in unserem Fall bedeuten, dass unser geplantes Zeitexperiment ebenfalls zu einer Aufspaltung des Universums führt. In eine Welt, in der das Experiment gelingt, und eine, in der es scheitert. Und wir« – er hob zum ersten Mal die Stimme – »leben in dem Teiluniversum, in dem das Experiment misslingen wird. In dem die Bestien noch immer ihr Unwesen treiben.«

Bardon schwieg. Lasoths Zweifel waren ansteckend, aber er durfte sich davon nicht beirren lassen. Er dachte wieder an seine Frau und seine Kinder, an all die Toten von Gunrar II und die zahllosen anderen Opfer des langen Krieges. Das Große Tamanium lag in Trümmern, und nur er konnte dafür sorgen, dass es wie Phönix aus der Asche neu entstand.

»Wir wussten von Anfang an, dass es nicht einfach werden wird«, sagte er schließlich. »Wir hatten nur die Hoffnung, das Geschehene ungeschehen zu machen, und von ihr werden wir uns auch weiter leiten lassen.«

»Aber Hoffnung ist vielleicht zu wenig, um unseren Erfolg zu garantieren«, warnte der Wissenschaftler. Mitgefühl glomm in seinen kalten, dunklen Augen auf. »Wir sollten auch auf unser Scheitern vorbereitet sein.«

»Scheitern ist keine Option«, erwiderte Bardon schroff und stand auf. »Wir werden Erfolg haben, weil wir Erfolg haben müssen.«

Kaum hatte er die Worte ausgesprochen, wurde ihm bewusst, wie verzweifelt sie klangen. Aber die Mission war von Anfang an ein Produkt der Verzweiflung gewesen, ein letztes trotziges Aufbäumen gegen die Unvermeidlichkeit des Schicksals. Sollte Lasoth ruhig seine Skepsis äußern – Bardon würde von seinem Ziel nicht abrücken. Erst wenn sie Torbutan erreichten, konnten sie mit Sicherheit sagen, wie ihr Vorhaben ausgehen würde.

Bis dahin würde er weitermachen, sich von nichts und niemand beirren lassen.

Sein Kom-Armband summte. Es war Palanker.

»Wir haben einen Notruf empfangen, Kommandant«, sagte der Erste Offizier aufgeregt. »Er kommt von der ZURUGAT, dem Flaggschiff der 7. Flotte. Entfernung knapp sechzig Lichtjahre. Es ist manövrierunfähig, der Großteil der Besatzung tot.«

Bardon fluchte lautlos.

»Die Überlebenden werden auch noch sterben, wenn wir ihnen nicht helfen«, fügte Palanker hinzu.

Bardon wandte sich von Lasoth ab und kehrte in die Zentrale zurück. Shadne, die Kommunikationsspezialistin, blickte bei seinem Eintreten von ihren Kontrollen auf.

»Der Notruf wird mit hoher Sendeleistung ausgestrahlt«, sagte sie. »Früher oder später werden ihn auch die Bestien empfangen. Wenn wir nicht schnell handeln ...«

Bardon brachte die dunkelhaarige, stämmige Frau mit einer knappen Handbewegung zum Schweigen. Er wusste nur zu gut, in welch prekärer Lage sich ein manövrierunfähiges Schiff befand. Die Bestien kannten keine Gnade, zeigten kein Erbarmen. Er sank in seinen Kommandositz und aktivierte die Bildverbindung zum Maschinenraum.

»Ich wollte mich gerade bei dir melden, Kommandant«, sagte Guras, als ihr Gesicht auf dem Monitorfenster in der rechten unteren Ecke des Hauptbildschirms erschien. Sie hatte Schatten unter den vom Schlafmangel geröteten Augen. »Die Reparaturen an den Modulatorbänken sind abgeschlossen, die Speicher werden bereits aufgeladen.«

»Ausgezeichnete Arbeit«, lobte Bardon. »Wann können wir in die Halbraumphase eintreten?«

»In zehn Minuten haben die Speicher ihre Minimalleistung erreicht«, erwiderte die Cheftechnikerin. »Allerdings ist unsere Reichweite begrenzt, bis sie voll aufgeladen sind.«

»Wie groß ist unser aktueller Operationsradius?«

»Rund einhundert Lichtjahre«, antwortete sie.

Bardon atmete auf. Genug, um die Überlebenden der ZURUGAT zu bergen und die Position zu wechseln, sollte der Funkspruch tatsächlich Schiffe der Bestien anlocken.

»Alles vorbereiten für die Halbraumphase«, sagte er und unterbrach die Verbindung. Er drehte sich um und sah Ronnok an, den Navigator. Der dünne, feingliedrige Mann hob erwartungsvoll den Kopf. »Wir nehmen Kurs auf die ZURUGAT«, befahl er. »Maximalgeschwindigkeit.«

»Verstanden, Kommandant. Halbraumphase beginnt in zehn Minuten.«

Bardon lehnte sich in seinem Sitz zurück und hörte, wie Ronnok die beiden Schwesternschiffe der IBODAN über das geplante Manöver informierte und die Zielkoordinaten weitergab. Er hatte ein flaues Gefühl in der Magengegend. Die ZURUGAT war ein Schlachtschiff der GOLKARTHE-Klasse, ein Leviathan des Weltraums, schwer bewaffnet und durch leistungsstarke Halbraumfelder geschützt. Sie konnte nur durch kampfkräftige Einheiten der Bestien manövrierunfähig geschossen worden sein, und wenn sie noch in der Nähe waren ...

Er kniff die Lippen zusammen. Es war ein großes Risiko, der ZURUGAT zu Hilfe zu eilen, aber eins, das sie eingehen mussten. Offiziere der lemurischen Flotte ließen ihre Kameraden nicht im Stich, niemals, unter keinen Umständen. Selbst wenn sich ihre Mission dadurch verzögerte.

Es hatte schon genug Tote gegeben.

Jedes Leben war es wert, gerettet zu werden.

Zehn Minuten später traten die IBODAN und ihre beiden Schwesternschiffe in die Halbraumphase ein. Auf dem Hauptmonitor verschwand der gleißende Ball der blauen Riesensonne und wurde von den rötlichen Schlieren der Zwischendimension ersetzt.

Thore Bardon straffte sich.

Jetzt gab es kein Zurück mehr.

5

»**Ortung!**«, **schrie Palanker,** als die IBODAN und die beiden anderen Einheiten des kleinen Verbandes in das Normaluniversum zurückkehrten und das rote Wallen des Halbraums der Finsternis des Kosmos und einer nur münzgroßen Sonnenscheibe wich, die sich vor dem sternenreichen Hintergrund abzeichnete. »Objekt auf Zwölf-Gelb-A, Entfernung zwanzig Lichtsekunden. Identifizierung läuft ... Objekt identifiziert als Schlachtschiff der GOLKARTHE-Klasse!«

Er blickte von den Sensorkontrollen auf und sah zu Thore Bardon hinüber.

»Es ist die ZURUGAT, Kommandant. Die Transpondersignale sind eindeutig.«

»Shadne, Funkverbindung herstellen«, befahl Bardon der Kommunikationsspezialistin.

Die dunkelhaarige, stämmige Frau gehorchte. Mit gepresster Stimme sprach sie in das Mikrofon der Kommunikationskonsole. »Hier ist der Schwere Kreuzer IBODAN. Wir sind gekommen, um euch zu helfen. ZURUGAT, bitte meldet euch.«

Sie wartete, erhielt aber keine Antwort. Bardon unterdrückte einen Fluch. Der Hauptbildschirm zeigte den mit ID-Symbolen versehenen Ortungsreflex der ZURUGAT und eine schematische Darstellung des Systems, in dem sie rematerialisiert waren. Eine gelbe Sonne vom Apsu-Typ mit einem heißen inneren Planeten ohne Atmosphäre und drei weit gespannten Asteroidenringen. Die ZURUGAT trieb in der Nähe des mittleren Ringes oberhalb der Ekliptik durch den Weltraum. Es schienen keine weiteren Schiffe in der Nähe zu sein.

Palanker bestätigte seine Einschätzung. »Passivortung negativ, Kommandant«, meldete er. »Das System ist sauber.« Seine Stimme bebte leicht. »Ich bitte um Erlaubnis, die Aktivsensoren einzusetzen, um die Passivortung zu verifizieren.«

Bardon zögerte. Konnten sie dieses Risiko eingehen? Jedes Bestienschiff in der interstellaren Nachbarschaft würde die Hyperdimstreustrahlung der aktiven Sensorsysteme registrieren und die entsprechenden Schlüsse ziehen. Aber andererseits sendete die ZURUGAT ihren Hypernotruf schon seit einiger Zeit ...

»Erlaubnis erteilt«, nickte er.

Der Erste Offizier beugte sich über die Sensorkontrollen. Bardon lehnte sich in seinem Sitz zurück und wartete nervös.

»Kommandant, die ZURUGAT meldet sich nicht«, sagte Shadne. »Sie sendet weiter den Notruf, das ist alles.«

»Auf den Lautsprecher«, befahl Bardon.

Sofort drang Knistern und Prasseln aus den verborgenen Feldlautsprechern der Zentrale, begleitet von einer verzerrten Frauenstimme. »... ZURUGAT. An alle lemurischen Einheiten – unser Schiff wurde bei einem Angriff der Bestien schwer beschädigt. Sublicht- und Halbraumtriebwerke sind ausgefallen, die meisten Besatzungsmitglieder tot, die Beiboote zerstört. Wer auch immer dort draußen ist und uns hört – rettet uns. Hier ist das Flaggschiff der Siebenten Flotte, das Schlachtschiff ZURUGAT. An alle lemurischen Einheiten ...«

Bardon bedeutete Shadne mit einer Handbewegung, die Übertragung zu beenden. *Eine Aufnahme,* dachte er. *Und niemand weiß, wie lange sie schon abgestrahlt wird. Vielleicht sind die Überlebenden inzwischen alle tot. Vielleicht reagiert die ZURUGAT deshalb nicht auf unsere Rufe ...*

»Aktivortung abgeschlossen«, riss ihn Palankers Stimme aus seinen Gedanken. »Keine Feindschiffe im System.«

Immerhin ein Lichtblick!, durchfuhr es Bardon. Er hatte insgeheim damit gerechnet, in eine Falle zu geraten, aber die Sensoren zerstreuten seine Befürchtung.

»Aktivortung der interstellaren Umgebung läuft«, fügte sein Erster Offizier hinzu. »Ergebnisse bis jetzt negativ.«

Doch das konnte sich jede Sekunde ändern. Bardon wusste aus leidvoller Erfahrung, dass die Bestienschiffe immer dann auftauchten, wenn man am wenigsten mit ihnen rechnete. Und solange die ZURUGAT ihren Notruf abstrahlte, konnte sie die Bestien anlocken. Sie mussten den Sender zum Schweigen bringen, und zwar schnell.

»Noch immer keine Antwort von der ZURUGAT«, sagte die Kommunikationsspezialistin.

»Bioscan der ZURUGAT abgeschlossen«, meldete Palanker im nächsten Moment. »Keine messbaren Werte. Energiewerte ebenfalls negativ. Das Schiff ist ein Wrack.« Trauer und Zorn ließen seine Stimme heiser klingen. »Dort lebt niemand mehr, Kommandant. Es tut mir Leid.«

Bardon schüttelte düster den Kopf. Sie waren zu spät gekommen, hatten sinnlos wertvolle Zeit verschwendet. Er sah auf den Hauptbildschirm, auf den Ortungsreflex des wracken Schlachtschiffs, das zum Grab für zahllose tapfere Männer und Frauen geworden war, und sein Hass auf die Bestien loderte hell auf. Er würde dafür sorgen, dass die sterblichen Überreste ihrer Kameraden nicht in die Hände des Feindes fielen. Sollten die Bestien die Explosion orten, würden sie davon ausgehen, dass die ZURUGAT aufgrund der massiven Schäden detoniert war.

»Ronnok, bring die IBODAN in Kernschussreichweite der ZURUGAT«, befahl er dem Navigator, der seine Anweisung knapp bestätigte. »Helot«, wandte er sich dann an die Waffenmeisterin, »vernichte das Wrack mit einer Gegenpolsalve.« Er schwieg einen Moment. »Mögen die alten Götter ihren Seelen gnädig sein«, fügte er dann leise hinzu.

Seine Worte wurden vom Dröhnen der Impulstriebwerke verschluckt. Die IBODAN und ihre beiden Schwesterschiffe beschleunigten und steuerten das Wrack an. Die Distanz schrumpfte zusehends, und Bardons unterschwellige Nervosität ließ langsam nach.

»Aktivortung noch immer negativ«, übertönte Palankers Stimme den Triebwerkslärm.

»Weiter keine Antwort von der ZURUGAT«, sagte die Kommunikationsspezialistin.

Einige Momente später berichtete Ronnok, der Navigator: »Wir befinden uns in Kernschussreichweite, Kommandant.«

Abrupt brach das laute Wummern der Ringwulsttriebwerke ab. Im freien Fall trieb die IBODAN auf das wracke Flaggschiff der Siebenten Flotte zu.

»Gegenpolkanonen geladen und feuerbereit.« Helot, die Waffenmeisterin, hob den Kopf und sah Bardon erwartungsvoll an.

Der Kommandant zögerte eine Sekunde. Unter normalen Umständen hätten sie die ZURUGAT mit ihren Traktorstrahlen erfasst und zur Reparatur ins nächste Raumdock geschleppt. Kriegsschiffe waren knapp in dieser Zeit. Aber ihre Mission duldete keinen weiteren Aufschub. Sie mussten das 87. Tamanium ansteuern, wo die Zeitmaschine auf sie wartete, wo sie all die Schrecken und das Leid des fast hundertjährigen Krieges ungeschehen machen konnten.

»Feuer frei«, sagte er.

Einen Moment später flammte im Weltraum der Explosionsball einer 100-Megatonnen-Fusionsbombe auf und verschlang das Wrack. Das sonnenheiße Feuer ließ das stolze Flaggschiff der Siebenten Flotte verglühen, während vereinzelte Trümmerstücke aus der Todeszone geschleudert wurden und wie Meteore durch den interplanetaren Weltraum flogen.

Bardon seufzte und aktivierte die Verbindung zum Maschinenraum. Guras' Gesicht tauchte im Monitorfenster auf, sorgenvoll zerfurcht, die Augen verdüstert.

»Die Modulatorbänke machen Schwierigkeiten, Kommandant«, sagte sie sichtlich bedrückt. »Wir haben mit Spannungsschwankungen in den Hyperdimreglern zu kämpfen. Wahrscheinlich werden wir sie austauschen müssen.«

Bardon unterdrückte ein Stöhnen. Eine weitere Zeitverzögerung. Deprimiert fragte er sich, ob sie das 87. Tamanium jemals erreichen würden.

»Wie lange brauchst du für den Austausch?«, fragte er.

»Nicht mehr als dreißig Minuten«, antwortete die Cheftechnikerin. »Aber solange sitzen wir in diesem System fest. Ich ...«

Das Schrillen des Detektoralarms ließ sie verstummen. Bardon fuhr ruckartig in seinem Sitz herum und starrte Palanker an. Das Gesicht des Ersten Offiziers war aschfahl geworden.

»Ortung«, krächzte er. »Vier Objekte in Neun-Rot-F, Entfernung zwölf Lichtsekunden, Geschwindigkeit ein Zwanzigstel Licht, mit hohen Werten beschleunigend, auf Kollisionskurs ... Identifizierung läuft ...«

Bardon hielt den Atem an.

»Objekte identifiziert«, stieß Palanker nach einem Moment mit tonloser Stimme hervor. »Ein Superschlachtschiff der Bestien, ein Schlachtschiff und zwei Kreuzer. Sie haben ihre Schutzschirme und Waffensysteme aktiviert. Massive Hyperdimwerte ... Intervallkanonen werden hochgefahren.«

Bardon ruckte wieder herum und sah auf den Hauptbildschirm, wo vier Ortungsreflexe aus dem mittleren Asteroidenring des Systems aufgetaucht waren und mit zunehmender Geschwindigkeit den lemurischen Verband ansteuerten. Das Entsetzen lähmte ihn. Diesmal gab es keinen Ausweg mehr, kein Entkommen.

»Gefechtsreichweite in zwei Minuten vierzig Sekunden«, sagte Palanker.

Es war doch eine Falle, dachte Bardon. *Die ZURUGAT war ein Lockvogel, mehr nicht. Die Bestien haben mit deaktivierten Maschinen im Ortungsschatten des Asteroidenrings gelauert und auf den günstigsten Moment zum Zuschlagen gewartet ... der jetzt gekommen ist.*

»Schutzschirm aktivieren«, befahl er automatisch, obwohl er wusste, dass es sinnlos war.

»Halbraumfeld aktiviert«, bestätigte Palanker ebenso automatisch. »Leistung bei hundert Prozent.«

Aber das Halbraumfeld würde schon bei der ersten Intervallsalve zusammenbrechen, wie die Erfahrung gelehrt hatte. Die fünfdimensionalen Stoßfronten würden die IBODAN zertrümmern, und alle an Bord würden sterben.

»Alle Waffensysteme feuerbereit«, hörte er die Waffenmeisterin Helot wie aus weiter Ferne sagen.

Die Waffen würden ihnen nichts nutzen, wie sie bei ihren vorherigen Konfrontationen mit den Bestien erfahren hatten. Nicht einmal die zerstörerischen Gegenpolkanonen konnten die Paratronschirme des Feindes durchdringen.

Der Tod, dachte Bardon. *Er kommt, um uns zu holen.*

Einen Moment überlegte er, auf die bewährten Ausweichmanöver zurückzugreifen, um Zeit zu gewinnen, aber diesmal würden sie damit keinen Erfolg haben. Es war unmöglich, die Bestienschiffe 30 Minuten lang hinzuhalten, bis der Halbraumantrieb wieder funktionstüchtig war.

»Gefechtsreichweite in zwei Minuten und zwanzig Sekunden«, sagte Palanker in die Stille hinein, die sich schwer auf die Zentrale gelegt hatte. »Deine Befehle, Kommandant?«

Bardon riss sich zusammen. Die Besatzung wartete auf Anweisungen, und er musste eine Entscheidung treffen. Die IBODAN war nicht mehr zu retten, aber sein Leben und das Leben seiner Crew waren unwichtig im Vergleich zu der Mission. Die Zeitmaschine im 87. Tamanium musste unter allen Umständen geborgen und eingesetzt werden. Nur so konnten sie hoffen, dass ihr Opfer nicht umsonst war.

Er aktivierte die verschlüsselte Verbindung zu den beiden Schwesternschiffen der IBODAN. »Halbraumphase sofort einleiten. Ihr müsst die Mission fortführen und Torbutan erreichen. Die IBODAN wird zurückbleiben und euch bis zum Eintritt der Halbraumphase Feuerschutz geben.«

Bardon hörte, wie Palanker scharf durchatmete, doch weder er noch ein anderer Offizier der Zentralcrew protestierte. Sie waren klug genug, um zu begreifen, dass sein Befehl die einzig richtige Entscheidung war. Die Subkommandanten der OLATH und der HORDAMON bestätigten seine Anweisung ebenfalls, ohne zu widersprechen, und erneut war Bardon stolz auf seine Leute, ihre Disziplin, ihre Weitsicht.

Er verfolgte auf dem Bildschirm, wie die beiden Schweren Kreuzer beschleunigten, um den Eintritt in die Halbraumphase zu erleichtern. Die vier Ortungsreflexe der Bestienschiffe rückten unerbittlich näher. Sie würden in Gefechtsreichweite kommen, bevor die Halbraumphase eingeleitet war, und es würde Aufgabe der IBODAN sein, die Bestien lange genug zu beschäftigen, um ihren Kameraden die Flucht zu ermöglichen.

Die Fortsetzung der Mission.

Die Suche nach der Zeitmaschine.

Bardon dachte an Ruun Lasoth, der noch immer im Positronikraum saß und die Informationen analysierte, die sie in der zerstörten geheimen Forschungsstation auf Zalmut gefunden hatte. Lasoth war der Kopf dieses verzweifelten Unternehmens, und unwillkürlich fragte er sich, ob die Crew der OLATH und der HORDAMON ohne den genialen Chefwissenschaftler die Zeitmaschine überhaupt würde bedienen können.

Er kniff die Lippen zusammen, bis sie schmerzten. Unnütze Überlegungen. Es gab keine Möglichkeit, Lasoth auf einen der anderen Kreuzer zu bringen, bevor die Bestien angriffen. Er würde sterben, so wie alle anderen an Bord auch.

»Gefechtsreichweite in einer Minute und fünfzig Sekunden«, sagte Palanker.

Bardon räusperte sich. »Auf mein Kommando Feuer frei für alle Waffensysteme.«

»Feindschiffe sind anvisiert, alle Waffen feuerbereit«, erwiderte Helot.

Er sah sich um und musterte die ernsten, blassen Gesichter seiner Führungsoffiziere. Da war Angst in ihren Augen, die kreatürliche Furcht vor dem sicheren Tod, doch neben der Angst fand er auch die unbeugsame Entschlossenheit, bis zum Ende zu kämpfen.

Ronnok, der Navigator, flüsterte ein Stoßgebet an Lahamu, die Herrin der Schlachten, und Bardon ertappte sich dabei, wie er selbst zu den alten Göttern betete, während die Bestienschiffe immer näher kamen. Plötzlich verließ ihn die Angst. Er würde sterben, aber das bedeutete gleichzeitig, dass er wieder mit seiner Frau und seinen Kindern vereint sein würde. Und es bestand noch immer die Hoffnung, dass die OLATH und die HORDAMON Erfolg haben, die Zeitmaschine finden und das rettende Zeitexperiment durchführen würden.

Wir werden wieder auferstehen, sagte sich Bardon grimmig. *Aus der Finsternis des Todes und der Asche der Zeit werden wir uns erheben, und all das Grauen dieses langen Krieges wird nie geschehen sein.*

Der Gedanke gab ihm neuen Mut.

»Helot«, sagte er laut zu der Waffenmeisterin, »konzentriere das Feuer der Gegenpolkanonen auf die beiden feindlichen Kreuzer.«

»Verstanden, Kommandant.«

Gegen die schweren Einheiten der Bestien hatten sie keine Chance. Sie waren zu schwer bewaffnet, zu gut geschützt. Aber die beiden Kreuzer waren das schwächste Glied der Kette, und vielleicht konnten sie sie mit ins Grab nehmen, wenn sie denn schon sterben mussten.

»Gefechtsreichweite in dreißig Sekunden«, meldete der Erste Offizier.

Bardon verspannte sich. *Gleich ist es so weit,* dachte er. *Gleich wird ...*

Abrupt heulte der Detektoralarm auf und schnitt wie ein Messer durch die gespannte Stille vor der Schlacht.

»Ortung!«, schrie Palanker. »Massive Hyperdimschocks in Sieben-Rot-F ... achtundzwanzig, nein, dreißig Objekte materialisiert, Geschwindigkeit ein Drittel Licht, auf Kollisionskurs ... Identifizierung läuft ... Objekte identifiziert!« Die Stimme des Ersten Offiziers überschlug sich. »Es ist ein lemurischer Verband! Es sind unsere Leute, Kommandant, *unsere Leute!* Zwölf Schlachtschiffe der GOLKARTHE-Klasse, zehn Schlachtkreuzer und acht Schwere Kreuzer ...!«

Bardon konnte es nicht glauben. Er starrte auf den Hauptmonitor und die 30 Ortungsreflexe, die oberhalb des Asteroidenrings aufgetaucht waren und mit hoher Geschwindigkeit auf die Bestienschiffe und die IBODAN zurasten. *Wir sind gerettet*, dachte er wie betäubt. *In letzter Sekunde.*

»Kommandant, wir werden gerufen«, sagte Shadne, die Kommunikationsspezialistin. »Auf der verschlüsselten Gefechtsfrequenz. Eine Audioübertragung.«

»Auf den Lautsprecher«, befahl Bardon, während er verfolgte, wie die Bestienschiffe langsamer wurden, beidrehten und Kurs auf den angreifenden lemurischen Schiffsverband nahmen.

Eine barsche, befehlsgewohnte Stimme dröhnte aus den verborgenen Feldlautsprechern. »Hier spricht Admiral Targank, Oberkommandierender der 74. Schnellen Eingreifflotte, Flaggschiff RADORGAR. Lemurische Einheiten, identifiziert euch.«

Bardon atmete tief durch. »Hier ist Kommandant Bardon vom Schweren Kreuzer IBODAN. Wir befinden uns auf einer Sondermission und sind in eine Falle der Bestien geraten.« Er holte tief Luft. »Es tut gut, deine Stimme zu hören, Admiral. Wir hatten den sicheren Tod vor Augen.«

Der Admiral lachte ohne jede Fröhlichkeit. »Nun, noch ist es nicht ausgestanden, Kommandant Bardon. Den Siegeswein trinken wir erst, wenn wir die Bestienschiffe zerstört haben.«

Die Verbindung brach ab, und Bardon hörte, wie Palanker gepresst aufschrie. Er sah wieder auf den Bildschirm. Eins der Bestienschiffe hatte sich von dem kleinen Verband getrennt, der die lemurische Flotte ansteuerte, und raste direkt auf die IBODAN zu.

»Gefechtsreichweite in zehn Sekunden!«, rief der Erste Offizier.

»Helot, Feuer frei!«, befahl Bardon heiser.

Die Waffenmeisterin reagierte sofort. Auf dem Hauptbildschirm flammten die künstlichen Sonnen der explodierenden Megatonnenbomben auf und zerrissen die Finsternis des Weltraums. Das Bestienschiff flog in den Feuervorhang hinein, und Bardon verfolgte, wie sein Paratronschirm die charakteristischen Muster bildete und die zerstörerischen Energien in den Hyperraum ableitete. Einige Sekunden lang verschwand es in der Flammenhölle, um dann unversehrt aus der Explosionszone herauszurasen.

Aus den Augenwinkeln nahm Bardon wahr, wie die OLATH und die HORDAMON ihren Kurs änderten und zur IBODAN zurückkehrten. Sie hatten die Halbraumphase abgebrochen, um ihnen zu Hilfe zu eilen. Bardon fluchte lautlos. Er verstand, warum die beiden Subkommandanten so handelten, aber ihm wäre es lieber gewesen, wenn sie den Flug nach Torbutan fortgesetzt hätten.

Er überlegte, einen entsprechenden Befehl zu geben, doch er kam nicht mehr dazu. Das Bestienschiff eröffnete das Feuer aus den Intervallkanonen. Die fünfdimensionalen Stoßfronten trafen auf das Halbraumfeld der IBODAN und brachten es zum Flackern. Die ersten Strukturrisse bildeten sich. Sofort steigerte sich das gedämpfte Dröhnen der Speicherbänke zu einem durchdringenden Heulen, als sie frische Energie in den überlasteten Schutzschirm pumpten, doch die Risse wurden breiter.

Eine Explosion erschütterte das Schiff und rüttelte die Zentralbesatzung durch, und die Displayleiste an Bardons Kontrollpult meldete die Zerstörung einer Impulstriebwerkseinheit.

»Ausweichmanöver M-Sieben!«, überschrie er das Heulen der Speicherbänke.

Die IBODAN scherte abrupt aus und raste in einem steilen Winkel zu ihrem bisherigen Vektor davon, fort von dem Bestienschiff, das wenige Sekunden später beschleunigte und die Verfolgung aufnahm. Dann waren die OLATH und die HORDAMON heran. Ihre Gegenpolkanonen setzten den Weltraum in Brand. Das Bestienschiff verschwand in der Gluthölle der Fusionsexplosionen, aber es feuerte weiter aus seinen Intervallkanonen. Mit schreckgeweiteten Augen sah Bardon, wie der Schutzschirm der OLATH von den Intervallsalven förmlich hinweggefegt und ein Teil ihres Ringwulstes zertrümmert wurde. Flammen leckten aus den breiten Rissen, die im Rumpf klafften. Nachfolgeexplosionen erschütterten das Schiff, Trümmerstücke wirbelten sich überschlagend durch den Weltraum.

Bardon stöhnte auf.

In der Ferne, über dem mittleren Asteroidenring des Systems, leuchteten neue Sonnen auf, als die Schlacht zwischen der lemurischen Eingreifflotte und den drei anderen Bestienschiffen entbrannte. Er sah, wie auf dem Hauptbildschirm zwei Ortungsreflexe verschwanden, und er wusste, dass zwei lemurische Einheiten vernichtet worden waren.

Noch mehr Tote, dachte er benommen. *Hört das Sterben denn gar nicht mehr auf?*

Eine leichte Erschütterung durchlief die IBODAN, als die Waffenmeisterin gleichzeitig ein Dutzend Raumtorpedos abfeuerte. Sie trafen auf das Paratronfeld des Bestienschiffes und detonierten. Wieder bildeten sich die charakteristischen Aufrisserscheinungen, mit denen der wabernde Schutzschirm die zerstörerischen Energien in den Hyperraum leitete, aber im selben Moment schlug eine massive Gegenpolsalve der HORDAMON ein.

Bardon stockte der Atem.

Der Paratronschirm gab unter der Überlastung nach. In Höhe des Triebwerksrings der unteren Polplatte entstand ein schmaler Strukturriss und verbreitete sich im Bruchteil einer Sekunde zu einer klaffenden Lücke, durch die das Fusionsfeuer nach dem schwarzen Stahl des Rumpfes leckte.

Das Bestienschiff verglühte in einer grellen Explosion.

Freudenschreie gellten durch die Zentrale, Triumphgeheul, mit dem sich die Spannung der letzten Minuten entlud.

»Ein Notruf von der OLATH«, rief Shadne laut, um den Lärm in der Zentrale zu übertönen. »Die Besatzung verlässt das Schiff. Die ersten Rettungskapseln werden ausgeschleust.«

Bardon wandte den Blick vom Hauptmonitor und sah zu Ronnok hinüber. »Bring uns zur OLATH«, befahl er. »Wir werden die Rettungskapseln bergen und zur Eingreifflotte aufschließen.«

Der Navigator gehorchte, und mit aufbrüllenden Korrekturtriebwerken kehrte die IBODAN zur wracken OLATH zurück. Die HORDAMON hatte ebenfalls beigedreht und steuerte ihr Schwesternschiff an, um die Rettungskapseln mit den Schiffbrüchigen an Bord zu nehmen.

Bardon konzentrierte sich wieder auf den Hauptbildschirm. Die lemurische Flotte hatte inzwischen mit konzentrierten Gegenpolsalven den anderen Schweren Kreuzer und das Schlachtschiff der Bestien zerstört und nahm jetzt das Superschlachtschiff unter massives Feuer. Bedrückt stellte der Kommandant fest, dass sich die Zahl der lemurischen Ortungsreflexe auf 20 verringert hatte.

Zehn Schiffe vernichtet, dachte er. *Dieser ungeheuerliche Blutzoll ... und all das nur, um uns zu retten.*

Schuldgefühle stiegen in ihm hoch, doch er unterdrückte sie. Auch wenn es Admiral Targank nicht wusste – durch sein beherztes und verlustreiches Eingreifen würde er womöglich das Schicksal des Großen Tamaniums wenden und dem lemurischen Volk zur neuen Blüte verhelfen. Bardon war entschlossener denn je, das Zeitexperiment durchzuführen und die Bestien auszulöschen, bevor sie ihren Vernichtungskrieg gegen die Lemurer beginnen konnten.

Auf dem Hauptbildschirm flammte eine ferne neue Sonne auf, überstrahlte einige Momente das Licht des Hauptgestirns des Systems und erlosch flackernd. Als das Fusionsfeuer verglühte, verriet Bardon ein Blick auf die Ortungskontrollen, dass das Superschlachtschiff der Bestien zerstört war.

Die Schlacht war vorbei.

Sie waren siegreich.

Und der Weg zum 87. Tamanium war frei, der Weg zur Zeitmaschine, zur ultimativen Rettung.

Unendliche Erleichterung überfiel Bardon. Er hatte den Tod vor Augen gehabt, doch der Tod war bezwungen. Sie würden leben und ihre Mission erfüllen. Er musste dem Admiral danken.

»Shadne, eine Verbindung zur RADORGAR«, befahl er.

Während die Kommunikationsspezialistin die Funkverbindung zum Flaggschiff der 74. Schnellen Eingreifflotte herstellte, verfolgte Bardon auf dem Hauptmonitor, wie die Rettungskapseln der wracken OLATH von der IBODAN und der HORDAMON mit Traktorstrahlen aus dem Weltraum gefischt wurden. Er hoffte, dass die meisten seiner Leute den Angriff überlebt hatten.

Abrupt wechselte das Bild auf dem Monitor. Ein untersetzter, plump wirkender Mann mit kantigem Gesicht und Bürstenhaarschnitt wurde sichtbar. An seiner Admiralsuniform funkelten über ein Dutzend Orden.

»Kommandant Bardon vom Schweren Kreuzer IBODAN«, sagte Bardon und neigte grüßend den Kopf. »Im Namen meiner Crew möchte ich dir für dein ...«

»Wir haben keine Zeit für Nettigkeiten«, fiel ihm Admiral Targank barsch ins Wort. Seine Gesichtszüge verdüsterten sich. »Ich habe bei dieser unplanmäßigen Rettungsaktion ein Drittel meiner Einheiten verloren. Dein Dank wird die Männer und Frauen, die gestorben sind, nicht zurückbringen.«

Er starrte Bardon anklagend an, als wäre er verantwortlich für die Vernichtung der zehn Raumschiffe.

Und er hat Recht, dachte Bardon deprimiert. *Wären wir dem Notruf der ZURUGAT nicht gefolgt, hätte es dieses Drama vielleicht nicht gegeben.* Er verdrängte den Gedanken und straffte sich.

»Es tut mir Leid, Admiral«, sagte er steif.

»Sicher«, knurrte Targank. »Aber auch für Beileidsbekundungen ist keine Zeit. Schließ dich mit deinen beiden Schiffen meiner Flotte an. Wir sind auf dem Weg nach Tanta III. Das Oberkommando der Flotte befürchtet eine neue Offensive der Bestien gegen die Steuerungswelt des Sonnentransmitters. Alle kampfkräftigen Schiffe werden gebraucht, um die Evakuierung nach Karahol zu schützen.«

Bardon zögerte einen Moment. Es stand ihm nicht zu, einem Admiral zu widersprechen, doch er hatte keine andere Wahl.

»Ich bedaure, Admiral, aber wir befinden uns auf einer Sondermission, die von schicksalhafter Bedeutung für unser Volk ist«, sagte er laut. »Wir haben direkte Befehle vom Hohen Tamrat Merlan ...«

»Ich habe hier die Befehlsgewalt«, unterbrach Targank. Er beugte sich nach vorn, sodass sein kantiges Gesicht den Bildschirm ausfüllte. »Und ich hebe die Anweisung des Hohen Tamrats auf. Wir fliegen nach Tanta III.«

»Aber ... Admiral!« Bardon schluckte und spürte, wie ihm der Schweiß ausbrach. Er konnte den direkten Befehl eines Admirals nicht missachten, doch er durfte auch nicht zulassen, dass die Mission scheiterte. »Von dem Erfolg unserer Mission hängt die Existenz des Großen Tamaniums ab!«

Targank lachte bellend. »Offenbar ist dir entgangen, dass das Große Tamanium längst nicht mehr existiert, Bardon.«

»Aber wir können es wieder auferstehen lassen«, sprudelte Bardon verzweifelt hervor. »Mit einem Zeitexperiment. Wir wissen, wo sich eine Zeitmaschine befindet, mit der ...«

Erneut wurde er von Targank unterbrochen. Kalte Wut zeichnete sich auf dem Gesicht des Admirals ab. »Genug, Kommandant!«, donnerte er. »Ich habe weder die Zeit noch die Absicht, mir deine fantastischen Märchen anzuhören. Tanta III ist in Gefahr, von den Bestien überrannt zu werden. Die Evakuierung von Millionen Lemurern ist bedroht. Entweder, du schließt dich jetzt mit deinen beiden Schiffen meiner Flotte an, oder ich enthebe dich deines Kommandos und lasse dich standrechtlich erschießen. Habe ich mich klar genug ausgedrückt?«

Bardon sank in sich zusammen. Er sah in den Augen des Admirals, dass er seine Drohung wahrmachen würde, wenn er nicht gehorchte. Er hatte verloren. Die Mission war gescheitert. Jercy und die Kinder ... er würde sie nicht retten können. Ebenso wenig wie die Millionen anderen Toten dieses langen Krieges.

»Verstanden, Admiral«, erwiderte er gepresst. »Die IBODAN und die HORDAMON schließen sich deiner Flotte an.« Er verstummte kurz, nahm all seinen Mut zusammen und fügte hinzu: »Aber ich bitte um die Erlaubnis, meine Mission in einem Memo zusammenzufassen und es beim Oberkommando der Flotte einzureichen.«

Targank zuckte gleichgültig die Schultern. »Solange du meinen Befehlen gehorchst, Bardon«, knurrte er, »kannst du so viele Memos verfassen, wie du willst.«

Er beendete die Verbindung. Der Hauptbildschirm zeigte wieder die schematische Darstellung des namenlosen Systems und das Funkeln von Millionen fernen Sternen.

In der Zentrale der IBODAN herrschte gespenstische Stille. Bardon spürte die Blicke seiner Führungsoffiziere in seinem Rücken, aber er hatte nicht die Kraft, sich umzudrehen und ein paar aufmunternde Worte zu sprechen. All die Opfer, die sie gebracht, die Gefahren, die sie überstanden hatten ... durch Targanks Befehl hatten sie jeden Sinn verloren.

Er dachte an das Memo, das er schreiben würde.

Vielleicht würde das Oberkommando der Flotte einsichtiger sein als der Admiral. Vielleicht konnte er von Tanta III aus Verbindung mit dem Hohen Tamrat Merlan auf Lemur aufnehmen, damit er Druck auf das Flottenkommando ausübte. Vielleicht gab es doch noch einen Funken Hoffnung, dass sie ihre Mission fortsetzen konnten.

Er biss die Zähne zusammen.

Er würde kämpfen und nicht ruhen und rasten, bis er bei seinen Vorgesetzten Gehör fand. Die Mission war zu wichtig, um jetzt zu resignieren. Aber sein Kampf gegen die Mühlen der Militärbürokratie würde Zeit kosten, Zeit, die sie vielleicht nicht hatten. Und es war fraglich, ob er am Ende wirklich siegen würde.

Thore Bardon sah auf den Hauptbildschirm, auf die Sterne, die wie kalte Augen in der Finsternis des Weltraums leuchteten, und einen Moment lang hatte er das Gefühl, dass sie ihn verhöhnten.

6

Der Sturz in den Abgrund der Zeit endete mit einem grellen Schmerz, der Icho Tolot schockartig klar machte, dass er nicht länger entstofflicht, reines Bewusstsein in der temporalen Zwielichtzone, sondern wieder ein Wesen aus Fleisch und Blut war, verletzlich und sterblich trotz des Zellaktivatorchips, der ihm das ewige Leben sicherte. Er lag paralysiert auf dem Boden, der sich nach der Phase der Körperlosigkeit kalt und hart und fremd anfühlte, und war zu schwach, um sich zu rühren. Ein Stöhnen drang von seinen Lippen, laut und grollend, und er riss die Augen auf.

Licht blendete ihn.

Er kniff die Lider zusammen, die sich lamellenförmig zu Schlitzen verengten, schützte sich so vor der brennenden Helligkeit, und wartete, bis seine Augen sich an die Lichtverhältnisse gewöhnt hatten. Keuchend sah er sich um, noch immer vom Rematerialisierungsschock halb gelähmt.

Das Licht ging von dem Kraftfeld aus, das zwischen den trichterförmigen Wandlern der Zeitmaschine wallte und vage an das Abstrahlfeld eines Transmitters erinnerte. Er verfolgte, wie das Feld an Leuchtkraft verlor und schließlich erlosch. Das gedämpfte Brummen der Anlage verstummte.

Stille breitete sich aus, nur von seinen angestrengten Atemzügen durchbrochen.

Er war erleichtert. Insgeheim hatte er befürchtet, dass ihm die Bestien durch die Zeit folgen würden, aber das

Kraftfeld, das Tor in die Vergangenheit, existierte nicht mehr. Er war in Sicherheit.

Vorerst.

Unwillkürlich dachte er an Denetree und seine Begegnung mit der Lemurer-Nachfahrin, die in über 50 000 Jahren stattfinden würde. Er dachte ebenso an Perry Rhodan, an Solina Tormas und Hayden Norwell, die auf Gorbas IV zurückgeblieben waren und vielleicht in diesem Moment dem Tod ins Auge schauten.

Diese Überlegungen, auch wenn sie Freunde betreffen, sind unwichtig, mahnte ihn sein Planhirn. *Sie helfen dir in der aktuellen Situation nicht weiter.*

Das Planhirn hatte Recht. Er musste sich orientieren, feststellen, in welcher Epoche er sich befand. Er dachte an sein anderes, zukünftiges Ich, das die Reise, die er jetzt antrat, bereits hinter sich gebracht hatte, und hoffte, dass sein Abenteuer tatsächlich ein gutes Ende nehmen würde. Dass er kein Zeitparadox auslöste und sich selbst auslöschte.

Die Taubheit in seinen Gliedern ließ nach, und er richtete ächzend seinen massigen Körper auf. Sein roter Kampfanzug umgab ihn wie eine zweite Haut und vermittelte ihm ein Gefühl der Sicherheit, das trügerisch war. Automatisch griff er nach dem Kombistrahler an seiner Hüfte.

Die Umgebung, in der die Zeitmaschine stand, unterschied sich von der des Jahres 1327 NGZ, doch das war keine Überraschung. Er war weit in die Vergangenheit gereist. Er würde vorsichtig sein müssen, wenn er auf Lemurer traf. Möglicherweise würden sie nicht so freundlich und friedlich sein wie ihre Artgenossen an Bord der Sternenarchen.

Er lauschte, hörte aber keine Stimmen, nur das gedämpfte Brummen verborgener Maschinen, die den Boden zum Vibrieren brachten. Automatisch fragte er sich, wie sich der andere, zukünftige Tolot verhalten hatte, als er an diesem Punkt seiner Reise angelangt war. Würde er genauso handeln und reagieren wie sein zukünftiges Ich, weil die Muster der Zeit bereits festgelegt waren, oder würde es Abweichungen geben, die sich letztendlich zu großen Veränderungen hochschaukelten und die Ereignisse des Jahres 1327 NGZ beeinflussten?

Das ist irrelevant, wies ihn sein Planhirn kühl zurecht. *Spekulationen nützen dir nichts. Du wirst handeln müssen, wie es die Lage erfordert.*

Mit schweren Schritten stapfte er zu dem Tor, das aus der Halle führte. Es öffnete sich automatisch. Tolot blieb abrupt stehen. Vor ihm lag ein breiter Korridor, in dessen Decke in regelmäßigen Abständen runde Leuchtplatten eingelassen waren. Türen säumten den Gang. In einiger Entfernung deutete dicht unter der Decke ein Gitter auf einen Belüftungsschacht hin. Er hörte das leise Rauschen einer Klimaanlage.

Diesen Korridor hatte es in der Zukunft nicht gegeben. Seine Umgebung unterschied sich völlig von dem Bergbauareal. Konnte er daraus folgern, dass ...?

Das muss nicht unbedingt etwas zu bedeuten haben, unterbrach sein Planhirn den Gedankengang. *Solange du nicht weißt, in welcher Zeit du dich befindest, solltest du auf voreilige Schlussfolgerungen verzichten.*

Der Haluter unterdrückte ein freudloses Lachen. *Danke für diese hellsichtige Erkenntnis,* dachte er ironisch zurück.

Sein Planhirn antwortete nicht. Es hatte für Ironie nichts übrig. Es funktionierte nach rein logischen Parametern und verschwendete keine Zeit mit freundlichen Plaudereien. Und sein Einwand war natürlich berechtigt. Er musste zunächst Informationen sammeln, bevor er eine Lageanalyse durchführen konnte.

Vorsichtig trat er in den Korridor. Hier war der gedämpfte Maschinenlärm lauter, die Vibration des Bodens stärker. Er spürte sie deutlich durch den Sohlenbelag seines Kampfanzugs. Mit gezücktem Kombistrahler näherte er sich der ersten Tür. An ihr prangten Schriftzeichen. Lemurische Schriftzeichen. Er beherrschte die Sprache und übersetzte die Schrift mühelos.

Temporalkontrollraum.

Ein elektronisches Kodeschloss sicherte die Tür, aber sie stand einen Spalt weit offen, und ein kurzer Druck seiner mächtigen Pranke genügte, um sie in die Verschalung des Rahmens zu schieben. Im Innern befanden sich Kontrollpulte, Monitorreihen und technische Geräte, die ihm fremd waren. An einer Wand stapelten sich Kisten mit weiterer Ausrüstung. An einem Teil der Schaltpulte fehlten die Verkleidungen, und es sah so aus, als hätte jemand begonnen, die technische Einrichtung zu demontieren und in den Kisten zu verstauen, und wäre mitten in der Arbeit unterbrochen worden.

Tolot ging vorsichtig weiter den Korridor hinunter. In den angrenzenden Räumen waren Laboreinrichtungen untergebracht, die ein ähnliches Bild wie der Kontrollraum boten. Kistenstapel, halb deinstallierte Maschinen und Geräte, ausgeräumte, offen stehende Schränke, ausrangierte Ausrüstung, die sich in den Ecken türmte.

Nur das Licht und das leise Rauschen aus den Belüftungsschächten verrieten, dass die Anlage noch in Betrieb war.

Am Ende des Korridors lag eine Kreuzung, von der sternförmig sechs weitere Gänge abführten. Er horchte und glaubte aus dem rechten Tunnel Stimmengemurmel zu hören. Unsicher zögerte er. Eine Konfrontation mit den lemurischen Bewohnern dieses Komplexes konnte gefährlich werden, da er nicht wusste, wie sie auf sein plötzliches Auftauchen reagierten, aber wenn er Informationen sammeln wollte, hatte er keine andere Wahl.

Das ist richtig, bestätigte sein Planhirn. *Und je schneller du Antworten auf deine Fragen findest, desto besser.*

Tolot steckte den Kombistrahler wieder in das Hüftholster. Es war klüger, den Fremden nicht mit gezückter Waffe entgegenzutreten. Sollten sie feindselig reagieren, würde ihn sein Kampfanzug schützen. Außerdem vertraute er auf seinen einzigartigen Metabolismus, die Fähigkeit, seine Körperstruktur so zu verhärten, dass sein Fleisch unempfindlich und widerstandsfähig wie Terkonit war.

Er ging weiter und hörte, wie das Gemurmel lauter

wurde. Einzelne Worte wurden verständlich. Die Fremden sprachen Lemurisch, doch nach der Beschriftung der Labortüren hatte er nichts anderes erwartet. Er hoffte, dass sie ihm so wohlgesonnen waren wie die Lemurer von den Sternenarchen.

Der Korridor knickte ab und öffnete sich zu einer großen Halle. Tolot blieb stehen. Der Saal war voller Lemurer, Männer, Frauen und Kinder in zerknitterter, schmutziger Kleidung, die nicht wie die Techniker und Wissenschaftler eines Laborkomplexes, sondern eher wie Flüchtlinge aussahen, die ein schweres Martyrium hinter sich hatten. Sie hockten apathisch auf dem Boden oder lagen auf Schlafmatten, dicht an dicht gedrängt, abgerissene, erschöpft wirkende Gestalten, viele verletzt, mit blutigen Verbänden. Einige schliefen, andere saßen stumm mit hängenden Köpfen da, wiederum andere tuschelten leise miteinander.

Sie hatten ihn noch nicht bemerkt.

Icho Tolot öffnete den Mund, um die lemurische Grußformel zu sprechen, *Halaton kher lemuu onsa*, doch ehe er dazu kam, hob einer der Männer den Kopf und blickte in seine Richtung. Einen Moment lang war sein Gesicht maskenhaft starr, wie im Schock eingefroren, doch dann verzerrte es sich zu einer Fratze des Entsetzens. Furcht leuchtete in seinen Augen auf. Seine Lippen bebten. Dann riss er den Mund auf und schrie.

Es war ein Schrei, bei dem ein Beben durch den Körper des Riesen lief. Er drückte tiefes, kreatürliches Grauen aus, blinde Panik und Todesangst. Der Schrei schnitt wie ein Lasermesser durch das Gemurmel der anderen Lemurer und brachte sie abrupt zum Schweigen. Alle Köpfe ruckten herum. Und das Entsetzen, das sich auf dem Gesicht des Mannes abzeichnete, spiegelte sich in den Mienen der anderen.

Hundert Münder nahmen den Schrei des ersten Mannes auf und potenzierten ihn zu einem Crescendo des Grauens. Die Schlafenden wurden aus ihrem Schlummer gerissen und sahen sich erschrocken um, und kaum fiel ihr Blick auf den Haluter, stimmten sie ebenfalls in das schreckliche Geschrei ein.

Tolot hob in einer hilflosen Geste die Hand. »Ich komme in Frieden«, sagte er, doch seine Worte gingen in dem panischen Lärm unter.

Die Lemurer sprangen auf und flohen in den Torbogen des Tunneleingangs auf der anderen Seite der Halle. In ihrer Panik rempelten sie sich gegenseitig an, brachten sich zu Fall, trampelten blindlings über die Gestürzten hinweg. Und die ganze Zeit schrien und kreischten sie, als hätten sie den Verstand verloren.

Tolot war erschüttert. Er hatte nicht damit gerechnet, eine derartige Panik auszulösen. Die Lemurer an Bord der Sternenarchen hatten ihn schließlich freundlich und voller Vertrauen aufgenommen ...

Diese Reaktion lässt nur einen Schluss zu, informierte ihn sein Planhirn kühl. *Sie sind bereits Halutern begegnet, und diese Begegnung verlief traumatisch.*

Er wusste, worauf sein Planhirn hinaus wollte. Nur zu gut erinnerte er sich an seine erste temporale Reise, damals, im Jahr 2404 altterranischer Zeitrechnung, als es ihn zusammen mit der CREST III in die rund fünfzigtausend Jahre zurückliegende Vergangenheit verschlagen hatte, in die Epoche der lemurischen Endzeit, als der Krieg zwischen den Lemurern und den Bestien genannten Urhalutern getobt hatte.

Damals hatte sein Anblick bei den Lemurern dieselbe Reaktion ausgelöst.

Dies könnte bedeuten, dass du dich in derselben Ära befindest, teilte ihm sein Planhirn emotionslos mit. *Wenn dies zutrifft, musst du unter allen Umständen eine Begegnung mit deinem damaligen Ich vermeiden, um kein Zeitparadoxon mit potenziell verheerenden Folgen zu erzeugen!*

Die Halle hatte sich inzwischen geleert. Ein Dutzend Gestalten, von den Flüchtenden niedergetrampelt, lagen stöhnend und wimmernd auf dem Boden. Tolot spürte den Drang, zu ihnen zu gehen, um ihnen zu helfen, doch das würde ihre Panik und Angst nur verstärken. Unschlüssig verharrte er und fragte sich, wie sein anderes, zukünftiges Ich in dieser Situation gehandelt hatte.

Plötzlich zerriss Sirenengeheul die nur vom Wimmern der Verletzten durchbrochene Stille. Sekunden später tauchten Gestalten im Torbogen der Tunnelöffnung auf der anderen Seite der Halle auf, Lemurer in grauen Kampfanzügen, mit schweren Thermostrahlgewehren bewaffnet, von rot leuchtenden Kraftfeldern umgeben. Als sie den Haluter erblickten, hoben sie sofort die Waffen und eröffneten das Feuer.

Hitzestrahlen schlugen neben Tolot in der Wand ein und brachten die Plastikverkleidung zum Schmelzen. Rauchende Tropfen spritzten auf seinen roten Schutzanzug, perlten von dem spezialbeschichteten, widerstandsfähigen Material ab und fielen wie heiße Tränen zu Boden. Tolot verlor keine Zeit. Er wirbelte herum und floh durch den Gang zurück bis zu der Korridorkreuzung. Er wollte nicht gegen die Lemurer kämpfen, wenn es sich irgendwie vermeiden ließ. Sie hielten ihn offenbar für eine Bestie und taten nur ihre Pflicht. Und sie zu töten, hätte einen massiven Eingriff in das Gefüge der Zeit bedeutet, mit unvorhersehbaren Konsequenzen.

Er stürmte in einen der Seitengänge und hörte hinter sich die schweren Schritte der Verfolger, während das Sirenengeheul anhielt. Thermostrahlen sengten über ihn hinweg und ionisierten die Luft. Er wurde schneller und rannte an Türreihen vorbei, erreichte eine weitere Kreuzung, verharrte kurz, um sich zu orientieren, und bog in einen Tunnel, der nach 50 Metern an einem massiven Schott endete.

Tolot beschleunigte seine Schritte noch mehr und veränderte gleichzeitig auf molekularer Basis die Struktur seiner Zellen, bis sein Körper die Festigkeit eines Stahlblocks hatte. Als er gegen das Schott prallte, dröhnte es wie eine Glocke, beulte ein und wurde knirschend aus den Verankerungen gerissen. Es flog durch die Luft und kollidierte krachend mit einem Maschinenblock von der Größe eines Einfamilienhauses.

Er kam schlitternd zum Halt und sah sich in der weitläufigen Maschinenhalle hinter der Schottöffnung um. Vom Lärm angelockt, bog ein Lemurer in einem blauen Kittel um eine der Maschinen und blieb beim Anblick des Haluters wie angewurzelt stehen. Nackte Angst zeichnete sich auf seinem Gesicht ab. Er keuchte, hob in einer hilflosen, abwehrenden Geste die Hände und wich stolpernd zurück.

Tolot ignorierte ihn. Am Ende des Ganges sah er die ersten bewaffneten Lemurer, und er rannte weiter, vorbei an brummenden, komplexen Aggregaten, in die Tiefe der Maschinenhalle. Weitere Männer und Frauen in blauen Kitteln tauchten zwischen den Generatorreihen auf und erstarrten, als sie ihn entdeckten. Ihre Schreie gingen im Heulen der Sirenen unter.

Ein Thermostrahl zuckte durch die Luft, verfehlte ihn um Haaresbreite und brannte ein geschwärztes Loch in eins der Maschinenungetüme. Er wandte sich nach links, hetzte an Umformerblöcken vorbei, sprang mit einem gewaltigen Satz über eine Speicherbank und erreichte ein weiteres Schott. Mit einem Schlag seiner mächtigen rechten Pranke schmetterte er es aus der Verankerung und stürmte in eine andere Maschinenhalle mit Aggregatreihen, Monitorwänden und Kontrollpulten, über die sich blau gekleidete Techniker beugten.

Als sie die Köpfe hoben und ihn sahen, wurden sie aschfahl. »Eine Bestie!«, rief einer von ihnen mit erstickter Stimme auf Lemurisch. »Es ist eine Bestie!«

Tolot lief an ihnen vorbei. Der entsetzte Schrei des Technikers hatte seine Einschätzung bestätigt, dass es ihn in die Zeit des lemurisch-halutischen Krieges verschlagen hatte. Aber wie sollte er dann an Bord der Sternenarche gelangen? Die Archen waren lange vor dem Ausbruch des Krieges zu ihrem Dilatationsflug gestartet ...

Unwichtig!, mahnte ihn sein Planhirn. *Jetzt geht es um dein Überleben. Alles andere wird sich finden, wenn du deinen Häschern entkommst.*

Ein Thermostrahl sengte neben ihm eine blasige Furche

in den Boden und unterstrich den Gedankenimpuls des Planhirns. Er rannte weiter durch das Labyrinth der Maschinen und Generatoren und erreichte die Rückwand der Halle. Nirgendwo war ein Ausgang zu sehen. Mit einem grollenden Fluch verhärtete er erneut seine Körperstruktur und warf sich gegen die Wand. Sie zerbarst unter der Wucht seines Aufpralls und gab den Weg in einen breiten Korridor frei.

Schreie empfingen ihn, als er durch die Öffnung brach. Zwei lemurische Frauen, die soeben aus einer Tür traten, stolperten in Panik zurück, und die zugleitende Pforte verschluckte ihre Schreie.

Tolot eilte weiter, aber die Verfolger blieben ihm auf den Fersen. Umwabert von einem Gewitter aus Thermostrahlen bog er in einen Seitengang und gelangte nach 20 Metern an ein Schott. Wieder riss er es mit der Wucht seines gehärteten Körpers aus dem Rahmen und fand sich in einem Treppenschacht wieder. Breite Metallstufen führten spiralförmig nach oben und verloren sich im rötlichen Zwielicht der Notbeleuchtung.

Das Heulen der Alarmsirenen hielt an.

Ein Thermostrahl zuckte durch die Schottöffnung und ließ die unterste Stufe erglühen. Er verlor keine Zeit und stürmte die Treppe hinauf, höher und höher, während von unten die polternden Schritte seiner Verfolger drangen. Einen Moment staunte er über ihre Hartnäckigkeit und ihren Mut. Sie mussten wissen, dass sie gegen ihn keine Chance hatten, wenn er sich zum Kampf entschloss, doch sie gaben nicht auf.

Keine überflüssigen Überlegungen, warnte ihn sein Planhirn. *Du musst dich auf die Flucht konzentrieren, die Suche nach einem Weg aus diesem Laborkomplex.*

Tolot passierte Treppenabsatz auf Treppenabsatz, Schott auf Schott, aber er hielt nicht inne, bis er das Ende des Schachtes erreicht hatte. Die polternden Schritte unter ihm waren leiser geworden, seine Verfolger zurückgefallen. Für sie musste der lange Aufstieg mühselig und kräftezehrend sein, doch er fühlte sich noch so erholt und frisch wie zu Beginn der Flucht. Notfalls konnte er stundenlang so weitermachen.

An dem Schott prangte ein lemurischer Schriftzug.
Eingangsebene.

Er brummte zufrieden. Instinktiv hatte er den richtigen Weg genommen. Er ignorierte das elektronische Kodeschloss des Schottes, holte mit der rechten Pranke aus und hämmerte gegen die Stahlpforte. Eine tiefe Delle entstand, und zwei weitere Schläge rissen sie endgültig aus den Verankerungen. Vor ihm lag ein breiter Stollen voller Männer, Frauen und Kinder, abgerissen, schmutzig und zum Teil verletzt wie die Flüchtlinge unten in der Halle.

Sie schrien und kreischten, als sie ihn erblickten, drückten sich verängstigt an die Wände oder rannten in blinder Panik davon, und erneut schmerzte und schockierte ihn diese Reaktion.

»Habt keine Angst«, rief er ihnen zu. »Ich bin nicht wie die Bestien. Ich komme in Frieden.«

Aber seine Worte verhallten ungehört. Das schreckliche Trauma, das diese Leute erlitten hatten, war stärker als die Vernunft. Er konnte es ihnen nicht verdenken. Er hatte selbst erlebt, wie brutal und gnadenlos die Urhaluter unter den Lemurern gewütet hatten, um im Auftrag der Ersten Schwingungsmacht das Große Tamanium zu vernichten ...

Dies ist nicht der richtige Zeitpunkt für historische Betrachtungen, wies ihn sein Planhirn kalt zurecht. *Du bist noch immer in Gefahr.*

Tolot rannte weiter, vorbei an den schreienden, jammernden Flüchtlingen, die beim Anblick der vermeintlichen Bestie vor Furcht erstarrt waren. Er stürmte durch den breiten Tunnel, bog schlitternd um eine Biegung und gelangte in eine hohe, mit Stahlplast verkleidete Halle, in deren gegenüberliegender Seite eine große Toröffnung klaffte. Bewaffnete Lemurer waren rechts und links neben dem Tor postiert, durch das weitere Flüchtlinge in die Halle strömten.

Die Bewaffneten schossen sofort, als sie den Haluter entdeckten, während die Flüchtlinge kreischend auseinander stoben und in andere Tunnel flohen, die von der Halle abgingen.

Tolot aktivierte den Schutzschirm seines roten Kampfanzugs, als rings um ihn die superheißen Blitze der Thermostrahlen zuckten, duckte sich und stürmte weiter, dem Tor entgegen, durch das panische, schreiende, vor Furcht halb wahnsinnige Meer der Flüchtlinge. Sein Schutzschirm flackerte leicht unter den Einschlägen der Hitzestrahlen, hielt aber stand.

Dann hatte er das Tor erreicht, sprang mit einem großen Satz über eine vor Angst erstarrte Flüchtlingsgruppe hinweg und landete draußen auf nacktem Felsboden. Das Gestein splitterte bei seinem Aufprall. Er verharrte, um sich zu orientieren, während weitere Thermostrahlen in seinem Schutzschirm einschlugen und das Flackern des Kraftfelds stärker wurde.

Aus großer Höhe blickte er in ein lang gestrecktes, schmales Tal zwischen schroffen Berggipfeln hinunter. In der Ferne, an einem Steilhang zerschellt, lag die in sich zusammengebrochene Hülle eines Kugelraumschiffs mit dem charakteristischen Ringwulst der lemurischen Bauweise. Rauch stieg von ihm auf. Einige Sektionen brannten. Vermutlich kamen die Flüchtlinge von diesem Wrack. Weiter noch, am Horizont, zeichnete sich die Skyline einer Stadt ab.

Und an einem Himmel, der die Farbe hellen Rostes hatte, leuchteten zwei Sonnen.

Zwei Sonnen.

Die Überraschung lähmte ihn.

Du befindest dich nicht mehr auf Gorbas IV, teilte ihm sein Planhirn nüchtern das Offensichtliche mit. *Die Zeitmaschine hat dich auf einen anderen Planeten versetzt, in ein anderes System. Das bedeutet, dass es sich bei ihr in Wirklichkeit um einen Zeittransmitter handelt.*

Tolot atmete tief durch, um den Schock zu verarbeiten, und registrierte am Rande seines Bewusstseins die Schreie der Flüchtlinge, die Einschläge der Thermostrahlen, das Heulen der Alarmsirenen aus der Tiefe des Berges.

Verschwende keine Zeit, drängte ihn das Planhirn. *Du musst dir ein sicheres Versteck suchen, und zwar schnell.*

Mit einem Ruck setzte sich Icho Tolot wieder in Bewegung und hetzte mit weiten Sprüngen den steil abfallenden Berghang hinunter, dem Tal entgegen, dem Raumschiffwrack und den Flüchtlingen, die dort unten wimmelten, klein wie Ameisen, und nichts von der Nemesis ahnten, die sich ihnen näherte.

7

Während hoch über Tanta III die blutige und erbitterte Schlacht um die Steuerungswelt des galaktischen Sonnentransmitters und die Evakuierung nach Karahol tobte, saß Levian Paronn im sicheren Refugium seines Tiefbunkerlabors und studierte das Memo eines einfachen Raumschiffkommandanten namens Thore Bardon. Und was er las, verschlug ihm den Atem.

Eine Zeitmaschine im 87. Tamanium, auf einem geheimen Forschungsplaneten des Suen-Klubs?

Es klang zu fantastisch, um wahr zu sein, doch die Dateianhänge des Memos, die Informationen, die Bardon und seine Leute auf verschiedenen Welten über die Temporalforschungen von Tamrat Markam gesammelt hatten, schienen die These zu bestätigen. Immerhin gab es genug harte Fakten, dass ein kühl kalkulierender Kopf wie Ruun Lasoth, der Chefwissenschaftler des 1. Tamaniums, und der auf Lemur für Wissenschaftsfragen zuständige Hohe Tamrat Merlan die Mission vom Kommandant Bardon unterstützt hatten.

Levian Paronn lehnte sich auf seinem Stuhl zurück und betrachtete mit zusammengekniffenen Augen den Monitor seines Computerterminals, über den die Daten flimmerten, die Bardon in der geheimen Forschungsstation auf Zalmut gefunden hatte. Wenn sie nicht gefälscht waren, ließen sie nur einen Schluss zu: Auf Torbutan, einem abgelegenen Planeten im 87. Tamanium, Standort eines geheimen Forschungskomplexes des mittlerweile nicht mehr existierenden Suen-Klubs, gab es tatsächlich eine funktionsfähige Zeitmaschine.

Paronn schauderte.

Erregung erfasste ihn. Im Lauf seiner wissenschaftlichen Karriere hatte er sich einige Jahre mit Temporalphysik beschäftigt. Er wusste, dass Zeitreisen zumindest theoretisch möglich waren, auch wenn die Konsequenzen daraus, die potenziellen Folgen eines Eingriffs in das Gefüge der Zeit, enorme logische Probleme aufwarfen und unkalkulierbare Risiken erzeugten. Die Vergangenheit zu verändern, um die Gegenwart neu zu gestalten, war ein verführerisches Konzept, aber es beschwor die Gefahr von Zeitparadoxa herauf, den Zusammenbruch des linearen Zeitstroms, das Entstehen von in sich geschlossenen Zeitschleifen, temporales Chaos.

Aber dennoch, durchfuhr es Paronn. *Wenn man die Möglichkeiten bedachte ...!*

Die Lemurer hatten den Krieg gegen die Bestien längst verloren. Was jetzt noch in Apsuhol stattfand, waren Scharmützel, letzte Rückzugsgefechte, um die Evakuierung der Zivilbevölkerung nach Karahol zu sichern, und der Angriff der Bestien auf Tanta III verriet, dass sie den Lemurern auch diesen Fluchtweg nehmen wollten. Doch wenn es gelang, mit der Zeitmaschine in die Vergangenheit zu reisen, in die Ära vor dem Ausbruch des Krieges ...

Wir könnten das Kriegsglück wenden, dachte Paronn. *Nachträglich könnten wir die totale Niederlage in einen totalen Sieg verwandeln!*

Natürlich nicht so, wie es sich Thore Bardon erträumte. Sein Plan, eine Flotte kampfstarker Raumschiffe in die ferne Vergangenheit zu versetzen und die Heimatwelt der Bestien zu vernichten, bevor sie die interstellare Raumfahrt entwickelten, war nicht zu verwirklichen. Der Kommandant der IBODAN wusste nicht, was Levian Paronn wusste, er kannte nicht die Geheimdienstinformationen, die dem Technischen Administrator von Tanta III vorlagen.

Seit dem Ausbruch des großen Krieges suchte das Oberkommando der Flotte nach der Heimatwelt der Bestien, um einen vernichtenden Schlag gegen sie zu führen. Doch man hatte sie nie entdeckt. Man hatte Basisplaneten aufgespürt, militärische und industrielle Zentren, von denen aus der Krieg organisiert und mit Nachschub versorgt wurde, aber ihre Heimatwelt blieb unauffindbar.

Vermutlich, weil sie nicht in Apsuhol lag.

In all den Jahrtausenden ihrer interstellaren Expansion waren die Lemurer nie einer hoch entwickelten Fremdkultur begegnet. Sie waren von Stern zu Stern gereist, immer auf der Suche nach verwandten Geistern, mit denen sie sich messen und austauschen konnten, doch alles, was sie gefunden hatten, waren primitive Völker und die Ruinen untergegangener Zivilisationen. Nie waren sie in der Galaxis auf eine Spur der Bestien gestoßen, bis sie vor 97 Jahren praktisch aus dem Nichts aufgetaucht und über die Lemurer hergefallen waren.

Auch wenn es keine handfesten Beweise gab, so glaubten die Strategen der Flottenführung inzwischen, dass die Bestien aus einer anderen Galaxis kamen, dass sie sich in irgendeinem der anderen Milliarden Spiralnebel entwickelt hatten. Sie waren Invasoren, die in Apsuhol eingedrungen waren, um das Große Tamanium – aus welchen Gründen auch immer – zu zerstören.

Und sie hatten Erfolg gehabt.

Das Große Tamanium war zerschlagen, die Galaxis verwüstet. Ungezählte Millionen Lemurer waren tot, viele Milliarden durch den Sonnentransmitter in die Zwillingsgalaxis Karahol geflohen. Und das stolze Lemur, die Keimzelle des Großen Tamaniums und Levian Paronns Heimatwelt, lag in Trümmern und drohte nach der Zerstörung des fünften Planeten Zeut von einer neuen Eiszeit unbewohnbar gemacht zu werden.

Aber all das muss nicht endgültig sein, kein unabwendbares Schicksal, sagte sich Paronn fiebrig. Erneut schauderte er. *Wenn es die Zeitmaschine wirklich gibt, wenn eine kühne Gruppe Männer und Frauen das Wagnis auf sich nimmt und in die Vergangenheit reist ... könnten wir am Ende doch noch triumphieren! All die Opfer, die wir erbracht, all das Leid, das wir erlitten haben – ausgelöscht, ungeschehen gemacht. Und wir brauchen nicht einmal eine Flotte von Kriegsschiffen dafür, wie es Thore Bardon vorschwebt, sondern nur Informationen.*

Seine Erregung wuchs.

Als die Bestien vor fast 100 Jahren ihren Feldzug gegen das Große Tamanium begonnen hatten, waren die Lemurer völlig unvorbereitet gewesen. Als einzige interstellare Zivilisation in einer Galaxis, die in Primitivität dahindämmerte und in der nur Ruinen von der längst vergangenen Blütezeit anderer galaktischer Reiche kündeten, hatten die Lemurer keine Feinde gehabt, die es zu fürchten galt. Und vereint wie sie waren, nur selten von Rebellen und Sezessionisten bedroht, die den Zusammenhalt des Reiches gefährdeten, hatte es keinen Grund für die Aufstellung einer großen militärischen Streitmacht gegeben. Der Frieden währte Jahrtausende ... und dann kamen die Bestien.

Sie hatten die Lemurische Sternengarde und die wenigen Polizeistreitkräfte überrannt und einen Planeten nach dem anderen verheert, bis die Lemurer in einer ungeheuren Kraftanstrengung binnen weniger Jahre eine Flotte aus dem Boden gestampft und den Kampf gegen die Invasoren aufgenommen hatten. Aber der Blutzoll war bereits zu hoch gewesen, die anfänglichen Verluste ließen sich nicht mehr kompensieren, der waffentechnische Rückstand war trotz aller Bemühungen nicht mehr aufzuholen.

Die Lemurer hatten tapfer gekämpft und lange Zeit dem Ansturm der Bestien widerstanden, doch am Ende hatte der Feind triumphiert.

Aber wenn wir die Hohen Tamräte der Vorkriegsära rechtzeitig warnen, dachte Paronn, *wenn wir sie mit den Informationen versorgen, die wir in den letzten siebenundneunzig Jahren über die Bestien gesammelt haben, wenn wir ihnen die Konstruktionsdaten unserer modernen Waffensysteme wie den Resonanzstrahler und die Baupläne von Schlachtschiffen der GOLKARTHE-Klasse geben ... Jahrzehnte vor dem Ausbruch des Krieges ... dann hätten sie genug Zeit, um aufzurüsten.*

Erregt sprang Paronn von seinem Stuhl auf. Plötzliches Hochgefühl erfüllte ihn, während er in dem kleinen Terminalraum auf und ab ging.

Das Jahr 6290 seit der Reichsgründung wäre die ideale Zielzeit, sagte er sich, 30 Jahre vor dem Ausbruch des Krieges, das Jahr, in dem die Sternengarde aufgestellt wurde. Drei Jahrzehnte wären genug, um Industrie und Forschung auf den Krieg zu konzentrieren, um eine schimmernde Wehr aufzubauen, eine mächtige Flotte, die dem Wüten der Bestien Einhalt geböte. Damals hatten die Bestien noch nicht über die Paratrontechnologie und die verheerenden Intervallkanonen verfügt. Es könnte gelingen, sie vernichtend zu schlagen.

Das Große Tamanium wäre gerettet, der Tod von Abermillionen verhindert.

Levian Paronn blieb stehen. Er atmete schwer, aber er bemerkte es nicht. Sein Blick wanderte zu dem Computermonitor mit Thore Bardons Daten über die Zeitforschungen des Suen-Klubs, eine Hand voll Bits und Bytes, die der Schlüssel zur Rettung des lemurischen Imperiums sein konnten. Unwillkürlich hob er seine Hand zu dem kleinen, eiförmigen Medaillon, das an einer silbernen Kette um seinen Hals hing. Für alle anderen war es nur ein exotisches Schmuckstück, aber er wusste, was das Medaillon in Wirklichkeit war.

Der Garant für das ewige Leben.

Ein Zellaktivator, wie der Fremde es genannt hatte.

Er erinnerte sich noch deutlich an den Tag vor fünf Jahren, an dem der Fremde in sein Leben getreten war, damals auf Lemur, in einem Tiefbunkerlabor wie dieses auf Tanta III, sechshundert Meter unter der Oberfläche, sicher vor den Attacken der Schwarzen Bestien. Die Wachmannschaften hatten sein Eindringen nicht bemerkt, die Sicherheitssysteme sein Auftauchen nicht registriert.

Er war plötzlich einfach da gewesen, mitten in der Nacht, während alle anderen Wissenschaftler und Techniker schliefen und Paronn allein über den Details seiner Multiweltentheorie brütete, die er damals entwickelt hatte. Der Fremde hatte wie ein Lemurer ausgesehen, war aber von einer seltsamen, kaum merklichen leuchtenden Aura umgeben gewesen, wie ein fehlerhaft projiziertes Hologramm.

Und obwohl er wie ein Gespenst aufgetaucht war, die zahllosen Sicherheitssperren mühelos überwunden hatte, hatte Levian Paronn keine Angst gehabt, sondern nur Vertrauen empfunden, instinktiv und rückhaltlos.

Du wirst Großes vollbringen, Levian Paronn, hatte der Fremde gesagt. *Du bist auserwählt, Dinge zu tun, die niemand sonst vor dir getan hat, die jeder andere für unmöglich halten würde, aber nicht du. Und ich werde dir das Mittel für deine Mission geben, ein Leben, das ewig währen kann, wenn du klug und umsichtig bist. Solange du diesen Zellaktivator trägst, wird der Tod seine Macht über dich verlieren ...*

Warum ich?, hatte Paronn gefragt, ohne einen Moment an den Worten des Fremden zu zweifeln, überwältigt und fassungslos von der Größe des Geschenks, das er erhielt: die Unsterblichkeit! *Warum wurde ich auserwählt?*

Weil von dir das Schicksal der Lemurer abhängt. Mehr musst du nicht wissen. Alles andere wird sich fügen.

Und so verstohlen, wie er gekommen war, war der Fremde auch wieder verschwunden, nachdem er ihm auch noch einen Datenchip mit den Konstruktionsplänen des Zellaktivators gegeben hatte. *Du wirst Helfer brauchen*, hatte der Fremde hinzugefügt, *unsterblich wie du. Wähle sie sorgfältig aus, wenn die Zeit kommt, und schweige über alles, was hier und jetzt geschehen ist ...*

Paronn hatte keine Gelegenheit gehabt, ihn zu fragen, wer er war, doch das war nicht nötig gewesen. Er ahnte es, er wusste es.

Vehraáto, der Zwölfte Heroe. Der mythische Retter aus der Vorzeit der lemurischen Geschichte. Eine Lichtgestalt, die aus der Sonne gekommen war, um den Lemurern gegen fürchterlich wütende Ungeheuer beizustehen, um nach getanem Werk wieder ins Licht entrückt zu werden. Doch zuvor hatte er verkündet, dass er wiederkehren würde, wenn erneut eine Zeit größter Not anbrach.

Und er war wiedergekehrt, als die Not am größten gewesen war, und hatte Levian Paronn das ewige Leben geschenkt. Seit er den Zellaktivator trug, war er nicht mehr krank gewesen. Ungeahnte Kräfte durchströmten ihn. Er kam mit zwei, drei Stunden Schlaf in der Nacht aus und spürte selbst nach langer, intensiver Arbeit keine Erschöpfung.

Damals hatten die Worte des Zwölften Heroen über seine Mission keinen Sinn ergeben, aber jetzt, angesichts der Schwindel erregenden Möglichkeit, dass es im 87. Tamanium eine Zeitmaschine gab, mit der sich der Verlauf der Geschichte ändern ließ, bekam die Botschaft Vehraátos eine völlig neue Bedeutung.

Ist es das, was er prophezeit hat?, fragte sich Paronn. *Wird von mir erwartet, dass ich durch das Tor der Zeit gehe und die Geschichte verändere, das Schicksal des lemurischen Reiches wende?*

Es musste so sein. Es gab keine andere Möglichkeit.

Und das bedeutete, dass die Zeitmaschine tatsächlich existierte. Thore Bardon hatte Recht gehabt. Und Admiral Targank, dieser beschränkte, borniere Narr, hatte nicht auf den Kommandanten gehört. Ein Glück, dass Paronn als Technischer Administrator von Tanta III über die höchste Sicherheitsberechtigung verfügte und routinemäßig alle Memos an das Flottenkommando erhielt.

Levian Paronn straffte sich. *Ich werde Bardons Mission zu meiner machen*, entschied er. *Ich werde mich auf die Suche nach der Zeitmaschine begeben und, wenn sie funktioniert, den Lauf der Geschichte ändern. Der Retter des Großen Tamaniums ... im Auftrag des Zwölften Heroen.*

Er sank wieder auf seinen Stuhl und starrte blicklos auf den Monitor, von der ungeheuerlichen Tragweite seiner Mission erschüttert und gleichzeitig entschlossen, sie gegen alle Widerstände durchzuführen.

Die Toten werden wieder leben, das Reich wird auferstehen, dachte er. *Und die verfluchten Bestien werden sterben, allesamt, ohne Ausnahme. Sie werden nichts weiter als eine Fußnote in der Geschichte sein, Gespenster, mit denen man kleine Kinder erschreckt, mehr nicht.*

Er drückte die Kommunikationstaste an seinem Terminal und ließ sich mit dem Oberkommando der Flotte verbinden. Auf dem Monitor tauchte das Gesicht eines Taktischen Offiziers aus dem Kommandozentrum auf. Der

Mann straffte sich, als er den Technischen Administrator erkannte.

»Was kann ich für dich tun, Technad?«, fragte er.

»Ich muss mit Admiral Targank sprechen«, erwiderte Paronn. »Sofort.«

Der Offizier zögerte. »Dies ist im Moment leider nicht möglich. Der Admiral befindet sich in der Gefechtszentrale und leitet die Abwehrschlacht um Tanta III. Es tut mir Leid.«

»Es wird dir noch mehr Leid tun, wenn ich mit dir fertig bin«, erwiderte Paronn, erzürnt über die Weigerung des subalternen Militärs. Er beugte sich nach vorn, bis er sicher war, dass sein Gesicht den Monitor des Offiziers ausfüllte. »Ich habe Informationen für den Admiral, die für die Sicherheit von Tanta III und der gesamten Zentrums-Transmitterzone von entscheidender Bedeutung sind. Jede Verzögerung wird die Evakuierung nach Karahol gefährden. Im Übrigen habe ich als Technad das Recht, jederzeit mit dem Admiral zu sprechen.«

Im Gesicht des Taktischen Offiziers arbeitete es. Offenbar hatte er ausdrücklichen Befehl von Targank, ihn während der Schlacht nicht zu stören. Aber er kannte Paronn, seinen Ruf, seine Leistung. Als Technad stand er in der Hierarchie weit über ihm, und als führender Wissenschaftler von Tanta III, auf Sonnen- und Neutrinoforschung spezialisiert, hatte er die Abstrahlleistung des Sonnensechsecktransmitters optimiert und damit zusätzlichen Hunderttausenden, wenn nicht Millionen Lemurern die Flucht nach Karahol ermöglicht. Einem Mann wie Paronn widersprach man nicht.

»Ich warte«, fügte Paronn drohend hinzu, »aber nicht mehr lange.«

Der Offizier schluckte. »Einen Moment, Technad«, bat er.

Er verschwand von dem Bildschirm und wurde durch das Logo der Flottenführung ersetzt, zwei gekreuzte Galaxien auf schwarzem Grund. Paronn wartete ungeduldig. Endlich verschwand das Logo und machte Admiral Targanks kantigem Gesicht Platz. Seine Miene unter den bürstenkurz geschnittenen Haaren drückte Unwillen und Gereiztheit aus.

»Was ist so wichtig, dass du mich mitten in der Schlacht behelligen musst, Technad?«, fragte er barsch.

»Ich habe soeben das Memo von Kommandant Bardon gelesen«, sagte Paronn.

Targank sah ihn nur verständnislos an. Offenbar kannte er das Memo nicht. Offenbar erinnerte er sich nicht einmal mehr an Bardon.

»Der Kommandant der IBODAN«, verdeutlichte Paronn ungeduldig. »Er geriet im 64. Tamanium in eine Falle der Bestien und ...«

»Ich weiß«, unterbrach der Admiral schroff. »Der Verrückte mit der Zeitmaschine.« Er lachte humorlos. »Deshalb verschwendest du meine Zeit? Wegen dem zweifelhaften Memo eines Mannes, der einer fixen Idee nachjagt?«

»Tamrat Merlan von Lemur hält die Zeitmaschine nicht für eine fixe Idee«, erklärte Paronn mit erzwungener Ruhe. »Ruun Lasoth, der Chefwissenschaftler des 1. Tamaniums, auch nicht. Und ich, Admiral, bin ebenfalls überzeugt, dass sie existiert.«

Der Admiral öffnete den Mund, sagte aber nichts, sondern starrte den Technad nur ungläubig an.

»Die Informationen, die Kommandant Bardon über die geheimen Zeitforschungen des Suen-Klubs gesammelt hat, lassen keinen anderen Schluss zu«, fuhr Paronn leidenschaftlich fort. »Auf einer abgelegenen Welt im 87. Tamanium gibt es eine funktionsfähige Zeitmaschine, mit der wir nachträglich den Lauf der Geschichte beeinflussen können. Wir können in die Vergangenheit reisen und die Schwarzen Bestien vernichtend schlagen, bevor sie den Krieg gegen das Große Tamanium entfesseln, Admiral.«

Widersprüchliche Gefühle huschten über das Gesicht des Admirals. Unglauben, Skepsis ... und etwas wie Hoffnung. »Das ist unmöglich«, brachte er schließlich hervor.

Paronn schüttelte den Kopf. »Zeitreisen *sind* möglich«, widersprach er ruhig, mit eindringlicher Stimme. »Das hat die moderne Temporalphysik theoretisch bewiesen. Wir wussten nur nicht, dass der Suen-Klub unter Leitung von Tamrat Markam die theoretischen Forschungen bereits in die Praxis umgesetzt hat.« Er atmete tief durch und sprach nachdrücklich weiter. »Denk nach, Admiral. Denk an die Möglichkeiten, die uns eine Zeitmaschine bietet, die grundlegende Veränderung der geschichtlichen Entwicklung! *Der Krieg wird nicht stattfinden.* Wir können ihn verhindern, die von den Bestien ausgehende Gefahr im Keim ersticken. Das Große Tamanium wird wieder existieren, prachtvoller und mächtiger, als wir es uns erträumen können. Und all die Toten dieses Krieges werden nie gestorben sein.«

Der Admiral musterte ihn schweigend, noch immer skeptisch, aber bereits halb überzeugt, weil er ihm glauben wollte. Plötzlich erinnerte sich Paronn, dass Targanks Sohn vor einigen Jahren im Kampf gegen die Bestien gefallen war.

»Dein Sohn wird wieder leben«, fügte er lockend hinzu. »Begreifst du nicht? Wir können seinen Tod ungeschehen machen!«

»Aber das ist ...« Targank suchte nach den richtigen Worten. »... so fantastisch, so irreal ...«

»Eingriffe in die Zeit sind fantastisch«, bestätigte Paronn, »aber sie sind nicht irreal. Sie mögen uns so erscheinen, weil wir den Zeitstrom für linear halten, für unveränderlich, unwandelbar, doch die Zeit ist nicht linear, nicht für immer festgefügt. Wir können sie umkehren, dafür sorgen, dass sie einen anderen Weg einschlägt. Kleine Veränderungen in der Vergangenheit genügen, um der Gegenwart ein völlig neues Gesicht zu geben.«

»Du hältst Zeitreisen also wirklich für möglich?«, fragte Targank heiser.

In diesem Moment wusste Paronn, dass er gewonnen hatte. Er lehnte sich zurück, verschränkte die Arme vor der Brust und erklärte mit fester Stimme, frei von jedem Zweifel: »Ich werde den Lauf der Geschichte ändern, Admiral. Ich werde die Bestien vernichten, bevor sie das Große Tamanium vernichten können. Und nichts und niemand wird mich daran hindern.«

Der Admiral atmete laut aus. Paronn sah in seinen Augen, dass er eine Entscheidung getroffen hatte. »Was brauchst du?«, fragte Targank.

»Kommandant Bardon und die IBODAN«, erwiderte Paronn. »Und einen kleinen Verband kampfstarker Schiffe. Zwanzig Einheiten werden genügen.«

»Zwanzig Schiffe ... in dieser gefährlichen Lage«, murmelte Targank skeptisch. »Während die Schlacht tobt ...«

»Diese Lage ist nur eine Möglichkeit im Muster der Zeit, und ich werde das Muster ändern«, sagte der Technad sanft. »Ich werde dafür sorgen, dass es nicht zur Schlacht um Tanta III kommt. Vertrau mir, Admiral.«

Targank gab sich einen Ruck. »In Ordnung«, nickte er. »In Ordnung. Du bekommst deine Schiffe. Ich werde sie sofort von der Front abziehen und in den Orbit abkommandieren.«

»Wundervoll!«, entfuhr es Paronn. Er konnte seine Erregung kaum noch kontrollieren. »Und ich muss unverzüglich mit Kommandant Bardon sprechen. Ich erwarte die IBODAN auf dem zentralen Raumhafen.«

»Ich werde Bardon entsprechend instruieren«, versprach der Admiral. Er zögerte einen Moment und holte tief Luft. »Dieses Vorhaben ... es kommt mir noch immer verrückt vor. So vermessen! Aber angesichts unserer verzweifelten Lage bleibt mir nichts anderes übrig, als dir zu vertrauen. Ich wünsche dir viel Glück bei deiner Mission, Technad. Mögen die alten Götter dir beistehen.«

Paronn nickte knapp und beendete die Verbindung. Sein Herz pochte schnell und laut in seiner Brust. Die Niedergeschlagenheit der letzten Monate und Jahre, die drückende Verzweiflung angesichts der hoffnungslosen Lage, die ständige, nagende Furcht vor den Schwarzen Bestien ... alles war wie weggewischt.

Hoffnung und Tatkraft erfüllten ihn, eine wilde, grimmige Entschlossenheit und die Gewissheit des möglichen totalen Triumphes.

Er dachte wieder an den Zwölften Heroen, seine prophetischen Worte: *Du bist auserwählt, Dinge zu tun, die niemand sonst vor dir getan hat, die jeder andere für unmöglich halten würde, aber nicht du.*

Ich werde dich nicht enttäuschen, Vehraáto, versprach er lautlos. *Ich werde alles tun, was getan werden muss, um die Mission durchzuführen, und ich werde Erfolg haben. Die Bestien werden mich nicht aufhalten. Ich werde sie zermalmen und auf den Müllhaufen der Geschichte werfen.*

Er nickte, wie um seinen Gedankengang zu bekräftigen.

Dann verließ er den Raum und machte sich auf den Weg zum zentralen Raumhafen von Tanta III, zu Kommandant Bardon von der IBODAN und der Erfüllung seines Schicksals.

8

Icho Tolot erstarrte, als der Detektor seines roten Kampfanzugs warnend summte. An der Innenseite des geschlossenen Helmvisiers erschien eine virtuelle Darstellung der Umgebung und zeigte ihm, dass sich ein schnell fliegendes Objekt aus westlicher Richtung näherte. Es war tiefe Nacht, mondlos, aber nicht finster, vom Licht zahlloser Sterne schattenhaft erhellt. Die Myriaden Gestirne am Firmament verrieten, dass dieser namenlose Planet in der Nähe des galaktischen Zentrums um seine Doppelsonne kreisen musste ... sofern er sich noch immer in der Milchstraße befand. Unwillkürlich dachte er an den Zeittransmitter von Vario in Andromeda, der damals die CREST III nicht nur in die Vergangenheit, sondern auch in die Heimatgalaxis versetzt hatte ...

Konzentriere dich auf das Wesentliche, wies ihn sein Planhirn scharf zurecht. *Die Häscher nahen, und sie werden nicht zögern, dich zu töten.*

Tolot gab einen grollenden Laut von sich und warf mit seinen drei großen, scharfsichtigen Augen einen Blick in die Runde. Er befand sich in einem kleinen, lang gestreckten Seitental des Bergmassivs, in dem der lemurische Zeittransmitterkomplex verborgen war. Rechts und links stiegen schroffe, kahle Hänge in die Höhe und vor ihm, von fremdartigen Bäumen umgeben, die wie Gitterkonstruktionen aus schwarzem, stachelbesetztem Stahl aussahen, glitzerte im Sternenlicht das Wasser eines Bergsees. Er hatte eine trübblaue Färbung, die möglicherweise von Algen oder gelösten Mineralien stammte.

Das Summen des Detektors wurde lauter und dringlicher. Der Anzugcomputer projizierte an das Helmvisier eine schematische Abbildung des heranrasenden Objektes und blendete die Daten ein, die die integrierten Ortungssysteme gesammelt hatten. Ein Gleiter, schwer bewaffnet, von einem rötlichen Schutzschirm umgeben. Nach den Biowerten mussten sich vier Personen an Bord befinden.

Die Lemurer suchten noch immer nach ihm.

Natürlich. Er hatte nichts anderes erwartet.

Der Haluter rannte los, brach durch das Unterholz des kleinen Hains und verschwand mit einem Sprung in den Fluten des Sees. Er sank wie ein Stein in die Tiefe und spürte Sekunden später schlammigen Grund unter den Füßen. Mit einem Tastendruck an den Hüftkontrollen aktivierte er die Deflektorfunktion des Anzugs und verhärtete die Molekularstruktur seines Körpers, um seine verräterischen Biowerte zu reduzieren.

Unsichtbar und zur Festigkeit eines Stahlblocks erstarrt, watete er reglos, den Blick nach oben gerichtet, durch die trüben Fluten, über denen die Sterne funkelten. Es dauerte nicht lange, bis ein Schatten das gebrochene, zerfaserte Sternenlicht verdunkelte. Der Gleiter wurde langsamer und schwebte dann bewegungslos über dem See.

Möglicherweise haben sie dich entdeckt, stellte sein Planhirn nüchtern fest. *In diesem Fall bleibt dir nichts anderes übrig, als den Gleiter zu zerstören und zu hoffen, dass die Lemurer ihre Entdeckung noch nicht weitergemeldet haben.*

Tolot fluchte lautlos.

Er konnte der Einschätzung und Schlussfolgerung des Planhirns nicht widersprechen, auch wenn sich alles in ihm dagegen wehrte, die vier Lemurer an Bord des Gleiters zu töten. Sie waren nicht seine Feinde. Sie hielten ihn irrtümlich für eine Bestie, das war alles. Und nicht nur moralische und ethische Erwägungen sprachen gegen ein gewaltsames Vorgehen, sondern auch die Gefahr eines Zeitparadoxons mit möglicherweise katastrophalen Folgen. Vielleicht waren diese Lemurer die Ahnen von Tefrodern, die später in Andromeda die geschichtliche Entwicklung entscheidend mitprägen würden. Wenn er diese Abstammungslinie auslöschte, konnte dies unabsehbare Konsequenzen für die Gegenwart des Jahres 1327 NGZ haben.

Dies ist nur eine Möglichkeit, erwiderte sein Planhirn mit der ihm eigenen Kühle. *Eine andere ist die, dass erst dein Eingreifen in der Vergangenheit die Gegenwart, wie du sie kennst, gestaltet hat. Du kannst es nicht mit Sicherheit wissen. Dir bleibt nur, das zu tun, was nötig ist, um dein Leben zu schützen. Denn wenn du in der Vergangenheit stirbst, wird dies tatsächlich gravierende Auswirkungen auf die Gegenwart haben.*

Tolot verzichtete auf eine Erwiderung. Die Argumente des Planhirns waren stichhaltig, aber sie reichten nicht aus, um seine Zweifel zu zerstreuen.

Denk an deine erste Reise in die Vergangenheit, riet das Planhirn, *mit der CREST III. Nichts von dem, was Perry Rhodan und deine anderen Begleiter damals getan haben, hat in irgendeiner Form die Gegenwart beeinflusst.*

Aber stimmt das wirklich?, fragte sich Tolot. Vielleicht hatte es doch Veränderungen gegeben, und sie hatten sie nur nicht bemerkt, weil ihre Eingriffe in das Gefüge der Zeit auch jede Erinnerung an die ursprüngliche Realität ausgelöscht hatten.

Das ist denkbar, bestätigte das Planhirn, *doch für dein Handeln irrelevant. Du musst überleben. Nur das ist wichtig. Alles andere ist von sekundärer Bedeutung.*

Der Gleiter über ihm bewegte sich noch immer nicht von der Stelle. Resignierend fand sich Icho Tolot mit dem Gedanken ab, den Rat des Planhirns zu befolgen und den Gleiter zu zerstören, um sein Leben zu schützen. Er wollte gerade seine Molekularstruktur zurückverwandeln und zum Angriff übergehen, als sich der Schatten über ihm abrupt in Bewegung setzte. Die virtuelle Umgebungsprojektion an der Innenseite seines Helmvisiers zeigte ihm, wie der Gleiter am nördlichen Berghang hinaufflog und hinter dem Gipfel verschwand.

Tolot entspannte sich. *Glück gehabt!*, dachte er erleichtert.

Dieses Glück wird nicht von Dauer sein, warnte das Planhirn.

Die Lemurer werden keine Ruhe geben, bis sie dich, die vermeintliche Bestie, aufgespürt und getötet haben. Du musst unbedingt eine Möglichkeit finden, diese Welt oder diese Zeit zu verlassen.

Wäre er nicht molekular erstarrt gewesen, hätte er verzweifelt aufgelacht. Wie sollte er diese Welt verlassen? Er verfügte über kein Raumschiff. Und der Weg zurück zum Zeittransmitter war versperrt. Er würde ein Blutbad anrichten, wenn er sich durch den Laborkomplex kämpfte, und dazu war er nicht bereit.

In deiner Situation kannst du dir moralische Skrupel nicht leisten, erklärte das Planhirn kalt.

Tolot wartete, bis er sicher war, dass der Gleiter nicht mehr zurückkehrte. Dann löste er sich aus der molekularen Starre und schwamm ans Seeufer. Mit weiterhin aktiviertem Deflektorfeld und auf die hoch entwickelten Sensorstörsysteme seines Kampfanzugs vertrauend, rannte er an der Böschung entlang und kletterte den nördlichen Berghang hinauf. Der Fels barst unter seinen stampfenden Schritten. Geröll löste sich und polterte hinunter ins Tal, aber Icho wurde nicht langsamer, bis er die Bergkuppe erreichte.

Er verharrte und sah sich um. Im Osten leuchteten die Lichter der Stadt, die er bereits bei seiner Ankunft entdeckt hatte, und im Westen reckte sich der Gipfel des Massivs in den Himmel, in dem der Zeittransmitterkomplex verborgen war. Das Raumschiffwrack am Fuß des Berghangs brannte noch immer. Fette, ölige Rauchwolken stiegen in die Höhe und verhüllten das Sternenlicht.

Sein Blick kehrte zu der Stadt zurück.

Vielleicht fand er dort Antworten auf die Fragen, die ihn bewegten, oder eine Fluchtmöglichkeit.

Die Lemurer werden die Stadt streng bewachen, solange sich eine Bestie auf dieser Welt befindet, wandte das Planhirn ein.

Aber er konnte sich nicht ewig verstecken. Die Tatenlosigkeit zerrte an seinen Nerven. Wieder fragte er sich, wie sein anderes, zukünftiges Ich in dieser Lage gehandelt hatte und ob es überhaupt in dieser Lage gewesen war. Folgte er, ohne es zu wissen, einem vorgegebenen Muster in der Zeit, agierte er so, wie er bereits agiert hatte, oder gab es für ihn doch so etwas wie einen freien Willen?

Mit derartigen Überlegungen lähmst du dich nur, mahnte ihn das Planhirn prompt. *Handle so, wie du handeln musst. Du hast keine andere Option.*

Am südlichen Horizont raste ein Lichtpunkt am Himmel entlang, ein weiterer Gleiter auf der Suche nach der entkommenen Bestie. Tolot wartete, bis er verschwunden war, und stieg dann den Berg hinunter, der Stadt entgegen, den hellen Lichtern in der Nacht. Hin und wieder gab sein Detektor Alarm, wenn sich ein Gleiter oder ein Suchtrupp näherte, und er fand Unterschlupf in einer Höhle, unter überhängenden Felsen, in tiefen Spalten im Gestein.

Er wurde nicht entdeckt.

Der Deflektorschirm und die Sensorstörsysteme schützten ihn erfolgreich vor den Ortungsgeräten der Lemurer.

Schließlich erreichte er einen Hügelkamm, von dem aus er die Stadt am Ende des schmalen, lang gestreckten Talschlauches überblicken konnte. Die Teleskopfunktion seines Helmvisiers zeigte ihm teils bewohnte, teils verwahrlost und baufällig wirkende Häuser. Auf einigen Plätzen waren Zelte aufgebaut, in denen weitere Flüchtlinge campierten wie jene, auf die er im Zeittransmitterkomplex gestoßen war. Hinter der Stadt lag ein kleiner Raumhafen, auf dem er zwei Kugelraumschiffe entdeckte. Das eine stand schief auf eingeknickten Landestützen und wies klaffende, schwarz verfärbte Löcher im Rumpf auf, zweifellos die Folgen massiver Waffeneinwirkung. Das andere war intakt und von Fahrzeugen umgeben, die von Dutzenden Lemurern entladen wurden. Sie schleppten Kisten und Container in das Schiff, offenbar Nahrungsmittel und andere Versorgungsgüter.

Tolot vermutete, dass die Flüchtlinge mit den beiden Schiffen und dem Wrack, das er zuvor entdeckt hatte, auf dieser Welt gelandet waren. Zweifellos waren sie auf Bestien gestoßen und nach einem Kampf entkommen. Er fragte sich, wie viele Schiffe noch zu diesem Verband gehört hatten, wie viele von den Bestien vernichtet worden waren. Sein Blick kehrte zu dem intakten Raumschiff zurück. Es war zu groß, um von nur einem Piloten gesteuert zu werden, aber es musste Beiboote an Bord haben. Vielleicht gelang es ihm, unbemerkt in das Schiff einzudringen, eins der Boote zu stehlen und von diesem Planeten zu fliehen.

Doch was dann?

Wohin sollte er sich wenden?

Er war ein Gestrandeter in dieser Zeit, ohne Freunde und Verbündete. Es gab keinen Ort, der Sicherheit versprach. Und er wusste noch immer nicht, wie er sein Schicksal erfüllen und an Bord der Sternenarche LEMCHA OVIR gelangen sollte, um ihren Dilatationsflug mitzumachen und schließlich, in der Gegenwart des Jahres 1327 NGZ, auf dem Planeten Ichest abzustürzen ...

Deine beste Option ist noch immer der Zeittransmitter, meldete sich das Planhirn wieder zu Wort. *Du solltest deine ethischen Bedenken vergessen und in den Transmitterkomplex zurückkehren. Beseitige die Wachmannschaft und bringe den Zeittransmitter unter deine Kontrolle.*

Tolot presste die Lippen zusammen. *Das ist auf keinen Fall eine Option,* dachte er empört. *Ich werde nicht zum Massenmörder!*

Das Planhirn schwieg. Er sah wieder zu dem intakten Raumschiff hinüber, halb entschlossen, seinen ursprünglichen Plan durchzuführen und eins der Beiboote zu kapern. Es war durchaus möglich, dass er bei seiner Flucht in den Weltraum auf die Sternenarche stoßen und so sein Schicksal erfüllen würde. Je mehr er darüber nachdachte, desto verlockender erschien ihm diese Vorgehensweise.

Ein plötzliches Grollen am Himmel ließ ihn zusammenfahren.

Er blickte nach oben. Hoch im Norden verdüsterte ein kugelförmiger Schatten das Licht des Sternenmeers. Ein weiteres Flüchtlingsschiff? Der Schatten kam näher und wurde größer, und die Teleskopfunktion seines Helmvisiers zeigte ihm eine 100 Meter durchmessende schwarze Kugel mit abgeplatteten Polen und zentral in der unteren Polebene angeordneten Triebwerken.

Es war keine lemurische Konstruktion.

Sondern ein Kreuzer der Bestien.

Er musste der Spur der Flüchtlingsschiffe gefolgt sein.

Tolot rührte sich nicht, als die schwarze Kugel heranraste, der stählerne Tod, und sonnenheiße Thermostrahlen auf das halbwracke Flüchtlingsschiff auf dem Raumhafen abfeuerte. Explosionen erschütterten den Hafen. Ihre Druckwellen schleuderten die lemurischen Arbeiter und Versorgungsfahrzeuge durch die Luft. Flammen loderten hinauf in die Nacht und tauchten alles in unheimliches Licht.

Das Bestienschiff wurde langsamer und kam über der Stadt zum Stillstand. Von den Bergen näherten sich mehrere Gleiter der lemurischen Suchmannschaften und griffen mit dem Mut der Verzweiflung den Bestienraumer an. Die Energiefinger ihrer Strahlkanonen zerfaserten wirkungslos am Schutzschirm des Bestienschiffes, und mehrere gezielte Impulsschüsse fegten die Gleiter vom Himmel. Ihre Trümmer flogen wie Meteoriten durch die Dunkelheit und zogen feurige Schweife hinter sich her.

Dann bildete sich ein helles Viereck im schwarzen Stahl des Bestienraumschiffs, als ein Schleusenschott geöffnet wurde, und mehrere dunkle Punkte sprangen hinaus in die Nacht und schwebten hinunter zur Stadt.

Landetruppen.

In Tolot krampfte sich alles zusammen. Er kannte nur zu gut die Wildheit und Grausamkeit seiner Vorfahren, ihre Lust an der Schlacht, ihre grenzenlose Brutalität und ihre perverse Freude am Blutvergießen. Sie hätten die Stadt mit einigen Salven ihrer Bordgeschütze dem Erdboden gleichmachen können, aber sie zogen den direkten Kampf Mann gegen Mann vor, die Jagd auf die hilflosen Flüchtlinge, die blutige, gnadenlose Hatz. Sie würden das Massaker genießen, das sie anrichteten, und nicht ruhen, bis auch der letzte Lemurer auf dieser Welt tot war.

Er dachte an den Zeittransmitterkomplex tief im Berg. Wenn die Zeitmaschine den Bestien in die Hände fiel ...

Sie werden nicht zögern, sie einzusetzen, hörte er wie aus weiter Ferne den Gedankenimpuls seines Planhirns. *Sie werden keine moralischen Skrupel haben, ein Zeitparadoxon auszulösen.*

Ein Paradoxon, das die Gegenwart des Jahres 1327 in ihren Grundfesten erschüttern konnte.

Die ersten Bestien waren in der Stadt gelandet. Energieblitze zuckten durch die dunklen Straßen. Männer, Frauen und Kinder flohen vor den vierarmigen Ungeheuern, die gekommen waren, um jedes Leben auf dieser Welt auszulöschen.

Du musst handeln, drängte ihn das Planhirn. *Notfalls darfst du nicht davor zurückschrecken, den Zeittransmitter zu zerstören. Die Bestien dürfen ihn unter keinen Umständen in ihre Gewalt bekommen!*

Hoch am Himmel verdunkelten weitere schwarze Objekte das Sternenlicht. Noch mehr Bestienschiffe.

Kehre zum Zeittransmitterkomplex zurück und vernichte die Maschine!, forderte das Planhirn. *Du weißt, dass du keine andere Wahl hast.*

Tolot blickte zur Stadt hinüber, in deren Straßen blutige Kämpfe tobten. Nur eine Hand voll Bestien waren gelandet, aber die Lemurer hatten trotz ihrer Überzahl keine Chance gegen sie. Alle würden sterben – Männer, Frauen und Kinder.

Diese Lemurer sind schon seit über fünfzigtausend Jahren tot, erklärte das Planhirn. Ungeduld schwang in seinem Gedankenimpuls mit. *Du kannst ihnen nicht helfen.*

Aber er konnte die wehrlosen Flüchtlinge nicht ihrem Schicksal überlassen. Die Bestien schienen von dem verborgenen Zeittransmitterkomplex nichts zu ahnen, sonst wäre er ihr Primärziel gewesen. Sie waren gekommen, um unter den Bewohnern dieser Welt ein Blutbad anzurichten, mehr nicht. Und auch wenn das Planhirn Recht hatte und diese Lemurer von seiner temporalen Warte aus schon seit 50 Jahrtausenden tot waren, konnte er nicht tatenlos zusehen, wie sie abgeschlachtet wurden.

Tolot dachte an sein anderes, zukünftiges Ich, das dieses Abenteuer, diese fantastische Reise durch die Zeit, bereits hinter sich gebracht hatte, und er fragte sich erneut, wie der andere Tolot in dieser Lage gehandelt hatte. Er konnte sich nicht vorstellen, dass er bei diesem Blutvergießen passiv geblieben war. Er musste den Lemurern geholfen haben, und vielleicht war diese Hilfe der erste Schritt auf dem Weg gewesen, der ihn schlussendlich zur Sternenarche geführt hatte ...

Und er brauchte Freunde auf dieser Welt, Verbündete. Die Lemurer waren die logischen Alliierten. Er konnte nicht abseits stehen und zuschauen, wie sie abgeschlachtet wurden, trotz aller Bedenken, die er in Bezug auf ein Zeitparadoxon hatte.

Tu es nicht!, bohrte sich der Gedankenimpuls des Planhirns in seine Überlegungen. *Du hast keine Chance. Die Übermacht der Bestien ist zu groß. Konzentriere dich auf die Zerstörung des Zeittransmitters!*

Aber Icho Tolot hatte seine Entscheidung bereits getroffen.

Mit einem Grollen stürmte er los, der Stadt entgegen, dem Gemetzel, das die Bestien anrichteten, entschlossen, dem Morden ein Ende zu machen, ein vierarmiger Riese, der in diesem Moment so wild und bedrohlich wirkte wie seine blutrünstigen Vorfahren.

9

»Die Halbraumphase nähert sich dem Ende«, meldete der Erste Offizier Palanker von seinem Kontrollpult schräg hinter Thore Bardons Kommandantensitz. »Rücksturz in den Normalraum in zehn Minuten.«

»Verstanden«, sagte Bardon heiser. Sein Gesicht blieb unbewegt, aber innerlich war er aufgewühlt. Das Ziel war greifbar nah, Torbutan im 87. Tamanium und die Zeitmaschine, die dort auf sie wartete ... wenn sie Glück hatten.

Bis auf das vibrierende Brummen des aktivierten Halbraumantriebs war es still in der Zentrale. Niemand sagte ein Wort, alle hingen ihren Gedanken nach, und ihre Gedanken bewegten sich in denselben Bahnen.

Wir werden durch das Tor der Zeit gehen, sagte sich Bardon fiebrig, *zurück in die Vergangenheit, um die Gegenwart neu zu gestalten und den Lemurern eine Zukunft zu geben. Wir werden die Bestien zu einem Zeitpunkt schlagen, an dem sie es am wenigsten erwarten, und Jercy ... Aból, Dhoma und Chemee ... sie werden wieder leben.*

Er spürte, wie Tränen in seinen Augen schwammen, und wischte sie verstohlen fort.

Und all das haben wir nur Levian Paronn zu verdanken, fügte er in Gedanken hinzu. *Ohne den Technad wäre die Mission gescheitert.*

Der Wissenschaftler, der mit seinen Sonnen- und Neutrinoforschungen berühmt geworden war und als Technischer Administrator von Tanta III die Übertragungsleistung des Sonnensechsecktransmitters optimiert hatte, war ein weitsichtiger Mann. Er hatte nicht nur sofort die Möglichkeiten erkannt, die eine funktionstüchtige Zeitmaschine bot, sondern es auch geschafft, einen verbohrten, engstirnigen Militär wie Admiral Targank vom Sinn der Mission zu überzeugen. Obwohl die Schlacht um Tanta III noch getobt hatte, obwohl die Bestienschiffe in immer neuen Wellen die zentrale Steuerungswelt des Sonnentransmitters angegriffen hatten, hatte der Admiral ihnen einen aus 20 Schweren Kreuzern bestehenden Verband zur Verfügung gestellt, mehr als Thore Bardon sich in seinen kühnsten Träumen erhofft hatte.

Sie hatten die treue, halbwracke IBODAN zur Generalüberholung in ein Raumdock bringen können und befanden sich jetzt an Bord der KOLOSCH, einem schnelleren, massiver bewaffneten Schweren Kreuzer, der erst vor kurzem die Große Raumwerft von Lhordavan verlassen hatte, das modernste Schiff seiner Klasse.

Fast zärtlich strich Thore Bardon über die breite Armlehne seines Kommandantensitzes. Wenn sie schon früher Schiffe wie die KOLOSCH gehabt hätten ... vor 97 Jahren, zu Beginn des Krieges ... dann hätten die Schlachten einen anderen Verlauf genommen. Die Lemurer hätten die Flotten der Bestien zerschmettert.

Und wir werden es tun!, durchfuhr es Bardon. *Ein Schauder der Erregung lief ihm über den Rücken. Wir werden in die Vergangenheit reisen und unseren Vorfahren die Baupläne für Schiffe der KOLOSCH- und GOLKARTHE-Klasse und die Konstruktionsunterlagen des Resonanzstrahlers geben, wie Levian Paronn es gesagt hat. Mit diesen technischen Neuerungen ausgestattet, wird das Imperium unbesiegbar sein, wenn die Bestien über Apsuhol herfallen, aus unserer totalen Niederlage ein totaler Triumph werden.*

All das natürlich nur, wenn die Zeitmaschine wirklich existierte.

Seine Hand zitterte leicht vor Erregung, als er sie hob und das Kom-Armband aktivierte. »Hier ist Kommandant Bardon. Die Halbraumphase endet in Kürze, Technad Paronn.«

Ein Knacken ertönte, gefolgt von Paronns sonorer, ruhiger Stimme. »Wir kommen sofort in die Zentrale, Kommandant.«

Bardon lehnte sich in seinem Sitz zurück und hielt die Augen auf den Hauptbildschirm gerichtet, auf dem die rötlichen Schlieren der Zwischendimension wallten. Die Ortungsreflexe der 19 anderen Schiffe des Verbandes zeichneten sich als dunkle, münzgroße Scheiben vor dem wallenden Rot ab.

»Rücksturz in den Normalraum in acht Minuten«, meldete Palanker mit der für ihn typischen ausdruckslosen Stimme.

Die Spannung in der Zentrale nahm spürbar zu. Niemand wusste, was sie auf Torbutan erwartete. War die dortige geheime Forschungsstation des Suen-Klubs noch immer in Betrieb? Würden sie gar auf Tamrat Markam und die verschollenen, für tot geglaubten Wissenschaftler des Zeitforschungsprojekts treffen? Oder würden sie nur Ruinen vorfinden, wie auf Zalmut und den anderen Welten, auf denen der Suen-Klub Forschungslabors unterhalten hatte?

Bardon dachte an die Bestien, und in seiner Magengegend bildete sich ein harter Knoten.

Beruhige dich, mahnte er sich im Stillen. *Dir stehen zwanzig kampfstarke Schiffe zur Verfügung. Ein paar Einheiten der Bestien stellen keine Gefahr dar.*

Aber was war, wenn sie mit einer ganzen Flotte des Feindes konfrontiert wurden …?

Das Zischen des aufgleitenden Hauptschotts riss ihn aus seinen Gedanken. Er hob den Kopf und sah Levian Paronn die Zentrale betreten, gefolgt von Ruun Lasoth und Merhon Velsath, Paronns Wissenschaftsassistenten.

Paronn war ein hoch gewachsener, schlanker Mann mit schwarzen, vollen, glatt zurückgekämmten Haaren, die ihm bis in den Nacken fielen. Seine Augen waren von einem felsigen Grau und von buschigen Brauen überwölbt. Er trug ein schlichtes, erdfarbenes Hemd unter einer hüftlangen, taschenbesetzten Jacke, eine leger fallende, sich an den Waden verengende Hose, Schuhe mit hohen Schäften und einen breiten Multizweckgürtel mit Mikrocomputer und anderen technischen Geräten. Unter seinem Hemd zeichnete sich eine eiförmige Wölbung ab, und die Kette um seinen Hals verriet, dass er eine Art Schmuckanhänger oder Medaillon tragen musste.

Das Medaillon war das einzige Zugeständnis an die Eitelkeit. Ansonsten wirkte Paronn wie der pragmatische, nüchtern denkende Wissenschaftler, der er war.

Bardons Blick wanderte zu Velsath, und wie bei seiner ersten Begegnung mit dem hageren, seltsam ausgezehrt wirkenden Mann schreckte er innerlich zurück. Es lag nicht nur an Velsaths brennenden Augen, auch wenn sie sein verstörendstes Merkmal waren, oder dem zerfurchten, stets gehetzt wirkenden Gesicht unter dem grauen, wallenden, schulterlangen Haarschopf. Sondern an der Aura, die ihn umgab, der Aura stiller, verzweifelter Qual und tiefer Zerrissenheit.

Aber wen wundert es?, dachte Bardon. *Schließlich ist Velsath Gefangener der Bestien gewesen. Nur die alten Götter wissen, was sie ihm angetan haben, bevor ihm auf wundersame Weise die Flucht gelang ...*

»Kommandant«, grüßte Paronn mit einem knappen Nicken, als er neben Bardons Konsole trat. »Lass dich von unserer Anwesenheit nicht stören. Ich werde eingreifen, wenn es die Lage erfordert.«

»Natürlich, Technad«, erwiderte Bardon. Er räusperte sich. »Helot?«

Die Waffenmeisterin antwortete sofort. »Alle Waffensysteme geladen und feuerbereit.«

»Sehr gut. Palanker?«

»Speicherbänke des Halbraumfelds geladen und bei hundert Prozent«, erklärte der Erste Offizier. »Der Schutzschirm wird sofort nach dem Rücksturz in den Normalraum aufgebaut.«

Bardon entspannte sich ein wenig. Er wusste, dass die anderen Schiffe des Verbandes ebenfalls gefechtsklar waren. Was auch immer sie im Torbu-System erwarten mochte, sie waren so gut vorbereitet, wie es möglich war.

»Palanker, unmittelbar nach dem Rücksturz beginnst du mit der Erfassung der stellaren Umgebung«, befahl er dem Ersten Offizier. »Ich will keine Überraschungen erleben.«

»Verstanden, Kommandant.«

»Shadne«, wandte sich Bardon an die Kommunikationsspezialistin, »du versuchst Funkkontakt mit der Forschungsstation herzustellen. Benutze zunächst die Geheimfrequenz des Suen-Klubs, dann die verschlüsselten Frequenzen der Flotte und anschließend die offenen Kanäle. Wenn auf Torbutan jemand lebt, will ich es sofort erfahren.«

»Natürlich, Kommandant«, bestätigte die Kommunikationsspezialistin.

Die Sekunden verstrichen.

»Rücksturz in fünf Minuten«, sagte Palanker.

Bardon drückte einen Knopf an seiner Konsole. Der Bereitschaftsalarm heulte durch das Schiff und rief die Crew auf ihre Gefechtsstationen. Aus dem Feldlautsprecher drangen die Klarmeldungen der einzelnen Sektionen. Grüne Dioden zeigten das reibungslose Funktionieren aller technischen Systeme an. Die Führungsoffiziere und die Besatzung waren bereit für den Kampf, sollte es denn einen geben.

Von der Seite sah er wieder Levian Paronn an, der bewegungslos neben ihm stand, zu einer Statue erstarrt, äußerlich ruhig und unerschütterlich, aber mit einem Feuer in den grauen Augen, das Thore Bardon nur zu gut kannte.

Er sah dieses Feuer auch in seinen eigenen Augen brennen, wenn er vor den Spiegel trat und an seine getötete Familie dachte und an die Zeitmaschine, mit der er sie zurück ins Leben holen würde. Paronn und er waren verwandte Geister, einzig und allein von der Mission beherrscht, bereit, alles für den Erfolg zu riskieren, ihr eigenes Leben eingeschlossen und das Leben der ihnen Anvertrauten. Und sie würden nicht versagen. Sie *durften* nicht versagen. Zu viel hing von ihnen ab.

»Rücksturz in zwei Minuten«, meldete Palanker.

Der Knoten in Bardons Magengegend verhärtete sich, doch Levian Paronn zeigte noch immer keine Regung, während Ruun Lasoth nervös mit den Füßen scharrte und

Merhon Velsath erstickt hustete, als würde sich eine unsichtbare Schlinge um seine Kehle zusammenziehen.

Wir kommen, Torbutan!, dachte Bardon. Sein Atem ging schneller. Die alten Götter mögen uns beistehen!

»Rücksturz in einer Minute.« Der Erste Offizier sprach die Worte wie ein Mantra, und die Ausdruckslosigkeit seiner Stimme war einem gepressten Unterton gewichen.

Unwillkürlich, ohne es zu bemerken, umklammerte Bardon die Armlehnen seines Kommandantensitzes, sodass sich seine Finger tief in das Kunststoffpolster gruben. Noch immer wallten auf dem Hauptbildschirm die roten Schlieren der Zwischendimension, aber allmählich verblassten sie, als das Halbraumtriebwerk seine Energieleistung verringerte und die Rückkehr in den Normalraum einleitete. Sie würden innerhalb des Systems rematerialisieren, zwischen dem namenlosen ersten Planeten und Torbutan, dem Trabanten Nummer Zwei der Doppelsonne Torbu-Eins und Torbu-Zwei, dicht oberhalb der Ekliptik.

»Rücksturz in dreißig Sekunden.«

Die Spannung wuchs ins Unerträgliche. Greifbar hing sie in der Zentrale, wie eine dunkle, schwere Wolke, die auf den Seelen der Männer und Frauen lastete. Nur Levian Paronn blieb davon unbeeindruckt. Mit unerschütterlicher Gelassenheit wartete er an Bardons Seite, und erstaunt stellte der Kommandant fest, dass ein Lächeln um seine Lippen spielte.

Ein Lächeln, das Siegesgewissheit ausdrückte. Zuversicht, frei von jedem Zweifel. Als wüsste er mehr als die anderen, als verfügte er über geheime Informationen, die ihm versicherten, dass ihre Mission von Erfolg gekrönt werden würde.

»Rücksturz in zehn Sekunden.«

Bardon schluckte. Plötzlich war sein Mund trocken. Sein Herz hämmerte. Er dachte wieder an Jercy und die Kinder, an die schreckliche, grausame, unerträgliche Leere, die ihr Tod in seinem Leben hinterlassen hatte. Und an den weiten Weg, den er zurückgelegt, die Mühen, die er auf sich genommen, die Gefahren, die er überstanden hatte. In wenigen Sekunden würde sich erweisen, ob die Mission all die Opfer wert gewesen war.

Wieder schnitt Palankers Stimme durch die lastende Stille in der Zentrale. »Rücksturz erfolgt ... *jetzt!*«

Abrupt wechselte das Bild auf dem Hauptmonitor. Die rötlichen Schlieren der Zwischendimension wichen der samtschwarzen Finsternis des Weltraums und den glitzernden Myriaden Sternen der galaktischen Kernzone. In der rechten oberen Ecke des Bildschirms, fingernagelgroß, leuchteten die gelbe Sonne Torbu und ihr Begleitstern, ein Weißer Zwerg. In einiger Entfernung war Torbutan zu sehen, eine kleine, rostrote Scheibe im Schwarz des Kosmos. In der Monitormitte funkelten die 19 Ortungsreflexe des Verbandes, der zeitgleich mit der KOLOSCH in den Normalraum zurückgekehrt war.

Ein roter Schleier schien sich über den Weltraum zu legen, als sich automatisch das schützende Halbraumfeld um die KOLOSCH aufbaute.

»Detektorscan läuft ...«, meldete Palanker. Er atmete scharf und hörbar ein. »Ortung! Drei Objekte im Orbit um Torbutan, ein weiteres in der planetaren Atmosphäre ... Identifizierung läuft ... Objekte identifiziert ...« Er stieß zischend die Luft aus. »Bei Lahmu, es sind Bestienschiffe! Leichte Kreuzer mit einem Durchmesser von einhundert Metern.«

Bestien!

Ihre schlimmsten Befürchtungen waren eingetroffen. Die Bestien hatten die geheime Zeitforschungsstation entdeckt!

Bardon unterdrückte einen Fluch und schlug mit der Faust auf ein Sensorfeld seiner Konsole. Der Gefechtsalarm schrillte durch die KOLOSCH, laut und grell, eine Fanfare des Todes.

»Es sind nur vier Kreuzer«, hörte er Paronn beruhigend sagen. »Mit ihnen werden wir fertig.«

Bardon starrte ihn an. *Nur* vier Kreuzer? Offenbar hatte der Technad noch nie einen Kampf mit den Bestien erlebt. Die 100-Meter-Schiffe mochten klein sein, aber ihr Vernichtungspotenzial war trotzdem gewaltig. Und ihre Paratronschirme waren nur mit längerem, massivem Gegenpolbeschuss zu überwinden ... Unter großen Opfern, durchfuhr es Bardon. Schiffe würden explodieren, viele Männer und Frauen sterben ... Und die Station auf Torbutan, die Zeitmaschine ... sie könnte bereits zerstört worden sein.

Palankers nächste Worte schienen seine düstere Vorahnung zu bestätigen. »Kommandant, ich empfange starke Energiewerte von der Oberfläche. Dort toben Kämpfe mit Energiewaffen ... und die Detektoren registrieren auf dem Nordkontinent extreme radioaktive Strahlung vom Teta-Typ.«

Bardon riss den Kopf herum und sah Palanker an. Sein Erster Offizier war bleich geworden.

»Auf Torbutan ist ein Atombrand ausgebrochen«, fügte Palanker leise hinzu. »Die Bestien müssen eine Armageddonbombe abgeworfen haben.«

Bardons Blick kehrte wieder zum Hauptmonitor zurück, zur rostroten Scheibe Torbutans. Ein Atombrand ... wie auf Gunrar II. Ein nukleares Feuer, das den Mantel des Planeten zerfressen und ihn in eine brodelnde Gluthölle verwandeln würde.

»Kein Kontakt auf der geheimen Suen-Frequenz!«, überschrie Shadne das Wimmern des Gefechtsalarms. »Ich versuche es weiter auf den Frequenzen der Flotte.«

Plötzlich spürte Bardon Levian Paronns Hand auf seiner Schulter. Er hob den Kopf und sah in die grauen Augen des Technads, in das Feuer, das dort loderte, unlöschbar wie der Atombrand auf der geheimen Basiswelt des Suen-Klubs.

»Wir müssen die Bestienschiffe von Torbutan weglocken«, sagte Paronn eindringlich. »Solange sie sich im Orbit befinden, haben wir keine Chance, den Forschungskomplex mit der Zeitmaschine zu suchen.«

»Verstanden, Technad.« Bardon aktivierte die verschlüsselte Gefechtsfrequenz und gab den Befehl an die Subkommandanten der anderen Schiffe weiter. Er verfolgte, wie die 19 Einheiten Fahrt aufnahmen und mit flammenden Impulstriebwerken Torbutan ansteuerten, in dessen Orbit die Einheiten der Bestien kreisen.

»Keine Antwort auf den Frequenzen der Flotte«, sagte die Kommunikationsspezialistin. Sie klang bedrückt und mutlos.

Kälte fraß sich in Bardons Glieder, eisiges Entsetzen, tiefe Niedergeschlagenheit. *Wir sind zu spät gekommen,* dachte er. *Es ist alles verloren ...*

Paronn drückte beruhigend seine Schulter, als hätte er die Gedanken des Kommandanten gelesen. »Es ist erst vorbei, wenn es vorbei ist«, erklärte der Technad grimmig. Das Feuer in seinen Augen schien heller zu lodern als je zuvor. »Wir dürfen nicht resignieren.«

»Kommandant«, rief Palanker. »Die drei Bestienschiffe verlassen den Orbit und nehmen Kurs auf den Verband ... Das vierte Bestienschiff taucht soeben aus der Atmosphäre auf und folgt den anderen Einheiten!«

»Sehr gut«, murmelte Paronn. »Wir warten, bis sie in sicherer Entfernung von Torbutan sind, und treten dann in die Umlaufbahn um den Planeten ein. Sorg dafür, das ein Landekommando bereit steht, Kommandant. Ich brauche alle verfügbaren Beiboote des Schiffes für die Operation.«

»Verstanden, Technad«, bestätigte Bardon und aktivierte das Interkom, um den Befehl an die Crew weiterzuleiten.

Paronn machte auf dem Absatz kehrt und verließ mit Ruun Lasoth und Merhon Velsath die Zentrale, um sich zu den Beiboothangars zu begeben.

»Keine Antwort auf den offenen Kanälen«, hörte Bardon die Stimme der Kommunikationsspezialistin.

»Versuch es weiter«, ordnete er heiser an, die Augen weiter auf den Hauptbildschirm gerichtet, wo sich die Ortungsreflexe der Bestienschiffe und der lemurischen Schweren Kreuzer unaufhaltsam aufeinander zu bewegten.

Kurz darauf flammten die ersten künstlichen Sonnen auf, als der lemurische Verband das Feuer aus allen Gegenpolkanonen eröffnete. Die Fusionsglut schien den gesamten planetennahen Weltraum in Brand zu setzen, während auf Torbutan weiter der Atombrand wütete und all ihre Hoffnungen zu zerstören drohte.

Die Entscheidungsschlacht um die Zeitmaschine hatte begonnen.

10

Bereits am Stadtrand bot sich Icho Tolot ein Bild des Grauens. Auf den Straßen und Gehwegen lagen tote Lemurer mit verkrampften Gliedern, die Augen gebrochen, aber noch immer vor Entsetzen geweitet, von Strahlwaffen niedergestreckt oder von den Bestien mit bloßen Händen erschlagen. Das Intervall- und Impulsfeuer der Invasoren hatte große Löcher in die Fassaden der Gebäude gestanzt und das Baumaterial zum Schmelzen gebracht, sodass tränen- oder fladenförmige Gebilde aus Stahlplastik entstanden waren, die erstarrt an den Wänden klebten. Gesplittertes Glas bedeckte den Boden.

In der Ferne gellten Schreie. Rauch stieg in den Himmel und schob sich wie eine Mauer vor das Sternenlicht. Von oben drang ein ohrenbetäubendes Dröhnen, begleitet von flackernder Helligkeit.

Er hob den Kopf und sah, wie das Bestienschiff, das die ganze Zeit über der Stadt verharrt hatte, mit flammenden Triebwerken Fahrt aufnahm, steil in die Höhe schoss und zu einem leuchtenden Punkt zwischen den funkelnden Stecknadelköpfen der Sterne schrumpfte. Dann war es verschwunden. Er war erleichtert, aber auch irritiert. Er hatte erwartet, dass das Schiff den gelandeten Bestien Feuerschutz geben würde, doch entweder waren sie von der Überlegenheit ihrer Landetruppen überzeugt, oder das Schiff wurde an einem anderen Ort gebraucht, an dem der Widerstand stärker war.

Unwillkürlich blickte er nach Westen, zu dem düsteren Felsmassiv, das wie eine umgedrehtes V die übrigen Berggipfel überragte und in dem der Zeitmaschinenkomplex versteckt war, doch dort war alles dunkel, alles ruhig, trügerisch friedlich. Nichts deutete darauf hin, dass die Bestien die unterirdische Basis entdeckt hatten und zum Angriff übergingen.

Möglicherweise ist das Schiff verschwunden, weil sich lemurische Einheiten dem Planeten nähern, spekulierte das Planhirn hoffnungsvoll. *Es ist unwahrscheinlich, dass die Lemurer eine derart bedeutende Einrichtung wie den Zeitmaschinenkomplex ungeschützt lassen.*

Tolot war nicht davon überzeugt. Rund um die Stadt und die getarnte Basis schien es keine Abwehrstellungen zu geben, keine Bodenforts, oder sie hätten längst das Feuer auf die Bestien eröffnet. Und dass die Lemurer das schwarze Kugelraumschiff in einem tollkühnen, selbstmörderischen Manöver mit Gleitern angegriffen hatten, deutete darauf hin, dass ihnen keine anderen Mittel zur Verfügung standen.

Auch das ist möglich, räumte das Planhirn ungerührt ein. *Aber du kennst nur einen kleinen Teil dieses Planeten. Vielleicht massiert sich der Widerstand in einer anderen Region, auf einem anderen Kontinent.*

Der Haluter lief weiter, den entsicherten Kombistrahler in der Hand. Das Deflektorfeld seines roten Kampfanzugs war noch immer aktiviert und machte ihn unsichtbar, ein relativer Schutz, den er in Kürze aufgeben musste, wenn er seinen Plan realisieren und die Lemurer als Verbündete gewinnen wollte.

Aber was ist mit deinen Bedenken?, fragte das Planhirn kritisch. *Was ist mit deiner Angst vor einem Zeitparadoxon und den Auswirkungen deiner Handlungen auf die Gegenwart des Jahres 1327 NGZ?*

Er hatte diese Bedenken nicht vergessen, nur zur Seite geschoben. Sie rumorten in seinem Hinterkopf, schwächten seine Entschlossenheit, doch er gab ihnen nicht nach. Er musste eingreifen, ob er wollte oder nicht. Er konnte nicht zulassen, dass die Bestien eine ganze Stadt auslöschten, selbst wenn ihre Bewohner von seiner temporalen

Warte aus schon seit über 50 000 Jahren tot waren. Und wie das Planhirn selbst gesagt hatte, war es durchaus möglich, dass erst sein Eingriff in die Vergangenheit die Gegenwart so gestaltet hatte, wie er sie kannte.

Das war nur eine Spekulation, widersprach das Planhirn. *Niemand kann mit Sicherheit wissen, welche Konsequenzen deine Handlungsweise haben wird.*

Tolot ignorierte den Gedankenimpuls des Planhirns und rannte weiter. Er bog um eine Ecke und sah vor sich eine breite Straße. Auch hier lagen Leichen auf dem Boden, von Strahlschüssen niedergestreckt oder im Nahkampf schrecklich verstümmelt. Gleiterwracks brannten und erhellten auf gespenstische Weise die Nacht. Die Flammen hatten auf einige Häuser übergegriffen und leckten mit orangenen Zungen nach den tief hängenden Wolken am Himmel. Vermutlich würde die ganze Stadt niederbrennen, wenn die Feuer nicht bald gelöscht wurden.

Vor ihm, am Ende der Straße, zuckten Impulsstrahlen durch die Dunkelheit. Grollendes Gelächter drang an sein Ohr, das Gelächter einer Bestie im Blutrausch, die wusste, dass die Waffen des Feindes ihr nichts anhaben konnten.

Tolot beschleunigte seine Schritte.

Ein Dutzend oder mehr bewaffnete Lemurer hatten sich in der Ruine eines Hauses verschanzt, das von einem Trümmerstück des explodierten Flüchtlingsraumschiffs getroffen worden war. Sie hockten hinter rußigen Mauerbrocken oder verbogenen Stahlträgern und schossen auf eine riesige, vierarmige, schwarze Gestalt, die mit donnernden Schritten auf sie zustampfte. Die Impulsstrahlen zerfaserten wirkungslos am düster wabernden Schutzschirm der Bestie, aber die Lemurer schossen unablässig weiter, als hofften sie, durch konzentriertes Dauerfeuer das Kraftfeld zu überlasten. Die Bestie lachte erneut, laut und höhnisch, riss ein schweres Intervallgewehr hoch und erwiderte den Beschuss.

Einer der Mauerbrocken, hinter dem sich zwei Lemurer duckten, wurde von den fünfdimensionalen Stoßfronten des Intervallstrahls förmlich pulverisiert. Eine rasch expandierende Staubwolke entstand. Als sich der Staub verzog und vom lauen Nachtwind fortgetragen wurde, lagen zwei weitere Leichen auf dem Boden.

Tolot zögerte nicht länger.

Er deaktivierte den Deflektor, schaltete seinen Schutzschirm ein, steckte den Kombistrahler ins Holster und rannte auf die Bestie zu. Sie sah ihn nicht kommen, war ganz auf die Lemurer konzentriert, die verzweifelte Gegenwehr leisteten und dennoch keine Chance gegen den vierarmigen Riesen hatten. Im Laufen verhärtete Tolot seine Molekularstruktur, bis sie wieder die Festigkeit von massivem Stahl erreichte.

Und er spürte plötzlich wilde, fiebrige Freude, ein archaisches Hochgefühl, pure Kampfeslust, als hätten die Gewalt und all das Morden eine düstere Seite in ihm geweckt, die stets da gewesen war und nur geschlafen hatte.

Du musst vorsichtig sein, schnitt der Gedanke des Planhirns durch die atavistische Gefühlsaufwallung. *Wenn du in eine Drangwäschephase gerätst, könntest du selbst zu einer Gefahr für die Lemurer werden.*

Im nächsten Moment rammte er von hinten die unablässig schießende Bestie. Die beiden Schutzschirme berührten sich. Ein Blitzgewitter zuckte durch die Nacht. Es kam zu einer Überladung der Felder, und sie brachen in einem Funkenregen zusammen. Tolots molekular verhärteter Körper prallte gegen die völlig unvorbereitete Bestie. Das Intervallgewehr wurde aus ihren mächtigen Pranken geschleudert und verschwand zwischen aufgetürmten, verkanteten Trümmerbrocken. Die Bestie flog durch die Luft, überschlug sich und wurde von einer Hauswand gestoppt, die unter der Wucht des Aufpralls erbebte und knirschend nachgab.

Die Bestie schrie vor Wut und kam wieder auf die Beine. Wild fuhr sie herum, sah sich suchend nach dem unvermittelt aufgetauchten Gegner um und entdeckte Icho Tolot. In den roten Augen der Bestie leuchtete Überraschung auf. Völlig verblüfft starrte sie den Haluter an. Aus den Augenwinkeln nahm Tolot wahr, dass die verschanzten

Lemurer das Feuer eingestellt hatten. Sie schienen von der unerwarteten Wendung der Ereignisse ebenso überrascht zu sein wie das vierarmige Ungeheuer.

»Ich kenne dich nicht!«, grollte die Bestie. »Wer bist du?«

»Der Tod«, donnerte Tolot.

Die Bestie kniff die Augen zusammen und warf sich zur Seite, wo ihr Intervallgewehr zwischen den Mauerbrocken lag. Tolot riss den Kombistrahler aus dem Holster und schoss. Der Impulsstrahl traf den linken Oberschenkel der Bestie, brannte sich durch den schwarzen Schutzanzug und bohrte ein Loch in ihr Fleisch, bis sie Sekundenbruchteile später reagierte und ihre Molekularstruktur verhärtete, sodass der Impulsstrahl keine Wirkung mehr hatte.

Leicht humpelnd sprang sie wieder auf und ging zum Gegenangriff über. Die Muskeln ihrer Säulenbeine spannten sich und katapultierten den mächtigen Körper durch die Luft. Tolot stellte seine Kombiwaffe mit einem Fingerdruck von Impuls- auf Intervallfeuer um, und der Intervallstrahl traf die Bestie mitten im Sprung.

Es war, als wäre sie gegen eine Mauer geprallt.

Der Intervallstrahl zerfetzte und zerbröselte ihren Schutzanzug, aber ihre molekular gehärtete Körperstruktur hielt dem verheerenden Schuss stand. Sie fiel zu Boden, während die fünfdimensionalen Stoßfronten weiter auf ihren Leib einhämmerten, und kroch mit ruckartigen Bewegungen zu ihrer eigenen im Staub liegenden Waffe. Und sie brüllte vor Wut und Verwirrung.

Die Lemurer erkannten ihre Chance und konzentrierten ihr Impulsfeuer auf die Bestie. Energiestrahlen tanzten über ihren mächtigen Rumpf und brannten blasige Furchen ins verhärtete Fleisch, aber diese Verletzungen waren nur oberflächlich, nicht tödlich. Die Bestie kroch unbeirrt weiter und streckte eine Pranke nach ihrer Waffe aus.

Tolot riss seinen Kombistrahler herum und feuerte auf das Intervallgewehr. Es detonierte in einer donnernden, grellen Explosion. Die Bestie wurde von der Druckwelle erfasst und meterweit gegen ein ausgebranntes Gleiterwrack geschleudert. Sie schrie noch immer in hilflosem Zorn und zuckte unter den unablässig einschlagenden Impulsstrahlen zusammen, aber nicht einmal das konzentrierte Feuer aus einem halben Dutzend Waffen genügte, um sie zu töten.

Brüllend kam sie wieder auf die Beine und stürmte auf Tolot zu.

Der Haluter kniff die Lippen zusammen und drückte den Abzug seiner Waffe durch. Der Intervallstrahl schmetterte die Bestie rücklings gegen einen gezackten Mauerbrocken, der unter der Wucht des Aufpralls zersplitterte. Ihr Gebrüll wurde leiser, während das Impulsfeuer der Lemurer weiter ihr molekular gehärtetes Fleisch versengte und immer tiefere Löcher in das Gewebe bohrte. Ihre drei roten Augen funkelten Tolot an. Verzehrender Hass brannte in ihnen. In einer letzten Kraftanstrengung bäumte sie sich auf und drohte ihm mit der geballten Faust.

»Verräter!«, keuchte sie. »Wie kannst du es wagen, dich gegen dein eigenes Volk zu stellen?«

»Ich habe nichts mit dir und deinesgleichen gemein«, grollte Tolot.

Er schoss wieder, und diesmal konnte die verhärtete Körperstruktur dem Intervallstrahl nicht mehr standhalten. Ihr Oberkörper zersprang wie eine brüchige Porzellanvase in tausend Stücke, die klappernd und polternd zu Boden fielen.

Tolot senkte seinen Kombistrahler und atmete tief durch. Er roch den Rauch, der in der Luft hing, verbranntes Fleisch und die Süße des vergossenen Blutes. Nach einem letzten Blick zu den Überresten der toten Bestie drehte er sich zu den Lemurern um, die sich noch immer in der Ruine des zerstörten Hauses verschanzt hatten.

»Ich komme in Frieden«, rief er laut, mit weithin hallender Stimme auf Lemurisch. »Ich bin nicht wie die Bestien. Ich bin ein Freund.«

Einen Moment lang blieb alles still, rührte sich nichts. Tolot fragte sich, was in den Lemurern vorgehen mochte. Eine Bestie, die sich gegen eine andere Bestie stellte ... kein Wunder, dass sie verwirrt waren. Etwas Derartiges hatte es in der ganzen langen Geschichte des lemurisch-halutischen Krieges noch nie gegeben. Er wartete ungeduldig und hörte in der Ferne verzweifelte Schreie, kleinere Explosionen, das grollende Gelächter einer weiteren Bestie.

»Ich komme in Frieden«, rief er erneut. »Ich bin hier, um euch zu helfen!«

Die Antwort bestand aus einem Impulsstrahl, der dicht an seinem rechten Ohr vorbeisengte. Mit einem gemurmelten Fluch aktivierte er wieder seinen Schutzschirm, wandte sich ab und rannte in die Richtung, aus der die Schreie gedrungen waren. Wenn seine Worten die Lemurer nicht überzeugten, mussten es eben seine Taten tun.

Du solltest nicht zu viel erwarten, warnte ihn das Planhirn. *Das Trauma der Lemurer sitzt zu tief. Sie sehen in deinem unerklärlichen Verhalten wahrscheinlich nur einen Trick der Bestien, eine Falle.*

Vermutlich hatte das Planhirn Recht. Aber er würde trotzdem nicht aufgeben und es weiter versuchen. Vielleicht konnte er sie überzeugen, dass er auf ihrer Seite stand, wenn er alle Bestien ausschaltete, die in der Stadt gelandet waren. Wenn die Kämpfe endeten, waren sie vielleicht zugänglicher für rationale Überlegungen.

Ein Vielleicht ist in deiner Lage nicht genug, erwiderte das Planhirn. *Ich plädiere nach wie vor dafür, den Zeittransmitter zu zerstören, damit er den Bestien nicht in die Hände fällt.*

Nein, dachte Tolot grimmig zurück. *Die Zerstörung des Zeittransmitters ist nur der letzte Ausweg. Solange die Bestien ihn nicht entdeckt haben, gibt es keinen Grund für eine derart drastische Maßnahme.*

Das Planhirn schwieg, aber er spürte weiterhin seine Skepsis. Mit einer unterdrückten Verwünschung konzentrierte er sich wieder auf seine Umgebung. Er befand sich in einer Gasse, die zwei Hauptstraßen miteinander verband. Der Zustand der Häuser, die rechts und links von ihm hochragten, bestätigte die Einschätzung, die er bereits aus der Ferne getroffen hatte – leere Fensterhöhlen, abblätternder Verputz, Risse in den Fassaden. Hier schienen seit längerer Zeit keine notwendigen Reparaturen mehr vorgenommen worden zu sein. Niemand wohnte mehr in diesen Gebäuden. Die Stadt zerfiel. Und der Angriff der Bestien beschleunigte das Zerstörungswerk noch.

Als Tolot das Ende der Gasse erreichte und in die Hauptstraße bog, kam ihm eine große Gruppe Lemurer entgegen, nach ihrem äußeren Erscheinungsbild Flüchtlinge wie jene, die sich in dem Zeittransmitterkomplex verbargen, abgemagerte, heruntergekommene Gestalten, viele mit blutigen Verbänden. Als sie ihn entdeckten, blieben sie wie angewurzelt stehen und schrien in heller Panik auf. Ihre Schreie schrillten in seinen Ohren und schmerzten in seinem Herzen. Einige sanken auf die Knie und hoben wie flehend die Hände, andere flohen schutzsuchend in die Eingänge der baufälligen Häuser zu beiden Seiten, wiederum andere eröffnete aus Strahlpistolen das Feuer auf ihn, während sie Schritt für Schritt zurückwichen, mit Entsetzen und Todesangst in den Augen.

Die Energiestrahlen schlugen in seinem Schutzschirm ein, ohne ihn auch nur zum Flackern zu bringen.

»Ich komme in Frieden!«, rief er wieder auf Lemurisch. »Fürchtet euch nicht. Ich bin ein Freund.«

Die panischen Schreie der Lemurer und das Waffenfeuer hielten an. Es war sinnlos. Er drang nicht zu ihnen durch.

Am Ende der Straße tauchte eine riesige, vierarmige Gestalt auf und riss ein Intervallgewehr hoch. Die Bestie schoss auf die Lemurer, deren Geschrei weiter anschwoll, als sie erkannten, dass sie in der Falle saßen, eingeklemmt zwischen zwei Bestien. Eine Frau wurde von dem Intervallstrahl erfasst und in Fetzen gerissen. Der Strahl wanderte weiter und hämmerte gezackte Löcher in eine Hausfassade.

Tolot stürmte los.

Er hob im Laufen seinen Kombistrahler und schoss auf die Bestie, schaltete in rasender Folge zwischen Impuls- und Intervallfeuer hin und her und sah befriedigt, wie das Wallen ihres Schutzschirms unter den Schüssen matter wurde. Er feuerte weiter, während er mit mächtigen Sätzen die Distanz zu der Bestie überbrückte. Der Urhaluter war so verwirrt, dass er einen Moment lang die Waffe senkte und Tolot nur anstarrte, als könnte er nicht fassen, dass er von einem Artgenossen attackiert wurde.

Dann hatte Tolot ihn erreicht.

Ihre Schutzschirme berührten sich, flackerten grell auf, von blendenden Entladungsblitzen umzüngelt, und brachen dann wie zuvor in einem Funkenregen zusammen. Die Bestie löste sich aus ihrer Erstarrung und zielte mit dem Intervallgewehr auf ihn, aber er fegte mit einem harten Schlag seiner rechten Pranke die Waffe aus ihrer Hand. Gleichzeitig verfestigte er das Gewebe seines Kopfes zu stählerner Härte und rammte ihr das kugelförmige Haupt in die Brust.

Die Bestie wurde nach hinten geschleudert und landete rücklings auf dem Boden. Tolot bemerkte, dass die bewaffneten Lemurer näher kamen, zum Kampf entschlossen, obwohl sie wissen mussten, dass sie gegen die vierarmigen Riesen keine Chance hatten, und erneut bewunderte er ihren Mut, ihre heldenhafte Opferbereitschaft. Dann stürzte er sich auf die Bestie, drückte sie mit seinem ganzen Gewicht zu Boden und schlug mit drei Fäusten auf sie ein, während er mit der freien Hand den Kombistrahler gegen ihre Stirn drückte.

Die Bestie brüllte auf. Hasserfüllt funkelte sie ihn an und entblößte ihr Raubtiergebiss. Ein Kräuseln überlief ihre schwarze, ledrig wirkende Haut, und er wusste, dass sie ihre Molekularstruktur verhärtete.

Er drückte ab.

Der Intervallstrahl zerschmetterte den Schädel der Bestie, bevor sie die molekulare Veränderung abschließen konnte. Ihr wütendes Gebrüll verstummte, ihre Glieder wurden schlaff. Ein weiterer Feind war ausgeschaltet. Tolot löste sich von dem toten Gegner, nahm dessen Intervallstrahler an sich, richtete sich dann zu seiner vollen Größe auf und fuhr zu den Lemurern herum.

»Ich bin ein Freund!«, rief er wieder auf Lemurisch. »Habt keine Angst. Ich bin auf eurer Seite.«

Seine donnernden Worte ließen die Lemurer zusammenfahren. Sie sahen ihn mit schreckgeweiteten Augen an, vor Verwirrung und Furcht wie gelähmt, wirbelten dann herum und flohen die Straße entlang. Ihre Schreie verhallten in der Nacht. Tolot fluchte. Enttäuschung machte sich in ihm breit. Aber immerhin hatten sie ihn nicht angegriffen. Ein kleiner Fortschritt.

Ihr Trauma ist zu stark, stellte das Planhirn nüchtern fest. *Du wirst sie nicht überzeugen. Verlasse die Stadt und zerstöre den Zeittransmitter, bevor es zu spät ist.*

Aber um den Zeittransmitter zu zerstören, musste er die Lemurer in der Stadt ihrem Schicksal überlassen. Und er musste die Wachmannschaften des unterirdischen Komplexes ausschalten, was den Tod vieler unschuldiger Wesen bedeutete. Außerdem würde er sich damit jede Chance nehmen, in seine Gegenwart zurückzukehren oder in jene Zeit zu gelangen, in der Levian Paronn die Sternenarchen baute. So oder so, er durfte keine vorschnelle Entscheidung treffen. Noch immer deutete nichts darauf hin, dass die Bestien den Zeittransmitter entdeckt hatten.

Du gehst ein großes Risiko ein, warnte das Planhirn.

Tolot lachte humorlos auf, während er weiter durch die dunkle Stadt rannte, den Feuern entgegen, die in der Ferne loderten. *Dieses Abenteuer ist ein einziges großes Risiko,* dachte er zurück. *Genau wie das Leben.*

Das Planhirn verzichtete auf einen Kommentar, und Tolot war dankbar für die Stille, die in seinem Kopf einkehrte. Einige Momente später erreichte er einen weiten Platz im Zentrum der verfallenen Stadt, auf dem die Flüchtlinge ihre Zelte errichtet hatten, aber sie waren niedergerissen und zerfetzt, und überall lagen Leichen mit zertrümmerten und verdrehten Gliedern, Männer, Frauen und Kinder, von den Bestien niedergemetzelt.

Tolot stöhnte auf. Er empfand tiefe Scham. Die Bestien waren seine Ahnen, Fleisch von seinem Fleisch, auch wenn mehr als 50 Jahrtausende der Entwicklung sie voneinander trennten. Und ohne den Psychogen-Regenerator, mit dem die Lemurer in der Endzeit dieses Krieges die Mentalität der Bestien verändern und sie in friedliche Wesen verwandeln würden, wäre er wahrscheinlich genauso grausam und brutal geworden, ein pathologischer Mörder wie seine barbarischen Vorfahren.

Und das dunkle Erbe lebte in ihm fort.

In der Drangwäschephase, die jeder Haluter im Lauf seines Lebens mehrmals durchmachte, erwachte es und trieb sie fort von Halut, hinaus in die Milchstraße, auf der Suche nach Abenteuern und Kämpfen, in denen sie sich bewähren konnten ...

Deine Schuldgefühle sind unangebracht, meldete sich das Planhirn wieder zu Wort. *Die Haluter können auf fünfzigtausend Jahre des Friedens und der Vernunft zurückblicken. Und die Drangwäschephase ist in keiner Weise vergleichbar mit dem Wüten der Bestien.*

Aber er fühlte sich trotzdem schuldig. Verantwortlich für das Gemetzel, das seine wilden Ahnen angerichtet hatten. Von grimmigem Zorn erfüllt rannte er weiter, überquerte den Platz, der zum Grab für so viele unschuldige Wesen geworden war, und lief immer schneller, ein Riese, der wie ein Sturmwind durch die Nacht brauste. Der Rauchgeruch wurde immer intensiver. Schließlich erreichte er den Stadtrand und folgte einer Straße, die zum Raumhafen führte. Flammen loderten hoch in den dunklen Himmel, und Funken hingen wie ein riesiger Schwarm Glühwürmchen am finsteren Horizont. Seine hochempfindlichen Ohren registrierten das dumpfe Donnern von Explosionen, und die Detektoren seines Schutzanzugs meldeten die intensiven Energiesignaturen von Strahlwaffen.

Auf halbem Weg zwischen Stadt und Hafen stieß er auf ein kuppelförmiges Gebäude mit den charakteristischen Antennenkonstruktionen einer Funkstation. Aus einem kleinen Fenster fiel Licht in die Nacht. Er verlangsamte seine Schritte und näherte sich dem geschlossenen Eingang. In der Ferne hielten die Explosionen an, und mit einem kräftigen Druck seiner rechten Pranke stieß er die stählerne Tür aus dem Rahmen. Polternd landete sie auf dem

Kunststoffboden eines kleinen Foyers, aber der Lärm ging im Dröhnen einer weiteren Explosion unter.

Tolot durchquerte das Foyer und betrat einen kurzen Korridor, an dessem Ende sich eine halb offen stehende Schiebetür befand. Er hörte Stimmen und bemühte sich, leichtfüßiger aufzutreten. So leise, wie er konnte, näherte er sich der Tür und spähte durch die Öffnung.

Eine Funkkabine mit Kontrollpulten und Monitorreihen. Zwei Lemurer saßen an den Pulten, drehten ihm den Rücken zu und hatten die Blicke auf einen Bildschirm gerichtet, auf dem das Gesicht eines Mannes mit schwarzen, zurückgekämmten Haaren, grauen Augen und buschigen Brauen zu sehen war. Tolot stutzte. Er glaubte das Gesicht zu kennen, konnte es aber nicht einordnen.

»... mit vier Beibooten im Anflug«, sagte der Mann auf dem Monitor. »Wir werden in die Kämpfe eingreifen. Haltet durch!«

Während Tolot noch überlegte, wo er diesen Mann schon einmal gesehen hatte, drehte einer der Lemurer den Kopf und entdeckte ihn. Namenloses Grauen verzerrte sein Gesicht zu einer Fratze. Er keuchte auf. Der andere Mann fuhr ebenfalls herum und schrie, als er die vermeintliche Bestie sah. Sein Gefährte stimmte einen Moment später in das panische, von Todesangst entstellte Geschrei ein.

»Fürchtet euch nicht«, sagte Tolot. »Ich werde euch nichts antun.«

Die beiden Männer sprangen von den Sitzen und griffen nach ihren Waffen.

»Ich bin ein Freund«, stieß Tolot hervor, von Verzweiflung und Hilflosigkeit erfüllt. Er wollte nicht gegen diese Männer kämpfen. Er musste endlich eine Möglichkeit finden, sich mit den Lemurern zu verständigen. »Die Bestien sind auch meine Feinde.«

Er trat einen Schritt näher. Die Panik in den Augen der Männer verwandelte sich in das Funkeln des Wahnsinns. Einer von ihnen griff nach hinten und drückte eine Taste an seinem Kontrollpult. Und ehe Tolot noch etwas sagen, ehe er reagieren und die beiden Lemurer entwaffnen konnte, richteten sie ihre Strahler gegen sich selbst und drückten ab. Der Gestank von verbranntem Fleisch verpestete die Luft. Die Männer brachen tot zusammen.

Erschüttert starrte er die beiden Leichen an. Die Lemurer hatten sich lieber selbst getötet, als der vermeintlichen Bestie in die Hände zu fallen. Wie groß musste ihre Furcht sein ...! Er hob den Kopf, und einen Moment lang trafen sich die Blicke des Haluters und des Mannes auf dem Bildschirm. Dann erlosch der Monitor.

An einem der Kontrollpulte flackerte rhythmisch ein rot leuchtendes Display. Tolot brauchte eine Sekunde, um die lemurischen Schriftzeichen zu übersetzen. Der Schrecken fuhr ihm in die Glieder.

Selbstzerstörung aktiviert.

Mit einem lauten Fluch wirbelte er herum und stürmte durch die Tür. Eine Sirene heulte warnend und trieb ihn zu noch größerer Eile an. Er passierte den Korridor, erreichte das Foyer und sprang mit einem gewaltigen Satz durch den Ausgang.

Im selben Moment explodierte die Funkstation.

Er hörte ein ungeheures, ohrenbetäubendes Krachen, sah grelle, blendende Helligkeit, spürte sengende Hitze und wurde von der unsichtbaren Faust der Druckwelle gepackt und durch die Luft geschleudert. Alles ging so schnell, dass er nicht mehr dazu kam, seine Molekularstruktur zu verändern. Der Aufprall war so hart, dass er das Bewusstsein verlor.

Dunkelheit löschte alle Gedanken aus.

11

Mit aufheulenden Turbojets drang das eiförmige Beiboot in die Atmosphäre des Planeten Torbutan ein, flankiert von drei weiteren Beibooten mit je sechs Mann Besatzung an Bord. Die erhitzte, ionisierte Luft jenseits des Schutzschirms leuchtete wie eine prächtige Aura, und das Brausen der verdrängten Gasmassen heulte, von den Außenmikrofonen übertragen, wie ein Orkan in der engen Kabine der KOLOSCH-I.

Levian Paronn saß neben dem Piloten, der völlig auf das Eintrittsmanöver konzentriert war, und starrte den Monitor der Funkkonsole an, auf dem soeben noch die Bestie in dem roten Kampfanzug zu sehen gewesen war.

Bestien auf Torbutan!, dachte er bedrückt. *Die Lage ist schlimmer als erwartet.*

Er spürte Ruun Lasoths gepresste Atemzüge in seinem Nacken und warf seinem Assistenten Merhon Velsath einen Seitenblick zu. Der hagere, ausgezehrte Mann beugte sich über die Funkkonsole und schrie etwas in das Mikrofon, aber seine Worte gingen im Brausen der verdrängten Luft unter.

Immerhin haben wir Funkkontakt herstellen können, sagte sich Paronn, wie um die dunkle Wolke des Pessimismus zu vertreiben, die sich schwer auf seine Seele gelegt hatte. *Wir wissen jetzt, dass sich dort unten tatsächlich eine Basis des Suen-Klubs befindet, irgendwo versteckt, sicher vor dem direkten Zugriff des erbarmungslosen Feindes.*

Aber die Bestien suchten bereits nach ihr.

Und sie hatten noch immer keine Bestätigung dafür,

dass es auf Torbutan eine funktionstüchtige Zeitmaschine gab.

Der Technad murmelte einen Fluch und spähte durch das Stahlglasfenster des Cockpits. Der Horizont glühte wie die brodelnde Oberfläche einer Sonne, von schwarzen Ascheschwaden gefleckt. Der Atombrand fraß sich unaufhaltsam weiter. Wenn sie die Zeitmaschine finden wollten, mussten sie sich beeilen.

Die Turbojets heulten erneut auf und bremsten das Beiboot ab. Das Brausen der verdrängten Luft wurde leiser, das Leuchten der ionisierten Gase dunkler.

Paronn warf einen Blick auf das Ortungsdisplay und stellte erleichtert fest, dass sich die Detektorreflexe der Bestienschiffe und des lemurischen Verbandes von Torbutan entfernt hatten. Der Plan, den Feind von diesem Planeten wegzulocken, war aufgegangen. Bedeutete dies, dass die Bestien nichts von der Existenz der Zeitmaschine wussten? Oder verfolgten sie die Lemurer, weil es auf Torbutan keine Zeitmaschine gab und die Welt deshalb wertlos für sie war?

Während er das Display betrachtete, erloschen zwei der Reflexe, die mit lemurischen ID-Nummern versehen waren. Er zuckte unwillkürlich zusammen. *Zwei Schwere Kreuzer zerstört, dachte er betroffen. Dieser Blutzoll ...! Hoffentlich ist die Mission all die Opfer wert ...*

»Hier spricht Merhon Velsath, Wissenschaftsassistent des Technads von Tanta III«, hörte er die Stimme seines Assistenten über den brausenden, heulenden Lärm der Luftmassen. »Forschungsbasis des Suen-Klubs, bitte meldet euch. Wir sind gekommen, um euch gegen die Bestien beizustehen.«

Paronn wartete in gespanntem Schweigen, aber keine Antwort drang aus dem Empfänger, nur lautes statisches Prasseln, ausgelöst durch den unerbittlich näher rückenden Atombrand. Velsath gab eine gemurmelte Verwünschung von sich und sah den Technad an.

»Vielleicht antworten sie nicht, um nicht von den Bestien entdeckt zu werden«, sagte er hoffnungsvoll.

Oder weil die Bestien die Basis bereits zerstört haben, dachte

Paronn. Der Atombrand ... vielleicht haben sie die Armageddonbombe auf den Forschungskomplex geworfen ...

Aber er sprach seinen Gedanken nicht laut aus. Er wollte Velsath nicht entmutigen. Und er wollte sich selbst nicht entmutigen. Wie ein kluger Mann einmal gesagt hatte, die Hoffnung starb zuletzt. Und Hoffnung war alles, was ihnen im Moment blieb.

»Wir erreichen die Zielkoordinaten in fünf Minuten«, meldete der Pilot.

Paronn verspannte sich und nestelte am steifen Kragen des grauen Schutzanzugs, den er wie alle an Bord trug. Ihr Ziel war die Stadt mit dem Raumhafen, die sie aus dem Orbit entdeckt hatten. Vielleicht würden sie dort Antworten auf ihre drängenden Fragen finden.

Er blickte wieder durch das Stahlglas der Cockpitverkleidung und musterte die Bergkette, die sich am westlichen Rand des Nordkontinents von Küste zu Küste spannte, graue Felsen in sternendurchfunkelter Nacht, an den Gipfeln von Schneekappen gekrönt, am Fuß von üppiger Vegetation bewachsen, die in der Dunkelheit an eine dichte Decke aus Ruß erinnerte.

»Waffensysteme geladen und feuerbereit«, sagte Donee, eine hübsche, schwarzhaarige Offizierin, die neben Ruun Lasoth an den Gefechtskontrollen saß. Ihre Stimme vibrierte, als könnte sie es kaum erwarten, ihre Waffen gegen die Bestien einzusetzen. Paronn konnte sie verstehen, aber sie durften sich in dieser prekären Situation keine Fehler erlauben.

»Waffeneinsatz nur auf meinen ausdrücklichen Befehl«, warnte er die Frau.

»Natürlich, Technad«, nickte sie.

Die KOLOSCH-I raste weiter in die Tiefe, der Bergkette entgegen, den himmelhohen Gipfeln, dicht gefolgt von den drei anderen Beibooten des Schweren Kreuzers. Bald konnte Paronn vor der Kulisse des rot glühenden Horizonts Rauch erkennen, der in fetten, schwarzen Schwaden aus einem der Täler aufstieg, und sein Magen krampfte sich zusammen.

Die Stadt brennt!, durchfuhr es ihn. *Bei den alten Göttern, wir kommen zu spät ...!*

»Noch immer kein Funkkontakt mit der Suen-Basis«, berichtete Velsath. Er klang so schuldbewusst, als hätte er das Schweigen der Zeitforscher zu verantworten. »Ich versuche es weiter.«

Paronn nickte. Er hielt die Augen weiter auf die Rauchwolken gerichtet, die in der Ferne wallten, und spürte, wie die Vibrationen unter seinem Sitz stärker wurden, als die Turbojets erneut feuerten und den Sturzflug verlangsamten. Die Zuverlässigkeit, mit der die Maschinen arbeiteten, beruhigte ihn ein wenig.

Aber wenn sie tatsächlich zu spät kamen ... wenn die Zeitmaschine zerstört war, verglüht in dem Atombrand, den die Bestien entfacht hatten ...

Es darf nicht sein!, dachte er mit zusammengebissenen Zähnen. *Es kann nicht sein. Der Zwölfte Heroe persönlich hat mir diese Mission aufgetragen, und der Heroe kennt die Zukunft. Er hätte mich nie auf eine aussichtslose Mission geschickt!*

»Ortung!«, rief Donee. »Der Atombrand stört die Detektorsysteme, aber dort unten scheint mit Strahlwaffen geschossen zu werden, wenn die angemessenen Energiesignaturen stimmen. Wir müssen uns auf einen Kampf einstellen.«

Der Technad aktivierte sein Kom-Armband. »Paronn spricht. Es ist damit zu rechnen, dass wir auf Landtruppen der Bestien stoßen. Gefechtsbereitschaft für alle Einheiten. Aber eröffnet das Feuer erst, wenn ihr klare Ziele habt. Wir dürfen auf keinen Fall auf unsere eigenen Leute schießen.« Er beendete die Verbindung und sah Donee an. »Das gilt auch für dich.«

Die Waffenmeisterin nickte knapp und beugte sich über ihre Kontrollen. Ihre Finger schwebten dicht über den Feuerknöpfen der Bordgeschütze, aber noch zeichnete sich kein Ziel auf dem Gefechtsmonitor ab.

Wieder heulten die Turbojets auf und verlangsamten den Sturzflug des eiförmigen Beiboots. Horizontal raste es weiter durch die Dunkelheit, über gezackte Felsgrate und schneebedeckte Berggipfel hinweg, dem Tal entgegen, aus dem der ölige Rauch in den nächtlichen Himmel stieg. Vor dem glühenden Horizont, wo sich der Atombrand näherte, schlugen Flammen hoch in den Himmel.

Sekunden später sah Paronn vor sich einen kleinen Raumhafen, in ein schlauchförmiges Tal geduckt, vom Rauch halb verhüllt. Auf dem Hafengelände brannte das Wrack eines Kugelraumers. Ein zweites Schiff stand schief auf eingeknickten Landestützen, ebenfalls brennend, umringt von den Wracks zertrümmerter Lastengleiter. Große Löcher klafften in seinem stählernen Rumpf.

Dann entdeckte Paronn die Bestie.

Sie rannte im Zickzack zwischen den Trümmern hin und her und feuerte aus einem Intervallgewehr auf ein halbes Dutzend lemurische Soldaten, die in der Deckung eines Gleiterwracks kauerten und den Beschuss aus Thermostrahlern erwiderten. Unweit von ihnen, im Feuerschein deutlich zu erkennen, lagen mehrere Leichen, nach der Kleidung zu urteilen Zivilisten, und noch mehr Tote befanden sich überall auf dem Hafengelände verstreut.

Als die Bestie das Dröhnen der heranrasenden Beiboote hörte, blieb sie abrupt stehen und sah hinauf zum Himmel.

Einen Moment lang glaube Paronn, dass sich ihre Blicke trafen, aber das war natürlich eine Illusion. Er dachte an die andere Bestie, jene in dem roten Kampfanzug, die in die planetare Funkstation eingedrungen war. Um sie würden sie sich später kümmern. Jetzt galt es, den Feind auf dem Raumhafen auszuschalten.

»Feuer«, befahl er ruhig.

Die Waffenmeisterin drückte auf die Feuerknöpfe an ihrem Kontrollpult. Zwei sonnenheiße Impulsstrahlen zuckten aus den Bordgeschützen und schlugen im unruhig wabernden Schutzschirm der Bestie ein. Die charakteristischen Aufrisse entstanden, mit denen die tödlichen Energien in den Hyperraum geleitet wurden.

Im nächsten Moment warf sich die Bestie zur Seite und rannte auf das brennende Raumschiffwrack zu, um Deckung zu suchen. Die drei anderen Beiboote des kleinen Verbandes eröffneten ebenfalls das Feuer. Ehe die Bestie im Wrack Schutz finden konnte, wurde sie von den Impulsstrahlen erfasst. Die brodelnden Hyperraumaufrisse sogen die Energien des Kreuzfeuers auf, aber das rötliche Glühen des Schutzschirms wurde bereits dunkler.

»Weiter feuern«, sagte Paronn heiser.

Die Bestie war im grellen Licht der einschlagenden Impulsstrahlen nur noch schemenhaft erkennbar, doch er sah, wie sie einen ihrer vier Arme hochriss und mit einer klobigen Waffe auf eins der Beiboote anlegte.

Der Waffenstrahl war unsichtbar, aber plötzlich leuchtete das Prallfeld der KOLOSCH-III hell auf und verformte sich wie unter dem Schlag einer gigantischen Faust. Der Pilot riss das eiförmige Beiboot zur Seite, und die Bestie folgte mit ihrem Intervallstrahler dem neuen Kurs.

Das Prallfeld leuchtete immer heller. Erste Strukturrisse bildeten sich, durch die die Intervallstrahlung der Bestienwaffe drang und faustgroße Löcher in den Rumpf aus gehärtetem Spezialstahl stanzte.

Eine kleine Explosion riss das Heck auf.

Das Beiboot geriet ins Trudeln und stabilisierte sich wieder, aber die Intervallstrahlung hämmerte weiter auf das Prallfeld ein und brachte es endgültig zum Zusammenbruch.

Der nächste Schuss zertrümmerte die Stahlglaskanzel.

Paronn stieß einen entsetzten Schrei aus, als er verfolgte, wie das eiförmige Boot steil in die Tiefe stürzte, auf dem Raumhafenboden aufschlug und in einer feurigen Explosion verging.

Sechs tapfere Männer und Frauen waren gefallen.

Und er war für ihren Tod verantwortlich.

Er kniff die Lippen zusammen, bis sie schmerzten, und konzentrierte sich wieder auf die Bestie. Sie befand sich noch immer im Zentrum der heißen Impulsstrahlen, die ihr unerbittlich folgten, während sie sich weiter dem Raumschiffwrack näherte. Das rötliche Wogen ihres Paratronschirms wich allmählich wieder dem bläulichen

Leuchten, und die schwarzen Aufrisserscheinungen, die die Impulsenergien ableiteten, schienen mit jeder Sekunde zu schrumpfen.

Die Bestie schlug einen Haken, entging so sekundenlang dem Impulsfeuer und schoss erneut mit ihrer Intervallwaffe auf eins der Beiboote.

»Ausweichmanöver!«, stieß Paronn unwillkürlich hervor, doch der Pilot der KOLOSCH-II konnte ihn natürlich nicht hören.

Das Beiboot wurde von den fünfdimensionalen Stoßfronten des Intervallfeuers zur Seite geschleudert, raste mit flammenden Turbojets in die Höhe, wendete und stieß im Sturzflug auf die Bestie nieder, während es unablässig aus seinen Impulsgeschützen feuerte.

Die Bestie visierte die KOLOSCH-II erneut an und schoss.

Ihr Prallfeld loderte auf und verformte sich. Der Intervallstrahl durchdrang die Strukturrisse, die sich Sekunden später bildeten, und schlugen im Bug des Bootes ein.

Es detonierte in einer grellen Explosion.

Entsetzt schloss Paronn die Augen.

Als er sie wieder öffnete, hatte Waffenmeisterin Donee die Bestie mit ihren Impulsgeschützen erfasst, und auch das andere verbliebene Beiboot, die KOLOSCH-IV, feuerte aus allen Kanonen auf das vierarmige Ungeheuer.

Die Bestie hatte das Raumschiffwrack fast erreicht, aber die rings um sie einschlagenden Impulsstrahlen brachten den Boden zum Schmelzen. Ihr Paratronschirm flackerte jetzt und hatte sein bläuliches Leuchten fast ganz eingebüßt, eine rot glühende Blase, von sonnenheißen Blitzen umzuckt.

Sie riss wieder die Waffe hoch und legte auf die KOLOSCH-I an.

Paronn stockte der Atem.

Aber ehe die Bestie erneut feuern konnte, brach ihr Kraftfeld mit einem letzten Aufflackern zusammen. Ungeschützt war sie den sengenden Energiestrahlen ausgesetzt. Es dauerte nur Sekunden, dann hatte das Impulsfeuer sie in Asche verwandelt.

Levian Paronn atmete zischend aus und wischte sich unwillkürlich den Schweiß von der Stirn. Ein Feind ausgeschaltet, dachte er, aber zu welchem Preis?

»Die Suen-Basis antwortet noch immer nicht«, hörte er Merhon Velsath wie aus weiter Ferne sagen.

»Versuch es weiter«, befahl er, und Velsath beugte sich gehorsam über das Mikrofon der Funkkonsole.

Auf dem Ortungsmonitor sah Paronn, dass sich die Schweren Kreuzer zum Rand des Systems zurückzogen und die Bestienschiffe ihnen folgten. *Immerhin*, dachte er grimmig, *ein kleiner Erfolg. Aber seine Befriedigung wich Trauer und stiller Verzweiflung, als er feststellte, dass drei weitere Ortungsreflexe mit lemurischer ID erloschen waren.*

Der Feind hatte bereits fünf Schwere Kreuzer zerstört, während die vier Bestienschiffe noch völlig intakt zu sein schienen.

Zum ersten Mal, seit er Tanta III verlassen hatte, um sich auf diese schicksalhafte Mission zu begeben, nagten Zweifel an ihm. Die Möglichkeit einer Niederlage zeichnete sich in erschreckender Deutlichkeit ab.

Konnte sich der Zwölfte Heroe getäuscht haben? Würde er versagen und so den Lemurern die letzte Hoffnung nehmen? War der Untergang des Großen Tamaniums doch besiegelt?

Plötzlich erschien ihm der Plan, durch einen Eingriff in die Vergangenheit die Gegenwart zu verändern, größenwahnsinnig und vermessen. Hybris, mehr nicht, aus Verzweiflung geboren. Ein derartiges Unternehmen konnte nur scheitern ...

Paronn murmelte einen stummen Fluch. Er musste sich zusammenreißen. Scheitern war keine Option. Vehraáto, der Zwölfte Heroe persönlich, hatte ihn beauftragt, das Schicksal der Lemurer zu wenden. Er hörte Vehraátos prophetische Worte noch immer so deutlich wie in jener Nacht vor fünf Jahren auf Lemur, als der Zwölfte Heroe aus dem Nichts aufgetaucht war. *Du bist auserwählt, Dinge zu tun, die niemand sonst vor dir getan hat, die jeder andere für unmöglich halten würde, aber nicht du.*

Vehraáto hatte ihn auserwählt. Er durfte nicht verzagen!

»Technad!«

Paronn drehte den Kopf und sah Donee an. Die Waffenmeisterin deutete auf ihre Gefechtskontrollen.

»Ich empfange Energiesignaturen von einem Punkt östlich der Stadt«, sagte sie. »Es hat dort eine schwere Explosion gegeben.«

Der Technad runzelte die Stirn. Im Osten lag die Funkstation, mit der sie bei ihrem Landeanflug Kontakt gehabt hatten, ein Kontakt, der abrupt abgebrochen war, als auf dem Monitor die Bestie in dem roten Kampfanzug aufgetaucht war.

»Merhon?«, fragte er.

Sein Assistent schüttelte bedrückt den Kopf. »Noch immer keine Verbindung mit der Suen-Basis«, erwiderte er.

Paronn überlegte fieberhaft. Entweder war die Geheimbasis des Suen-Klubs tatsächlich durch die Armageddonbombe der Bestien vernichtet worden, oder sie schwieg, um nicht die Aufmerksamkeit des Feindes auf sich zu lenken. So oder so – ihnen blieb nichts anderes übrig, als alle Bestien auf Torbutan auszuschalten, bevor sie ihre Suche nach der Basis intensivieren konnten.

Er räusperte sich. »Kurs auf die Funkstation«, befahl er. Ein düsteres Lächeln spielte um seine Mundwinkel. »Lasst uns die Bestie töten.«

Der Pilot wendete. Mit flammenden Turbojets raste das eiförmige Beiboot durch die Nacht, gefolgt von der KOLOSCH-IV. Der Raumhafen mit den brennenden Schiffwracks verschwand hinter ihnen in der Finsternis, die am fernen Horizont von der roten Glut des Atombrands begrenzt wurde.

12

Schwere Trümmerbrocken lasteten auf Icho Tolot, als er aus der Bewusstlosigkeit erwachte. Er roch Rauch und verbranntes Plastik, nachglühendes Metall und geschmolzenes Stahlglas. Sein ganzer Körper schmerzte, und als er tief einatmete, geriet der giftige Rauch in seine Lunge und brachte ihn zum Husten.

Sofort stellte er das Atmen ein und presste die Lippen zusammen. Im Notfall könnte er fünf Stunden überleben, ohne Luft zu holen.

Das laute Piepen der Anzugsensoren weckte seine Aufmerksamkeit. Unwillig schüttelte er den schmerzenden Schädel und schlug die Augen auf. Es dauerte ein paar Momente, bis die tanzenden roten Flecken vor seinen Augen verschwanden und er die Schriftzeichen deutlich erkennen konnte, die über die Innenseite seines Helmvisier flimmerten.

Als ihm ihre unheilvolle Bedeutung endlich dämmerte, stöhnte er unwillkürlich auf.

Der Planet war dem Untergang geweiht.

Ein Atombrand war ausgebrochen und fraß sich unaufhaltsam zu seinem Standort vor. Ihm blieben bestenfalls noch vierundzwanzig Stunden, bis ihn das nukleare Feuer erreichte und tötete.

Der Zeittransmitter ist deine einzige Hoffnung, meldete sich sein Planhirn zu Wort. *Du wirst die Lemurer nicht von deiner Friedfertigkeit überzeugen können. Ihr Trauma ist zu groß. Dir bleibt nur, dich zum Zeittransmitter vorzukämpfen und in die lemurische Vergangenheit zu fliehen, in die Ära, in der Levian Pa-*

ronn die Sternenarchen baut. *Nur so kannst du dein vorbestimmtes Schicksal erfüllen und die Zeitschleife schließen.*

Das Planhirn verstummte und schwieg, als hätte der Gedankenimpuls es erschöpft.

Tolot überlegte fieberhaft, aber er fand kein Argument, das die Analyse des Planhirns widerlegen konnte. Dennoch wehrte sich alles in ihm dagegen, in den unterirdischen Komplex zurückzukehren. Er war sicher, dass die Lemurer den Zeittransmitter mit allen Mitteln verteidigen würden. Er würde viele von ihnen töten müssen, um von dieser Welt und aus dieser Zeit zu fliehen.

Wenn du es nicht tust, wirst du nicht an Bord der Sternenarche gehen, das Gorbas-System nicht erreichen und schlussendlich nicht die Flucht durch den Transmitter bewerkstelligen, erklärte das Planhirn leidenschaftslos. *Dadurch entsteht ein Zeitparadoxon. Und das darfst du auf keinen Fall riskieren.*

Tolot wusste, was das Planhirn andeutete. Der Zusammenbruch des linearen Zeitstroms. Möglicherweise würde er in alle Ewigkeit in einer Zeitschleife gefangen sein.

Aber konnte er wirklich das Leben von zahllosen Lemurern opfern, nur um seins zu retten?

Diese Lemurer sind bereits seit über fünfzigtausend Jahren tot, erinnerte das Planhirn ihn ungeduldig. *Und du hast keine andere Wahl. Dein Tod ist keine Option.*

Resignierend fand Tolot sich damit ab, dass das Planhirn Recht hatte. Er spannte seine Muskeln, verhärtete sein Körpergewebe und wühlte sich aus dem Schutt. So schwer die einzelnen Trümmerbrocken auch waren, er war stark genug, um sie zur Seite zu schieben und jene Stahlplastikbrocken mit wuchtigen Faustschlägen zu zerschmettern, die sich ineinander verkantet hatten und ihm den Weg versperrten.

Endlich konnte er den Kopf hinaus in die kühle Nachtluft stecken. Mit einer letzten Kraftanstrengung befreite er sich endgültig, richtete sich auf und stand schwankend auf dem Schutthaufen, der alles war, was von der explodierten Funkstation übriggeblieben war. An einigen Stellen stiegen dünne Rauchfäden aus den Trümmern auf, und als er den Kopf drehte und nach Osten blickte, sah er hinter den Bergen am Horizont einen rötlichen Schleier den Himmel verhüllen.

Das Streulicht des Atombrandes.

Plötzlich piepte der Ortungsdetektor seines Kampfanzugs.

Zwei schnell fliegende große Objekte näherten sich seinem Standort. Keine Gleiter, sondern Beiboote, wenn die Sensordaten stimmten.

Er blickte mit seinen drei Augen hinauf zum sternenreichen Firmament. War ein lemurisches Raumschiff eingetroffen? Oder gar eine ganze Flotte? Hoffnung keimte in ihm auf. Vielleicht würde es doch möglich sein, mit den Lemurern zu einer Verständigung zu gelangen und den Planeten mit einem Schiff zu verlassen, ohne sich den Weg zum Zeittransmitter freikämpfen zu müssen.

Deine Hoffnung ist irrational, wies ihn das Planhirn prompt zurecht. *All deine Verständigungsversuche mit den Lemurern sind gescheitert. Nichts deutet darauf hin, dass du beim nächsten Mal mehr Erfolg haben wirst.*

Tolot gab einen grollenden Laut von sich. Selbst wenn das Planhirn Recht hatte, musste er einen letzten Versuch wagen. Er war es den Lemurern schuldig – und sich auch.

Das Piepen des Ortungsdetektors wurde lauter und hektischer. Im Osten, vor dem rot leuchtenden Horizont, tauchten zwei dunkle, eiförmige Objekte auf. Die beiden lemurischen Beiboote rasten mit flammenden Turbojets heran, umflimmert von den Energiefeldern ihrer Schutzschirme. Tolot war überzeugt, dass er sich bereits im Erfassungsbereich ihrer optischen Sensoren befand.

Er hob einen Arm und deutete nach Osten auf den Atombrand und dann nach Westen, zu dem Berggipfel, in dessen felsigem Massiv der Zeittransmitterkomplex verborgen war.

»Ich bin ein Freund!«, brüllte er, so laut er konnte. »Ich bin auf eurer Seite. Wir müssen gemeinsam retten, was zu retten ist. In diesem Berg befindet sich die ...«

Von dem vordersten Beiboot zuckte ein weiß glühender

Impulsstrahl und schlug neben ihm in dem Schutthaufen ein, der von der Funkstation übriggeblieben war. Tropfen aus geschmolzenem Stahlplastik gischten in die Höhe, trommelten wie Hagelkörner gegen seinen roten Schutzanzug und perlten rückstandslos ab.

Tolot fluchte und aktivierte seinen Paratronschirm.

Der nächste Impulsstrahl traf die aufflackernde Kraftfeldblase und wurde in den Hyperraum geleitet.

Ich habe dich gewarnt, erklärte sein Planhirn. *Jeder Verständigungsversuch mit den Lemurern ist sinnlos.*

Der Haluter stieß einen grimmigen Fluch aus. Er war noch nicht bereit, aufzugeben und den Rat des Planhirns zu befolgen. Er winkte wieder und deutete auf das Bergmassiv mit der unterirdischen Basis.

»Ich gehöre nicht zu den Bestien!«, schrie er. »Ich komme aus der Zukunft. In der Bergstation befindet sich ein Zeittransmitter, der ...«

Ein weiterer Impulsstrahl ließ ihn verstummen. Es war aussichtslos. Die Lemurer würden ihn töten, wenn sie konnten. Ihr Hass auf die Bestien und ihre Furcht vor dem erbarmungslosen Feind, in langen Jahren des Krieges genährt, waren zu stark, als dass er zu ihnen durchdringen konnte. Wollte er nicht sterben, musste er fliehen.

Mit einem riesigen Satz sprang er von dem rauchenden Schutthaufen und floh zu einem Einschnitt im steil ansteigenden Berghang. Dahinter lag eine schmale Schlucht, die sich wie eine Schlange durch das Gebirge wand, rechts und links von Felshängen begrenzt.

Weitere Impulsstrahlen schlugen neben ihm ein und brannten tiefe, glühende Löcher in den Boden. Mehrfach wurde sein Paratronschirm getroffen, doch das Kraftfeld hielt der Belastung stand. Er stürmte in die Schlucht und duckte sich unter einen mächtigen Felsvorsprung, der wie eine Nase aus dem Berghang ragte.

Das Heulen der Turbojets kam näher.

Ein Impulsstrahl streifte den Felsüberhang und schmolz das Gestein. Glühende Tropfen regneten auf ihn hinab und wurden vom Schutzschirm abgewehrt.

Er rannte weiter und beschleunigte seine Schritte, bis er förmlich durch die Schlucht zu fliegen schien, aber die Beiboote blieben ihm dicht auf den Fersen. Ein letztes Mal versuchte er, sich mit den Lemurern zu verständigen, verharrte abrupt und breitete alle vier Arme aus, um ihnen zu zeigen, dass er waffenlos und bereit zu einer friedlichen Einigung war.

Die Antwort bestand aus zwei Impulsstrahlen, die seinen Paratronschirm zum Flackern brachten.

Wann wirst du endlich begreifen, dass es keinen Zweck hat, an die Vernunft der Lemurer zu appellieren?, fragte sein Planhirn. *Du musst die Boote abschießen, wenn du dein Leben retten willst.*

Die Beiboote wurden nur durch normale Prallfelder geschützt, keine Halbraumschirme. Tolot wusste, dass er die Prallfelder mit konzentriertem Dauerfeuer des auf Intervallstrahlung umgeschalteten Kombistrahlers zum Zusammenbruch bringen und die Boote zerstören konnte, doch noch immer wehrte sich alles in ihm gegen eine gewaltsame Lösung.

Vielleicht brauchten die Lemurer nur Zeit. Wenn sie mit den Flüchtlingen in der Stadt sprachen und erfuhren, dass er die gelandeten Bestien getötet hatte, würden sie hoffentlich erkennen, dass er auf ihrer Seite stand.

Aber dir bleibt nicht viel Zeit, erinnerte ihn das Planhirn kalt. *Der Atombrand wird dich in spätestens vierundzwanzig Stunden töten und den Zeittransmitter vernichten, wenn du nichts unternimmst.*

Er verzichtete auf eine Antwort und rannte weiter, von den Beibooten verfolgt und von sonnenheißen Impulsstrahlen umzuckt, bis er hinter einer Biegung eine Höhlenöffnung entdeckte. Mit vier, fünf riesigen Sprüngen hatte er das Loch in der Felswand erreicht und zwängte sich hindurch. Automatisch aktivierte sich der integrierte Helmscheinwerfer und zeigte ihm eine ovale Grotte, die sich weiter hinten in der Dunkelheit verlor.

Ein Impulsstrahl traf den Rand des Höhleneingangs und ließ den Fels aufglühen. Heiße Steinsplitter flogen durch die Luft. Ein weiterer Strahl schmolz das Gestein. Kantige

Brocken stürzten herab und versperrten den unteren Teil der Öffnung.

Tolot zog sich tiefer in die Höhle zurück.

Die Anzugdetektoren zeigten ihm, dass die beiden Beiboote 30 Meter über dem Eingang schwebten. Erneut schlug ein Impulsstrahl im oberen Rand der Öffnung ein. Knirschend gab der umgebende Fels nach, stürzte polternd herunter und verschloss das Loch.

Offenbar wollten ihn die Lemurer bei lebendigem Leib begraben.

Er schnaubte. Der massive Fels war kein Hindernis für ihn. Er konnte sich jederzeit mit ein paar gezielten Feuerstößen des Intervallstrahlers befreien. Geduldig wartete er, und nach ein paar Minuten zeigte ihm die virtuelle Darstellung an der Innenseite seines Helmvisiers, wie die beiden Beiboote abdrehten und davonflogen.

Das Heulen ihrer Turbojets verklang.

Stille kehrte ein, nur von seinen schnaufenden, regelmäßigen Atemzügen und dem Knistern und Knacken des erkaltenden Felsens durchbrochen.

Du hast erlebt, wie sinnlos es ist, dich mit den Lemurern verständigen zu wollen, drang der Impuls des Planhirns in seine Gedanken. *Bist du jetzt endlich bereit, das Notwendige zu tun?*

Er zögerte und suchte fieberhaft nach einer anderen Lösung, einem Ausweg aus dem Dilemma, in dem er sich befand. Wenn er gewaltsam gegen die Lemurer im Zeittransmitterkomplex vorging, würde es keine Möglichkeit einer Einigung mehr geben, so vage sie im Moment auch sein mochte. Doch wenn er nichts unternahm, würde er im Atombrand verglühen.

Du hast keine Wahl, informierte ihn das Planhirn, und fast hatte er den Eindruck, dass es triumphierend klang. *Die Flucht durch den Zeittransmitter in die lemurische Vergangenheit ist die einzige Möglichkeit, die dir noch bleibt. Du darfst keine weitere Zeit verlieren. Handle, ehe es zu spät ist!*

Resignierend fand er sich damit ab, dass das Planhirn Recht hatte.

Er musste in den Zeittransmitterkomplex eindringen,

ob er wollte oder nicht. Und vielleicht gelang es ihm doch noch in letzter Sekunde, die Lemurer davon zu überzeugen, dass er ein Freund war, kein gnadenloser Feind wie seine Vorfahren, die Schwarzen Bestien.

Wenn nicht, würden viele intelligente Wesen einen sinnlosen Tod sterben.

Dies ist bedauerlich, aber unvermeidlich, erklärte das Planhirn kühl. *Und bedenke, das Schicksal der Lemurer ist längst besiegelt. Jetzt geht es darum, dein Schicksal zu erfüllen.*

Aber was, fragte Icho Tolot bedrückt, *ist mein Schicksal wert, wenn das Blut Unschuldiger an meinen Händen klebt?*

Das Planhirn antwortete nicht. Natürlich nicht. Es hatte sich noch nie um moralische Fragen oder ethische Bedenken gekümmert. Es dachte rein zweckorientiert, mit kalter, rücksichtsloser Logik.

Schweren Herzens machte er sich daran, die heruntergefallenen Felsbrocken zur Seite zu räumen, um die Höhle zu verlassen und zum unterirdischen Zeittransmitterkomplex zurückzukehren.

13

Als die KOLOSCH-I mit flammenden Turbojets an den steilen Felswänden der Schlucht hochschoss, sah Levian Paronn vor seinem geistigen Auge noch immer die Bestie in dem roten Kampfanzug, wie sie aufgeregt gestikulierte, statt das Feuer auf die Beiboote zu eröffnen. Eine derartige Reaktion hatte er bei dem Feind noch nie erlebt. Sie war untypisch, völlig unerklärlich.

»Was macht die Auswertung?«, fragte er Merhon Velsath.

Sein Wissenschaftsassistent beugte sich über das Terminal des Bordrechners und gab mit hektischen Bewegungen Befehle ein. Auf dem Monitor war eine grafische Darstellung der Aufzeichnungen zu sehen, die die Außenmikrofone in den letzten Minuten gemacht hatten.

»Tut mir Leid«, sagte Velsath schließlich und lehnte sich frustriert zurück. »Die Turbojets haben die Audioaufnahme massiv gestört. Ich kann die Worte der Bestie nicht herausfiltern.«

Paronn kniff enttäuscht die Lippen zusammen. Irgendwie hatte er gehofft, dass die akustische Aufzeichnung Licht in das Dunkel bringen würde. Die Bestie hatte ihnen irgendetwas zugerufen, als sie zuerst nach Osten zum Atombrand und dann nach Westen gedeutet hatte. Sein Instinkt sagte ihm, dass es wichtig war, aber sein Verstand wiegelte ab. Wahrscheinlich waren es nur Drohungen gewesen.

Trotzdem befahl er: »Sende die Audioaufzeichung zur KOLOSCH. Vielleicht kann die Bordpositronik mehr mit der Aufnahme anfangen.«

Velsath nickte und führte die Anweisung aus.

Die KOLOSCH-I ließ die Schlucht unter sich zurück, in der die Bestie in einer Höhle gefangen war, und steuerte wieder die nahe Stadt an, dicht gefolgt von der KOLOSCH-IV. Levian Paronn nagte nachdenklich an seiner Unterlippe und blickte durch das Stahlglascockpit hinaus in die Nacht, in das rötliche Leuchten, das den ganzen Horizont wie Blut schimmern ließ.

Noch immer beschäftigte ihn das seltsame Verhalten der Bestie.

Warum sollte sie sie auf den Atombrand aufmerksam machen, der langsam, aber unaufhaltsam diesen Planeten zerfraß? Und warum hatte sie anschließend nach Westen gedeutet? Dort gab es nur das lang gestreckte Gebirge, das bis zur Küste des Nordkontinents reichte.

Er bewegte missmutig den Kopf, um den bohrenden Gedanken abzuschütteln, und warf einen Blick auf den Ortungsmonitor. Nur noch der Reflex der KOLOSCH war auf dem Bildschirm zu erkennen, eingeschwenkt in einen geostationären Orbit über der Stadt. Die anderen Schweren Kreuzer des Verbands und die Bestienschiffe hatten das Torbu-System verlassen.

Immerhin ein Lichtblick.

Der Plan, die Bestien von Torbutan wegzulocken, war endgültig aufgegangen. Jetzt konnte er nur hoffen, dass die Kreuzer die Schiffe des Feindes ohne allzu große eigene Verluste vernichteten.

Und dass es ihnen gelang, die geheime Basis des Suen-Klubs aufzuspüren. Vielleicht konnten die Bewohner der Stadt ihnen dabei helfen.

Plötzlich sprach das Funkgerät an. Velsath ging auf Empfang. Auf dem kleinen Monitor der Kommunikationskonsole tauchte das eingefallene, müde Gesicht einer alten Frau mit schlohweißen Haaren und runzliger Haut auf. Paronn beugte sich erwartungsvoll zu dem Bildschirm.

»*Halaton kher lemuu onsa*«, murmelte die Frau die traditionelle lemurische Grußformel. »Ich bin Delaine Hogh, Technikerin zweiter Klasse und Interimskommandantin der Suen-Forschungsbasis auf Torbutan.«

»Levian Paronn«, stellte sich Paronn vor, »Technischer Administrator von Tanta III. Ich bin froh, dich zu sehen, Kommandantin. Warum hast du nicht früher auf unsere Funkrufe geantwortet?«

»Es tut mir Leid, aber solange sich Bestien auf Torbutan befanden, durfte ich die Funkstille nicht brechen«, erwiderte sie. »Ich habe strikte Anweisungen von Tamrat Markam, die Basis unter keinen Umständen zu gefährden.«

Paronns Herz klopfte schneller. »Markam?«, sagte er heiser. »Also lebt er noch?«

Ein unsicherer Ausdruck trat in die Augen der Frau. »Dieselbe Frage wollte ich dir stellen. Der Hohe Tamrat und das gesamte Forschungsteam haben Torbutan vor fünf Jahren verlassen, um an einer Konferenz des Suen-Klubs in der Gartenstadt M'adun auf Suen teilzunehmen.« Sie zuckte in einer resignierten Geste die Schultern. »Seitdem haben wir nichts mehr von ihnen gehört.«

Paronn brauchte einen Moment, um die Information zu verarbeiten. *Fünf Jahre,* dachte er. *Markam ist seit fünf Jahren verschollen, zusammen mit allen anderen Wissenschaftlern des Projekts. Vermutlich ist ihr Schiff einem Angriff der Bestien zum Opfer gefallen ...*

»Und ihr habt in all diesen Jahren hier ausgeharrt?«, fragte er. »Ohne Lemur zu informieren?«

Delaine Hogh zuckte erneut die Schultern. »Wir hatten keine Wahl. Markam und sein Team haben das einzige Raumschiff benutzt, das uns auf Torbutan zur Verfügung stand. Und wir durften unter keinen Umständen Hyperfunkkontakt mit Lemur aufnehmen. Die Gefahr, von den Bestien abgehört und aufgespürt zu werden, war zu groß.«

»Delaine«, sagte der Technad gepresst, »wir sind über die Zeitforschungen informiert, die Markam auf Torbutan durchgeführt hat, über den Prototypen, der von seinem Team entwickelt wurde. Deshalb sind wir gekommen.« Er beugte sich noch näher zu dem Bildschirm. »Funktioniert der Prototyp? Ist er einsatzbereit? Antworte! Ich muss es wissen!«

Die Technikerin bewegte sich unbehaglich. »Tamrat Markam hat ausdrücklich verboten, über Funk über seine Forschungen zu sprechen.«

»Markam ist zweifellos tot«, entgegnete Paronn scharf. »Und als Technischer Administrator habe ich jetzt das Kommando.«

»Ich erwarte dich in der Basis, Technad«, sagte sie ausweichend und nannte ihm die Koordinaten. »Dann können wir uns über alles unterhalten.«

Sie beendete die Verbindung. Paronn unterdrückte einen Fluch. Er dachte an den Atombrand und die begrenzte Zeit, die ihnen noch blieb. Wenn die Zeitmaschine tatsächlich funktionierte, mussten sie sie demontieren und in der KOLOSCH verstauen, aber es war fraglich, ob sie es in der kurzen Frist schaffen würden.

Er zwang sich zur Ruhe und verfolgte, wie der Pilot die KOLOSCH-I beidrehte und Kurs auf die Berge im Westen nahm. Irritiert runzelte er die Stirn. Die Bestie in dem roten Kampfabzug hatte ebenfalls nach Westen gezeigt. Kannte sie etwa die Position der geheimen Basis? Hatte sie sie gar auf sie aufmerksam machen wollen?

Verärgert verdrängte er den absurden Gedanken. Seine Nerven lagen blank. Nur deshalb verfiel er auf diese verrückten Spekulationen.

Es dauerte nicht lange, bis vor den beiden eiförmigen Beibooten ein hoher Berggipfel auftauchte, der wie ein umgedrehtes V geformt war. Noch immer war es Nacht, und in der Dunkelheit zeichnete sich an dem mächtigen Felsmassiv ein heller Strich ab, der breiter wurde, als ein getarntes Schott zur Seite glitt und den Weg in eine große Kaverne im gewachsenen Gestein freigab.

Langsam schwebten die Beiboote auf ihren Antigravkissen hinein und landeten.

Paronn blickte aus dem Cockpit. An einer Seite der mit Stahlplast verkleideten Halle lagerten etwa hundert Lemurer, abgerissene, ausgehungerte Gestalten, viele von ihnen mit blutigen Verbänden. Vermutlich waren es Flüchtlinge, die mit den beiden Schiffen nach Torbutan gekommen waren, deren ausgeglühte Wracks sie auf dem Raumhafen gesehen hatten.

Von der anderen Seite, in der ein Tunnel tiefer in den Berg hineinführte, näherten sich Delaine Hogh und zwei Männer in blauen Technikeroveralls. Erst jetzt bemerkte Paronn, dass die Wände und Decke der Kaverne Sengspuren und tiefe, hineingebrannte Furchen aufwiesen, offenbar die Folgen von Thermostrahlerbeschuss. Hatte es einen Kampf gegeben?

Er wartete nicht länger, erhob sich von seinem Sitz, betrat die kleine Schleusenkammer der KOLOSCH-I und zwängte sich durch die Ausstiegsluke. Velsath und Ruun Lasoth folgten ihm.

Delaine Hogh trat auf ihn zu. »Willkommen in der Suen-Basis«, sagte sie. »Ich denke, wir sollten sofort über die Einzelheiten der Evakuierung sprechen. Der Atombrand ...«

»Was ist mit der Zeitmaschine?«, unterbrach Paronn ungeduldig. »Ist sie einsatzbereit?«

»Sie funktioniert«, bestätigte die alte Frau mit erschöpfter Stimme, »aber wir können sie nicht bedienen. Wie ich bereits sagte, Tamrat Markam und das gesamte wissenschaftliche Team haben die Basis vor fünf Jahren verlassen. Wir sind nur einfache Techniker, für die Energieversorgung und Lebenserhaltungssysteme des Stützpunkts zuständig.«

Paronn starrte sie an. »Woher weißt du dann, dass die Zeitmaschine funktionstüchtig ist?«

»Weil vor kurzem eine Bestie durch das Zeitfeld in die Basis eingedrungen ist. Eine Bestie in einem roten Kampfanzug.« Hogh wies auf die Einschusslöcher in den Wänden. »Wir haben versucht, sie zu töten, aber ihr ist die Flucht gelungen.«

Der Technad schnappte unwillkürlich nach Luft. Die Bestie in dem roten Kampfanzug war per Zeitreise nach Torbutan gelangt? Woher war sie gekommen? Aus der Zukunft oder der Vergangenheit? Und warum hatte sie versucht, sie auf die getarnte Basis aufmerksam zu machen? Warum hatte sie sie nicht angegriffen?

Noch während er fieberhaft überlegte, fügte die Kommandantin hinzu: »Technad, wir müssen die Basis so schnell wie möglich evakuieren. Wir haben fast zweitausend Flüchtlinge auf Torbutan. Sie alle werden sterben, wenn der Atombrand ...«

Er brachte sie mit einer schroffen Handbewegung zum Schweigen. »Die Zeitmaschine«, sagte er. »Ich will sie sehen. Jetzt.«

Hogh zögerte einen Moment, doch dann gab sie nach, eingeschüchtert von seiner Autorität als Technischer Administrator. Sie führte sie zu einem Antigravschacht, und sie schwebten hinunter in die Tiefe des Berges. Als sie die unterste Ebene der Basis erreichten, verließen sie den Schacht und folgten einem langen, breiten, von Türen gesäumten Korridor zu einem großen Tor, das sich automatisch vor ihnen öffnete.

Und dahinter ...

Levian Paronn schauderte, als er die Halle mit der Zeitmaschine betrat. Endlich war er an seinem Ziel angelangt. Der Zwölfte Heroe hatte mit seiner Prophezeiung Recht gehabt. Er würde Großes tun, etwas, das außer ihm niemand wagen würde, ein Eingriff in die Vergangenheit, um das Muster der Gegenwart und der Zukunft zu ändern, ein Zeitparadoxon, um das Große Tamanium zu retten.

Staunend bewunderte er die Zeitmaschine, ein Gebilde aus zwei trichterförmigen, fünf Meter hohen Aggregaten, aus deren Zentren jeweils drei schlanke Spitzkegel emporwuchsen. Das Material, aus dem die Trichter bestanden, glänzte wie Aluminium, während die Spitzkegel von einem matten Grau waren. Vor der Maschine schwebte ein würfelförmiges Kontrollelement mit abgeschrägten Kanten und Ecken in der Luft. Zwei Seitenflächen des Würfels waren schwarz und scheinbar funktionslos, während die vier anderen Sensortasten und Displays aufwiesen. An den Wänden der Halle standen weitere Aggregate, durch armdicke Kabel mit den Trichtern verbunden. Neben ihnen klafften tiefe Treppenschächte im Boden, die in eine zweite unterirdische Halle mit Generator- und Maschinenblöcken führten.

Langsam trat er näher und legte eine Hand an den rechten Trichter. Das Material war kühl und glatt unter seiner Berührung.

Du bist unsere Rettung, dachte er von fiebriger Erregung erfüllt. *All das Grauen der letzten Jahre und Jahrzehnte, all der Schmerz und der Tod so vieler guter Freunde, all die Welten, die zerstört und verwüstet worden sind ... all das werde ich mit deiner Hilfe ungeschehen machen. Dies ist mein Schicksal, dies ist meine Bestimmung.*

»Technad«, drang Delaine Hoghs nervöse Stimme in seine Gedanken und riss ihn aus seinem Hochgefühl. »Die Zeit läuft uns davon. Wir müssen die Evakuierung der Flüchtlinge einleiten.«

Paronn drehte sich um. »Die Zeitmaschine hat oberste Priorität«, sagte er barsch. »Wir müssen sie demontieren und nach Lemur bringen. Alles andere ist irrelevant.«

Hogh keuchte. »Aber das Leben von zweitausend Lemurern ist in Gefahr!«, stieß sie hervor. »Du kannst uns nicht einfach unserem Schicksal überlassen!«

»Im Moment steht mir nur ein Schiff zur Verfügung«, erwiderte er. »Und wir brauchen die KOLOSCH für den Abtransport der Zeitmaschine. Ich bedaure, aber hier geht es um höhere Interessen, um die Existenz des gesamten lemurischen Volkes.«

»Aber wir werden sterben!«, rief Hogh schrill. »Du kannst uns doch nicht einfach zum Tode verurteilen!«

Paronn schüttelte mit einem nachsichtigen Lächeln den Kopf. »Du verstehst die größeren Zusammenhänge nicht, Kommandantin. Ihr werdet sterben, aber euer Tod ist nicht mehr als eine Illusion im Muster der Zeit. Mit dieser Maschine werde ich in der Lage sein, euren Tod ungeschehen zu machen. Und nicht nur das. Ich werde all die Millionen, die in diesem Krieg gefallen sind, ins Leben zurückholen.«

Hogh und die beiden Techniker sahen sich an. Nackte Angst war in ihren Augen.

Schließlich sagte die Basiskommandantin mit leiser, tonloser Stimme: »Es wird einen Aufstand geben, wenn ich die Flüchtlinge über deine Entscheidung informiere. Glaubst du im Ernst, diese verzweifelten Menschen werden sich einfach ihrem Schicksal ergeben?«

Merhon Velsath räusperte sich und trat einen Schritt auf Paronn zu. »Die Kommandantin hat Recht«, murmelte er. »Wenn wir die Zeitmaschine demontieren und zum Raumhafen schaffen wollen, brauchen wir die Kooperation dieser Leute. Wenn es zu Kämpfen kommt, wird unsere Mission scheitern.«

»Was schlägst du vor?«, fragte Paronn.

»In knapp hundert Lichtjahren Entfernung liegt Radon, eine dünn besiedelte Agrarwelt«, erklärte der Wissenschaftsassistent. »Wenn wir sofort mit der Evakuierung beginnen, könnte die KOLOSCH die Flüchtlinge nach Radon transportieren und wäre rechtzeitig wieder zurück, um die demontierte Zeitmaschine an Bord zu nehmen, bevor der Atombrand die Basis erreicht.«

Er schwieg einen Moment und sah Paronn beschwörend an.

»Wir brauchen ohnehin einige Zeit für die Demontage der Maschine«, fuhr er fort. »Warum sollen wir sie nicht nutzen, um die Flüchtlinge in Sicherheit zu bringen?«

»Ich schließe mich Velsaths Meinung an«, warf Ruun Lasoth ein. »Wir haben eine Verantwortung gegenüber diesen Leuten. Wir dürfen sie nicht im Stich lassen.«

Levian Paronn zögerte. Alles in ihm wehrte sich dagegen, die KOLOSCH, das einzige Schiff, mit dem sie die Zeitmaschine nach Lemur transportieren konnten, auf eine Evakuierungsmission zu schicken. Was war, wenn der Verband der Schweren Kreuzer in der Zwischenzeit den Bestien unterlag und die Raumschiffe des Feindes zurückkehrten? Und was war mit der Bestie in dem roten Kampfanzug, die mit der Zeitmaschine nach Torbutan gelangt war? Sie hatten sie in dieser Höhle verschüttet, aber früher oder später würde es ihr gelingen, sich zu befreien ...

»Bitte, Technad«, flüsterte Delaine Hogh. »Denk an die Frauen, die unschuldigen Kinder.«

Ja, die Kinder, dachte Paronn. Sie würden wieder leben,

wenn er das Zeitparadoxon erfolgreich durchführte, aber bedeutete dies auch, dass er sie opfern durfte?

Einer der Techniker an Delaines Seite ballte die Fäuste. »Wir werden euch bei der Demontage der Maschine nur helfen, wenn ihr uns helft«, sagte er drohend. »Verdammt, ihr dürft uns nicht sterben lassen!«

Levian Paronn gab sich einen Ruck. »In Ordnung«, antwortete er düster, gegen seinen Willen. »Ich bin einverstanden. Die KOLOSCH wird die Flüchtlinge nach Radon bringen, während wir die Zeitmaschine abbauen.«

Die Kommandantin stieß einen erleichterten Seufzer aus. »Danke, Technad«, sagte sie. »Wir werden dir das nie ...«

»Jetzt ist nicht der richtige Moment für überflüssige Dankesbezeugungen«, unterbrach er kalt. »Wir müssen uns sofort an die Arbeit machen. Wie du schon sagtest, die Zeit läuft uns davon.«

Er wandte sich brüsk ab und verließ eilig die Halle mit der Zeitmaschine, um zum Beiboot zurückzukehren und Thore Bardon über die Änderung ihrer Pläne zu informieren. Den ganzen Weg hinauf zur Eingangshalle musste er an die mysteriöse Bestie denken, die mit der Maschine in diese Zeit gelangt war.

Und er hatte das Gefühl, etwas Entscheidendes übersehen zu haben.

14

Sie hatten es geschafft.

Endlich, nach langen Monaten der Suche, nach zahllosen überstandenen Gefahren und blutigen Kämpfen, nach dem Tod so vieler tapferer Männer und Frauen hatten sie Erfolg gehabt. Es gab tatsächlich eine Zeitmaschine auf Torbutan, und sie funktionierte. Der Weg in die Vergangenheit war frei, die Rettung des Großen Tamaniums und des lemurischen Volkes keine Fantasterei mehr, sondern eine realistische Möglichkeit.

Thore Bardon lehnte sich in seinem Sitz zurück, starrte blicklos den großen Hauptmonitor in der Zentrale der KOLOSCH an und genoss die Erleichterung, die seinen ganzen Körper durchflutete und ihn fast trunken machte.

Wie oft war er der Verzweiflung nahe gewesen, wie oft hatte er kurz davor gestanden, zu resignieren und ihre hoffnungslose Mission abzubrechen! Aber er hatte es nicht getan, er hatte durchgehalten und sich nicht beirren lassen, trotz des hohen Blutzolls, den das Unternehmen gefordert hatte.

Jercy, dachte er fiebrig, *Aból, Dhoma und Chemee ... wir haben es geschafft. Jetzt ist es nur noch eine Frage von Tagen, höchstens Wochen, bis eine Expedition in die Vergangenheit vorstößt und den verfluchten Bestien für immer das Rückgrat bricht. Ihr werdet leben, ihr werdet wieder bei mir sein. Der Tod wird seine Macht über euch verlieren ... und über Millionen und Abermillionen andere Lemurer.*

Er spürte Tränen in seinen Augen, Tränen der Freude und der Dankbarkeit, und er schämte sich nicht dafür. Er wusste, dass er ohne Levian Paronns Hilfe sein Ziel nie erreicht hätte. Der Technad hatte Admiral Targank von der Wichtigkeit der Mission überzeugt. Ohne sein Eingreifen würden sie noch immer im Tanta-System an Bord der halbwracken IBODAN gegen die heranstürmenden Bestien kämpfen oder wären längst in einem Feuerball verglüht.

Und Paronn war der Garant dafür, dass sie das entscheidende Zeitexperiment auch durchführen würden, sobald sie die Zeitmaschine nach Lemur transportiert hatten.

Aber noch ist es nicht so weit!, mahnte sich Bardon. Er versuchte sein Hochgefühl abzuschütteln und sich auf die vor ihm liegende Aufgabe zu konzentrieren, doch es gelang ihm nicht. Der Triumph hallte in ihm nach, ein Echo, das nicht verklingen wollte und alle Sorgen und Bedenken vertrieb.

Der einzige Wermutstropfen war der Atombrand, der Torbutan verzehrte und in spätestens zwanzig Stunden die geheime Suen-Basis im Fels des Bergmassivs zerstören würde. Ohne den Atombrand hätten sie das Zeitexperiment direkt hier auf Torbutan durchführen können, statt nach Lemur fliegen zu müssen, aber es war nur eine kleine, unwesentliche Verzögerung im großen Plan der Dinge.

Er schüttelte den Gedanken ab und konzentrierte sich auf den Hauptmonitor, der die wimmelnde Menge der Flüchtlinge zeigte, die zum halb zerstörten Raumhafen im Osten der Suen-Stadt strömten und in der KOLOSCH verschwanden. Verhärmte Gestalten, gezeichnet von Hunger und Entbehrungen, viele krank oder verletzt.

Doch auch euer Leid, dachte er, *wird nicht von Dauer sein. Ihr wisst es nicht, ihr ahnt es nicht einmal, aber wir werden die Entwicklungen, die euch zu diesem Punkt eures erbarmungswürdigen Lebens geführt haben, rückgängig machen.* Nichts von all dem, was geschehen ist, wird Bestand haben.

»Noch immer kein Funkkontakt mit dem Verband«, drang Shadnes Stimme in seine Gedanken. Die dunkelhaarige, stämmige Kommunikationsspezialistin blickte von ihrer Konsole auf. »Ich könnte die Sendeleistung erhöhen, aber dann besteht die Gefahr, dass wir vagabundierende Einheiten der Bestien nach Torbutan locken.«

Bardon hob den Kopf und blickte in Shadnes besorgtes Gesicht. »Wir erhöhen die Sendeleistung nicht«, entschied er. »Die Schiffe des Verbands werden ihre Gründe haben, sich nicht zu melden.«

Oder sie wurden von den Bestien vernichtet, sagte er sich, ohne seinen Gedanken laut auszusprechen. *Aber dann wäre der Feind bereits ins Torbu-System zurückgekehrt, um zu beenden, was er begonnen hat. Nein, wir müssen davon ausgehen, dass das Ablenkungsmanöver erfolgreich war. Vermutlich dauern die Kämpfe noch an, und deshalb schweigen die anderen Kreuzer.*

Auf dem Hauptmonitor wurde der Strom der Flüchtlinge dünner. Das erste Kontingent bestand aus über 1000 Männern, Frauen und Kindern, doch fast ebenso viele warteten noch in der Gebirgsbasis auf ihre Evakuierung. Die KOLOSCH würde zweimal fliegen müssen, um alle Gestrandeten nach Radon zu schaffen.

Bardon sah auf die Zeitanzeige in der linken unteren Ecke des großen Bildschirms. Eine steile Falte erschien auf seiner Stirn, als er die Flugzeiten kalkulierte und berechnete, wie viele Stunden ihnen anschließend noch blieben, um die Einzelteile der demontierten Zeitmaschine an Bord zu nehmen und die zum Untergang verdammte Welt für immer zu verlassen.

Es würde knapp werden, sehr knapp sogar, aber es konnte gelingen.

Natürlich vorausgesetzt, dass die beiden Evakuierungsflüge ohne Zwischenfälle verliefen und die Bestien in der Zwischenzeit nicht nach Torbutan zurückkehrten ...

Bardon war erstaunt, dass Levian Paronn dieses Risiko einging. Er selbst hätte entschieden, dem Abtransport der Zeitmaschine oberste Priorität beizumessen und die Flüchtlinge ihrem Schicksal zu überlassen. Schließlich war auch ihr Tod nicht mehr als ein flüchtiges Muster in der Zeit, das sie mit ihrer Expedition in die Vergangenheit ändern würden.

Aber dass Paronn sich der Flüchtlinge erbarmte, trotz

der unkalkulierbaren Gefahren, die die Evakuierung heraufbeschwörte, war ein weiterer Beweis für die Größe dieses Mannes. Für seine Humanität.

Oder für seinen Leichtsinn!, durchfuhr es Bardon, von plötzlicher Düsternis übermannt.

Er sah wieder auf den Bildschirm. Die letzten Flüchtlinge verschwanden in der KOLOSCH, und die Displays an seinem Schaltpult zeigten an, dass die Schleusenschotts geschlossen wurden.

Thore Bardon straffte sich. »Alles vorbereiten für den Start«, befahl er.

Der Erste Offizier Palanker schaltete an seinem Kontrollpult. »Startvorbereitungen getroffen«, erklärte er dann. »Antigravkissen im Bereitschaftsmodus. Impulstriebwerke voraktiviert. Speicherbänke des Halbraumantriebs geladen, Energiereserven bei einhundert Prozent.«

»Sehr gut«, brummte Bardon zufrieden. »Helot?«

Die Waffenmeisterin reagierte sofort. »Alle Waffensysteme geladen und feuerbereit«, meldete sie. »Speicherbänke der Schutzschirme bei einhundert Prozent.«

Ronnok, der Navigator, fügte hinzu: »Kurs nach Radon programmiert. Berechnete Flugzeit drei Stunden und zehn Minuten.«

Bardon nickte dem dünnen, feingliedrigen Mann knapp zu. »Wir fliegen mit Maximalgeschwindigkeit plus Notreserve«, sagte er. »Ich will, dass wir alles aus dem Halbraumtriebwerk herausholen. Die KOLOSCH ist ein modernes Schiff. Sie wird der Überlastung standhalten.«

»Verstanden, Kommandant«, erwiderte Ronnok ruhig. »Die voraussichtliche Flugzeit verringert sich unter diesen Umständen um knapp fünfzehn Minuten.«

»Ausgezeichnet«, lobte Bardon. »Shadne«, wandte er sich an die Kommunikationsspezialistin, »eine Funkverbindung mit Paronn.«

Nur Sekunden später erschien ein Videofenster im Hauptmonitor und zeigte Paronns markantes Gesicht. Seine grauen Augen unter den buschigen Brauen blitzten erwartungsvoll.

»Dein Status, Kommandant?«, fragte er grußlos.

»Das erste Kontingent der Flüchtlinge befindet sich an Bord«, erklärte Bardon. »Die KOLOSCH ist startbereit, Technad. Wir werden in etwa sechs Stunden zurück sein, um das zweite Kontingent aufzunehmen.«

»In Ordnung«, sagte Paronn, und Erleichterung schwang in seiner Stimme mit. »Viel Glück, Kommandant.«

Bardon beendete die Verbindung und warf Ronnok einen kurzen Blick zu. »Start«, befahl er knapp.

Der Navigator beugte sich über seine Kontrollen, und aus der Tiefe des Schiffes stieg das Heulen der Speicherbänke auf, die Energie in die Antigravgeneratoren pumpten.

Die Landestützen der KOLOSCH lösten sich vom rauchgeschwärzten Boden des Raumhafens und wurden hydraulisch eingefahren. Der Schwere Kreuzer stieg zunächst langsam, dann immer schneller werdend in den nächtlichen Himmel, an dessem fernen Horizont bereits der Morgen dämmerte.

Aus der Höhe war das Wüten des Atombrands im Osten deutlich zu erkennen, ein Meer aus rötlicher Glut, die alles zerfraß, das sich ihr in den Weg stellte, von Wolken aus Ruß und Asche verhangen, flimmernd in der intensiven Hitze.

Bardon schauderte unwillkürlich bei diesem Anblick und dachte wieder an Gunrar II, seine Heimatwelt, die ebenfalls von einer Armageddonbombe der Bestien zerstört worden war, zusammen mit allem, was dort lebte. Die Erinnerung ließ ihn die Fäuste ballen und brachte den Schmerz wieder zurück, der abgeflaut war, seit sie Torbutan erreicht und die Zeitmaschine aufgespürt hatten, diesen bohrenden, nicht enden wollenden Schmerz, den nur das geplante Zeitexperiment heilen konnte.

Grimmig kniff er die Lippen zusammen und hörte, wie die Ringwulst-Impulstriebwerke aufdröhnten, als die KOLOSCH die Wolkendecke durchstoßen hatte. Die plötzlich einsetzende Schubkraft katapultierte den Schweren Kreuzer aus der Atmosphäre und in den planetennahen Weltraum, wo das Dröhnen der Triebwerke zu einem brüllenden, regelmäßigen Wummern anschwoll.

»Aktive und passive Ortung negativ«, durchdrang Palankers Stimme den Triebwerkslärm. »Keine Feindschiffe im System.«

Bardon entspannte sich ein wenig.

»Noch immer kein Kontakt mit dem Verband«, fügte Shadne hinzu.

Aber das war nicht weiter wichtig. Es zählte nur, dass das Torbu-System frei von Bestienschiffen war und sie die Evakuierung ungestört durchführen konnten.

Das Wummern der Impulstriebwerke hielt unvermindert an, während Torbutan hinter ihnen zurückfiel und schnell zu einem hellen Punkt im sternendurchglitzerten Weltraum schrumpfte.

»Erreichen Halbraumgeschwindigkeit in zwölf Minuten«, meldete Ronnok. »Initialisiere Hyperdimwandler ... Initialisierung erfolgreich abgeschlossen.«

In das Triebwerkswummern mischte sich ein tiefes, vibrierendes Brummen, als die Hyperdimwandler die Energien der Fusionskraftwerke in fünfdimensionale Kraftfelder transformierten, die sich als rötlicher Schleier um die KOLOSCH legten. Der Kreuzer wurde mit jeder verstreichenden Sekunde schneller, ein stählernes, 230 Meter durchmessendes Geschoss, das durch den interplanetaren Weltraum raste.

»Aktiv- und Passivortung noch immer negativ«, rief Palanker durch den Maschinenlärm.

Bardons vage Furcht, dass im letzten Moment etwas schief gehen, dass überraschend Raumschiffe der Bestien im Torbu-System auftauchen würden, schwand dahin, während die KOLOSCH weiter beschleunigte. Das Schicksal schien es gut mit ihnen zu meinen. Aber die Angst wich nicht völlig.

Triumphiere nicht zu früh!, mahnte er sich. *Noch befinden wir uns nicht in der Sicherheit des Halbraums.*

»Halbraumgeschwindigkeit in minus sieben Minuten«, meldete Ronnok nach einer Weile.

Das Warten zerrte an Bardons Nerven. Er schloss einen Moment die Augen und dachte wieder an Jercy. Er sah vor sich das schmale, samtbraune Gesicht seiner Frau, ihre großen Augen, die ihn stets voller Liebe und Wärme angesehen hatten, bis der Tod sie ihm grausam entrissen hatte.

Doch der Tod würde seinen Schrecken verlieren.

Bald, sehr bald, würden Jercy und die Kinder bei ihm sein, und er würde nicht einmal mehr wissen, dass er sie verloren hatte.

Er lächelte bei dem Gedanken und spürte erneut, wie seine Augen feucht wurden. So viele Tränen hatte er um seine Familie vergossen, so viele Stunden um sie getrauert. Der Kummer hatte ihn zerfressen und gleichzeitig angetrieben, ihn mit einer heiligen Entschlossenheit erfüllt, die alle Widerstände überwunden hatte.

Und er hatte Erfolg gehabt.

Den alten Göttern Lemurs sei Dank!, dachte er. Sie haben mich nicht im Stich gelassen ...

»Halbraumgeschwindigkeit in minus einer Minute«, sagte der Navigator.

Das Brummen der Hyperdimwandler wurde lauter, intensiver. Bardons Sitz begann im an- und abschwellenden Rhythmus der transformierten Energien zu vibrieren, und auf dem Hauptbildschirm wurde der Schleier des sich aufbauenden Halbraumfelds dichter, bis er wie ein rötlicher, durchscheinender Vorhang die Finsternis des Weltraums verdeckte.

»Aktiv- und Passivortung weiter negativ«, berichtete Palanker.

»Kein Funkkontakt mit dem Verband«, fügte Shadne hinzu.

Die Sekunden vertickten.

Ronnok räusperte sich. »Halbraumphase beginnt ... *jetzt*.«

Abrupt wechselte das Bild auf dem Hauptmonitor. Der interplanetare Raum wich den rötlichen, wallenden, pulsierenden Schlieren der Zwischendimension, aber das Wummern der Impulstriebwerke wurde nicht leiser, sondern verstärkte sich noch, als der Navigator die Schubleistung erhöhte.

»Triebwerksleistung bei einhundertzehn Prozent. Alle Systeme arbeiten einwandfrei«, erklärte Ronnok. »Wir sind auf dem Weg nach Radon.«

Bardon seufzte. Plötzliche Unruhe zwang ihn, von seinem Sitz aufzuspringen. Bis sie die lemurische Agrarwelt erreichten und die Flüchtlinge den lokalen Behörden übergeben konnten, würden noch knapp drei Stunden vergehen. In dieser Zeit war seine Anwesenheit in der Zentrale nicht erforderlich. Er konnte die Überwachung des Fluges seiner Führungscrew überlassen.

»Übernimm du das Kommando«, wies er seinen Ersten Offizier an. »Sollte es Zwischenfälle geben, kannst du mich über Interkom erreichen.«

Palanker nickte, und Bardon verließ die Zentrale. Zwei Crewmitglieder bewachten das Hauptschott. Er nickte ihnen kurz zu und musterte die Flüchtlinge, die im Zentralkorridor lagerten. Die KOLOSCH verfügte nicht über genug Kabinen, um eintausend Passagiere unterzubringen, aber der Flug dauerte ohnehin nur ein paar Stunden. Es war besser, einige vorübergehende Unannehmlichkeiten hinzunehmen, als auf Torbutan im Atombrand zu sterben.

Er wanderte durch die Korridore des Hauptdecks, sprach mit den Flüchtlingen, spendete Trost und Ermunterung, und die Dankbarkeit, die in den Augen der Männer, Frauen und Kinder leuchtete, bestätigte ihm, dass sie das Richtige taten, auch wenn die Evakuierung wertvolle Zeit kostete.

Aber dann musste er an die Bestie denken, von der Paronn ihm berichtet hatte, die Bestie in dem roten Kampfanzug, die durch die Zeitmaschine in die Suen-Basis gelangt war. Sie hatte sich völlig untypisch verhalten, wenn er den Erzählungen der Flüchtlinge glauben durfte. Sie hatte sich bei den schweren Kämpfen in der Stadt gegen ihr eigenes Volk gestellt und mehrere ihrer Artgenossen getötet.

Etwas Derartiges war in der Geschichte des fast hundertjährigen Krieges noch nie geschehen. Die Bestien waren bisher immer als monolithischer Block aufgetreten. Nichts hatte auf irgendwelche Zerwürfnisse in ihren Reihen hingedeutet.

Aber die Frage war natürlich, aus welcher Zeit diese Bestie stammte. Wenn sie aus der Zukunft kam, war ihr unerklärliches Verhalten vielleicht ein Beweis dafür, dass sich die Bestien verändern und von ihrer kriegerischen Lebensweise abrücken würden. Oder sie zerfielen in miteinander zerstrittene Gruppierungen, wie es früher auch bei den Lemurern der Fall gewesen war ...

Bardon schüttelte unwillig den Kopf.

Woher diese einzigartige Bestie auch gekommen sein mochte, ihr Schicksal war besiegelt. Sie würde im Atombrand von Torbutan den Tod finden. Und wenn Levian Paronns Zeitexpedition erst einmal in die Vergangenheit gereist war, würde auch das Schicksal aller anderen Bestien besiegelt sein. Paronn würde den Lemurern der Frühzeit die Konstruktionsunterlagen der modernen Kriegsschiffe und Waffensysteme übergeben, und so aufgerüstet würde das Große Tamanium dem ersten Ansturm der Bestien nicht nur standhalten, sondern den Feind zerschmettern.

Die positronischen Hochrechnungen waren eindeutig. Erst im 91. Kriegsjahr hatten die Bestien ihre überlegene Paratrontechnologie eingesetzt, die ihnen den Sieg über die Lemurer garantierte. Aber wenn die Lemurer bereits in der Anfangsphase des Krieges über Schlachtschiffe der GOLKARTHE- und Kreuzer der KOLOSCH-Klasse sowie über den verheerenden Resonanzstrahler verfügten, würden sie den Feind bezwingen.

Das Große Tamanium würde nicht untergehen, die geschichtliche Entwicklung einen neuen Weg einschlagen.

Der Gedanke vertrieb die Unruhe, die Thore Bardon erfasst hatte. Er beendete seinen Rundgang durch das Schiff und kehrte zum Hauptdeck zurück.

»Alle Systeme arbeiten einwandfrei«, berichtete Palanker, als er die Zentrale betrat. »Keine Veränderungen.«

Bardon nickte und ließ sich wieder an seiner Kommandokonsole nieder. Auf dem großen Bildschirm wallten die rötlichen Schlieren des Halbraums, während das wummernde Dröhnen der Impulstriebwerke anhielt.

Schweigend verbrachte er den Rest des Fluges, in Gedanken an seine Familie versunken, an die große Aufgabe, die vor ihnen lag, der Eingriff in das Gefüge der Zeit.

Schließlich meldete Ronnok: »Rücksturz in den Normalraum in zehn Minuten.«

Bardon schreckte aus seinen Überlegungen hoch und löste mit einem Knopfdruck an seinem Kontrollpult den Bereitschaftsalarm aus, der die gesamte Crew des Schweren Kreuzers auf ihre Stationen rief. Er wollte kein Risiko eingehen. Niemand wusste, was sie im Radon-System erwartete.

Die Minuten strichen zäh dahin, und schließlich kehrte die KOLOSCH in das Normaluniversum zurück. Das wummernde Dröhnen der Impulstriebwerke und das vibrierende Brummen der Hyperdimwandler verstummten abrupt. Gespannte Stille kehrte in die Zentrale ein. Auf dem Hauptbildschirm gleißte eine gelbe Sonne vom Apsu-Typ, umkreist von einem Dutzend Planeten.

»Aktiv- und Passivortung läuft«, sagte Palanker in das Schweigen hinein. Nach ein paar Momenten fügte er mit hörbarer Erleichterung in der Stimme hinzu: »Keine Feindschiffe im System.«

Bardon atmete zischend aus und befahl Shadne, eine Funkverbindung zum vierten Planeten Radon herzustellen. Der Kontakt kam schnell zustande, und nachdem der Kommandant mit einem hohen Vertreter der planetaren Regierung gesprochen hatte, erhielt er die Erlaubnis, die Flüchtlinge auf dem zentralen Raumhafen von Radon abzusetzen.

Wieder dröhnte das Wummern der Ringwulst-Impulstriebwerke auf, als die KOLOSCH mit Höchstgeschwindigkeit den vierten Trabanten ansteuerte und nach einem brachialen Bremsmanöver auf dem Raumhafen landete. Bardon persönlich unterstützte die Crew bei der Ausschleusung der Flüchtlinge und trieb sie zur Eile an, sich bewusst, dass jede Sekunde Verzögerung katastrophale Folgen konnte.

Schließlich hatten die letzten Flüchtlinge die KOLOSCH verlassen, und der Schwere Kreuzer startete, um das zweite Kontingent von Torbutan abzuholen. Nur wenige Hunderttausend Kilometer von Radon entfernt wechselte das Schiff in den Halbraum und nahm Kurs auf das Torbu-System.

Den Rückflug verbrachte Bardon in einem Zustand nervöser Spannung, von der Sorge zerfressen, dass der Atombrand schneller als erwartet voranschritt und die Zeitmaschine erreichte, bevor sie sie abtransportieren konnten, oder dass die Bestien ins Torbu-System zurückgekehrt waren, um ihr blutiges Werk zu Ende zu bringen.

Doch als die KOLOSCH im System der Doppelsonne Torbu-Eins und Torbu-Zwei aus dem Halbraum fiel und die aktiven und passiven Ortungsdetektoren die stellare Umgebung absuchten, wich seine Spannung tiefer Erleichterung.

»Keine Bestienschiffe im System«, meldete der Erste Offizier Palanker.

Bardon ließ sich von Shadne mit Levian Paronn verbinden. Der Technad wirkte müde, als sein Gesicht auf dem Hauptmonitor erschien, doch in seinen Augen blitzte noch immer unerschütterliche Entschlossenheit.

»Wir haben die Flüchtlinge erfolgreich auf Radon abgesetzt«, berichtete Bardon, »und landen jetzt, um das zweite Kontingent an Bord zu nehmen.«

»Ausgezeichnet«, lobte Paronn. »Die Flüchtlinge warten bereits am Raumhafen. Die Demontage der Zeitmaschine verläuft planmäßig und wird abgeschlossen sein, wenn die KOLOSCH von ihrem Flug zurückkehrt.«

Bardon nickte befriedigt. Dann verdüsterte sich seine Miene. »Was ist mit der Bestie?«

»Wir haben nichts mehr von ihr gehört.« Paronn lachte rau. »Offenbar sitzt sie noch immer in dieser Höhle fest. Nun, der Atombrand wird dieses Problem lösen.«

»Aber wenn sie aus der Zukunft kommt ...«, wandte Bardon zögernd ein. »Sie könnte uns vielleicht wertvolle Informationen liefern.«

Der Technad machte eine abwehrende Handbewegung. »Ich habe nicht genug Leute, um eine schwer bewaffnete Bestie gefangen zu nehmen. Und wenn wir unser Zeitexperiment erst einmal durchgeführt haben, werden die Bestien keine Rolle mehr spielen.«

Er beendete die Verbindung. Bardon saß nachdenklich da, während die KOLOSCH Torbutan ansteuerte und in die Atmosphäre eindrang, und fragte sich, ob Paronn die richtige Entscheidung getroffen hatte. Die Bestie in dem roten Kampfanzug stellte noch immer ein unkalkulierbares Risiko dar. Andererseits hatte der Technad Recht. Eine Bestie gefangen zu nehmen, war kein Kinderspiel. Viele gute Männer und Frauen würden bei dem Versuch sterben. Und warum sich die Mühe machen, wenn der Feind ohnehin im Atombrand umkommen würde?

Die KOLOSCH setzte auf dem Raumhafen auf. Am Rand des Hafengeländes drängten sich die Flüchtlinge und strömten auf das Landefeld, als die Schleusentore aufglitten.

Ungeduldig wartete Bardon, bis die letzten Flüchtlinge an Bord gekommen waren, und gab dann den Startbefehl. Die KOLOSCH stieg auf ihrem Antigravkissen in die Höhe und durchstieß die Wolkendecke. Die weißen Wasserdampfschwaden umwirbelten den Schweren Kreuzer und fielen unter ihm zurück. Im Osten reichten mächtige Rauchsäulen in den geröteten Himmel, und die Asche des Atombrands färbte den Horizont schwarz.

In diesem Moment schrillte ein Alarmton durch die Zentrale.

»Ortung!«, schrie Palanker. Sein Gesicht wurde plötzlich totenbleich. »Ein Schlachtkreuzer der Bestien ist im Sektor Eins-Blau-A materialisiert. Entfernung dreißigtausend Kilometer ... auf Kollisionskurs!«

In Bardons Magengrube bildete sich ein Knoten aus Eis. *Nein!*, dachte er entsetzt. *Nicht hier, nicht jetzt, wo wir so dicht vor unserem Ziel stehen!*

»Feindschiff fährt die Waffensysteme hoch«, fügte Palanker tonlos hinzu. »Massive Hyperdimechos ... Intervallkanonen werden geladen ...«

»Halbraumfeld aktivieren«, befahl Bardon.

»Schutzschirm aktiviert«, bestätigte der Erste Offizier. »Leistung bei hundert Prozent.«

Die Waffenmeisterin Helot räusperte sich. »Alle Waffensysteme geladen und feuerbereit«, sagte sie mit belegter Stimme.

»Ronnok«, wandte sich Bardon an den Navigator, »wir müssen so schnell wie möglich die Atmosphäre verlassen und Distanz zwischen uns und dem Planeten bringen.«

Ronnok nickte nur und steigerte die Schubkraft der Impulstriebwerke. Ohrenbetäubendes Dröhnen erfüllte die Zentrale, als die KOLOSCH die oberen Atmosphäreschichten erreichte und weiter beschleunigte. Ionisierte Gase ließen das schützende Halbraumfeld in einem grellen Rot leuchten. Auf dem Hauptbildschirm kam der Ortungsreflex des Bestienraumschiffs unerbittlich näher.

Wir schaffen es nicht!, dachte Bardon verzweifelt. *Wir sind zu langsam, viel zu langsam ...*

In dieser Distanz konnten sie ihre Gegenpolkanonen nicht einsetzen, ohne den Planeten zu gefährden, und mit den Thermo-, Impuls- und Desintegratorgeschützen hatten sie keine Chance gegen den übermächtigen Feind.

Das Leuchten der ionisierten Gase wurde dunkler, die Atmosphäre dünner, als die KOLOSCH immer höher stieg und die vom Atombrand angefressene Oberfläche Torbutans unter ihr zurückfiel.

»Feindschiff kommt in einer Minute in Gefechtsreichweite«, stieß Palanker hervor.

»Feuer frei für die Thermo-, Impuls- und Desintegratorkanonen«, befahl Bardon. Seine Stimme klang heiser, von Todesangst verzerrt.

Er dachte an die eintausend Flüchtlinge an Bord, an die Frauen und Kinder, unschuldig wie seine Frau und seine Kinder, und stöhnte in ohnmächtigem Zorn auf. Sie durften in dieser Schlacht nicht unterliegen! Wenn die

KOLOSCH zerstört wurde, war alles aus. Dann würden Levian Paronn und die Zeitmaschine auf Torbutan verbrennen, dann gab es keine Hoffnung mehr für das Große Tamanium.

»Feindschiff anvisiert«, hörte er Helots Stimme das dröhnende Wummern der Impulstriebwerke durchdringen. »Ich eröffne das Feuer, sobald es in Kernschussreichweite ist.« Sie schwieg einen Moment. »Ich bitte um Erlaubnis für den Einsatz der Gegenpolkanonen, Kommandant.«

Bardon schüttelte heftig den Kopf. Sie waren dem Planeten noch immer zu nah. Die Strahlungsfronten der explodierenden 100-Megatonnen-Fusionsbomben würden die Lemurer in der Suen-Basis bei lebendigem Leib grillen. Nein, die Gegenpolkanonen waren keine Option. Sie mussten zunächst tiefer in den Weltraum vorstoßen ... falls der Feind es zuließ.

Das heranrasende Bestienschiff war jetzt auf dem Hauptmonitor deutlich zu erkennen. Eine knapp 100 Meter durchmessende schwarze Kugel mit abgeplatteten Polen und in der unteren Polsektion angebrachten Triebwerken, umwabert vom Energiegespinst des Paratronschirms.

Nur ein Schiff – aber es genügte, um all ihre Hoffnungen und grandiosen Pläne zunichte zu machen.

»Feind befindet sich in Kernschussreichweite!«, schrie Palanker.

Im selben Moment eröffnete Helot das Feuer aus allen Strahlkanonen. Grüne, gelbe und rote Energieblitze zuckten aus den Geschützen der KOLOSCH und schlugen im Schutzschirm des Bestienschiffs ein, aber die charakteristischen Aufrisse leiteten die zerstörerischen Gewalten in den Hyperraum.

Das schwarze Schiff wurde nicht einmal langsamer. Aus der Finsternis des Weltraums stieß es auf die KOLOSCH nieder und erwiderte das Feuer. Gebündelte Impulsstrahlen trafen das Halbraumfeld der KOLOSCH und ließen es wie den Atombrand erglühen, der auf Torbutan wütete. Der Beschuss hielt an. Erste feine Strukturrisse entstanden im Schutzschirm.

»Schutzschirmleistung bei siebzig Prozent und fallend«, meldete Palanker. »Ich leite mehr Energie in das Feld.«

Während aus dem Bauch des Schiffes das Kreischen und Heulen der Speicherbänke aufstieg, die neue Energie in das Halbraumfeld pumpten, wurde das Dröhnen der Triebwerke leiser. Die Kraftwerksleistung des Kreuzers war begrenzt. Um den Schutzschirm zu stabilisieren, mussten sie vorübergehend auf Schubkraft verzichten.

Bardon biss die Zähne zusammen und sah auf den Hauptmonitor. Sie hatten noch immer nicht genügend Distanz zwischen sich und dem Planeten gebracht, um die Gegenpolkanonen einzusetzen, ihre einzige Waffe, die zumindest theoretisch dem erbarmungslosen Gegner schaden konnte. Sie brauchten noch mindestens zehn Minuten, um den minimalen Sicherheitsabstand zu erreichen ... und zehn Minuten waren in dieser Lage eine Ewigkeit.

Die KOLOSCH feuerte weiter aus allen Strahlkanonen, während das Bestienschiff mit Impulsbeschuss antwortete. Einen Moment hatte Bardon die irrationale Hoffnung, dass der Feind aus irgendwelchen Gründen über keine Intervallgeschütze verfügte, aber in der nächsten Sekunde zerstörte Palankers warnender Ruf diese Hoffnung.

»Stärker werdende Hyperdimechos ... maximale Energiesignatur ... vorbereiten auf Intervallbeschuss!«

Bardon umklammerte die Armlehnen seines Sitzes und schickte ein stummes Gebet zu den alten Göttern Lemurs. Er dachte wieder an seine Frau Jercy und seine Kinder, und die Trauer schnürte ihm die Kehle zusammen. Instinktiv spürte er, dass nichts und niemand sie mehr retten konnte, dass dies das Ende war, das Ende aller Sehnsüchte und Träume.

Dann schlugen die fünfdimensionalen Stoßfronten des Intervallfeuers im Schutzschirm der KOLOSCH ein. Das rot leuchtende Halbraumfeld verformte sich wie unter den anstürmenden Gewalten. Das Heulen und Kreischen der Speicherbänke schwoll zu einem unerträglichen Crescendo an, das wie ein Messerschnitt in den Ohren schmerzte, doch selbst die geballte Energiezuführung aus allen Fusionskraftwerken des Schiffes reichte nicht aus, um das Kraftfeld zu stabilisieren.

Risse durchzogen wie ein dunkles Spinnennetz die rötliche Halbraumblase und verbreiterten sich mit rasender Schnelligkeit. Das Intervallfeuer drang durch die Strukturrisse und traf auf den supergehärteten Spezialstahl der Hüllenpanzerung.

Das Schiff erbebte. Ein ungeheuerliches Krachen übertönte den Lärm der Speicherbänke und Impulstriebwerke und ging in die Donnerschläge von Nachfolgeexplosionen über, als die Hüllenpanzerung zertrümmert wurde und die fünfdimensionalen Stoßfronten Maschinen, Aggregate und Speicherbänke in der Tiefe des Schiffes zerstörten. Thore Bardon wurde in seinem Sitz heftig durchgeschüttelt und klammerte sich verzweifelt an die Armlehnen, während an seinem Pult serienweise rote Warndioden aufleuchteten.

»Impulstriebwerke eins bis sechs ausgefallen«, schrie Palanker. »Primäre und sekundäre Speicherbänke zerstört ... Lecks in den Decks Vier, Acht, Zwölf und Dreizehn ... Waffensysteme inaktiv ... Halbraumfeld kollabiert ...«

Mit weit aufgerissenen Augen starrte er Bardon an, und in seinen Augen war die Gewissheit des unausweichlichen Todes zu sehen.

Es tut mir Leid, wollte Bardon sagen. *Es tut mir Leid, dass ich versagt und euch so schrecklich enttäuscht habe.* Aber er brachte kein Wort über die Lippen.

Rauch quoll aus den Belüftungsschächten, Kurzschlüsse knisterten und knallten in den Kontrollpulten. Es roch nach verschmortem Plastik und Ozon. Das Heulen der Speicherbänke war abgebrochen, das Dröhnen der Impulstriebwerke zu einem stotternden Rumoren herabgesunken, um dann ganz zu verstummen. Antriebslos driftete die KOLOSCH durch den planetennahen Weltraum, ein manövrierunfähiges Wrack, das auf den Todesstoß wartete.

Bardon sah auf den Hauptbildschirm. Die schwarze, vom Paratronschirm umhüllte Kugel des Bestienraumschiffs füllte ein Viertel des Monitors aus. Es schien ihn zu verspotten, all seine vergeblichen Bemühungen zu verhöhnen, seine Hybris zu verlachen.

Wie gelähmt saß er da und wartete auf das Ende.

Und als der nächste Intervallschuss die KOLOSCH traf, den Schweren Kreuzer wie eine Blechdose zusammendrückte und in einer grellen, feurigen, sonnenheißen Explosion vergehen ließ, galt Thore Bardons letzter Gedanke seiner Frau und seinen Kindern.

Im Tod wurde er wieder mit ihnen vereint.

15

In der Tiefe der unterirdischen Suen-Basis, in einem Raum, der an die Halle mit der Zeitmaschine grenzte, saß Levian Paronn über eine Kommunikationskonsole gebeugt und las die Abschrift der Audioaufzeichnung, die vor ein paar Minuten von der startenden KOLOSCH eingetroffen war.

Der Bordcomputer des Schweren Kreuzers hatte mit seinen leistungsfähigen Filtersystemen die verzerrte Aufnahme der Worte entstören können, die die Bestie in dem roten Kampfanzug ihnen zugerufen hatte, bevor sie in die Felsenhöhle geflohen war.

Und was sie gesagt hatte, war erstaunlich.

Ich gehöre nicht zu den Bestien! Ich komme aus der Zukunft. In der Bergstation befindet sich ein Zeittransmitter ...

Eine Bestie aus der Zukunft, die sich von ihren Artgenossen distanzierte!

Erschüttert las Paronn die Abschrift wieder und wieder, von den Fragen und Folgerungen überwältigt, die diese Hand voll Worte aufwarfen.

Und es waren nicht nur Lippenbekenntnisse, sondern hinter ihnen standen Taten. Bei ihrer Flucht aus der Suen-Basis hatte die Bestie zwar Zerstörungen angerichtet, aber nicht einen einzigen Lemurer verletzt oder getötet, wie Delaine Hogh berichtet hatte. Mehr noch, laut den Aussagen der Flüchtlinge hatte sie in der Stadt auf Seiten der Lemurer eingegriffen und in erbitterten Kämpfen mehrere Bestien ausgeschaltet, die gelandet waren, um ein Massaker anzurichten.

Etwas Vergleichbares hatte es in der langen Geschichte des Krieges nicht gegeben.

Paronn überlegte fieberhaft. Bedeutete die Ankunft dieser Bestie aus der Zukunft vielleicht, dass seine geplante Expedition in die Vergangenheit von Erfolg gekrönt sein würde? Dass die Lemurer mit seiner technischen Hilfe in der Anfangsphase des Krieges die Bestien schlugen, und zwar so vernichtend, dass dem Feind keine andere Möglichkeit blieb, als Frieden mit den Lemurern zu schließen? War diese Bestie womöglich aus eben diesem Grund in diese Zeit gekommen? Um ihm von der friedlichen Zukunft zu berichten und ihn in seiner Entschlossenheit zu bestärken?

Er murmelte einen leisen Fluch.

Wenn die Bestie in friedlicher Absicht gekommen war, hatte er einen schweren Fehler begangen, als er den Angriff auf sie befohlen und sie in die Höhle getrieben hatte. Er bedauerte, dass er erst so spät die Audioabschrift erhalten hatte. Wie verlockend war der Gedanke doch, aus erster Hand etwas über die Zukunft zu erfahren, über den Erfolg oder Misserfolg seiner schicksalhaften Mission ...

Natürlich konnte es auch ein Trick sein.

Eine letzte List der Bestien, um diese Mission zu sabotieren, ein manipulierender Eingriff aus der Zukunft in die Gegenwart, so wie er aus der Gegenwart in die Vergangenheit eingreifen wollte. Aber selbst das konnte bedeuten, dass die Zeitexpedition mit einem Triumph enden würde.

Es gab nur eine Möglichkeit, es herauszufinden. Er musste die Bestie gefangen nehmen und verhören, selbst wenn dies bedeutete, dass viele Mitglieder der Basiscrew bei dem Versuch sterben würden.

Paronn nickte unwillkürlich.

Das Wissen der Bestie, die potenziellen Informationen über die Zukunft und die Vergangenheit, die in ihrem Gehirn gespeichert waren, durften nicht im Atombrand verloren gehen. Sie konnten von entscheidender Bedeutung für die Mission sein.

Unwillkürlich berührte er die Brustseite seines grauen Schutzanzugs, unter dem sich die Wölbung des eiförmigen Zellaktivators abzeichnete. Vier weitere Exemplare des

Lebensspenders, die er in den vergangenen Jahren mithilfe der Konstruktionsdaten des Zwölften Heroen unter größten Schwierigkeiten nachzubauen begonnen hatte, steckten sicher in der Innentasche seines Anzugs. Allerdings hatte er die Arbeit noch nicht abschließen können, dazu hatte die Zeit nicht gereicht. Beklommen grübelte er, ob er das Werk in der Vergangenheit überhaupt würde vollenden können, ihm dort die erforderlichen Voraussetzungen zur Verfügung standen.

Zum wiederholten Male fragte er sich, warum Vehraáto ihm das ewige Leben geschenkt hatte. Der Zellaktivator musste für die große, rätselhafte Aufgabe, mit der ihn der Zwölfte Heroe betraut hatte, von entscheidender Bedeutung sein. Aber wie sollte ihm der Aktivator nutzen, wenn er ins Jahr 6290 seit der Reichsgründung reiste, um den Vorkriegslemurern die technischen Daten der modernen Kriegsschiffe und Waffensysteme zu übergeben? Und wieso war der Heroe davon überzeugt gewesen, dass er Helfer brauchen würde, so unsterblich wie er, um seine Mission zu erfüllen?

Womöglich kannte die Bestie in dem roten Kampfanzug die Antwort auf diese Fragen oder konnte zumindest einige Hinweise liefern, die das Mysterium lösten.

Paronn wollte soeben die Kommunikationskonsole aktivieren und eine Verbindung zur Basiszentrale herstellen, als die Tür des Raumes zischend zur Seite glitt und Merhon Velsath hereinstürmte. Panik verzerrte das zerfurchte Gesicht des Wissenschaftsassistenten. In seinen Augen unter dem grauen, wallenden Haarschopf leuchtete nackte Angst.

»Die KOLOSCH ...«, krächzte er. »Sie ist soeben zerstört worden, Technad! Ein Bestienschiff nähert sich der Basis. Wir sind verloren ... verloren ...!«

Paronn spürte, wie ihm die eisige Furcht in die Glieder fuhr. Er brauchte einen Moment, um das Gehörte zu verarbeiten, um zu erfassen, was Velsath gesagt hatte. Die KOLOSCH vernichtet ... das einzige Transportmittel für die Zeitmaschine, das ihnen zur Verfügung stand. Während sich der Atombrand weiter vorfraß, unerbittlich, unaufhaltsam.

»Was sollen wir tun, Technad?«, stieß Velsath hervor. Eine Schweißperle tropfte von seiner Stirn ins rechte Auge, und er blinzelte sie fort. »Können wir überhaupt noch etwas tun?«

»Wie lange wird es dauern, bis das Bestienschiff die Basis erreicht?«, fragte Paronn heiser.

»Minuten nur, wenige Minuten.«

Velsath zitterte. Paronn wusste warum. Sein Assistent war Gefangener der Bestien gewesen, von ihnen auf unvorstellbare Weise gequält worden, bis ihm durch eine glückliche Fügung des Schicksals die Flucht gelungen war. Er kannte die Grausamkeit des alten Feindes aus eigener Erfahrung. Und er hatte kreatürliche Angst davor, ihm erneut in die Hände zu fallen.

Paronn sprang auf. »Komm mit«, befahl er knapp.

Die beiden Männer stürmten aus dem Raum. Der breite, hohe Korridor, der zu der Halle mit der Zeitmaschine führte, war voller Kisten und Container mit den abmontierten Einzelteilen der Maschine. Aus der Halle drangen das Klirren von Werkzeugen, dumpfes Poltern und gepresste Stimmen. Die Demontagearbeiten schritten unter der Leitung Ruun Lasoths zügig voran.

Kurz überlegte Paronn, den Abbau wieder rückgängig zu machen, um durch die Zeitmaschine zu fliehen, aber er verwarf den Gedanken sofort wieder. Wie Delaine Hogh gesagt hatte, es gab in der Basis niemand, der die Maschine bedienen konnte. Und es würde ihnen ohnehin nicht gelingen, sie wieder zusammenzubauen, bevor das Bestienschiff den Stützpunkt erreichte.

Sie liefen den Korridor entlang zur nächsten Kreuzung, bogen in einen anderen Tunnel und erreichten das massive Panzerstahlschott, das den Zugang zur Basiszentrale versperrte. Es glitt mit einem pneumatischen Zischen zur Seite, als sich die beiden Männer näherten, und gab den Zutritt in den großen Kontrollraum frei.

Kommandantin Hogh stand vor einer Monitorwand, die

Hände zu Fäusten geballt, und starrte das schwarze Kugelraumschiff an, das die Bildschirme aus unterschiedlichen Winkeln zeigten. Es war von weißen Wolkenfetzen umgeben und zog einen glühenden Schweif ionisierter Luft hinter sich her.

Die Bestien waren bereits in die Atmosphäre eingedrungen.

Delaine Hogh drehte kurz den Kopf und sah Paronn an. Ihr Gesicht war fahl. Grauen flackerte in ihren Augen.

»Die KOLOSCH ist explodiert«, murmelte sie. »Die Crew und über eintausend Männer, Frauen und Kinder ... von einem Moment zum anderen ausgelöscht.«

Paronn spürte einen Anflug von Schuldgefühlen. Er hatte bis zu diesem Moment nicht einen Gedanken an Thore Bardons Crew und die Flüchtlinge verschwendet, die sich an Bord des Schweren Kreuzers befunden hatten, als er von den Bestien vernichtet worden war. Bedeutete dies, dass er kaltherzig war, ein gefühlloser Klotz?

Nein, sagte er sich, *nicht kaltherzig, nur logisch. All diese tapferen Männer und Frauen mögen gestorben sein, aber mit der Zeitmaschine kann ich sie wieder zu neuem Leben erwecken ...*

Doch die Zeitmaschine konnte er nur einsetzen, wenn es gelang, sie nach Lemur zu transportieren und ihre Funktionsweise zu entschlüsseln, und ohne die KOLOSCH war das unmöglich. Entweder würden sie im Feuer des Bestienschiffs sterben oder im Feuer des Atombrands.

Verzweiflung schnürte seine Kehle zusammen.

Alles in ihm rebellierte gegen die Aussichtslosigkeit ihrer Situation, und er dachte wieder an die prophetischen Worte des Zwölften Heroen. Vehraáto war überzeugt gewesen, dass er die ihm übertragene Aufgabe meistern würde, also würde er nicht scheitern, so düster sich die Lage auch darbot.

Es *musste* einen Ausweg geben!

Aber so fieberhaft er auch überlegte – alle Szenarien führten in den sicheren Tod.

»Verfügt die Basis über Abwehrsysteme? Geschützstellungen? Impulskanonen?«

Hogh schüttelte bedrückt den Kopf. »Dies ist eine zivile Einrichtung, kein Militärstützpunkt. Dass niemand etwas von der Existenz der Basis ahnte, war unser bester Schutz.«

Paronn stieß eine Verwünschung aus.

Er verfolgte auf den Bildschirmen, wie das Bestienschiff langsamer wurde und sich im Sinkflug dem Bergmassiv näherte, in dem die Suen-Basis verborgen war. Offenbar hatte der Feind den Stützpunkt entdeckt. Hilflos fragte er sich, wie lange der gewachsene Fels einem Beschuss aus den Intervallkanonen widerstehen würde. Vermutlich nicht länger als ein paar Sekunden. Die fünfdimensionalen Stoßfronten würden das Gestein zertrümmern und die Basis in Schutt und Asche legen, mitsamt der Crew und der Zeitmaschine, die nun niemals zum Einsatz gelangen würde.

Immerhin würde der Tod schnell kommen.

Seine Schultern sackten nach unten.

Velsath hatte Recht gehabt. Sie waren verloren. Und der Zwölfte Heroe musste sich in Paronn getäuscht haben, so unvorstellbar dies auch sein mochte. Er würde keine großen Taten vollbringen, das Schicksal des lemurischen Volkes nicht wenden können, sondern auf dieser abgelegenen Welt im 87. Tamanium den Tod finden, weit von der Heimat entfernt.

Er hörte hinter sich Velsaths keuchende Atemzüge, unterbrochen von einem gemurmelten Stoßgebet, und er wünschte, er könnte an die alten Götter Lemurs glauben und Trost in ihnen finden.

Aber die alten Götter hatten Lemur verraten. Und sie taten nichts, um Levian Paronn, die letzte Hoffnung des Großen Tamaniums, vor dem sicheren Tod zu retten.

Plötzlich kam das schwarze Kugelschiff am Fuß des Bergmassivs zum Stillstand. Es hing über dem Talboden, eingehüllt in seinen undurchdringlichen Paratronschirm, und Paronn glaubte einen euphorischen Moment, dass er sich geirrt, dass die Bestien die Basis doch nicht entdeckt hatten.

Aber dann öffnete sich ein Schott im schwarzen Stahl

der Hülle, und zwei vierarmige Gestalten in schwarzen Kampfanzügen schwebten heraus. Sie landeten auf dem steinigen Untergrund und stürmten den Hang hinauf, der zum Eingang des Suen-Stützpunkts führte.

Sekunden später verschwanden sie aus dem Erfassungsbereich der Kameras.

Paronn starrte weiter das Kugelschiff auf den Monitoren an.

Sie wollen die Basis nicht zerstören, durchfuhr es ihn, *sondern erobern! Bedeutet das, dass sie von der Zeitmaschine wissen? Oder folgen sie einfach ihrem Killerinstinkt wie jene Bestien, die in der Stadt gelandet sind, um ein Massaker unter der Zivilbevölkerung anzurichten?*

So oder so, die Zeitmaschine durfte ihnen nicht in die Hände fallen!

»Sie wollen in die Basis eindringen«, sagte er rau zu Delaine Hogh. »Gib Waffen an die Crew aus. Es wird ein harter Kampf werden, aber wir werden ihn gewinnen.«

Er hatte sich bemüht, seiner Stimme einen optimistischen Ton zu geben, doch die Kommandantin sah ihn nur ungläubig an.

»Es ist sinnlos. Wir haben keine Chance«, schüttelte sie bedrückt den Kopf.

Paronn fluchte und packte sie an den Schultern. »Gib die Schlacht nicht verloren, bevor sie begonnen hat!«, zischte er. »Jeder Einzelne in dieser verdammten Basis wird kämpfen oder von mir persönlich erschossen werden. Hast du mich verstanden?«

Sie nickte eingeschüchtert, und er ließ sie los. Während Hogh an ein Kontrollpult trat und Alarm gab, der laut durch den unterirdischen Stützpunkt heulte, wandte sich Paronn ab. Der Zorn über den Defätismus der Kommandantin wühlte noch immer in ihm, und er funkelte Velsath an.

»Fürchtest du dich auch vor dem Kampf?«, fragte er gefährlich leise.

Sein Assistent schluckte. »Du kannst dich auf mich verlassen, Technad. Ich werde die Zeitmaschine mit meinem Leben verteidigen.«

Paronn nahm die Antwort befriedigt zur Kenntnis, und er bewunderte Velsath für den Mut, den er bewies. Nach allem, was er von den Bestien erduldet hatte, hätte sich Paronn nicht gewundert, wenn er sich panisch in irgendeinem Winkel verkrochen hätte. Aber vielleicht sah er in dem bevorstehenden Kampf auch eine Möglichkeit, sich an den Bestien zu rächen.

Der Technad und sein Assistent verließen die Kontrollzentrale und eilten in die Halle mit der Zeitmaschine. Die trichterförmigen Wandler waren bereits abmontiert und in Containern verstaut, die in dem breiten Korridor auf ihren Abtransport warteten. Ruun Lasoth und mehrere Techniker des Stützpunkts wuchteten eine Antigravscheibe mit einem demontierten Maschinenblock aus der unteren Ebene in die Halle und ignorierten den an- und abschwellenden Sirenenton, der durch den Stützpunkt heulte. In einer Ecke stand die Waffenmeisterin Donee und verfolgte mit ausdrucksloser Miene die Arbeiten.

Als Paronn hereinkam, trat sie sofort zu ihm. »Warum wird Alarm gegeben?«, fragte sie.

»Zwei Bestien greifen die Basis an«, erwiderte Paronn. »Wir müssen uns auf einen Kampf einstellen.«

Donee nickte nur, ohne die Miene zu verziehen, und tastete automatisch nach dem Thermostrahler in ihrem Hüftholster.

»Und die KOLOSCH wurde vernichtet«, fügte Paronn hinzu. »Wir haben keine Möglichkeit mehr, Torbutan zu verlassen.«

»Ich verstehe«, murmelte die Waffenmeisterin. Noch immer zeigte ihr Gesicht keine Regung. »Wenn wir schon sterben müssen, nehmen wir die Bestien mit in den Tod«, fügte sie grimmig hinzu.

»V-vielleicht«, stotterte Velsath, »ist die Lage doch nicht so aussichtslos. Ich meine, es ist immer noch möglich, dass einige Schiffe des Verbands die Schlacht gegen die Bestien überstanden haben und rechtzeitig zurückkehren, um uns zu retten.« Er machte eine hilflose Handbewegung. »Wir dürfen die Hoffnung nicht aufgeben.«

Paronn legte ihm eine Hand auf die Schulter. »Nein, das dürfen wir nicht«, sagte er ernst.

Vom Tor drangen Schritte zu ihnen. Ein halbes Dutzend Mitglieder der Basiscrew in grauen Kampfanzügen und mit schweren Thermostrahlgewehren bewaffnet drängten herein. Ihr Anführer, ein hoch geschossener, schlaksiger Mann mit aschgrauen Haaren, trat zu Paronn.

»Leutnant Proda«, stellte er sich knapp vor. »Die Kommandantin hat uns abbeordert, um die Halle zu schützen. Deine Befehle, Technad?«

»Begebt euch zur Korridorkreuzung und verteidigt sie mit eurem Leben«, befahl Paronn. »Keine Bestie darf bis zur Zeitmaschine vordringen.«

»Verstanden«, sagte Proda. Er lächelte kalt. »Du kannst dich auf uns verlassen.«

Die Soldaten verließen die Halle, um ihren Posten einzunehmen. Paronn sah ihnen nach, und ihre Opferbereitschaft rührte ihn. Tamrat Markam schien seine Leute sehr sorgfältig ausgewählt zu haben. Selbst im Angesicht des Todes zeigten sie keine Furcht. Vielleicht gelang es diesen Männern wirklich, die Bestien zurückzuschlagen.

Seine Miene verdüsterte sich wieder.

Aber selbst wenn sie siegten, war da noch immer der Atombrand, der in zwölf, höchstens vierzehn Stunden die unterirdische Basis erreichen und zerstören würde.

Levian Paronn straffte sich. Er zog die Thermostrahlpistole aus dem Waffenholster, überprüfte das Energiemagazin und bereitete sich auf seinen letzten Kampf vor.

16

Zwischen der Doppelsonne am ascheverhangenen Himmel von Torbutan war eine dritte Sonne aufgegangen, weiß glühend, aber schon nach Sekunden verblassend, um schließlich Minuten später ganz im rußigen Dunst zu verlöschen. Nur ein Dutzend Sternschnuppen, Trümmerteile, die leuchtende Spuren durch die rauchgeschwängerte Atmosphäre zogen, waren von dem lemurischen Schweren Kreuzer übrig geblieben.

Icho Tolot betrachtete die virtuelle Darstellung des planetennahen Weltraums an der Innenseite seines Helmvisiers und verfolgte den Kurs des halutischen Schlachtkreuzers. Mit einem verbalen Befehl ließ er den Anzugcomputer den weiteren Verlauf des Kurses hochrechnen und fand seine Befürchtung bestätigt.

Das Bestienschiff steuerte den Zeittransmitterkomplex in den westlichen Bergen an.

Entweder wird es die Basis vernichten, oder die Besatzung plant, den Zeittransmitter zu erobern, drang der kalte Gedankenimpuls des Planhirns in sein Bewusstsein. *Beide Alternativen sind gleichermaßen desaströs, aber du darfst auf keinen Fall zulassen, dass der Transmitter den Bestien in die Hände fällt. Die Konsequenzen wären unabsehbar.*

Tolot konnte der Argumentation des Planhirns nur zustimmen. Die Bestien würden keine Skrupel haben, den Zeittransmitter einzusetzen.

Aller Wahrscheinlichkeit nach werden sie mit der Zeitmaschine in die Vergangenheit Lemurs reisen und den Planeten vernichten, bevor die Lemurer zu einer galaktischen Macht werden können, fügte das Planhirn mit der ihm eigenen Leidenschaftslosigkeit hinzu. *Die Konsequenzen einer derartigen Tat für die Milchstraße und die anderen Galaxien der Lokalen Gruppe wären unabsehbar. Es gäbe keine Befriedung der Haluter, keine Zweite Menschheit, keine Arkoniden, Tefroder oder andere Lemurer-Abkömmlinge, keine positive Entwicklung für die gesamte Mächtigkeitsballung von ES. Vermutlich werden in der Gegenwart dann die Haluter über die Lokale Gruppe herrschen, stellvertretend für die verbrecherische Erste Schwingungsmacht, unter deren Befehl sie stehen.*

Das Planhirn verstummte, als wäre es von seinen Ausführungen erschöpft oder als würde es vor den weiteren Folgen eines derart massiven Eingriffs in das Muster der Zeit zurückschrecken.

Tolot blickte wieder zum Himmel hinauf, an dem ein kleiner schwarzer Fleck sichtbar geworden war und durch die Rußwolken, die den östlichen Horizont verhingen, das Bergmassiv im Westen anflog. Sofort aktivierte er den Deflektor und die Sensorstörsysteme seines Kampfanzugs. Die schmale Schlucht, in der er sich befand, seit er sich aus der verschütteten Höhle gegraben hatte, bot zusätzlichen Schutz vor einer Entdeckung.

Mit großen Sprüngen hetzte er durch den gewundenen Canyon und erreichte schließlich sein Ende. Die Trümmer der explodierten Funkstation rauchten noch immer, und auch aus der Stadt weiter im Westen und vom Raumhafen im Osten stiegen Rauchsäulen in die Höhe.

Die Glut des herannahenden Atombrands tauchte den gesamten östlichen Horizont in ein blutiges Licht.

In zehn bis zwölf Stunden wird der Atombrand die Bergbasis verbrennen, informierte ihn sein Planhirn nüchtern. *Bis dahin musst du den Zeittransmitter unter deine Kontrolle gebracht haben, oder du wirst diese Epoche nie wieder verlassen.*

Aber das setzte natürlich voraus, dass die Bestien den unterirdischen Stützpunkt mit dem Transmitter nicht zerstörten. Und die Funksprüche, die er abgefangen hatte, deuteten darauf hin, dass die Lemurer die Zeitmaschine demontierten, obwohl ihr Plan gescheitert war, sie mit dem zerstörten Schweren Kreuzer KOLOSCH nach Lemur zu schaffen.

Sie saßen auf Torbutan fest.

Genau wie er.

Ich hatte dich gewarnt. Der Gedankenimpuls des Planhirns schien grimmige Befriedigung auszudrücken, obwohl ihm jede Gefühlsregung fremd war. *Hättest du auf mich gehört und den Zeittransmitter rechtzeitig in deine Hand gebracht, würdest du dich jetzt nicht in dieser aussichtslosen Lage befinden.*

Tolot stieß einen grollenden Fluch aus und presste sich instinktiv gegen die Felswand der Schlucht, als das schwarze, von einem wabernden Paratronschirm geschützte Bestienschiff in unheimlicher Lautlosigkeit über ihn hinwegschwebte und weiter in Richtung Bergbasis flog. Es war ein kleiner Schlachtkreuzer mit einem Durchmesser von nicht einmal 100 Metern. Derartige Schiffe waren voll robotisiert und nur mit einer ein- bis zweiköpfigen Crew bemannt, wenn seine Informationen über die Urhaluter richtig waren.

Als das Schiff in der Ferne zu einem Punkt zusammenschrumpfte, wandte er sich ebenfalls nach Westen und rannte durch das schlauchförmige Tal, das von steil ansteigenden Hängen begrenzt wurde. Am Ende des Tals lag das ausgeglühte Wrack des Flüchtlingsschiffs, das er bereits kurz nach seiner Ankunft entdeckt hatte. Er wurde langsamer, als der schwarze Raumer der Bestien in der Nähe des Wracks stoppte, ein Stück in die Tiefe sank und dicht über dem Boden in den stationären Schwebeflug überging.

Offenbar haben sie nicht vor, die Bergbasis mit ihren Intervallkanonen zu zerstören, bemerkte das Planhirn.

Tolot duckte sich in den Sichtschutz eines mächtigen Felsbrockens, obwohl ihn das Deflektorfeld vor neugierigen Augen und Detektoren schützte, und beobachtete, wie zwei Bestien das Schiff verließen und den Hang hinaufstürmten, der zum Eingang des Zeittransmitterkomplexes führte.

Die schlimmste Alternative war Wirklichkeit geworden.

Die Bestien versuchten, die Bergbasis zu erobern. Und wenn sie die Zeitmaschine in ihre Gewalt brachten ...

Du musst diese Entwicklung um jeden Preis verhindern, mahnte ihn das Planhirn erneut. *Der Zeittransmitter darf nicht in die Hände der Bestien fallen! Töte sie, bevor sie die geschichtliche Entwicklung auf den Kopf stellen.*

Icho Tolot rannte weiter.

Er verfolgte, wie vom Berghang grelle Energieblitze auf die beiden Bestien hinabzuckten und von ihren Paratronschirmen in den Hyperraum geleitet wurden. Sie erwiderten das Feuer aus ihren Intervallgewehren. Wo die fünfdimensionalen Stoßfronten einschlugen, wurde der Fels zertrümmert und pulverisiert. Gesteinsstaub trieb in dichten Schwaden durch die Luft und wurde vom Wind davongeweht. Die virtuelle Gefechtsdarstellung an der Innenseite seines Helmvisiers zeigte ihm ein Dutzend bewaffnete Lemurer, die sich in der Nähe des Basishaupttors hinter Steinbrocken oder in Felsspalten duckten und mit Thermo- und Impulsstrahlern pausenlos auf die heranstürmenden Bestien schossen.

Aber die vierarmigen Riesen ließen sich nicht aufhalten. Im Schutz ihrer wabernden Paratronschirme rückten sie Meter um Meter vor und töteten die verschanzten Lemurer mit roboterhafter Präzision. Schließlich hatten sie den letzten Wächter ausgeschaltet und das massive Panzerschott des Haupteingangs erreicht.

Tolot beobachtete, wie sie mit ihren Intervallgewehren auf das geschlossene Tor feuerten. Es dauerte nicht lange, bis der gehärtete Spezialstahl unter den fünfdimensionalen Stoßfronten zerbröselte und eine Öffnung entstand, die groß genug war, dass sich die Bestien hindurchzwängen konnten.

Einen Atemzug später waren sie aus seinem Blickfeld und dem Erfassungsbereich der Anzugsensoren verschwunden. Er zögerte nicht länger, sondern hetzte den Berghang hinauf und zog im Laufen den Intervallstrahler aus dem Hüfthalfter. Als das durchlöcherte Panzertor vor ihm auftauchte, verlangsamte er seine Schritte und studierte die virtuelle Gefechtsfelddarstellung an der Innenseite seines Helmvisiers.

Unmittelbar hinter dem Schott war alles ruhig. Es gab keine Energiesignaturen, die auf einen Kampf mit Strahlwaffen hindeuteten. Trotzdem näherte er sich mit äußerster Vorsicht der gezackten Öffnung im Stahltor und spähte hinein.

Ein Dutzend Leichen lagen in der großen Eingangshalle. Gefallene lemurische Soldaten, von den Intervallgewehren der Bestien auf schreckliche Weise verstümmelt. Die vierarmigen Giganten hatten nur Sekunden gebraucht, um die Wächter auszuschalten. Die Lemurer hatten keine Chance gegen sie gehabt.

Worauf wartest du noch?, drängte ihn das Planhirn. *Greif endlich ein, ehe es zu spät ist!*

Tolot schlüpfte durch das Loch im Panzerschott, durchmaß die Halle im Fels und erreichte den breiten Tunnel, der zu den Antigrav- und Nottreppenschächten führte. Aus der Tiefe stiegen gedämpfte Schreie auf, übertönt vom grollenden Gelächter einer Bestie im Blutrausch. Mit einem Dutzend großer Sprünge war er bei den Antigravschächten. Er stellte fest, dass sie abgeschaltet waren und der Zugang zu den unteren Ebenen durch horizontale Schotts versperrt wurde.

Sein Blick wanderte zum Nottreppenschacht. Das Schott war mit brachialer Gewalt aus den Verankerungen gerissen worden und lag zerbeult auf dem Boden.

Als er den Treppenschacht betrat, wurden die Todesschreie von unten lauter. Er rannte die Metallstufen hinunter, stieß am nächsten Absatz auf zwei weitere tote Lemurer und ein zertrümmertes Schott und lief durch die Schottöffnung in einen breiten, hell erleuchteten Korridor. Die Wände wiesen versengte Einschusslöcher auf. Vom Ende des Ganges drang das charakteristische Knistern von Strahlwaffen.

Tolot stürmte weiter, erreichte die nächste Biegung und blieb abrupt stehen.

Ein paar Meter weiter blockierte eine der Bestien den Korridor. Sie drehte ihm den Rücken zu, eingehüllt in ihren Paratronschirm, und feuerte auf eine Barrikade aus

Möbelstücken und Stahlplatten, hinter der sich einige Lemurer verschanzt hatten und mit Thermostrahlern auf den Feind schossen.

Die sonnenheißen Energiestrahlen zerfaserten wirkungslos am Schutzschirm der Bestie. Sie lachte donnernd und zertrümmerte mit einem gezielten Intervalltreffer einen Teil der Stahlplattenbarriere. Zwei Lemurer brachen tot zusammen, während ihre Kameraden unablässig weiter feuerten, ohne den Paratronschirm der Bestie auch nur zum Flackern zu bringen.

Worauf wartest du noch?, drang der ungeduldige Impuls des Planhirns in seine Gedanken. *Töte die Bestie!*

Icho Tolot zögerte einen Sekundenbruchteil und schaltete dann entschlossen seinen Deflektor aus. Abrupt wurde er wieder sichtbar. Das Strahlfeuer der Lemurer brach ab, als sie die vermeintliche zweite Bestie in dem roten Schutzanzug entdeckten.

»Ich bin ein Freund!«, schrie Tolot auf Lemurisch. »Fürchtet euch nicht. Ich bin auf eurer Seite!«

Die Bestie vor ihm fuhr herum und funkelte ihn überrascht mit ihren rot leuchtenden Augen an.

»Wer bist du?«, grollte sie.

»Ich bin der, der dich töten wird«, gab Tolot donnernd zurück und stürmte los.

Die Bestie wich verblüfft einen Schritt zurück und riss ihr Intervallgewehr hoch, aber Tolot war zu schnell. Ehe sie schießen konnte, hatte er sie erreicht und mit seinem Schutzschirm ihr Paratronfeld überlastet. Beide Kraftfelder brachen zusammen. Tolot schlug der Bestie so wuchtig das Gewehr aus den Händen, dass es krachend gegen die Wand prallte und zerbrach. Ein Entladungsblitz leckte aus dem Energiemagazin der Waffe und brannte eine blasige Sengspur in die Kopfhaut der Bestie.

Sie brüllte vor Wut und Schmerz und hämmerte mit vier Fäusten auf ihn ein. Er ächzte unter den gewaltigen Hieben und riss die Hände hoch, um sich vor den Treffern zu schützen, aber die Bestie durchbrach seine Deckung und schlug unerbittlich weiter zu.

Die Lemurer hinter der Barrikade am Ende des Korridors schossen noch immer nicht. Völlig verblüfft beobachteten sie den Kampf ihrer Todfeinde, wie gelähmt von der unerklärlichen Entwicklung.

Tolot gelang es, das Trommelfeuer aus Faustschlägen abzuwehren und seinen Kombistrahler gegen die Brust der Bestie zu drücken, doch bevor er schießen konnte, warf sie sich zur Seite, verhärtete im Sprung die Molekularstruktur ihres Körpers, prallte dröhnend gegen die Wand, stieß sich ab und rammte ihn mit großer Wucht.

Er stürzte schwer zu Boden und verlor den Kombistrahler. Die Lemurer schüttelten indessen ihre Lähmung ab und eröffneten wieder das Feuer, doch ihre Thermostrahlen konnten der Bestie dank ihrer verhärteten Körperstruktur nichts anhaben. Sie brüllte vor Wut und zog ein armlanges Vibromesser aus der Beinscheide ihres schwarzen Schutzanzugs.

Dann griff sie Tolot an, umzuckt von den Thermoblitzen aus den Waffen der Lemurer, und stieß mit der vibrierenden Klinge nach seinen Augen. Er riss den Kopf zur Seite, rammte ihr sein oberes Faustpaar in die Brust, sodass sie zurückstolperte, und griff nach dem auf dem Boden liegenden Kombistrahler.

Als seine Hand den Griff umklammerte, warf die Bestie das Vibromesser. Es bohrte sich durch das widerstandsfähige Material seines Kampfzugs in seinen Arm. Alles war so schnell geschehen, dass er keine Zeit gefunden hatte, seine Molekularstruktur zu verfestigen.

Er schrie vor Schmerz auf, ließ den Kombistrahler fallen und fing ihn mit der linken oberen Hand aus der Luft. Instinktiv wirbelte er herum und sah die Bestie auf sich zustürmen. Kurz bevor sie ihn erreichte, hob er den Kombistrahler und schoss.

Die fünfdimensionalen Stoßfronten des Intervallstrahls trafen die Bestie frontal an der Brust. Sie wurde von den Beinen gerissen und rücklings gegen die Seitenwand des Korridors geschmettert. Tolot feuerte weiter, bis die verhärtete Körperstruktur des Gegners nachgab und der

Intervallstrahl ein hässliches, kopfgroßes Loch in seine Brust stanzte.

Blut quoll in einer Fontäne hervor und spritzte durch den Gang. Die Bestie sackte in sich zusammen und rührte sich nicht mehr. Ihre Augen brachen und starrten blicklos ins Nichts.

Keuchend stellte Tolot das Feuer ein.

Sie war tot.

Die Lemurer am Ende des Korridors stießen triumphierende Schreie aus, aber als sich Tolot zu ihnen umdrehte und in einer versöhnlichen Geste die Hand hob, eröffneten sie das Feuer auf ihn. Thermostrahlen sengten dicht an ihm vorbei und brannten Löcher in die Wände und die Decke.

Hastig aktivierte er wieder seinen Schutzschirm.

»Ich bin ein Freund!«, rief er den Lemurern zu. »Ich kämpfe auf eurer Seite. Begreift ihr das denn nicht?«

Die Antwort bestand aus einer neuen Thermosalve.

Er fluchte und zog sich zur Biegung des Korridors zurück.

Es ist sinnlos, teilte ihm das Planhirn überflüssigerweise mit. *Du wirst sie nicht von deiner Friedfertigkeit überzeugen können.*

Tolot verzichtete auf eine Erwiderung, zog das Vibromesser aus dem rechten oberen Arm und verhärtete die Molekularstruktur der Wunde, um die Blutung zu stoppen. Der brennende Schmerz ließ sofort nach und wich einer dumpfen Taubheit.

Er lauschte, hörte aber keine Schritte. Die Lemurer wagten sich offenbar nicht aus ihrer Deckung hervor. Gut. Er nickte grimmig. Dies ersparte ihm, gegen sie kämpfen und sie vielleicht sogar töten zu müssen. Trotz der Skepsis seines Planhirns hoffte er noch immer auf eine Einigung mit den Lemurern.

Mit einem kurzen Blick überzeugte er sich, dass das Energiemagazin seines Kombistrahlers noch zu drei Viertel geladen war, und rannte zurück zum Nottreppenschacht. Zwei Absätze tiefer stieß er auf drei weitere Leichen und rußige Sengspuren an den von Intervalltreffern durchlöcherten Wänden.

Schreie gellten von unten empor.

Tolot beschleunigte seine Schritte und hetzte mit großen Sprüngen die Treppe hinunter. Die Metallstufen verformten sich unter seinen schweren Schritten oder brachen ganz, aber er rannte weiter und erreichte endlich die unterste Ebene des Basiskomplexes, in der sich die Halle mit der Zeitmaschine befand.

Er musste nur den Schreien und dem Waffenlärm folgen, um zu der großen Tunnelkreuzung zu gelangen, von der aus ein Korridor zur Halle führte.

Die zweite Bestie hatte einen lemurischen Soldaten gepackt und brach ihm mit einem mühelosen Ruck das Rückgrat. Zwei andere Männer lagen bereits tot, mit verrenkten Gliedern, auf dem Boden, während sich drei weitere ein paar Meter entfernt an die Wand drückten und mit ihren Thermostrahlern auf die Bestie schossen.

Das vierarmige Ungeheuer lachte nur und schleuderte den toten Soldaten nach seinen Kameraden.

Tolot spähte an der Bestie und den Soldaten vorbei zum Ende des breiten Tunnels. Hinter einer Barriere aus hastig montierten Stahlplatten stapelten sich Kisten und Container vor dem Tor der Zeitmaschinenhalle. Mindestens ein Dutzend Lemurer hatten sich hinter den Platten verschanzt und warteten mit gezückten Waffen auf den Angriff des Feindes.

»Ich bin ein Freund!«, rief Tolot ihnen mit donnernder Stimme zu. »Die Bestien sind auch meine Feinde. Ich bin gekommen, um euch zu helfen!«

Hinter einem der Container tauchte ein vertrautes Gesicht auf, buschige Brauen unter schwarzen, glatt zurückgekämmten Haaren, felsgraue Augen, scharf geschnittene Züge. Es war das Gesicht des Mannes, den er bereits auf dem Monitor in der Funkstation gesehen hatte.

Der Lemurer schien ihn mit den Blicken zu durchbohren, und erleichtert stellte Tolot fest, dass er eine gebieterische, abwehrende Geste machte, als die Männer an seiner Seite mit ihren Thermostrahlgewehren auf ihn zielten. Gehorsam senkten sie ihre Waffen.

Bedeutete dies, dass er die Lemurer endlich von seinen friedlichen Absichten überzeugt hatte?

Lautes Gebrüll lenkte seine Aufmerksamkeit wieder auf die Bestie. Sie hatte sich auf die drei lemurischen Soldaten gestürzt, sie mit ihrem tonnenschweren, verhärteten Körper erdrückt und fuhr jetzt zu Tolot herum. Ihre Lippen teilten sich zu einem kalten Lächeln und entblößten ein blitzendes Raubtiergebiss.

»Ich weiß nicht, wer du bist«, grollte sie, »und warum du dich auf die Seite der Zeitverbrecher schlägst. Aber für diesen Frevel werde ich dich töten.«

»Das haben schon viele versucht«, gab Tolot gelassen zurück, »und alle sind gescheitert.«

Die Bestie griff an. Er schoss mit seinem Kombistrahler auf sie und verfolgte befriedigt, wie sich ihr Paratronschirm unter dem Treffer verformte. Eine Sekunde später hatte sie ihn erreicht. Ihre Schutzschirme prallten aufeinander und brachen in einem knatternden Blitzgewitter zusammen. Ehe Tolot erneut den Abzug der Waffe durchdrücken konnte, trafen ihn die Fausthiebe der Bestie. Er stöhnte auf. Ein Tritt schmetterte ihm den Kombistrahler aus der Hand. Die Waffe flog durch die Luft, rutschte ein paar Meter über den Boden und blieb neben den Leichen der lemurischen Soldaten liegen.

Tolot stolperte unter der Wucht der Treffer zurück und versuchte verzweifelt, die Schläge abzublocken, doch sie trommelten in so schneller Folge auf ihn ein, dass die Bewegungen der Bestie verschwammen. Sie lachte dröhnend und verstärkte ihren Angriff noch. Tolot verhärtete seine Molekularstruktur, aber die Bestie tat es ihm nach, und ihre Hiebe waren jetzt wie Hammerschläge.

Dann packte sie seine oberen Arme und schleuderte ihn gegen die Wand. Unter der Gewalt seines Aufpralls verformte sich das Stahlplastik und riss an einigen Stellen. Benommen hob Tolot die Arme, wehrte mehrere Treffer ab und trieb die Bestie mit einer Serie gezielter Schläge gegen den halbkugelförmigen Kopf ein paar Meter zurück.

Ihr donnerndes, höhnisches Lachen verstummte. Hass

glomm in ihren roten Augen auf. Sie griff nach hinten, riss ihr Intervallgewehr von der magnetischen Gürtelhalterung und legte auf ihn an. Doch die kurze Trennung genügte, um Tolots Paratronschirm zu reaktivieren, und der Intervallschuss wurde von dem Kraftfeld in den Hyperraum geleitet. Der Schutzschirm der Bestie baute sich ebenfalls wieder auf.

Tolot zögerte keinen Moment länger, stürzte sich wieder auf den Gegner und brachte sein Kraftfeld erneut zum Zusammenbruch. Im nächsten Moment erhielt er einen mächtigen Schlag gegen den Kopf, der ihn trotz seiner verhärteten Körperstruktur vorübergehend benommen machte. Er wankte und erhielt weitere Treffer. Mehrmals hämmerten die Fäuste der Bestie auf seine Armwunde ein, und der grelle Schmerz entlockte ihm einen erstickten Schrei.

Die Bestie lachte wieder und intensivierte ihre Attacke. Seine Benommenheit wuchs. Schwindel erfasste ihn. Er hatte Schmerzen am ganzen Körper, und Schwäche stieg in ihm hoch. Tolot stürzte rücklings zu Boden und war zu erschöpft, um sofort wieder aufzuspringen. Wuchtige Tritte schleuderten ihn gegen die Wand. Durch die roten Punkte, die vor seinen Augen tanzten, sah er den Kombistrahler auf dem Boden liegen, nur einen knappen Meter entfernt. Weitere Tritte trommelten auf ihn ein, trafen seinen Oberkörper, seinen Kopf.

Ohne die molekular verhärtete Körperstruktur wären seine Knochen bereits zerschmettert, sein Kopf zerstampft, aber er fühlte sich trotzdem dem Tode näher als dem Leben.

»Elender Verräter!«, dröhnte die Bestie. »Dein Ende ist gekommen!«

Verschwommen sah er die Klinge des Vibromessers in der Hand der Bestie aufblitzen. Sie zuckte auf ihn nieder. Im letzten Moment riss er den Kopf zur Seite, und die vibrierende Klinge bohrte sich tief in den Stahlplastikboden. Die Bestie brauchte eine Sekunde, um die Waffe wieder herauszuziehen, und Tolot nutzte den Moment. Trotz der pochenden Schmerzen in seinem Körper rollte er herum, ergriff den Kombistrahler, riss ihn hoch, zielte auf die Bestie und schoss.

Sie wurde von dem Intervallstrahl gegen die Wand geschmettert und brüllte vor Schmerz, als ihr schwarzer Schutzanzug zerbröselte und ihr verhärteter Oberkörper pulverisiert wurde. Ihr Schrei brach ab, und sie stürzte polternd zu Boden. Ein letztes Zucken der mächtigen Glieder, dann erstarrte sie.

Tolot keuchte. Der Kombistrahler fiel aus seiner kraftlosen Hand. Er wusste, dass er aufstehen und mit den Lemurern sprechen musste, um sie von seinen friedlichen Absichten zu überzeugen, aber ihm fehlte die Kraft. Schatten wallten vor seinen Augen. Ein Stöhnen entfloh seinen Lippen.

Er hörte Schritte nahen, doch er konnte sich noch immer nicht rühren.

»Tötet ihn nicht«, hörte er eine befehlsgewohnte Stimme sagen. »Schafft einen Fesselfeldprojektor her. Schnell!«

Die Schritte kamen näher und verharrten dann an seiner Seite. Ein schweres Thermostrahlgewehr schob sich in sein Blickfeld, gefolgt von einem scharf geschnittenen Gesicht mit grauen Augen und buschigen Brauen unter schwarzen, glatt zurückgekämmten Haaren. Das Gesicht des Mannes, den er bereits auf dem Monitor in der Funkstation gesehen hatte, bevor sie explodiert war.

Wieder kam ihm dieses Gesicht bekannt vor, und während er gegen die Schwäche in seinen Gliedern ankämpfte, zermarterte er sich das Gehirn, wo er den Mann schon einmal gesehen hatte.

Auf Xölyar im Blauen System, informierte ihn sein Planhirn, *dem Zentralsystem des akonischen Reiches. Dieser Mann nannte sich dort Achab ta Mentec und war Flottenoffizier.*

Tolot war derart verblüfft, dass er einen Moment lang seine Schmerzen vergaß. Er hörte polternde Schritte. Mehrere Männer traten zu Mentec und schienen etwas Schweres zu schleppen. Ein weiteres Gesicht schob sich in sein Blickfeld, das Gesicht einer Frau.

»Hier ist der Fesselfeldprojektor, Technad Paronn«, sagte sie.

Tolot zuckte zusammen. *Paronn!* Achab ta Mentec war Levian Paronn, der Konstrukteur der Sternenarchen!

Er wollte den Mund öffnen und Paronn ansprechen, aber er spürte plötzlich einen Druck an seinem ganzen Körper, als der Fesselfeldprojektor aktiviert wurde und ihn in eine undurchdringliche Kraftfeldglocke hüllte. Er konnte sich nicht mehr bewegen, nur noch flach atmen.

Dann forderte die Anstrengung der letzten Kämpfe ihren Tribut.

Icho Tolot verlor das Bewusstsein.

17

Sie hatten den Kampf gegen den alten Feind gewonnen, doch der Sieg war bitter und trug den Keim der Niederlage in sich. Der Atombrand im Osten fraß sich unaufhaltsam weiter vor und würde die geheime Suen-Basis in absehbarer Zeit erreichen, und sie hatten kein Raumschiff, um von der zum Untergang verdammten Welt zu fliehen. Ihre Hoffnung, dass die Schweren Kreuzer des Verbandes nach Torbutan zurückkehren und sie retten würde, ließ mit jeder Minute nach. Wahrscheinlich waren die 19 Schiffe von den Bestien vernichtet worden.

Es ist aussichtslos, dachte Levian Paronn bedrückt. *Wir sind schon so gut wie tot.*

Er hatte seinen Schutzanzug ausgezogen und saß in Zivilkleidung in der Halle der Zeitmaschine auf einer Kiste. Mit zusammengekniffenen Augen betrachtete er die Bestie aus der Zukunft, die auf einer Antigravscheibe lag, von den unsichtbaren Ketten des Fesselfelds umhüllt, und flach und regelmäßig atmete. Sie war noch immer bewusstlos und blutete aus einer Wunde am Arm.

Zögernd hob Paronn den Schockstab und berührte damit den reglosen Körper des vierarmigen Riesen. Die elektrische Entladung ließ die Bestie zusammenzucken und mit einem erstickten Schrei die Augen aufreißen. Einen Moment stierte sie ins Leere, dann fokussierte sich ihr Blick auf Paronn.

Der Technad hatte erwartet, Hass in ihren Augen zu sehen, kalte Wut oder heiße Raserei, doch alles, was er fand, war milde Überraschung und waches Interesse.

»Ich kenne dich«, sagte die Bestie grollend. »Du bist Levian Paronn, der Erbauer der Sternenarchen.«

Paronn blinzelte schockiert. »Du ... du kennst mich?«, fragte er fassungslos.

»Aus der Zukunft«, bestätigte die Bestie, »einer Zeit, die fünfundfünfzigtausend Jahre entfernt ist.«

Paronns Herz klopfte schnell und laut. Er wusste nicht, inwieweit er dieser Bestie vertrauen und glauben konnte. Sicher, sie hatte bis jetzt keine feindseligen Absichten gezeigt, sondern den Lemurern im Kampf gegen ihre Artgenossen beigestanden. Aber ihre Hilfsbereitschaft konnte natürlich auch nur ein Trick sein, Teil eines raffinierten Planes, um sie ins Verderben zu stürzen.

Dann dachte er wieder an den Atombrand und ihr bevorstehendes Ende in den nuklearen Gluten und schüttelte unwillkürlich den Kopf. Sie waren ohnehin verloren. Die Bestie hatte keinen Grund, ihm etwas vorzumachen. Sie saßen alle im selben Boot, und wenn sie tatsächlich aus der Zukunft kam, musste sie wissen, ob er sein Schicksal erfüllt und mit einem Zeitexperiment das Große Tamanium gerettet hatte.

»Ich bin Icho Tolot«, sagte die Bestie. »Und ich bin ein Freund der Lemurer, kein Feind.«

»Eine Bestie, die ein Freund der Lemurer ist«, erwiderte Paronn heiser. »Ich muss gestehen, es fällt mir schwer, das zu glauben.«

Er beugte sich nach vorn, und der eiförmige Zellaktivator, den er an einer Kette um den Hals trug, rutschte aus dem Ausschnitt seines Hemdes. Die Augen der Bestie wurden groß.

»Ein Zellaktivator!«, grollte sie verblüfft. »Du bist ein Unsterblicher?«

Paronn fehlten die Worte. Er starrte die Bestie an und griff unwillkürlich nach dem Aktivator, um ihn wieder unter seinem Hemd zu verbergen. Die Bestie deutete seine Geste richtig.

»Keine Angst«, sagte sie mit gedämpfter Stimme. »Dein Geheimnis ist bei mir in guten Händen. Ich bin ebenfalls unsterblich. Ich trage wie du einen Aktivator, wenn auch ein anderes Modell.«

»Aber woher ... wie kannst du ...« Paronn hob verwirrt die Hände. Er hatte noch nie jemand von dem Zellaktivator erzählt. Er war ein Geheimnis zwischen ihm und dem Zwölften Heroen. Und dennoch sprach diese Bestie so selbstverständlich darüber, als wäre dieses Wissen Allgemeingut.

»Ein Wesen namens ES hat mir meinen Zellaktivator geschenkt», entgegnete Tolot. »Ich nehme an, du hast dein Gerät auch von ES bekommen.«

Paronn schüttelte benommen den Kopf. Eine Stimme in ihm mahnte ihn, vorsichtig zu sein und der Bestie nichts von dem Zwölften Heroen und seiner schicksalhaften Mission zu erzählen, aber eine andere, lautere drängte ihn, es doch zu tun. Es war absurd, doch er hatte das überwältigende Gefühl, dass er diesem Icho Tolot vertrauen konnte.

Mit leiser Stimme berichtete er von seiner Begegnung mit dem Zwölften Heroen und dem Auftrag, den er bekommen hatte. Es war eine ungeheure Erleichterung, endlich darüber sprechen, dieses Geheimnis mit jemand teilen zu können, auch wenn dieser Jemand eine Bestie und damit der gefürchtete und verhasste Feind war.

Als er fertig war, sah ihn Tolot mitfühlend an. »Ich verstehe«, grollte er. »Dieser Vehraáto muss ES gewesen sein. Eine andere Erklärung ist nicht möglich.«

»Wer ist ES?«, fragte Paronn verständnislos.

Der vierarmige Riese lächelte. »Eine Superintelligenz. Ein Wesen auf einer höheren Entwicklungsebene, der Wächter und Mentor einer Mächtigkeitsballung, die aus den Galaxien der Lokalen Gruppe besteht.«

Die Erklärung verstärkte Paronns Verwirrung noch. Tolot bemerkte es.

»Aber das ist nicht weiter wichtig«, fuhr er beschwichtigend fort. »Wichtig ist nur, dass ES häufig in das Leben von uns niederen Wesen eingreift. Und dass ES dir einen Zellaktivator gegeben hat, beweist, für wie bedeutsam ES deine Mission hält. Vielleicht will ES den Lemurern durch dich und die Sternenarchen eine zweite Chance geben ... Ja, es ist denkbar.«

»Was sind die Sternenarchen?«, fragte Paronn irritiert.

»Generationenraumschiffe, die über fünfzigtausend Jahre lang im Dilatationsflug die Galaxis durchkreuzen. Du wirst in die Vergangenheit reisen, in die Epoche, bevor die Lemurer die überlichtschnelle Raumfahrt entwickeln, und die Archen bauen. An Bord dieser Schiffe wird die Saat deines Volkes überleben. Das muss die Mission sein, von der Vehraáto – ES – gesprochen hat.« Tolots Stimme klang jetzt beschwörend. »Das ist die große Tat, die du vollbringen wirst und von der das Schicksal der Lemurer abhängt ...«

Paronn war so aufgewühlt, dass er von der Kiste aufsprang und nervös auf und ab ging.

»Aber das ist nicht der Plan!«, rief er, erneut von Misstrauen überwältigt. Vielleicht war die Bestie doch nur in diese Zeit gekommen, um ihn von seiner Mission abzubringen, um die Rettung des Imperiums zu vereiteln. »Meine Aufgabe ist es, den Untergang des lemurischen Reiches zu verhindern und die Bestien vernichtend zu schlagen, bevor sie das Große Tamanium zerstören!«

»Das ist nicht möglich, Levian Paronn«, erwiderte Tolot ruhig. »Die geschichtliche Entwicklung ist anders verlaufen.«

Paronn blieb stehen und funkelte die Bestie an. »Mit der Zeitmaschine kann ich die Geschichte verändern! Ich werde in die Vergangenheit kurz vor Ausbruch des Krieges reisen und den Lemurern die Konstruktionsdaten moderner Schiffe und Waffensysteme geben. Auf diese Weise wird das Imperium die Bestien besiegen können, bevor sie ihre verheerenden Intervallkanonen und die überlegene Paratrontechnologie entwickeln.«

»Du irrst dich«, erklärte Tolot. »Das Gegenteil ist der Fall. Wenn du diesen Plan tatsächlich durchführst, wirst du den Untergang des lemurischen Reiches nur beschleunigen. Wahrscheinlich wird es dann sogar unmöglich sein, die Lemurer nach Karahol zu evakuieren.«

Paronn schnappte nach Luft. »Aber ...«

»Die Bestien sind nur Handlanger der Ersten Schwingungsmacht, die über hoch entwickelte Technologien verfügt«, unterbrach Tolot kühl. »Wenn die Bestien in der Anfangsphase des Krieges auf starken Widerstand stoßen, wird die Erste Schwingungsmacht sie schon früher mit der Paratrontechnologie ausrüsten. Die Niederlage der Lemurer wird dann schneller eintreten, mit unabsehbaren Konsequenzen für diese Galaxis und Karahol. Es tut mir Leid, Paronn, aber das Schicksal deines Volkes ist besiegelt.«

»Nein«, keuchte er und schüttelte hitzig den Kopf. »Es muss einen Weg geben, das Große Tamanium zu retten. Wenn die Bestien nur Handlanger sind, wie du sagst, dann werde ich eben in der Vergangenheit gegen diese Erste Schwingungsmacht einen Präventivschlag führen, sie auslöschen, bevor die Bestien in den Krieg ziehen.«

»Auch das ist unmöglich«, entgegnete Tolot mit sanfter Stimme. »Die Erste Schwingungsmacht befindet sich in einer anderen Galaxis, unerreichbar für eure Raumschiffe.«

Mit hängenden Schultern ließ sich Paronn wieder auf der Kiste nieder. Er wusste nicht warum, aber er glaubte und vertraute dieser Bestie, auch wenn in ihm noch immer diese Stimme war, die ihn vor einem Trick, einer Falle warnte. Mutlos senkte er den Kopf.

»Dann war alles vergeblich«, murmelte er. »Diese Mission, die vielen Männer und Frauen, die gestorben sind ... alles umsonst.«

»Du wirst in die Vergangenheit reisen und die Sternenarchen bauen«, wiederholte der vierarmige Riese. »Das ist deine Mission, und sie wird erfolgreich verlaufen. Du wirst das Erbe der Lemurer bewahren und dafür sorgen, dass ihnen nach über fünfzigtausend Jahren eine zweite Chance gewährt wird.«

Paronn sah Tolot mit Tränen in den Augen an. »Aber die Bestien werden triumphieren«, flüsterte er.

»Nein, das werden sie nicht«, entgegnete Tolot. »In wenigen Jahren, in der Endphase des Krieges, wird es den lemurischen Wissenschaftlern gelingen, eine Befriedungswaffe zu entwickeln und auf den Welten der Bestien einzusetzen. Der Psychogen-Regenerator wird die blutrünstigen Bestien in friedliche Wesen verwandeln, die dem Krieg abschwören, in Wesen wie mich.«

Er schwieg einen Moment.

»Am Ende werden die Lemurer triumphieren, zum Wohl der gesamten Galaxis. Du darfst diese Entwicklung nicht verhindern, Levian Paronn. Die Auswirkungen wären sonst ungeheuerlich.«

Der Lemurer und die Bestie sahen sich an. Paronn war schwindlig von dem Gehörten, den verwirrenden und erschütternden Informationen, die ihm der vierarmige Riese gegeben hatte. Er würde also tatsächlich in die Vergangenheit reisen und die Lemurer retten, auch wenn diese Rettung anders aussah, als er es sich vorgestellt hatte. Er musste Tolot weitere Einzelheiten über seine Mission und diese Archen entlocken, damit er keinen Fehler machte, doch im Moment gab es Wichtigeres zu tun.

»Du weißt, dass sich ein Atombrand dem Stützpunkt nähert?«, fragte er die Bestie. »Und dass uns keine Raumschiffe zur Verfügung stehen, um uns und die Zeitmaschine zu retten?«

»Dies ist mir bewusst«, grollte Tolot. »Doch es gibt ein Schiff, mit dem wir den Planeten verlassen können. Das Schiff der Bestien.«

»Es ist von einem undurchdringlichen Paratronschirm umgeben«, schüttelte Paronn den Kopf. »Ein Erkundungstrupp, der sich ihm genähert hat, wurde von den Bordwaffen getötet.«

»Ich bin kein Lemurer«, erinnerte die Bestie. »Mit etwas Glück wird der Bordrechner des Schiffes mich als autorisiert anerkennen.«

Paronn zögerte. Wenn er Tolot aus dem Fesselfeld entließ und es ihm tatsächlich gelang, das schwarze Kugelraumschiff unter seine Kontrolle zu bringen – was konnte ihn dann daran hindern, Torbutan zu verlassen, ohne die Lemurer und die Zeitmaschine an Bord zu nehmen? Sicher, diese Bestie verhielt sich völlig anders als ihre Artgenossen und schien es ehrlich zu meinen, aber es bestand trotzdem die Möglichkeit, dass alles nur ein Teil eines sinistren Komplotts war. Ein raffinierter Plan, in der Zukunft geschmiedet und durch diese zeitreisende Bestie ausgeführt, um seine Mission zu vereiteln ...

»Du wirst mir vertrauen müssen«, sagte Tolot gelassen. »Oder wir werden alle auf diesem Planeten sterben.«

Einer Bestie vertrauen ... Sein Instinkt wehrte sich dagegen, obwohl ihn seine Vernunft dazu drängte. Im Grunde hatte er keine Wahl. Wie Tolot gesagt hatte, die Alternative war der Tod auf Torbutan. Er musste das Risiko eingehen – und entsprechende Vorsichtsmaßnahmen treffen.

Er atmete tief durch. »In Ordnung«, murmelte er. »Ich vertraue dir ... vorerst. Sobald du das Schiff unter deine Kontrolle gebracht hast, werden wir uns weiter unterhalten müssen. Ich habe viele Fragen. Ich will alles über die Zukunft erfahren, über diese Sternenarchen und meine Mission. Und wenn ich das Gefühl habe, dass du mich belügst ...«

»Ich lüge nicht«, grollte die Bestie. »Ich bin auf deiner Seite, Levian Paronn.«

Der Technad kniff die Lippen zusammen und trat zu dem Fesselfeldprojektor. Sein Finger verharrte einen Moment über dem Abschaltknopf und drückte ihn dann tief in die Verschalung. Das Fesselfeld erlosch. Die Bestie war frei. Er hielt den Atem an, als sie sich langsam aufrichtete, ein Gigant, der ihn um mehr als einen Meter überragte.

Dies war der Moment der Entscheidung.

Wenn sie ihn getäuscht hatte, würde sie ihn jetzt töten.

»Du handelst richtig«, sagte Tolot. Er wandte sich zum Tor. »Gehen wir. Die Zeit wird knapp.«

Levian Paronn folgte dem Riesen mit hämmerndem Herzen, wieder von Zweifeln geplagt und gleichzeitig von neuer Hoffnung erfüllt, dass am Ende seine Mission doch von Erfolg gekrönt sein würde.

18

Wie Icho Tolot erwartet hatte, war das Raumschiff der Bestien nur mit einem einfachen Erkennungssystem gesichert, das auf den Biowerten der Urhaluter basierte. Die Bordpositronik akzeptierte ihn sofort als berechtigt, als er sich dem wabernden Paratronschirm näherte, und schuf eine Strukturlücke im Kraftfeld, durch die er passieren konnte.

Bevor er durch die Öffnung im Schutzschirm trat, drehte er sich noch einmal zu Levian Paronn und dem Trupp Soldaten um, die ihn zum Fuß des Berges begleitet hatten und in sicherem Abstand zurückgeblieben waren. Vor der Kulisse des mächtigen Felshangs wirkte Paronn klein und unscheinbar, und es fiel Tolot schwer zu glauben, dass ausgerechnet dieser Mann von ES einen Zellaktivator bekommen hatte, um den Lemurern mithilfe der Sternenarchen eine zweite Chance zu geben.

Aber die Wege von ES waren unergründlich, und möglicherweise hatte die Superintelligenz in der Zukunft noch mehr mit Paronn und den Besatzungen der Sternenarchen vor.

Das sind unnütze Spekulationen, mahnte ihn sein Planhirn. *Und auch wenn alles darauf hindeutet, dass es sich bei dem Zwölften Heroen in Wirklichkeit um ES handelt, kannst du dir nicht sicher sein. Der Zellaktivator allein ist kein ausreichender Beweis. Schließlich haben auch die Meister der Insel über Zellaktivatoren verfügt, die nicht von ES stammten.*

Tolot verzichtete auf eine Antwort und aktivierte das Funkgerät seines roten Schutzanzugs.

»Ich dringe jetzt in das Schiff ein«, sagte er in das Helmmikrofon. »Sobald ich festgestellt habe, dass keine Gefahr droht, schalte ich den Paratronschirm ab.«

»Gut«, drang Paronns Antwort aus dem Empfänger. Seine Stimme klang heiser vor unterdrückter Anspannung, und Tolot konnte sehen, dass seine Begleiter ihre Waffen schussbereit in den Händen hielten. »Wir warten.«

Der Haluter wandte sich ab und näherte sich mit stampfenden Schritten dem dicht über dem Boden schwebenden Raumschiff. Als er unter der Südpolschleuse war, rief er laut: »Öffnen.«

Einen Moment lang geschah nichts, und er fürchtete schon, dass er eine spezielle, vielleicht auf Stimmmuster basierende Zugangsberechtigung benötigte, doch dann glitt das massive Schott zur Seite. Ein Antigravfeld erfasste ihn und trug ihn in die Schleusenkammer.

Er brauchte nicht lange, um die Zentrale zu erreichen und sich mit den technischen Systemen vertraut zu machen. Die Technologie seiner blutrünstigen Vorfahren unterschied sich trotz der über 50 000 Jahre, die sie voneinander trennten, nur unwesentlich von der halutischen.

Ein Beweis für die halutische Stagnation, teilte ihm sein Planhirn kritisch mit. *Offenbar hat der Psychogen-Regenerator die Haluter nicht nur befriedet, sondern auch ihren Forscherdrang gebremst. Zumindest in technologischer Hinsicht.*

Das ist Unsinn, gab Tolot grimmig zurück. *In Wirklichkeit haben wir unsere Wissenschaft und Technik bis zu einem Punkt entwickelt, an dem Verbesserungen nicht mehr möglich sind. Unsere Technologie ist perfekt und die scheinbare Stagnation ein Verharren auf dem optimalen Entwicklungsstand.*

Das Planhirn nahm die Entgegnung kommentarlos hin, obwohl Tolot seine Skepsis spürte. Verärgert kniff er die Lippen zusammen und konzentrierte sich auf die Bordsysteme. Ein kurzer Scan des gesamten Schiffes bestätigte ihm, was er vermutet hatte – es befanden sich keine weiteren Besatzungsmitglieder an Bord. Die beiden Bestien waren die einzige Crew des voll robotisierten Raumschiffs gewesen.

Er deaktivierte den Paratronschirm und nahm wieder Funkkontakt mit Levian Paronn auf. Der Lemurer dankte ihm für seine Hilfe, und sein Tonfall verriet, dass er bis zu diesem Moment an Tolots Aufrichtigkeit gezweifelt hatte.

Du wirst weiter mit diesen Zweifeln leben müssen, meinte sein Planhirn. *Nicht alle Lemurer sind so vorurteilslos und rational wie Paronn. Ihre Furcht vor den Bestien und ihr Hass auf den alten Feind werden dir noch große Schwierigkeiten machen.*

»Schwierigkeiten sind mein Lebenselixier«, murmelte er.

Einer der Bildschirme zeigte das Eingangstor der unterirdischen Suen-Basis. Es öffnete sich, und die ersten Lastengleiter mit den Einzelteilen der demontierten Zeitmaschine schwebten heraus. Tolot drehte sich halb und betrachtete einen anderen Monitor. Der Atombrand im Osten hatte sich weiter vorgefressen. Der gesamte Horizont schien in Flammen zu stehen. Dichte, schwarze Rauchwolken verhingen den Himmel, und Asche trieb in zerrissenen Schwaden durch die von giftigen Dämpfen geschwängerte Luft.

Er schätzte, dass ihnen im Höchstfall noch fünf oder sechs Stunden blieben, bis der Rauch, die Gase und die intensive Hitze das Überleben an diesem Ort des Planeten unmöglich machten. Eine Stunde später würde der Atombrand die Stadt und das Bergmassiv mit dem Stützpunkt verschlingen.

Genug Zeit, um die Evakuierung durchzuführen.

Sofern keine weiteren Bestienschiffe auftauchten.

Tolot aktivierte die Ortungsdetektoren des Schiffes und scannte den interplanetaren Weltraum. Erleichtert stellte er fest, dass das Torbu-System leer war. Es befanden sich weder urhalutische noch lemurische Raumschiffe innerhalb der Systemgrenzen. Ein weiterer Scan der interstellaren Umgebung zerstreute seine Sorgen endgültig.

Er verfolgte auf den Bildschirmen, wie sich die Gleiterkolonne näherte, und fuhr mit seinem Kommandositz herum, als zischend das mächtige Hauptschott aufglitt und Levian Paronn eintrat, gefolgt von zwei weiteren Lemurern, Ruun Lasoth, einer der führenden Chronowissenschaftler des Großen Tamaniums, und Merhon Velsath, Paronns Wissenschaftsassistent.

Velsath vermied es, Tolot offen anzusehen, und blieb neben dem Schott an der Wand stehen, die Hand an seinem Hüftholster mit der Thermopistole. Tolot glaubte fast, die Angst riechen zu können, die den Mann quälte, und seine Reaktion deprimierte ihn.

Ganz gleich, wie er auch handelte, die Lemurer misstrauten ihm zutiefst und fürchteten ihn weiterhin. Für sie war er nur eine Bestie, ein massenmörderischer Feind.

Lasoth hingegen musterte ihn mit wacher Neugierde, obwohl auch in seinen Augen Angst glomm und die körperliche Nähe des vierarmigen Riesen ihn sichtlich einschüchterte.

»Ich brauche euch hier im Moment nicht«, sagte Paronn zu seinen beiden Begleitern. »Überwacht die Verladung der Zeitmaschine. Und informiert mich, sobald sich alle Container und die Crew des Stützpunkts an Bord befinden.« Er warf einen Blick auf den Bildschirm, der das Höllenfeuer des Atombrands am Horizont zeigte, und schauderte. »Ich will keine Sekunde länger als nötig auf Torbutan bleiben.«

»Natürlich«, murmelte Lasoth gehorsam und wandte sich zum Schott.

Merhon Velsath hingegen rührte sich nicht von der Stelle. »Bist du sicher, Technad?«, fragte er mit lauter, schriller Stimme, die seine innere Anspannung verriet. Er schluckte und vermied es weiter, Tolot direkt anzusehen. »Vielleicht sollte einer von uns bei dir bleiben ... aus Sicherheitsgründen ...«

»Ihr müsst mich nicht fürchten«, warf Tolot ein und bemühte sich um einen besänftigenden Tonfall. »Ich bin auf eurer Seite.«

Paronn nickte. Er sah Velsath voller Mitgefühl an und fügte hinzu: »Es ist alles in Ordnung, Merhon. Diese Bestie ist ein Freund. Du kannst unbesorgt gehen.«

Der Wissenschaftsassistent wirkte nicht überzeugt, doch nach einem letzten Zögern verließ er mit Lasoth die

Zentrale. Als das Schott zischend hinter ihnen zuglitt, sank Paronn auf den zweiten der riesigen Sitze, die halutischen Proportionen angepasst waren und ihn wie einen Zwerg erscheinen ließen.

»Meine Leute haben noch immer Vorbehalte gegen dich«, sagte er, den Blick weiter auf den Bildschirm mit dem Atombrand gerichtet. »Ich kann es ihnen nicht verdenken. Mir selbst fällt es schwer, einer Bestie zu vertrauen.«

»Vertrauen ist eine Frage der Zeit und der Erfahrung«, grollte Tolot. »Ich verstehe euer Misstrauen. Nach fast hundert Jahren blutigen Krieges wäre jede andere Reaktion ein Wunder.«

Paronn schwieg einen Moment. Tolot sah, wie es in seinem Gesicht arbeitete, konnte aber seine Mimik nicht deuten.

»Ich kann noch immer nicht glauben, dass es nicht möglich ist, das Kriegsglück durch einen Eingriff in die Vergangenheit zu wenden«, sagte der Technad schließlich. »All unsere Anstrengungen ... umsonst. Die Opfer, die wir erbracht haben ... sinnlos. Und der Auftrag des Zwölften Heroen ...«

»Er war nicht spezifiziert, wenn ich mich richtig an deine Worte erinnere«, unterbrach Tolot. »Und der Bau der Sternenarchen ist eine historische Großtat von schicksalhafter Bedeutung für die Lemurer.« Er beugte sich zu Paronn und sprach eindringlich weiter. »Du wirst in das Jahr 4500 seit der Reichsgründung reisen und die Sternenarchen bauen. *Das* ist deine Mission, und sie wird Erfolg haben. Ich komme aus der Zukunft, und ich weiß es. Mit den Sternenarchen wird die Saat des lemurischen Volkes die Jahrzehntausende überdauern. Es kann neu erblühen und sich zur alten Größe weiterentwickeln, und all das wird allein dein Verdienst sein.«

Paronn nickte bedächtig. »Ich glaube dir«, flüsterte er. »Ich weiß nicht warum, aber ich vertraue dir. Also erzähl mir von der Zukunft, erzähl mir von den Archen ...«

Und Icho Tolot tat es. Er erzählte von der Entdeckung der Archen NETHACK ACHTON und ACHATI UMA, vom Absturz der LENCHA OVIR im Ichest-System und der alten akonischen Station mit der Anti-Bestien-Waffe, und er sah, wie an diesem Punkt Paronns Augen aufleuchteten. Aber natürlich musste jede Waffe, mit der sich die Bestien vernichten ließen, das Interesse eines jeden Lemurers wecken, und er maß dieser Reaktion keine weitere Bedeutung bei. Er berichtete von den Zwischenfällen im Blauen System der Akonen und seiner Begegnung mit Paronn in seiner Verkleidung als Achab ta Mentec, und von Paronns Tagebuch, das ihnen in Bruchstücken in die Hände gefallen war. Und er informierte den Lemurer über die Geschehnisse im Gorbas-System, über die Bestien, die dort ihr Unwesen trieben, und die Zeitmaschine, durch die er, Tolot, in die Vergangenheit gereist war.

Der Technad hörte schweigend zu, mit faszinierter, staunender Miene, und nahm jedes Detail in sich auf. Als Tolot fertig war, griff er nach seinem Zellaktivator und drehte ihn nachdenklich zwischen den Fingern.

»Es ist unglaublich, dass ich so lange leben werde ... über fünfzigtausend Jahre ...«, murmelte er.

»Einen Großteil dieser Zeit wirst du im Dilatationsflug an Bord der Sternenarche ACHATI UMA verbringen«, entgegnete Tolot. »Subjektiv wird für dich viel weniger Zeit vergehen. Aber grundsätzlich bist du unsterblich. Du könntest ewig leben, wenn du klug und vorsichtig bist.«

Paronn sah ihn offen an. »Und die Bestien, die in deiner Zeit wieder aufgetaucht sind ... Wie ist das möglich? Sagtest du nicht, dass wir es geschafft haben, sie in der Endzeit des Krieges in friedliche Wesen zu verwandeln?«

»Das ist richtig«, bestätigte Tolot. »Ich habe auch keine Erklärung dafür. Aber Perry Rhodan wird sich darum kümmern«, fügte er grimmig hinzu. »Er wird die Bestiengefahr beseitigen.«

»Dieser Perry Rhodan ist auch ein Unsterblicher?«

»Er war einer der ersten«, bestätigte der Haluter. »Und er ist ein Terraner, ein Angehöriger der Zweiten Menschheit, die nach den Lemurern kam.«

Und trotz der Mahnung seines Planhirns, Paronn nicht

zu viel über die Zukunft zu verraten, erzählte er ihm vom Aufstieg der Zweiten Menschheit zu einem galaktischen Machtfaktor und ihren Begegnungen mit anderen Sternenvölkern, die Abkömmlinge der Lemurer waren, den Arkoniden und Akonen, den Springern und Aras und den Tefrodern in der Nachbargalaxis Karahol, die in seiner Zeit Andromeda genannt wurde.

Als er fertig war, schüttelte Paronn überwältigt den Kopf. »Es ist alles so ... fantastisch«, flüsterte er, »so unglaublich. Die Bestien haben es also nicht geschafft, die Lemurer vollständig zu vernichten. Wir leben in diesen anderen Völkern weiter ...«

»Aber diese Völker haben ihr lemurisches Erbe vergessen«, erwiderte der Haluter. »Deshalb ist es so wichtig, dass du die Sternenarchen baust und die Lemurer in die Zukunft rettest. Ich bin überzeugt, dass der Zwölfte Heroe genau das von dir erwartet hat, als er dir den Zellaktivator gab. Du darfst ihn nicht enttäuschen.«

Paronn nickte langsam, und Tolot hatte den Eindruck, dass er ihn endlich überzeugt hatte. Er unterdrückte einen erleichterten Seufzer und dachte an die unabsehbaren Folgen, die Paronns ursprünglich geplanter Eingriff in die Zeit gehabt hätte. Er hätte die Zukunft derart radikal verändert, dass es unmöglich war, sich diese Veränderungen in allen Konsequenzen vorzustellen.

Du wirst trotzdem vorsichtig sein müssen, meldete sich sein Planhirn wieder zu Wort. *Dieser Mann ist verzweifelt. Möglicherweise wird er doch noch versuchen, das lemurische Imperium durch ein Zeitexperiment zu retten.*

Das Kom-Armband des Technads summte. Er ging auf Empfang. Es war Merhon Velsath.

»Alle Kisten und Container sind verladen worden«, drang die gedämpfte Stimme des Wissenschaftsassistenten aus dem Mikrolautsprecher. »Die Stützpunktcrew befindet sich vollzählig an Bord.«

»Wunderbar!«, rief Paronn. »Dann steht unserem Start nichts mehr im Wege. Ich erwarte dich und Ruun Lasoth in der Zentrale.« Er nickte Tolot zu. »Wir können starten.«

Der Haluter drehte seinen Sitz und beugte sich über die Kontrollen. Voll robotisiert, wie das Raumschiff war, hatte er keine Probleme, die notwendigen Startvorbereitungen zu treffen. Auf den Bildschirmen war das Schwarz der Rauch- und Ascheschwaden dichter geworden. Funken tanzten in den dunklen Wolken, und am brennenden Horizont leckten Flammenzungen in den dunstverhangenen Himmel. Die Außentemperatur war auf über 40 Grad gestiegen.

Nach einem letzten Blick auf das höllische Panorama verstärkte Tolot die Leistung des Antigravgenerators. Das schwarze Raumschiff stieg langsam in die Höhe und ließ das Bergmassiv mit der zum Untergang verdammten Basis des Suen-Klubs unter sich zurück. Sekunden später durchstieß es die Wolkendecke, aber auch in dieser Höhe machte sich der Dunst aus Ruß und Asche bemerkbar, der von der atomaren Glut aufstieg, die die Planetenkruste unaufhaltsam zerfraß.

Einer der Monitore zeigte ihm, dass das Glutmeer den Raumhafen bereits erreicht hatte. Die Wracks der lemurischen Schiffe versanken allmählich in der brodelnden, feurigen Masse.

Tolot beschleunigte weiter.

Kurze Zeit später hatte der schwarze Kugelraumer die obersten Atmosphäreschichten passiert und stieß in den Weltraum vor.

Das Hauptschott öffnete sich, und Ruun Lasoth und Merhon Velsath betraten die Zentrale. Tolot spürte Velsaths bohrende Blicke in seinem Rücken, aber er drehte sich nicht um. Der Hass des Wissenschaftsassistenten und die Furcht, die sich dahinter verbarg, waren fast körperlich spürbar.

Du musst diesen Velsath im Auge behalten, warnte ihn sein Planhirn. *Er ist emotional instabil und könnte zu einer Gefahr werden, wenn Paronn die Kontrolle über ihn verliert. Bedenke immer, dass du für die Lemurer trotz allem eine Bestie bist, der grausame alte Feind.*

Danke für die Erinnerung, erwiderte Tolot ironisch. *Ohne deine freundlichen Worte hätte ich es garantiert vergessen.*

Das Planhirn schwieg. Wie stets konnte es mit seiner Ironie nichts anfangen.

Tolot aktivierte die Impulstriebwerke. Dank der leistungsfähigen Gravoabsorber spürte er keinen Andruck, als das schwarze Kugelraumschiff mit hohen Werten beschleunigte und immer mehr Distanz zwischen sich und dem nuklear verbrennenden Planeten brachte.

»Keine anderen Schiffe im Erfassungsbereich der Ortungsdetektoren«, stellte er nach einem Blick auf die Displays fest. »Alle Bordsysteme arbeiten einwandfrei. Die Speicherbänke des Halbraumtriebwerks sind zu hundert Prozent geladen.«

Er sah, wie sich Levian Paronn entspannte. Offenbar hatte der Technad bis zur letzten Sekunde mit einem Angriff der Bestien gerechnet. Tolot verzog die Lippen zu einem freudlosen Lächeln. Wenn sie das Apsu-System erreichten, würden sie sich weniger Sorgen um die Bestien und mehr um die Lemurer machen müssen.

Mit einem Bestienschiff ins schwer bewachte Zentralsystem des lemurischen Imperiums einzufliegen, war ein riskantes Unterfangen.

»In Ordnung«, sagte Levian Paronn mit lauter, entschlossener Stimme. »Wir nehmen Kurs auf das Apsu-System. Höchstgeschwindigkeit. Ich will, dass wir unser Ziel so schnell wie möglich erreichen.«

Tolot aktivierte wortlos das Halbraumtriebwerk.

Sekunden später verschwand das Doppelsternsystem Torbu von den Bildschirmen und wich den rötlichen Schlieren der Zwischendimension.

Sie waren auf dem Weg nach Lemur.

19

Die Kabine, in die sich Levian Paronn zurückgezogen hatte, war auf eine Bestie zugeschnitten, und auf der riesigen, klobigen Pritsche kam er sich wie ein Kleinkind vor. Im Hintergrund dröhnten die Impulstriebwerke und die Hyperdimwandler des Halbraumtriebwerks. Mit jeder Minute, jedem zurückgelegten Lichtjahr rückte das Apsu-System näher heran, und damit auch die endgültige Erfüllung seiner schicksalhaften Mission.

Bis jetzt war der Flug ohne Zwischenfälle verlaufen, aber bei jeder Pause zwischen den Halbraumetappen drohte die Entdeckung durch die Bestien oder – vielleicht noch schlimmer – durch einen lemurischen Verband, der in einem einzelnen Schiff des verhassten Feindes eine leichte Beute sehen musste.

Paronn lag auf der Pritsche, starrte die hohe Decke an und versuchte seine aufgewühlten Gefühle zu beruhigen, doch es gelang ihm nicht. Hochstimmung wechselte sich mit tiefer Depression ab, heiliger Zorn wich düsterer Verzweiflung.

Was er von Icho Tolot, der Bestie aus der Zukunft, gehört hatte, überstieg seine kühnsten Erwartungen und übertraf seine schlimmsten Befürchtungen.

Er würde das Große Tamanium nicht retten können.

Sein großer, aus der Verzweiflung geborener Plan, mit einem Zeitexperiment den Lauf der Geschichte zu ändern, war nicht durchführbar.

Das lemurische Volk war verloren, Lemuria würde untergehen, in den Fluten des Ozeans versinken, und es würde nicht lange dauern, bis sich niemand mehr an Lemur erinnerte.

Dies war die schrecklichste aller Möglichkeiten, auch wenn die Lemurer am Ende doch die Bestien bezwingen, sie in friedfertige Wesen verwandeln würden, falls Tolot die Wahrheit gesagt hatte.

Die Frage war, konnte er dieser Bestie aus der Zukunft vertrauen? Wer konnte garantieren, dass sie ihn nicht mit falschen oder unvollständigen Informationen fütterte, um ihn auf subtile Weise zu manipulieren? Und selbst wenn es stimmte, was sie über die geschichtliche Entwicklung und die Situation in der über 50 000 Jahre entfernten Zukunft behauptet hatte – vielleicht war das Zeitexperiment am Ende *doch* durchführbar.

Vielleicht wollte Tolot nur verhindern, dass er das Muster der Zeit veränderte und so der Zukunft ein völlig neues Gesicht gab.

Nachdenklich griff Paronn nach seinem Zellaktivator und dachte an das, was die Bestie über dieses Wesen namens ES berichtet hatte. Möglicherweise verbarg sich hinter dem Zwölften Heroen tatsächlich eine Superintelligenz, die helfend in die Geschicke der Lemurer eingriff, aber dies änderte nichts an der Bedeutung seiner Mission. Im Gegenteil, es machte sie nur noch dringlicher und wichtiger.

Eine hoch entwickelte Entität, die gleichermaßen Zugriff auf die Vergangenheit, Gegenwart und Zukunft hatte, musste einen guten Grund haben, ihn zu einem Unsterblichen zu machen. Es konnte nur bedeuten, dass er – irgendwie – Erfolg haben würde, denn ES wusste schließlich, wie sich die kommenden Dinge entwickelten.

Paronn seufzte.

Tolots Bericht über die Sternenarchen, die er tief in der Vergangenheit bauen und zu einem Jahrzehntausende währenden Dilatationsflug schicken würde, war zweifellos faszinierend. Dieses Szenario erklärte zumindest die Zellaktivatoren. Er würde unsterblich sein müssen, um eine der Archen bis zu ihrem Ziel begleiten zu können, und er musste unsterbliche Helfer haben, um auch die anderen Archen zu kontrollieren.

Und von Tolots Warte aus war all das bereits geschehen. Er *hatte* die Archen gebaut und erfolgreich auf ihre lange Reise geschickt. Also würde er auch weitere Zellaktivatoren bauen können.

Aber bedeutete dies zwangsläufig, dass sein ursprünglicher Plan nicht realisierbar war?

Alles in ihm verlangte danach, die Bestien vernichtend zu schlagen und das Große Tamanium zu retten. Die Lemurer mochten die Bestien schließlich mithilfe dieses Psychogen-Regenerators in friedfertige Wesen verwandeln, aber das genügte ihm nicht. Es war zu wenig, viel zu wenig. Nach all dem Blutvergießen, den Massakern und fürchterlichen Verwüstungen, nach all den grauenhaften Dingen, die sie den Lemurern angetan hatten, hatten sie den Tod verdient.

Allesamt, ohne Ausnahme.

Und hatte Tolot nicht selbst erzählt, dass die Bestien in der fernen Zukunft wieder aktiv geworden waren? Dass sie erneut die Galaxis bedrohten? Demnach war ihre Befriedung nicht hundertprozentig geglückt. Sie stellten noch immer eine Gefahr dar, beschritten noch immer den Weg des Krieges.

Sie mussten vernichtet werden.

Es gab keine andere Lösung.

Und er hatte auch schon eine Idee, wie er den alten Feind auslöschen konnte.

Die Anti-Bestien-Waffe im Ichest-System und die Zeitmaschine auf Gorbas waren die Mittel, mit denen er die vierarmigen Ungeheuer ausmerzen konnte. Er musste nur seinen ursprünglichen Plan ein wenig revidieren, in größeren Maßstäben denken.

Erregung erfasste Levian Paronn. Er sprang von der wuchtigen Pritsche auf und ging in der schmucklosen Kabine auf und ab.

Zunächst musste er sich peinlich genau an das Szenario halten, das Tolot geschildert hatte, um die Bestie nicht misstrauisch zu machen. Er konnte es sich nicht leisten, dass sie seine Absichten im letzten Moment vereitelte. Also würde er zurück ins Jahr 4500 seit der Reichsgründung reisen, im Verlauf eines Jahrhunderts die Sternenarchen bauen und mit ihnen auf den langen Dilatationsflug gehen. Alles würde so verlaufen, wie es der Entwicklung von Icho Tolots Zukunftslinie entsprach.

Aber später, wenn er die Identität des Akonen Achab ta Mentec annahm, würde er insgeheim Informationen sammeln. Über jene mysteriöse Erste Schwingungsmacht, von der Tolot gesprochen hatte und die der Auftraggeber der Bestien war, über die intergalaktische Position ihres Heimatsystems und über Triebwerkstechnologien, mit denen sich der ungeheure Abgrund zwischen den Galaxien überwinden ließ.

Und wenn der richtige Zeitpunkt kam, würde er sich ins Ichest-System begeben und die Anti-Bestien-Waffe an sich bringen. Mit dieser Waffe und den gesammelten Daten über die Erste Schwingungsmacht würde er die Zeitmaschine auf Gorbas benutzen, um ins Jahr 6290 zurückzukehren, 30 Jahre vor Ausbruch des Krieges. Er würde die Waffe und die Informationen der lemurischen Flottenführung übergeben und auf ein umfassendes Rüstungsprogramm drängen, und wenn die Bestien angriffen, würden die Lemurer bereit sein.

Sie würden den Feind mit der Anti-Bestien-Waffe vollständig vernichten und anschließend eine Flotte ins Heimatsystem der Ersten Schwingungsmacht entsenden, um das Übel an der Wurzel zu packen.

Sie würden die Bestien und ihre Herren ausrotten.

Danach würde niemand mehr das Große Tamanium bedrohen. Das lemurische Volk war gerettet und konnte sich unter seiner Führung zu ungeahnter Größe aufschwingen, die gesamte Galaxis Apsuhol und die Nachbargalaxis Karahol besiedeln und weiter, immer weiter ins Universum vorstoßen ...

Dass dieser Plan auch das Ende der friedlichen Haluter bedeutete ... nun gut. Opfer mussten erbracht werden. Und dass er mit diesem Zeitexperiment auch die Existenz der Zweiten Menschheit und der Nachfahren der Lemurer wie die Arkoniden oder Tefroder auslöschte, war bedauerlich, aber im Grunde unwichtig.

Sie existierten noch nicht einmal. Sie waren jetzt, im Jahr 6417 seit der Reichsgründung, nur Möglichkeiten im Muster der Zeit, keine Realitäten.

Er konnte – er *durfte* auf sie keine Rücksicht nehmen.

Er war nur den Lemurern verpflichtet.

Paronn blieb stehen und atmete tief durch.

Womöglich war *das* die Mission, die der Zwölfte Heroe ihm aufgetragen hatte. Wenn es stimmte, dass Vehraáto identisch mit der Superintelligenz ES war, Wächter und Mentor einer Mächtigkeitsballung, die aus der lokalen galaktischen Gruppe bestand, dann musste ES ein großes Interesse an einer friedlichen, harmonischen Entwicklung in seinem Machtbereich haben.

Und eine Mächtigkeitsballung, die von einem homogenen Block aus Lemurern beherrscht wurde, statt von zerstrittenen Lemurerabkömmlingen und unberechenbaren Fremdvölker wie den Halutern, musste den Zielen von ES weit mehr entsprechen.

Er fühlte sich trunken, berauscht von den grandiosen Aussichten, die sich ihm boten, den schicksalhaften Prozessen, die er in Gang setzen würde. Erneut hallten die prophetischen Worte des Zwölften Heroen in ihm nach, und zum ersten Mal verstand er die tiefere, ungeheuerliche Wahrheit, die sich hinter ihnen verbarg.

Du wirst Großes vollbringen, Levian Paronn. Du bist auserwählt, Dinge zu tun, die niemand sonst vor dir getan hat, die jeder andere für unmöglich halten würde, aber nicht du.

»Ich werde dich nicht enttäuschen, Vehraáto«, flüsterte er in das stetige Rumoren der Impulstriebwerke, das die Kabine wie das Raunen von Riesen erfüllte.

Tränen traten in seine Augen, als ihm die Größe seiner Aufgabe dämmerte, die unvorstellbaren Folgen, die seine Handlungen haben würden. Am Ende würde doch die Gerechtigkeit triumphieren. Tolot hatte ihm erklärt, dass der

Hass und der Vernichtungswille der Bestien auf frühen Zeitexperimenten der Lemurer gründete, auf der pathologischen Furcht der Ersten Schwingungsmacht, dass ein Zeitexperiment ihre Existenz negierte. Welch wunderbare Ironie war es doch, dass erst der Angriff der Bestien die Lemurer dazu zwang, sie tatsächlich mit einem Zeitexperiment auszulöschen ...!

Sein Kom-Armband summte, und er zuckte zusammen wie ein Dieb, der auf frischer Tat ertappt wurde. Er räusperte sich und ging auf Empfang. Es war Merhon Velsath.

»Wir nähern uns dem Apsu-System, Technad«, sagte sein Wissenschaftsassistent. »Deine Anwesenheit in der Zentrale ist erforderlich.«

»Ich komme«, antwortete Paronn.

Er holte tief Luft und spürte einen Spannungsknoten in seiner Brust. Der entscheidende Moment stand kurz bevor. Sie würden ins Zentralsystem des Großen Tamaniums einfliegen – mit einem Schiff der Bestien. Sie konnten nur hoffen, dass kein übereifriger Flottenkommandant sich berufen fühlte, das vermeintliche Feindschiff zu vernichten, bevor sie Gelegenheit hatten, alles zu erklären.

Mit schnellen Schritten verließ er die Kabine und machte sich auf den Weg zur Zentrale. In den breiten Korridoren des Schiffes campierten die Mitglieder der Stützpunktcrew von Torbutan, sichtlich mitgenommen von dem langen Flug, der erzwungenen Tatenlosigkeit und der schlechten Ernährung in den letzten Tagen. Die Vorräte waren knapp geworden, und es war ein Segen, dass sie ihr Ziel endlich erreichten.

Die Männer und Frauen machten ihm nur unwillig Platz, und aus den Augenwinkeln nahm er feindselige, hasserfüllte Blicke war. Viele hatten ihm noch immer nicht seine Kollaboration mit der Bestie verziehen, auch wenn diese Zusammenarbeit ihnen das Leben gerettet hatte. Ohne Icho Tolots Hilfe wären sie alle auf Torbutan gestorben.

Er ignorierte die Blicke und die gemurmelten Flüche, die ihn auf seinem Weg begleiteten, und betrat die Zentrale. Außer der Bestie, Merhon Velsath und Ruun Lasoth waren noch zwei bewaffnete Soldaten in dem Raum. Eine Vorsichtsmaßnahme für den Fall, dass Tolot ein falsches Spiel trieb, hatte Paronn offiziell erklärt, aber im Grunde hatte er die beiden Bewaffneten hier nur postiert, um seine Crew zu beruhigen.

Wenn Tolot tatsächlich versucht hätte, sie zu hintergehen und einen Basisplaneten der Bestien anzufliegen, hätten sie ihn nicht einmal mit Waffengewalt daran hindern können.

Aber die Bestie, nein, der *Haluter*, wie er sich selbst nannte, hatte sein Wort gehalten.

Tolot drehte sich mit seinem klobigen Kommandositz zu Paronn um und sagte mit dröhnender Stimme: »Wir kehren in fünf Minuten am Rand des Apsu-Systems in den Normalraum zurück. Ich schlage vor, du nimmst sofort Funkkontakt mit der lemurischen Flotte auf, um zu verhindern, dass man uns angreift.«

»Natürlich«, murmelte Paronn. Er durchmaß die Zentrale und ließ sich auf den zweiten riesigen Sitz sinken. Sein Herz pochte schnell und laut, und sein Mund war trocken. Ihm war klar, wie gefährlich die nächsten Sekunden und Minuten sein würden.

Lasoth und Velsath traten hinter seinen Sitz und starrten erwartungsvoll auf die Monitore mit den rötlichen Schlieren des Halbraums. Paronn beugte sich über die Funkkontrollen. Er hatte sich während des Fluges mit den Bordsystemen vertraut gemacht und keine Probleme, die Kamera der Kommunikationskonsole so zu justieren, dass sich nur die Lemurer in ihrem Erfassungsbereich befanden, nicht der riesige Haluter.

Wenn die lemurischen Flottenkommandanten eine Bestie auf ihren Bildschirmen sahen, würden sie nicht zögern, das Feuer zu eröffnen.

Zäh verstrichen die Sekunden.

Dann sagte Tolot: »Rücksturz in den Normalraum erfolgt ... jetzt.«

Im nächsten Moment wechselten die Monitorbilder. Die blutigen, pulsierenden Schlieren der Zwischendimension verwandelten sich in das vertraute Schwarz des Weltraums, mit Myriaden Sternen gesprenkelt. Apsu selbst, das Zentralgestirn des Systems, war nur ein Lichtpunkt unter zahllosen anderen, Milliarden Kilometer entfernt.

Ein schrilles Kreischen drang aus verborgenen Lautsprechern, als die leistungsstarken Detektoren des Bestienschiffs ansprachen.

»Drei Objekte auf Siebzehn-Gelb-F«, grollte Tolot, »Entfernung zweiundzwanzig Lichtsekunden. Identifizierung läuft ... Objekte identifiziert als lemurische Einheiten, zwei Schwere Kreuzer und ein Schlachtschiff der GOLKARTHE-Klasse ... Die Schiffe nehmen Fahrt auf und aktivieren ihre Schutzschirme und Waffensysteme.«

Paronn schaltete das Funkgerät der Kommunikationskonsole ein und sah direkt in die Kamera.

»Hier ist Levian Paronn«, begann er mit fester, ruhiger Stimme, »Technischer Administrator von Tanta III. Ich befinde mich an Bord eines erbeuteten Bestienschiffs und bitte um die Einflugerlaubnis ins Apsu-System. Das Schiff steht völlig unter lemurischer Kontrolle. Eröffnet nicht das Feuer auf uns.«

Er wartete mit angehaltenem Atem, aber aus dem Empfänger drang nur statisches Prasseln.

»Weitere sieben lemurischen Einheiten auf Neun-Blau-G«, fügte Tolot gedämpft hinzu, »Leichte Kreuzer und Schlachtkreuzer. Entfernung eine Lichtminute. Sie gehen auf Kollisionskurs.«

Paronn drückte erneut den Sendeknopf. »An alle lemurischen Einheiten. Hier spricht Levian Paronn, Technad von Tanta III. Eröffnet nicht das Feuer auf das Bestienschiff. Es wird von uns vollständig kontrolliert.«

Noch immer erhielt er keine Antwort. Die Einheiten der lemurischen Wachflotte kamen immer näher, umhüllt von ihren rötlichen Halbraumfeldern, die Waffensysteme hochgefahren und feuerbereit.

»Sie halten es für einen Trick«, sagte Velsath heiser, mit bebender Stimme. »Bei den alten Göttern, sie werden uns abschießen!«

Ruun Lasoth murmelte einen Fluch und beugte sich zu Paronn hinunter, sodass sein Gesicht ebenfalls im Erfassungsbereich der Kamera war. Seine Stimme klang schneidend, als er sprach, die Stimme eines Mannes mit Autorität, der es gewohnt war, dass man seinen Befehlen gehorchte.

»Hier ist Ruun Lasoth, Chefwissenschaftler des 1. Tamaniums, Sonderemissär des Hohen Tamrats Merlan, betraut mit einer Mission, die von schicksalhafter Bedeutung für das Große Tamanium ist.« Er legte eine kurze, wohl berechnete Kunstpause ein. »Ich bestätige sämtliche Aussagen von Technad Paronn. Mein Autorisierungskode ist Sieben-Neun-X-B-Vier-Tolon. Lemurische Einheiten, identifiziert euch.«

Diesmal dauerte es nur wenige kurze Sekunden, bis eine Antwort eintraf. Der Kommunikationsmonitor flammte auf und zeigte das grimmige Gesicht eines lemurischen Flottenoffiziers. Misstrauen leuchtete in seinen Augen, während er Paronn und Lasoth musterte.

»Hier ist Oberst Korcht, Befehlshaber der 9. Peripheren Wachflotte«, sagte er gepresst. »Dein Autorisierungskode wurde verifiziert, Chefwissenschaftler Lasoth.«

Lasoth kniff die Augen zusammen und funkelte Korcht an. »Dann solltest du sofort die Waffensysteme herunterfahren. Dieses Bestienschiff ist für die Fortsetzung des Krieges von unschätzbarer Bedeutung. Es muss von unseren Spezialisten so schnell wie möglich untersucht werden. Ich verlange deshalb die sofortige Einflugerlaubnis. Außerdem muss ich umgehend mit dem Hohen Tamrat Merlan sprechen.«

Der Flottenoffizier zögerte. Das Misstrauen in seinen Augen war noch nicht verschwunden. »Ich bedaure, Chefwissenschaftler, aber ich muss dir die Einflugerlaubnis verwehren, bis ich ein Prisenkommando an Bord deines Schiffes geschickt und deine Angaben überprüft habe.«

Lasoth schnaubte. »Willst du mich etwa der Lüge bezichtigen?«, fauchte er.

»Ich habe meine Befehle«, verteidigte sich Korcht steif. »Immerhin ist es denkbar, dass du unter der Kontrolle der Bestien stehst.«

Der Chefwissenschaftler wollte aufbrausen, aber Paronn legte ihm beruhigend eine Hand auf den Arm. Zu Korcht sagte er: »Wir erwarten das Prisenkommando, Oberst. Aber ich muss zur Eile drängen. Unsere Mission ist von beispielloser Wichtigkeit für Lemur und duldet keine weitere Verzögerung.«

»Natürlich, Technad«, nickte der Flottenoffizier. »Ich werde das Kommando sofort in Marsch setzen.« Er beendete die Verbindung.

Paronn drehte sich zu Tolot um. »Ich schlage vor, du begibst dich in deine Kabine, bis das Prisenkommando mit der Überprüfung fertig ist. Ich fürchte, die Anwesenheit einer Bestie an Bord ist den Leuten von der Flotte nur schwer zu erklären.«

Tolot neigte verstehend den halbkugelförmigen Kopf und verließ die Zentrale. Die beiden bewaffneten Soldaten folgten ihm, aber er ignorierte sie. Paronn sah wieder auf den Hauptmonitor. Der kleine, aus drei Einheiten bestehende Verband von Oberst Korcht hatte das Bestienschiff fast erreicht. Einer der Schweren Kreuzer schleuste ein Beiboot aus, das mit flammenden Triebwerksdüsen Fahrt aufnahm.

Paronn entspannte sich langsam.

Die größte Gefahr war überstanden.

Er schloss die Augen, wartete auf das Eintreffen des Prisenkommandos und dachte an das, was er tun, an die wunderbare Zukunft, die er dem lemurischen Volk bescheren würde.

20

Sie waren auf einem Flottenstützpunkt im Südwesten von Lemuria gelandet, der gewaltigen Landmasse, die den Großteil des späteren Pazifischen Ozeans einnahm und im Osten mit dem amerikanischen Kontinent verschmolz. Der Stützpunkt lag nur 50 Kilometer von der Millionenmetropole Matronis und dem Sokaton-Binnenmeer entfernt. Der Himmel über Lemuria leuchtete in einem düsteren Purpur, und die Sonne Apsu war nur ein verwaschener, kraftloser Fleck im rötlichen Dunst, eine Folge der Zerstörung des fünften Planeten Zeut durch die Bestien und der Staub- und Trümmerwolke, die das Apsu-System durchzog und die Sonnenstrahlen blockierte. Die Temperatur lag um den Gefrierpunkt, und der eisige Wind, der von Norden heranstrich, war eine düstere Erinnerung an die Gletscher, die von den Polen ausgehend langsam in die gemäßigten Breiten vorstießen.

Merhon Velsath war seit über fünf Jahren nicht mehr auf Lemur gewesen, und er hatte das Gefühl, dass die Ursprungswelt der Lemurer im Sterben lag. Unter normalen Umständen wäre die heraufdämmernde Eiszeit durch die Beseitigung der interplanetaren Staubwolke und umfassende Wetterkontrollmaßnahmen aufzuhalten gewesen, aber die Umstände waren nicht normal. Die permanenten Angriffe der Bestien durchkreuzten jeden Versuch, die Klimakatastrophe zu verhindern, und viele Bewohner Lemurs hatten bereits resigniert und den Planeten verlassen. Mit riesigen Konvois waren sie nach Tanta III geflohen und durch den Sonnensechsecktransmitter in die zwei Millionen Lichtjahre entfernte Zwillingsgalaxis Karahol gelangt.

Und der Exodus hielt an.

Auf dem Raumhafen von Matronis wurde derzeit unter der Aufsicht der berühmten Kommandantin Drorah, deren Vorfahren die gleichnamige Kolonie im 87. Tamanium gegründet hatten, ein aus 100 Schiffen bestehender Flüchtlingskonvoi zusammengestellt. Wenn sich diese Entwicklung fortsetzte, würde Lemur in wenigen Jahren völlig entvölkert sein.

Sofern die Bestien den Planeten nicht vorher zerstören, dachte Velsath bedrückt.

Er saß an den Steuerkontrollen eines Gleiters und flog durch die eisige lemurische Dämmerung. Der Flottenstützpunkt war längst hinter ihm zurückgefallen, im Zwielicht verschwunden, zusammen mit Levian Paronn, der Zeitmaschine und der Bestie aus der Zukunft.

Seine Hand umklammerte den Steuerknüppel fester, als er an die Bestie dachte. Das Grauen, das ihn in ihrer Gegenwart beschlichen hatte, hallte als nicht enden wollendes Echo in ihm nach, gemischt mit hilflosem Zorn und schmerzerfüllten Erinnerungen. Er hatte Levian Paronn immer bewundert, in ihm einen Mann mit Visionen gesehen, einen potenziellen Retter des lemurischen Volkes, aber dass er mit einer Bestie zusammenarbeitete, dem grausamen, verhassten Feind ... er würde es ihm nie verzeihen.

Natürlich sagte ihm die Logik, dass dieses Zweckbündnis berechtigt war, dass sie ohne die Hilfe der Bestie alle auf Torbutan ums Leben gekommen wären, doch seine Gefühle schrien Verrat. Eine Weile hatte er gehofft, dass der Hohe Tamrat Merlan nach ihrer Ankunft im Apsu-System dem Spuk ein Ende machen und die Bestie töten lassen würde, aber Paronn hatte sich mit Nachdruck für das vierarmige Ungeheuer eingesetzt und Merlan überzeugt, die Bestie am Leben zu lassen.

Und jetzt half sie ihm sogar bei dem Zusammenbau der Zeitmaschine und der Vorbereitung des entscheidenden Experiments zur Rettung des lemurischen Volkes.

Velsath stöhnte unwillkürlich auf, und die Zornesröte schoss ihm ins Gesicht, als er an die Demütigung dachte, die die Bestie ihm bereitet hatte. Er hatte bei der Montage der Zeitmaschine einen Fehler gemacht und mehrere Energieleitungen falsch angeschlossen. Er wusste nicht, wie dies hatte passieren können, wieso ihm dieser fatale Fehler unterlaufen war. Er war schließlich ein erfahrener Techniker, kein blutiger Anfänger. Doch es war geschehen, und die Bestie hatte ihn dabei ertappt und es Paronn berichtet.

Und Paronn, sein Vorbild und verehrter Mentor ... er hatte einen Tobsuchtsanfall bekommen. Vor der versammelten Technikercrew hatte er ihn beschimpft, ihn einen unfähigen Versager und Saboteur genannt, auf schändlichste Weise erniedrigt. Zunächst hatte Velsath seinen Wutausbruch der nervlichen Anspannung zugeschrieben, den Strapazen der letzten Tage und Wochen, aber im Grunde wusste er es besser.

Es lag an dem unheilvollen Einfluss der verfluchten Bestie.

Nach dem Zerwürfnis war er aus der Halle geflohen, in der die Zeitmaschine zusammengebaut wurde, hatte sich einen Gleiter des Stützpunkts genommen und war ziellos losgeflogen. Aufgewühlt, voller Hass und Verzweiflung und von den Erinnerungen gequält, die ihn schon seit Jahren verfolgten.

Tränen rannen über sein Gesicht, als er an Reuben IV dachte, den abgelegenen Basisplaneten im 107. Tamanium in der Eastside der Galaxis, auf der er als Cheftechniker der Flotte stationiert gewesen war, und an die schreckliche Nacht, als die Bestien gelandet waren. Sie hatten den Stützpunkt zerstört und all seine Kameraden niedergemetzelt, doch ihn hatten sie verschont. Nicht aus Barmherzigkeit, sondern aus kaltem Kalkül. Sie interessierten sich für die Informationen, die in seinem Gehirn gespeichert waren, Informationen über die lemurischen Raumschiff- und Waffentechnologien.

Er schauderte, als er an die Qualen dachte, die sie ihm

bereitet, die Schmerzen, die sie ihm zugefügt hatten, die barbarische Folter. Er hatte sich gewünscht zu sterben, doch die Bestien hatten ihm den Tod nicht gegönnt, sondern ihn weiter gepeinigt, endlose Stunden oder Tage, die sich zu einer Ewigkeit dehnten. Seine Erinnerungen an die Marter waren nur bruchstückhaft, und er war dankbar dafür, lasteten doch selbst diese Fetzen wie Blei auf seiner Seele.

Er wusste nicht mehr genau, wie er den Bestien entkommen war, nur dass ihn lemurische Landetruppen halb tot in den Ruinen des Stützpunkts gefunden hatten, nachdem die Flotte zum Gegenangriff übergegangen war und die Bestien vertrieben hatte.

Seitdem war sein Leben ein Albtraum.

Seitdem war die Angst sein ständiger Begleiter, der Schmerz ein Schatten, der ihm auf Schritt und Tritt folgte.

Unwillkürlich schüttelte er den Kopf, um die düsteren Erinnerungen zu vertreiben, und spähte durch das Stahlglascockpit hinaus in die dämmernde Nacht. Schnee fiel jetzt in dichten Wolken von einem dunkel verhangenen Himmel, und im Schneetreiben zeichneten sich die Umrisse verfallener Häuser ab, die sich um einen halb geschmolzenen, bizarr verformten Metallturm gruppierten.

Der Kommunikationsturm von Hal'soth.

Plötzlich war er hellwach.

Er verringerte die Geschwindigkeit des Gleiters, überflog die Ruinen, am Stahlskelett des Turmes vorbei, und näherte sich einem großen Krater, der dahinter im gefrorenen Boden klaffte. Mit einem Knopfdruck ging er in den stationären Schwebeflug über und blickte in die schneebedeckte Tiefe des Kraters.

Seine vermeintlich ziellose Flucht hatte doch ein Ziel gehabt, sein Heimatdorf im Westen von Matronis, den Ort, an dem er aufgewachsen war, geheiratet und eine Familie gegründet hatte. Hier, wo jetzt der gewaltige Krater gähnte, hatte einst sein Haus gestanden. Hier hatte er die glücklichsten Jahre seines Lebens verbracht, zusammen mit seiner Frau Dué und ihren vier Kindern.

Bis die Bestienschiffe am Himmel über Lemuria aufgetaucht waren und Hal'soth dem Erdboden gleichgemacht hatten.

Velsath kniff die Augen zusammen, aber die Tränen tropften durch seine geschlossenen Lider und strömten über sein Gesicht, als würde er nie wieder aufhören zu weinen.

Wie konnte Paronn nach all dem, was geschehen war, mit einer Bestie zusammenarbeiten? Spätestens nach der Landung auf Lemur hätte er sie töten, sie für das bestrafen müssen, was ihr blutrünstiges Volk den Lemurern angetan hatte. Der Technad musste den Verstand verloren haben.

Eine Weile schwebte er dort über dem Krater, umhüllt vom dichten Schneetreiben und den Erinnerungen, die nicht weichen wollten, den quälenden Bildern und den aufgewühlten Gefühlen.

Und während er in diesem Gleiter saß und der Schmerz wie ein loderndes Feuer in ihm brannte, spürte er, wie sich etwas an ihn heranschlich, etwas Großes und Böses und Unheilvolles. Er schreckte aus seinen Erinnerungen hoch, wischte die Tränen aus seinen Augen und sah auf die Displays. Die Detektoren sagten ihm, dass er allein in dem verwüsteten Dorf war, dass sich kein anderer Lemurer in der Nähe befand, nicht einmal ein Tier durch das Schneetreiben streifte, aber das Gefühl wollte nicht weichen.

Irgendetwas nahte.

Etwas, das ihn verderben wollte.

Die unheilvolle Vorahnung verwandelte sich in Panik, die seine Kehle zusammenschnürte, ihm den Atem raubte, und keuchend fuhr er den Antigravgenerator des Gleiters hoch und raste davon, weiter hinaus in die lemurische Nacht. Er flog, so schnell er konnte, aber das Böse verfolgte ihn noch immer.

Er wusste es, er spürte es.

Die Angst saß ihm im Nacken und ließ ihn nicht mehr los. Sein Herz hämmerte so laut und schnell, als wollte es in seiner Brust zerspringen, und trotz der eingeschalteten Heizung fror er, als würde sich die Kälte des Schneesturms in sein Fleisch fressen. Er betete zu den alten Göttern um Erlösung, doch die Götter erhörten sein Flehen nicht. Vor seinem geistigen Auge sah er die Bestie aus der Zukunft, und sie lachte ihn aus.

Wut mischte sich in die Panik, hilflos und heiß, um wieder zu verrauchen und der Furcht zu weichen, die wie Gift durch seine Adern kreiste.

Dann sah er, wie sich vor ihm eine Kuppel mit Sendetürmen und Antennenkonstruktionen aus dem Schneetreiben schälte, die Hyperfunkstation am Rand des Flottenstützpunkts. Ohne es zu bemerken, war er im Kreis geflogen und zu dem Ort zurückgekehrt, von dem er geflohen war.

Zu der Bestie, die dort wartete.

Er verringerte die Geschwindigkeit des Gleiters und landete vor dem Eingang der Hyperfunkstation. Als das vibrierende Summen des Antigravgenerators verklang, waren nur noch das Heulen des Schneesturms und seine keuchenden Atemzüge zu hören.

Reglos, wie gelähmt, saß er da und spürte, wie das Böse in ihm hochkroch.

Ich habe mich geirrt, dachte er in bangem Grausen. *Das Unheil kommt nicht von außen, sondern von innen. Das Böse verfolgt mich nicht, es ist bereits in mir. Es ist die ganze Zeit in mir gewesen und hat nur auf den richtigen Zeitpunkt gewartet, um hervorzubrechen.*

Er dachte wieder an Reuben IV und die Bestien, die ihn gefoltert hatten, Monstern, die kein Mitleid kannten, kein Erbarmen. Plötzlich begriff er mit hellsichtiger Klarheit, dass das Böse dort in ihn eingedrungen war, dass das, was jetzt mit ihm geschah, dort begonnen hatte.

Aber das Wissen half ihm nicht weiter.

Fasziniert und entsetzt zugleich horchte er in sich hinein und registrierte, wie zuerst seine Füße, dann seine Beine, sein Unterleib und schließlich der Rumpf taub wurden. Es war, als wäre er querschnittsgelähmt und würde die Herrschaft über seinen Körper verlieren. Er wollte nach den Kontrollen des Funkgeräts greifen und um Hilfe rufen, doch seine Hände und Arme gehorchten ihm nicht mehr.

Das unheimliche Taubheitsgefühl hatte seinen Hals erreicht.

Er schrie, aber sein Schrei verhallte ungehört in der Stahlglaskanzel des Gleiters, und dann gehorchten ihm nicht einmal mehr seine Stimmbänder. Sein Geist schien von seinem Körper getrennt zu sein, ein Gast in einer Hülle aus fremdem Fleisch.

Die Angst war jetzt unerträglich.

Und dann beobachtete er, wie sich sein linker Arm hob und seine linke Hand die Türkontrolle betätigte. Seine Glieder bewegten sich ohne sein Zutun, als wäre er eine Marionette, an deren Fäden ein Unsichtbarer zog. Er wollte den Mund öffnen und einen hilflosen, sinnlosen Protest hinausschreien, doch stattdessen rutschte er von seinem Sitz und schlüpfte hinaus in die Nacht.

Es war eisig kalt, aber er spürte die Kälte nicht. Schneeflocken wehten in sein Gesicht und schmolzen an seiner Haut, ohne dass er es bemerkte. In grausiger Faszination sah er sich selbst zu, wie er mit steifen Schritten zum Eingang der Hyperfunkstation trat. Die Tür glitt zur Seite, als er sich ihr näherte, und vor ihm lag ein kleines Foyer mit einem Terminalpult, hinter dem ein Flottentechniker saß und gelangweilt die Kontrollmonitore betrachtete.

Der Mann blickte auf. »Was kann ich für dich tun?«

Velsath wollte antworten, dass er Hilfe brauchte, irgendjemand ihn aus dem Gefängnis seines eigenen Körpers befreien musste, aber seine Stimme gehorchte ihm nicht. Voller Grauen sah er, wie seine rechte Hand nach dem Waffengurt an seiner Hüfte griff, die Thermopistole aus dem Holster zog und dem Techniker mitten ins Gesicht schoss.

Der Mann kippte nach hinten und landete mit einem dumpfen Poltern auf dem Boden.

Velsaths Seele, eingesperrt in einem Körper, der ein gespenstisches Eigenleben entfaltet hatte, schrie ihr Entsetzen hinaus, ohne dass ein Laut über seine Lippen drang. Mechanisch ging er weiter und erreichte die Tür zum Senderaum. Auch sie glitt automatisch zur Seite und gab den

Weg in die Hyperfunkzentrale mit ihren Kontrollpulten und Monitorreihen frei. Zwei Kommunikationsspezialisten saßen an den Terminals und drehten sich bei seinem Eintreten um. Er tötete sie mit zwei gezielten Thermoschüssen, und sie sackten auf ihren Sitzen in sich zusammen.

Sein Körper bewegte sich weiter aus eigenem Antrieb, sein Geist war weiter abgeschnitten von seinem Fleisch. Er betete wieder zu den alten Göttern Lemurs, und wieder ließen sie ihn im Stich.

Er trat an eins der Terminals, aktivierte die Hyperfunkanlage, gab Zielkoordinaten ein, wählte eine Frequenz und programmierte einen komplizierten Chiffrierkode, als hätte er sein Leben lang nichts anderes getan. Aber er kannte weder die Koordinaten noch den Chiffrierkode oder die Hyperfrequenz.

Dann wurde einer der Monitore hell, und eine Bestie wurde sichtbar. Ihre rabenschwarze, ledrig strukturierte Haut wies handtellergroße weiße Pigmentflecken auf und ihre roten Augen starrten ihn erwartungsvoll an.

Im Kerker seines Körpers schrie Merhon Velsaths Seele gepeinigt auf.

Er kannte diese Bestie.

Er war ihr bereits auf Reuben IV begegnet.

Sie war es gewesen, die seine Folterung angeordnet und überwacht hatte.

Sein Entsetzen war so groß, dass er das Gefühl hatte, im nächsten Moment das Bewusstsein zu verlieren. Aber die Gnade wurde ihm nicht zuteil. Er sah weiter alles, was er tat, ohne eingreifen zu können, getrennt von seinem Fleisch, der Marionette, in die sich sein Körper verwandelt hatte.

»Was willst du, Sklave?«, grollte die Bestie.

Sie sprach Halutisch. Er beherrschte die Sprache nicht, hatte sie nie gelernt, und doch verstand er jedes Wort. Und dann hörte er sich antworten, und sein Grauen nahm noch zu. Obwohl sich alles in ihm dagegen wehrte, obwohl er verzweifelt um die Kontrolle über seinen Leib kämpfte, hörte er sich selbst, wie er dieser verfluchten Bestie von der Zeitmaschine erzählte und von Levian Paronns verzweifeltem, tollkühnem Plan zur Rettung des Großen Tamaniums.

Die Bestie lauschte schweigend, und als er verstummte, neigte sie bedächtig den halbkugelförmigen Kopf und öffnete die Lippen zu einem bösartigen, befriedigten Lächeln, das ihr blitzendes Raubtiergebiss entblößte.

»Gute Arbeit, Sklave«, sagte sie mit ihrer dumpfen Bassstimme, die frei von jedem Gefühl war. »Deine Konditionierung hat also ihren Zweck erfüllt. Du wirst jetzt nicht mehr gebraucht. Du weißt, was du zu tun hast.«

Der Monitor erlosch.

Merhon Velsath stand vor dem Bildschirm und starrte die graue Fläche an, und Begreifen dämmerte wie eine dunkle Wolke am Horizont seines Geistes herauf.

Konditioniert.

Die Bestien hatten ihn auf Reuben IV nicht nur gefoltert, sondern auch mit einem hypnotischen Block versehen und so zu ihrem ahnungslosen, unfreiwilligen Werkzeug gemacht. Und jetzt hatte er, ohne es zu wollen, Levian Paronn und sein geplantes Zeitexperiment verraten. Er hatte die letzte Hoffnung der Lemurer zunichte gemacht.

Zum ersten Mal, seit der Hypnoblock die Herrschaft über seinen Körper übernommen hatte, drang ein Laut von seinen Lippen, ein erstickter Schrei voller Schmerz und Angst und Reue.

Aber die Reue kam zu spät.

Der Verrat war begangen und ließ sich nicht mehr rückgängig machen.

Und dann sah er, wie sich seine rechte Hand mit dem Thermostrahler langsam hob und die Waffe drehte, bis sie auf sein Gesicht gerichtet war und er direkt in den dunklen Fokuskristall der Mündung blickte. Die Angst sprang ihn erneut an wie ein tollwütiges Tier. Er wollte sich wehren, die Hand wieder senken, die Waffe fortwerfen, doch seine Muskeln verweigerten ihm den Dienst.

Nein!, dachte er furchtsam. *Ich will nicht sterben! Nicht jetzt, nicht so ...*

Voller Grausen beobachtete er, wie sich sein Zeigefinger um den Abzug krümmte.

Der Fokuskristall leuchtete auf.

Mit einem Knistern, das laut in seinen Ohren hallte, entlud sich der Thermostrahler.

Merhon Velsath war tot, bevor sein tauber Körper auf dem Boden aufschlug.

21

Im Lauf der Nacht hatten drei Erdbeben die Region um den Flottenstützpunkt erschüttert, und als am Morgen das Sonnenlicht bleich und kalt am dunstigen Horizont dämmerte, setzte ein viertes, stärkeres ein. Der Boden vibrierte wie der eines startenden Raumschiffs, warf hier und da Wellen und riss an einigen Stellen auf. Die Wände der Halle schwankten um mehrere Zentimeter, hielten der Belastung aber stand, da sie aus elastischem Stahlplastik gefertigt waren. Die Zeitmaschine, die sie unter großen Mühen und in rasender Eile in der Halle aufgebaut hatten, klirrte und dröhnte unter den Erschütterungen, und die trichterförmigen Wandlerblöcke drohten jeden Moment umzukippen.

Icho Tolot stemmte sich mit seinem gesamten Gewicht gegen einen der Wandler und stabilisierte ihn, bevor er umstürzen und beschädigt werden konnte. Er sah, wie Ruun Lasoth und mehrere andere lemurische Techniker versuchten, den zweiten Trichter vor dem Umfallen zu bewahren.

Dann ebbte das Beben grollend ab, und Stille kehrte ein.

Dies ist nur eine vorübergehende Atempause, meldete sich sein Planhirn wieder zu Wort. *Die Zerstörung des Planeten Zeut hat das Sonnensystem destabilisiert und zu tektonischen Verschiebungen auf Lemur geführt, die schlussendlich den Untergang des Kontinents Lemuria auslösen werden.*

Aber noch ist es nicht so weit, dachte Tolot. *Noch bleibt uns etwas Zeit ...*

Er sah zu Lasoth hinüber, und im scharf geschnittenen

Raubvogelgesicht des lemurischen Chefwissenschaftlers spiegelte sich seine eigene Besorgnis wider. Wenn das Beben die Zeitmaschine beschädigt hatte, war ihr grandioser Plan gescheitert. Levian Paronn würde nicht in die Vergangenheit reisen können, um die Sternenarchen zu bauen, und die Saat der Lemurer würde die Jahrtausende nicht überdauern.

Tolot fragte sich, welche Konsequenzen dies für die Gegenwart des Jahres 1327 NGZ haben würde. Vermutlich hielten sie sich in Grenzen. Die Sternenarchen waren für die geschichtliche Entwicklung der Milchstraße ohne große Bedeutung. Oder irrte er sich? Waren die Lemurer an Bord der Sternenarchen vielleicht wichtiger für die Galaxis, als er ahnte?

Niemand weiß, welche Absichten ES verfolgt, bemerkte sein Planhirn. *Es ist denkbar, dass Paronn und seine Lemurer nach dem Jahr 1327 NGZ noch eine bedeutende Rolle im großen Plan der Superintelligenz spielen werden. Und ohne die Sternenarchen wirst du nicht in die Gegenwart zurückkehren können.*

Das Planhirn hatte Recht. Obwohl er noch immer nicht wusste, wie er an Bord der LEMCHA OVIR gelangen sollte, um im Dilatationsflug die Jahrtausende zu überdauern und schließlich Gorbas zu erreichen, wo er seinem früheren Ich die Flucht durch den Zeittransmitter ermöglichen würde, musste er dafür sorgen, dass die Archen gebaut wurden. Versagte er, war er für immer in der Vergangenheit gestrandet. Oder es kam zu einem Zeitparadoxon mit unberechenbaren Folgen.

Du könntest tatsächlich in einer Zeitschleife gefangen werden, bestätigte das Planhirn nüchtern, *in alle Ewigkeit.*

Mit schweren Schritten trat er zu Lasoth, der sich über das würfelförmige, auf einem Antigravkissen schwebende Steuersegment der Zeitmaschine beugte und die Displaywerte ablas. Der Chefwissenschaftler des 1. Tamaniums seufzte erleichtert.

»Die Maschine scheint unbeschädigt zu sein«, sagte er zu Tolot, ohne ihn direkt anzusehen. »Aber absolute Sicherheit werden wir erst nach dem Testlauf haben.«

»Dann sollten wir so schnell wie möglich mit dem Test beginnen«, meinte der Haluter.

Lasoth nickte mit abgewandtem Kopf. »Natürlich«, murmelte er. »Ich werde sofort alle Vorbereitungen treffen.«

Tolot konnte die Abneigung und Furcht des Mannes fast körperlich spüren. Als er sich umdrehte und zu den Soldaten hinüberblickte, die an der Seitenwand der Halle standen und ihn beobachteten, sah er auch in ihren Augen diese Furcht, gemischt mit Hass.

Du bist für sie eine Bestie, erinnerte ihn das Planhirn überflüssigerweise. *Ganz gleich, was du tust, du wirst für sie immer der Feind bleiben.*

Er konnte dem nicht widersprechen. Immerhin, sagte er sich resigniert, hatten die Lemurer seine Hilfe bei der Montage der Zeitmaschine akzeptiert. Und seine Erfahrungen mit dem terranischen Nullzeitdeformator, der nach ähnlichen Prinzipien arbeitete wie dieses Modell, hatten sich als unschätzbar wertvoll erwiesen. Er vermutete, dass die Lemurer ohne seine Unterstützung noch mehrere Tage für den Zusammenbau benötigt hätten.

Er wandte sich ab und trat zum großen Tor der Halle, verfolgt von den wachsamen Blicken der bewaffneten Soldaten. Das Tor stand einen Spalt weit offen, und er spähte hinaus ins dichte Schneetreiben, das den lemurischen Flottenstützpunkt in eine weiße Wintermärchenlandschaft verwandelt hatte. Auf dem ausgedehnten Landefeld neben der Halle stand das 100 Meter durchmessende Bestienschiff, mit dem sie nach Lemur gelangt waren, ein schwarzer Koloss in den wirbelnden Flocken des Schneesturms, umringt von den Gleitern des Technokorps, das an Bord gegangen war, um die halutische Technik zu studieren.

Ein plötzliches Flimmern am wolkenverhangenen Himmel erregte seine Aufmerksamkeit.

Er kniff die Augen zusammen und blickte nach oben. Hoch über dem Flottenstützpunkt schälte sich etwas Schwarzes und Rundes aus dem Dunst, zuerst nur schemenhaft erkennbar, durchscheinend wie Glas, um dann von einem Moment zum anderen an Festigkeit zu gewinnen.

Tolot stöhnte auf.
Ein Bestienschiff!
Es war aus dem Nichts erschienen, als wäre es per Transition in der Atmosphäre materialisiert, obwohl dies unmöglich war. Das Schwerkraftfeld des Planeten machte eine Transition unmöglich, und die Bestien benutzten Halbraumtriebwerke, nicht den altmodischen Transitionsantrieb.

Aber es war da und hing drohend am Himmel.

Das Heulen von Sirenen zerriss die frühmorgendliche Stille. Aus den Kasernen am östlichen Rand des Landefelds stürzten bewaffnete Soldaten und gestikulierten wild. Einige rissen ihre Thermostrahlgewehre hoch und schossen auf das Schiff, aber es war zu weit entfernt. Die Thermostrahlen zerfaserten im Dunst.

Verwirrt stellte Tolot fest, dass das Bestienschiff seinen Paratronschirm nicht aktiviert hatte. Es schwebte am Himmel, bewegte sich nicht, eröffnete nicht das Feuer aus seinen verheerenden Intervallkanonen. Wollte es Landetruppen absetzen? Aber das Schiff war klein, vermutlich nur ein Leichter Kreuzer wie jener, den er erbeutet hatte, und konnte nicht genug Kämpfer an Bord haben, um den Stützpunkt zu erobern.

Vielleicht war es die Vorhut einer Invasionsflotte.

Von den Geschützstellungen an der Peripherie des Stützpunkts zuckten Thermo- und Impulsstrahlen in den Himmel. Sie schlugen im schwarzen Rumpf des Bestienschiffes ein. Die Hülle glühte unter den Treffern auf, und Tolot konnte deutlich erkennen, wie Risse in der Panzerung entstanden.

Im nächsten Moment verschwand das Bestienschiff so abrupt, wie es aufgetaucht war. Mit einem lauten Donnerknall stürzte die Luft in das entstandene Vakuum.

Tolot blinzelte verblüfft.

Hatten die Bestien etwa eine neue Antriebstechnologie entwickelt, die Transitionen innerhalb planetarer Schwerkraftfelder erlaubte? Die Folgen wären verheerend. Dann gab es keine Möglichkeit mehr, Planeten durch orbitale Wachflotten und Geschützplattformen zu verteidigen. Der

Feind konnte jederzeit und an jedem Ort auftauchen, blitzartig zuschlagen und wieder verschwinden ...

Eine hoch gewachsene Gestalt tauchte aus dem Schneetreiben auf, ein Mann mit schwarzen, glatt zurückgekämmten Haaren, die ihm bis in den Nacken fielen, und grauen Augen unter buschigen Brauen. Levian Paronn.

Der Technad rannte zu Tolot und blieb schwer atmend stehen. Sein Gesicht war düster. Etwas wie Verzweiflung glomm in seinen Augen.

»Was ist passiert?«, fragte Tolot beunruhigt.

»Merhon Velsath ist tot«, erwiderte Paronn heiser. »Er ist in die Hyperfunkzentrale des Stützpunkts eingedrungen, hat drei Kommunikationsspezialisten erschossen und sich anschließend selbst getötet.«

Tolot starrte ihn nur an.

Ich habe doch gesagt, dass dieser Velsath emotional instabil ist und eine potenzielle Gefahr darstellt, kommentierte sein Planhirn. Es klang fast triumphierend, als würde es genießen, dass es Recht gehabt hatte.

Der Haluter ignorierte den Gedankenimpuls und fragte: »Kennt man den Grund für diese Wahnsinnstat?«

Paronn nickte grimmig und trat aus dem Schneetreiben in den Schutz der Halle. »Er hat vor seinem Tod einen verschlüsselten Hyperfunkspruch abgesetzt. Bedauerlicherweise wurde der Inhalt nicht gespeichert, aber die Zielkoordinaten konnten ermittelt werden.«

Er schwieg einen Moment.

»Und?«, fragte Tolot ungeduldig.

»Es handelt sich um einen Sektor, der von den Bestien kontrolliert wird«, antwortete er.

Tolot atmete tief durch. »Du glaubst, dass Velsath ein Verräter war?«

»Welche Erklärung gibt es sonst für sein Verhalten?«, sagte der Technad bitter. »Merhon war wie ein Sohn für mich ... und jetzt das. Ich kann es noch immer nicht fassen.« Er machte eine hilflose Handbewegung. »Ich vermute, dass ihn die Bestien während seiner Gefangenschaft auf irgendeine Weise mental beeinflusst haben.«

Der Haluter und der Lemurer sahen sich an.

»Wir müssen uns beeilen«, murmelte Tolot schließlich. »Wenn Velsath die Bestien über das geplante Zeitexperiment informiert hat, wird es nicht mehr lange dauern, bis sie hier auftauchen.«

»Das denke ich auch«, entgegnete Paronn finster. »Wie weit sind die Vorbereitungen gediehen?«

»Die Montage der Zeitmaschine ist abgeschlossen«, berichtete Tolot, während er Paronn zu den trichterförmigen Wandlern folgte, die in der Mitte der Halle aufgebaut waren. »Die Energieversorgung ist hergestellt, die Einzelkomponenten wurden erfolgreich getestet.«

»Ausgezeichnet«, lobte der Technad. »Wenn der Testlauf der Maschine ein Erfolg wird, reisen wir noch heute in die Vergangenheit.«

Tolot zögerte. Aus den Bruchstücken von Paronns Tagebuch, das Perry Rhodan in die Hände gefallen waren, ging zweifellos hervor, dass er Paronn nicht in die Vergangenheit begleiten würde. Er musste einen anderen Weg finden, um an Bord der Sternenarche LEMCHA OVIR zu gelangen. Aber er fragte sich besorgt, was die Lemurer mit ihm machen würden, wenn Paronn erst einmal seine Zeitreise angetreten hatte und nicht mehr seine schützende Hand über ihn hielt.

Möglicherweise werden sie dich töten, informierte ihn das Planhirn kalt. *Ich schlage vor, dass du sofort nach Paronns Verschwinden das Bestienschiff in deine Gewalt bringst und Lemur verlässt.*

Ruun Lasoth trat zu ihnen, und Tolot ignorierte den Gedankenimpuls des Planhirns.

»Wie weit bist du mit der Analyse der Daten, die wir in den Computern auf Torbutan gefunden haben?«, fragte Paronn den Chefwissenschaftler.

»Wir haben die Funktionsweise der Maschine erfolgreich entschlüsselt«, sagte Lasoth mit hörbarem Stolz. »Einem Testlauf steht nichts mehr im Wege, und ich bin überzeugt, dass keine Probleme auftreten werden. Allerdings funktioniert die Zeitmaschine nur in eine Richtung – in die Vergangenheit. Reisen in die Zukunft sind unmöglich.«

»Das ist für uns ohne Belang«, wehrte Paronn ab. »Unsere Zielzeit ist das Jahr 4500 seit der Reichsgründung.«

Er sah Tolot beifallheischend an, und der Haluter stimmte knapp zu, obwohl er Mühe hatte, seine Enttäuschung zu verbergen. Seine Hoffnung, im Notfall durch den Zeittransmitter in die Gegenwart zurückkehren zu können, war damit durchkreuzt. Was immer auch geschah, sein einziger Weg in das Jahr 1327 NGZ führte über die Sternenarche LEMCHA OVIR.

Paronn legte Lasoth eine Hand auf die Schulter. »Du hast gute Arbeit geleistet«, sagte er feierlich. »Ohne deine Hilfe wären wir nie so weit gekommen, und ich weiß das zu schätzen. Alle Lemurer sind dir zu großem Dank verpflichtet.«

Tolot räusperte sich. »Ich schlage vor, wir machen uns an die Arbeit«, grollte er. »Die Gefahr, dass die Bestien auftauchen und unseren Plan vereiteln, wächst mit jeder Minute.«

»Du hast Recht«, sagte Paronn. Er trat an das würfelförmige, in der Luft schwebende Kontrollsegment und nickte Lasoth auffordernd zu.

Der Chefwissenschaftler holte tief Luft. Seine Finger huschten über die Sensortasten des Kontrollsegments, und die Maschinen- und Umformerblöcke des Zeittransmitters erwachten brummend zum Leben.

»Ich initiiere die Vorlaufphase ... Vorlaufphase erfolgreich eingeleitet«, murmelte er.

Paronn wandte sich ab und warf einen Blick auf die Displays des Temporaltransformators, der neben den trichterförmigen Wandlern aufgebaut war. »Die Transformatorleistung ist stabil«, meldete er.

Tolot nahm seinen Platz vor den Umformerblöcken ein. »Energieleistung bei sechzig Prozent und steigend«, sagte er zufrieden.

Das Brummen der Maschinenblöcke wurde lauter.

»Ich aktiviere die Zielzeitsteuerung«, fuhr Lasoth fort. Er gab einige Befehle in das Kontrollsegment ein. »Testzielzeit minus dreißig Minuten ...« Er sah zu Paronn hinüber »Ein kurzer Zeitsprung genügt für unsere Zwecke.«

»Transformatorleistung weiterhin stabil«, sagte der Technad.

»Energieleistung bei fünfundsiebzig Prozent und steigend«, erklärte Tolot.

Das Brummen der Maschinenblöcke steigerte sich langsam zu einem Dröhnen.

»Ich initiiere die Temporalwandler«, verkündete Lasoth.

Zwischen den trichterförmigen Wandlern knisterten plötzlich energetische Entladungen und vereinigten sich zu einem blau leuchtenden, pulsierenden Kraftfeld.

»Keine Veränderung der Transformatorleistung«, sagte Paronn. Seine Stimme bebte vor Anspannung. »Alle Systeme arbeiten einwandfrei.«

Tolot fügte hinzu: »Energieleistung bei achtundachtzig Prozent und steigend.«

Das Pulsieren des blauen Kraftfelds nahm zu. Es dehnte sich aus und bildete eine mehrere Meter durchmessende Scheibe, die das Innere der Halle in ein unheimliches flackerndes Licht tauchte. Die Scheibe zerfaserte an den Rändern. Blitze zuckten bis zur Decke. Die Entladungen wurden heftiger.

Plötzliche Besorgnis ließ Lasoths Stimme heiser klingen, als er sagte: »Es gibt Fluktuationen im Temporalenergiestrom ... ich versuche gegenzusteuern ... keine Veränderung, verdammt!«

Alarmiert trat Tolot zu dem Chefwissenschaftler und überflog die holografischen Displays des Kontrollsegments. Offenbar gab es hyperdimensionale Störeinflüsse, die die Stärke des Temporalenergiestroms schwanken ließen. Aber woher stammten sie? Die Ursache konnte nur ein aktiviertes Halbraumtriebwerk oder ein fünfdimensionaler Schutzschirm sein ...

Plötzlich fiel ihm das Bestienschiff auf dem Landefeld ein.

»Paronn«, stieß er hervor, »arbeiten die Techniker an den Paratrongeneratoren des Bestienschiffs?«

»Ich weiß es nicht«, erwiderte der Technad verwirrt. »Wieso?«

»Finde es heraus«, befahl Tolot. »Schnell. Ich fürchte, die Streustrahlung der Paratrongeneratoren stört die ...«

Ein ohrenbetäubender Knall verschluckte seine Worte. Das blaue Feld zwischen den Temporaltrichtern verformte sich plötzlich zu einer lang gestreckten Spindel, die wie ein konzentrierter Energiestrahl das Hallentor traf und es mit ungeheurer Wucht aus den Verankerungen riss. Krachend schlug es auf dem Boden auf.

Schnee wehte herein.

Im Rechteck der Toröffnung zeichnete sich das Bestienschiff auf dem Landeplatz als schwarze Silhouette ab. Das Dröhnen der Zeitmaschine schwoll an, als das verformte Kraftfeld auf das Schiff zuraste und es in eine blaue Aura tauchte.

»Abschalten!«, schrie Tolot. »Die Maschine sofort abschalten!«

Lasoth hantierte mit blassem Gesicht an den Kontrollen, aber es war bereits zu spät. Die blaue Aura um das Bestienschiff leuchtete grell auf, und die schwarze Kugel war von einem Moment zum anderen fort. Donnernd stürzte die Luft in das entstandene Vakuum.

Und Tolot begriff.

Das Bestienschiff, das vor kurzer Zeit auf rätselhafte Weise am Himmel aufgetaucht und abrupt wieder entmaterialisiert war ... es war identisch mit dem Leichten Kreuzer, der soeben noch auf dem Landefeld gestanden hatte.

Ein Beweis dafür, dass die Zeitmaschine funktioniert, drang der Impuls des Planhirns in seine Gedanken. *Das Schiff wurde in die Vergangenheit versetzt.*

Das Dröhnen der Zeitmaschine brach plötzlich ab, das Wallen des Kraftfelds zwischen den trichterförmigen Wandlern erlosch. Die beiden Lemurer und der Haluter sahen sich an. Tolot bemerkte ihre enttäuschten Mienen und hob beruhigend eine Hand.

»Die Paratrongeneratoren haben die Temporalwandler gestört«, erklärte er. »Dies hat zur Überlastung der Maschine und einer unkontrollierten Zeitversetzung geführt. Ohne die fünfdimensionale Störstrahlung wäre der Test erfolgreich verlaufen.«

Levian Paronn riss die Augen auf. »Du meinst ...?«

»Die Zeitmaschine funktioniert«, bestätigte Tolot. »Der Weg in die Vergangenheit ist frei.«

»Großartig!«, rief der Technad begeistert. »Einfach großartig! Ich werde ...«

Das laute Heulen von Alarmsirenen durchdrang die frühmorgendliche Stille des Flottenstützpunkts und ließ ihn verstummen. Sekunden später summte sein Kom-Armband. Er ging auf Empfang, hielt es an sein Ohr und hörte konzentriert zu. Entsetzen zeichnete sich auf seinem Gesicht ab. Langsam senkte er die Hand mit dem Kom-Armband wieder und starrte Icho Tolot an.

Schweiß glänzte an seiner Stirn.

»Das, was wir befürchtet haben, ist eingetreten«, sagte er tonlos. »Die Bestien ... sie greifen Lemur an!«

22

Das Heulen der Alarmsirenen hielt unvermindert an, ein gespenstischer, unheilverkündender Laut wie ein unmenschlicher Schrei aus tausend Kehlen. Draußen tanzte der Schnee und verbarg den Himmel, aber Levian Paronn war sicher, dass der Dunst in Kürze zerreißen und die schwarzen Rümpfe von Bestienschiffen enthüllen würde. Wie gelähmt verharrte er, hielt die Augen weiter auf Icho Tolot gerichtet und kämpfte um seine Fassung.

Wir stehen so dicht vor dem Ziel, dachte er verzweifelt, *und werden dennoch scheitern. All die Opfer waren vergeblich, all die tapferen Männer und Frauen sind umsonst gestorben ... und all das nur, weil Merhon Velsath uns verraten hat.*

Er befeuchtete seine rissigen Lippen und starrte in die rot leuchtenden Augen des Haluters.

Wenn die Bestien kommen, werden sie auch ihn töten, sagte er sich. *Wir sind alle verloren.*

»Was sollen wir jetzt tun?«, fragte Ruun Lasoth mit gehetzt klingender Stimme. »Wir dürfen uns nicht geschlagen geben. Nicht jetzt, da wir es fast geschafft haben.«

»Vielleicht gelingt es den Schiffen der Systemverteidigung, den Angriff abzuwehren«, murmelte Paronn.

Aber er glaubte es nicht. Die Bestien hatten Lemur schon mehrmals attackiert. Sie würden auch diesmal die Verteidigungslinien durchbrechen, zumal sie durch Merhon Velsath von der Zeitmaschine wussten. Für sie ging es um Sein oder Nichtsein, und sie würden alles in ihrer Macht Stehende tun, um die Maschine zu zerstören.

Icho Tolot drehte sich halb und blickte zu der Zeitmaschine hinüber. »Der einzige Fluchtweg führt durch das Tor der Zeit«, grollte er. »Noch sind die Bestien nicht hier. Wir haben also eine Chance.«

Lasoth schüttelte zweifelnd den Kopf. »Die Energiespeicher sind leer«, erinnerte er. »Wir müssen sie zuerst aufladen.«

»Wie lange wird das dauern?«, fragte Paronn, seine Lähmung endlich abschüttelnd. »Wie viel Zeit brauchen wir für die Vorbereitung des Zeitsprungs?«

Der Chefwissenschaftler des 1. Tamaniums machte eine fahrige Handbewegung. »Im besten Fall dreißig bis vierzig Minuten«, antwortete er. »Aber nur, wenn wir auf gründliche Tests der einzelnen Systemkomponenten verzichten. Und wir wissen nicht, ob der Probelauf zu internen Schäden geführt hat.«

»Für umfangreiche Tests bleibt keine Zeit«, warf Tolot ein. »Wir müssen die Speicherbänke aufladen und den Sprung sofort durchführen.«

Paronn zögerte. Ruun Lasoth hatte Recht. Es war ein Risiko, ohne eine sorgfältige Prüfung der Systemkomponenten die Zeitmaschine zu benutzen. Selbst wenn sie funktionierte, bestand noch immer die Möglichkeit, dass die Zielzeitsteuerung in Mitleidenschaft gezogen worden war und er das Jahr 4500 seit der Reichsgründung nicht erreichte, sondern irgendwann in der Zeit strandete ... Aber hatte Tolot nicht versichert, dass er den Bau der Archen erfolgreich abgeschlossen hatte? Und der Haluter musste es wissen. Von seiner temporalen Warte aus gehörte all das, was jetzt hier geschah, der fernsten Vergangenheit an.

Entschlossen nickte er. »Wir wagen es«, sagte er gepresst. »Wir führen den Zeitsprung durch. An die Arbeit!«

Während die Alarmsirenen weiter heulten und draußen vor der Halle schwer bewaffnete Soldaten in Stellung gingen, um die Maschine unter Einsatz ihres Lebens zu verteidigen, machten sich Paronn, Lasoth und Tolot an die Vorbereitung des Zeitsprungs. In das Heulen des Alarms mischte sich das tiefe, vibrierende Brummen der Speicherbänke an der Rückseite der Halle, die vom Kernreaktor des

Flottenstützpunkts mit Energie aufgeladen wurden. Paronn programmierte die Zielzeit in die Maschine, der Tag, an dem die erste lemurische Mondexpedition gestartet war und den Beginn des Weltraumzeitalters eingeläutet hatte. Er hatte, nachdem Tolot ihm seine Bestimmung eröffnet hatte, einen Bericht über den Raketenstart aufgerufen und sich mit den Ereignissen wenigstens rudimentär vertraut gemacht. Zu mehr hatte er keine Zeit und Ruhe gefunden. Seltsamerweise war ihm nicht der Start, der Beginn einer Epoche, sondern das Gesicht des Chronisten, mit dem der Bericht gezeichnet war, am nachhaltigsten im Gedächtnis geblieben. Der Name Deshan Apian sagte ihm nichts, doch es war ein junges, unbeschriebenes Antlitz, wie eine Leinwand, die darauf wartete, dass ein Künstler sie bemalte ...

Der Haluter und Lasoth führten einige Diagnosechecks durch, fanden aber keine Fehler. Trotz des missglückten Probelaufs und der unkontrollierten Versetzung des Bestienschiffs in die Vergangenheit schien die Maschine einwandfrei zu funktionieren.

Paronns Herz hämmerte. In der Innentasche seiner Jacke spürte er die vier Zellaktivatoren, mit deren Nachbau er nach den Plänen des Zwölften Heroen begonnen hatte. Die Aktivatoren und der Chip mit den Konstruktionsdaten. Es würde wahrscheinlich nicht einfach sein, in der primitiven Vergangenheit die Konstruktion zu vollenden und weitere Geräte herzustellen, doch er glaubte, dass es ihm gelingen könnte. Schließlich blieben ihm Jahrzehnte Zeit ...

»Der Energiefluss ist stabil«, hörte er Tolots grollende Stimme über den Sirenenlärm. »Die Ladung der Speicherbänke liegt bei zweiundzwanzig Prozent und steigt weiter.«

Paronn warf einen nervösen Blick zu dem offenen Tor der Halle, wo sich die Soldaten unter mobilen Kraftfeldkuppeln duckten und schwere Thermogeschütze montierten. Es schneite noch immer, und der Himmel war von einem hellen, unschuldigen Weiß, mit dem schwachen

Lichtfleck der Sonne am östlichen Horizont. Es konnte nicht mehr lange dauern, bis die Bestienschiffe am Himmel auftauchen und mit ihrem Zerstörungswerk beginnen würden.

Ein Leutnant der Wachtruppe löste sich aus dem dichten Schneetreiben und rannte mit eingezogenem Kopf zu Paronn. Keuchend blieb er stehen. Eiskristalle schmolzen an seinen Wangen, und seine Lippen hatten sich in der barbarischen Kälte blau verfärbt.

»Die Bestienschiffe haben die äußeren Verteidigungsringe durchbrochen und nähern sich Lemur«, meldete er atemlos. »Der Hohe Tamrat Merlan empfiehlt dringend, die Zeitmaschine zu evakuieren. Wir könnten ...«

»Nein«, unterbrach Paronn scharf. »Keine Evakuierung. Wir führen das Zeitexperiment jetzt durch.«

Der Leutnant zögerte unsicher. Niemand verweigerte einen direkten Befehl des Hohen Tamrats. Auch nicht der Technad von Tanta III.

Ruun Lasoth hatte den kurzen Wortwechsel mitbekommen und trat zu den beiden Männern. »Ich übernehme die Verantwortung«, sagte er zu dem Leutnant. »Die Vorbereitungen für das Zeitexperiment sind zu weit gediehen, um es jetzt noch abzubrechen.«

»Wie du befiehlst, Chefwissenschaftler«, murmelte der Leutnant unbehaglich. »Ich werde den Hohen Tamrat über deine Entscheidung informieren.«

»Ladung der Speicherbänke bei dreißig Prozent und steigend«, berichtete Tolot knapp.

Der Leutnant warf der Bestie einen Blick zu, der Furcht und mühsam kontrollierten Hass ausdrückte, wandte sich ab und verließ die Halle wieder. Draußen tauchten weitere Soldaten aus dem Schneetreiben auf und nahmen ihre Verteidigungsstellungen ein. Paronn war erleichtert, dass so viele bewaffnete Männer zu ihrem Schutz abbeordert worden waren, aber er wusste aus eigener Erfahrung, dass die Bestien keine Mühe haben würden, die Abwehrstellungen zu überrennen, wenn sie erst einmal gelandet waren.

Am Himmel flammte ein heller Punkt auf und expandierte zu einem glühenden, münzroten Fleck. Der Technad fuhr unwillkürlich zusammen. Im Orbit um Lemur war das erste Raumschiff explodiert.

Mit einem gemurmelten Fluch wandte er sich wieder der Zeitmaschine zu und überprüfte die Leistung der Temporaltransformatoren. Sie arbeiteten mit höchster Kapazität, stellte er zufrieden fest.

»Speicherbänke bei achtunddreißig Prozent und steigend«, sagte Tolot.

Wir werden es schaffen, dachte Paronn, während er verbissen die Vorbereitungen für den Zeitsprung fortsetzte. *Ich werde in die Vergangenheit reisen und die Sternenarchen bauen. Der erste Schritt des langen Weges, an dessen Ende die völlige Vernichtung der Bestien und die Rettung des Großen Tamaniums stehen werden ...*

Der Gedanke beflügelte ihn, und selbst als draußen weitere Feuerbälle am Himmel aufflammten und von der Vernichtung anderer Raumschiffe kündeten, setzte er seine Arbeit unbeirrt fort.

»Speicherbänke bei dreiundvierzig Prozent und steigend«, sagte Tolot.

Draußen ebbte das Heulen der Alarmsirenen ab, doch es wurde nicht still. In das Pfeifen des Windes mischte sich das Fauchen und Dröhnen der peripheren Geschützstellungen des Flottenstützpunkts, und mannsdicke Strahlbahnen zuckten aus den Energiekanonen in den bewölkten Himmel. Sie brannten Löcher in die Wolkendecke, aus der schwarze Kugeln niederstießen und aus Impulskanonen das Feuer erwiderten. Eine der Geschützstellungen explodierte mit einem weithin hallenden Donnerschlag.

Immer mehr Kugelraumschiffe tauchten am Firmament auf und gerieten ins Kreuzfeuer der Bodenforts. Der ganze Himmel schien jetzt zu brennen. Trümmer regneten auf den Stützpunkt nieder und setzten einige Kasernen in Flammen.

Die Angst saß Paronn im Nacken, während er unermüdlich weiterarbeitete. Jede Sekunde rechnete er damit, dass ein Energiestrahl die Halle mit der Zeitmaschine traf und all ihre Hoffnungen zerstörte, doch sie hatten Glück – oder die Bestien verschonten die Halle absichtlich.

»Speicherbänke bei siebenundfünfzig Prozent und steigend«, hörte er Tolots monotone Meldung.

Er blickte wieder nach draußen. Am fernen Horizont, wo die Metropole Matronis mit ihrem großen Raumhafen lag, stiegen Schiffe in den Himmel. Sie gehörten zu dem großen Flüchtlingskonvoi, der in den letzten Tagen unter dem Befehl von Kommandantin Drorah zusammengestellt worden war. Im Alarmstart versuchten die Flüchtlingsschiffe den schweren Kämpfen zu entkommen, doch die Einheiten der Bestien machten keinen Unterschied zwischen zivilen und militärischen Zielen und schossen einige der startenden Raumer erbarmungslos ab.

Grelle Lichtausbrüche durchzuckten das Schneetreiben, pilzförmige Rauchwolken befleckten das Weiß des Horizonts, und mit einiger Verzögerung waren die Donnerschläge von mächtigen Explosionen zu hören, gefolgt von tosenden Druckwellen, die die dichten Schneeschleier zerrissen und Staub, Ruß und Asche mit sich trugen.

Taktische Nuklearwaffen!, dachte Paronn voller Grauen. *Die verfluchten Bestien setzen Atomsprengköpfe ein ...*

»Speicherbänke bei dreiundsechzig Prozent und steigend.«

Tolots grollende Stimme war die einzige Sicherheit in dem heraufziehenden Chaos, und Paronn konzentrierte sich auf sie, während er weiter an der Zeitmaschine arbeitete.

Ein entsetzter Schrei von draußen ließ ihn herumfahren.

Das Abwehrfeuer der Geschützstellungen war inzwischen abgebrochen, das letzte Bodenfort zerstört worden. Und von den schwarzen Kugelrümpfen der Bestienschiffe, die drohend über dem Stützpunkt am Himmel hingen, lösten sich dunkle Punkte und sanken langsam in die Tiefe. Zuerst waren es nur eine Hand voll, aber sie wurden mit jeder Sekunde mehr, bis ganze Schwärme den Himmel verdunkelten.

Levian Paronn hielt den Atem an.

Landetruppen!

Die Bestien setzten Landetruppen ab. Sie wollten die Zeitmaschine nicht vernichten, sondern in ihre Gewalt bringen!

Erneut packte ihn die Verzweiflung und legte sich wie eine würgende Hand um seine Kehle. So kurz vor dem Ziel durften sie nicht scheitern! Seine Mission war zu wichtig, als dass er versagen durfte.

»Speicherbänke bei vierundsiebzig Prozent«, meldete Icho Tolot.

»Alle Systeme arbeiten einwandfrei«, fügte Ruun Lasoth hinzu.

Paronn sah den Chefwissenschaftler des 1. Tamaniums an. Das raubvogelähnliche Gesicht des Mannes war bleich, und in seinen Augen glomm dieselbe Furcht, die auch ihn umklammert hielt.

»Wir werden es schaffen«, stieß der Technad grimmig hervor. »Bei den alten Göttern Lemurs, wir werden es schaffen!«

Die Soldaten, die rings um die Halle Stellung bezogen hatten, eröffneten aus ihren Impulsgewehren und mobilen Thermogeschützen das Feuer auf die herabstoßenden Landetruppen der Bestien. Paronn beobachtete, wie einige der vierarmigen Riesen getroffen wurden und ihre Paratronschirme die tödlichen Energiestrahlen in den Hyperraum leiteten.

Die ersten Bestien gingen auf dem Landefeld nieder, auf dem vor kurzem noch der Leichte Kreuzer gestanden hatte, und schossen mit ihren Intervallgewehren auf die Verteidiger. Paronn sah, wie sich die Kraftfeldkuppel einer mobilen Geschützstellung unter den fünfdimensionalen Stoßfronten konzentrierter Intervalltreffer verformte und dann mit einem letzten Flackern zusammenbrach. Das mobile Geschütz explodierte, und die Bedienungsmannschaft wurde von der Druckwelle erfasst und über das Kasernengelände geschleudert.

Er wandte sich ab und setzte mit bebenden Händen die Vorbereitungen für den Zeitsprung fort.

»Speicherbänke bei zweiundachtzig Prozent«, grollte Tolot.

Paronn trat an das schwebende Kontrollsegment der Zeitmaschine und räusperte sich. Er bemühte sich, seiner Stimme einen entschlossenen Klang zu geben, doch selbst in seinen eigenen Ohren klang sie schrill und verängstigt.

»Die Zielzeit wurde programmiert und bestätigt«, sagte er. »Ich aktiviere die Zielzeitsteuerung und implementiere die Daten ... Daten erfolgreich implementiert. Die Zielzeit ist das Jahr 4500 seit der Reichsgründung.«

Er sah zu Ruun Lasoth hinüber, der vor den Displays des Temporaltransformators stand. Der Chefwissenschaftler bemerkte seinen Blick.

»Die Transformatorleistung liegt bei hundert Prozent und ist stabil«, erklärte er.

Paronn atmete erleichtert auf. »Tolot?«, fragte er.

»Speicherbänke bei neunundachtzig Prozent«, antwortete der Haluter.

Das Brummen der Maschinenblöcke wurde lauter. Draußen gellten Schreie und donnerten Explosionen, aber Paronn sah nicht zum offenen Tor hinüber, sondern konzentrierte sich weiter auf das Kontrollsegment. Und er betete, dass es diesmal keine Fehlfunktion geben würde.

»Ich initiiere die Temporalwandler«, sagte er heiser.

Plötzlich knisterten zwischen den trichterförmigen Wandlern wieder die vertrauten Energieentladungen und vereinigten sich quälend langsam zu dem blau leuchtenden, pulsierenden Kraftfeld, das an das Abstrahlfeld eines Transmitters erinnerte.

»Transformatorleistung weiterhin stabil«, rief Lasoth über das Donnern einer Explosion hinweg.

»Speicherbänke bei vierundneunzig Prozent und steigend«, fügte Tolot hinzu.

Gleich, dachte Paronn fiebrig. *Gleich haben wir es geschafft ...*

Das Pulsieren des Kraftfelds wurde stärker. Die einzelnen Energiestränge vereinigten sich zu einem brodelnden Oval mit einem Durchmesser von fast fünf Metern. Fasziniert starrte Paronn in das blaue Leuchten.

»Speicherbänke bei achtundneunzig Prozent«, sagte der Haluter.

Es war so weit. Levian Paronn straffte sich und trat vor das Abstrahlfeld, während Ruun Lasoth das Kontrollsegment übernahm. Prüfend blickte er zum offenen Tor hinüber. Trotz der erbitterten Gegenwehr der lemurischen Soldaten näherten sich die ersten Bestien der Halle, vierarmige Giganten in schwarzen Kampfanzügen, umhüllt von den rötlichen Effekten ihrer undurchdringlichen Paratronschirme.

»Tolot!«, stieß Paronn hervor. »Worauf wartest du?«

Der Haluter rührte sich nicht von der Stelle. »Ich kann dich nicht in die Vergangenheit begleiten«, erklärte er ruhig. »Du hast diese Reise allein angetreten. Ich darf das Muster der Zeit nicht verändern.«

»Aber die Bestien werden dich töten!«, protestierte er. »Verdammt, sei vernünftig und komm mit mir!«

»Es tut mir Leid«, erwiderte Tolot. »Doch ich kann nicht zulassen, dass ein Zeitparadoxon entsteht.«

Paronn fluchte.

»Speicherbänke bei hundert Prozent«, übertönte Lasoths gepresste Stimme den Waffenlärm. »Das Zeitfeld ist stabil. Schnell, Paronn! Worauf wartest du noch?«

Levian Paronn zögerte. Dann holte er tief Luft und machte einen Schritt. Er stand jetzt dicht vor dem brodelnden Temporalfeld. Das blaue Leuchten schien ihn zu locken, und plötzlich spürte er, wie alle Furcht von ihm abfiel. Das Knistern und Fauchen der Strahlwaffen, das Krachen der Explosionen und die erstickten Schreie der verwundeten und sterbenden Soldaten ... alles trat in den Hintergrund. Er hörte nur noch das aufgeregte Pochen seines Herzens, das Keuchen seiner angestrengten Atemzüge.

Das Transmitterfeld der Zeitmaschine war nur eine Armeslänge von ihm entfernt, die Vergangenheit zum Greifen nah.

Der Zwölfte Heroe hat Recht gehabt, dachte er siegestrunken. *Ich werde große Dinge vollbringen, Dinge, die jeder andere für unmöglich halten würde. Ich werde die Lemurer und das Große Tamanium retten und die Bestien zerschmettern ...*

Er spürte Tränen in seinen Augen, Tränen der Erleichterung und der Dankbarkeit, dass der Heroe ihn auserwählt hatte, um das Schicksal des lemurischen Volkes zu wenden.

Dann gab er sich einen Ruck. Mit einem großen Schritt trat er durch das Kraftfeld und verschwand.

Levian Paronn war auf dem Weg in die Vergangenheit, auf dem Weg zur Erfüllung seines Schicksals.

23

Kaum war Paronn durch das Abstrahlfeld des Zeittransmitters getreten, pulverisierte ein Intervallstrahl einen Teil der Hallendecke und traf die Phalanx der Speicherbänke. Die Energiespeicher explodierten mit ohrenbetäubenden Donnerschlägen. Entladungsblitze zuckten durch die ozongeschwängerte Luft und verbrannten einige der Techniker, die für die Überwachung der Energieversorgung verantwortlich waren. Icho Tolot sah, wie das Abstrahlfeld mit einem letzten Flackern erlosch, und dann erfasste ihn die Druckwelle der Explosionen und schleuderte ihn meterweit durch die Luft und gegen die Wand.

Im letzten Moment verhärtete er die Molekularstruktur seines Körpers, aber der Aufprall war trotzdem so hart, dass sekundenlang rote Flecken vor seinen Augen tanzten. Stöhnend blieb er liegen und bewegte benommen den Kopf. Langsam klärte sich sein Blickfeld. Als er wieder deutlich sehen konnte, drangen die ersten Bestien in die Halle ein.

Die Soldaten und Techniker, die rund um die Zeitmaschine postiert waren, eröffneten sofort das Feuer auf die vierarmigen Riesen, aber die Strahlen ihrer Thermo- und Impulswaffen wurden von den Paratronfeldern der Eindringlinge mühelos absorbiert. Mehrere Salven aus ihren Intervallgewehren brachen den letzten Widerstand. Ruun Lasoth wurde von einem Intervallschuss getroffen und stürzte steif wie ein gefällter Baum zu Boden.

In der Halle wurde es still, während draußen weiterhin die Kämpfe wüteten und Explosionen donnerten. Tolot zog den Kombistrahler aus dem Hüfthalfter und feuerte ein paar Schüsse in den Hintergrund der Halle, um so zu tun, als würde er gegen die Lemurer kämpfen. Zwei Bestien traten mit dröhnenden Schritten auf ihn zu, und er starrte in die Mündungen ihrer entsicherten Intervallwaffen. Er senkte den Strahler und steckte ihn zurück ins Holster.

»Ein Glück, dass ihr gekommen seid«, keuchte er. »Ohne euer Eingreifen hätten mich die Lemurer getötet.«

»Wer bist du?«, grollte eine der Bestien. »Zu welcher Einheit gehörst du? Und wie bist du in die Gewalt der Zeitverbrecher geraten?«

Sie misstrauen dir nicht, drang der Gedankenimpuls des Planhirns in sein benommenes Bewusstsein. *Was auch immer Merhon Velsath bei seinem Verrat den Bestien erzählt hat – er hat dich und deine Rolle offenbar nicht erwähnt. Nutze deine Chance!*

Tolot richtete sich mühsam auf. »Ich bin Icho Tolot«, erwiderte er. »Und ich komme aus der Zukunft.« Er wies auf die Zeitmaschine. »Ich habe mit meinem Archäologenteam auf einer Welt des galaktischen Zentrums eine Zeitmaschine entdeckt. Sie war eindeutig lemurischen Ursprungs. Als wir sie untersuchten, hat sie sich von selbst aktiviert und mich in diese Zeit und an diesen Ort versetzt. In dem Moment, als ich hier materialisierte, ist ein lemurischer Wissenschaftler in die Vergangenheit gereist. Ich konnte es nicht verhindern. Und dann begann auch schon euer Angriff ...«

Die beiden Bestien wechselten einen Blick. Während die eine ihn weiter mit der Waffe bedrohte, wandte sich die andere ab und sprach mit gedämpfter, unverständlicher Stimme in die Kom-Einheit ihres Kampfanzugs. Als sie sich wieder zu Tolot umdrehte, funkelte sie ihn drohend an.

»Du wirst hier warten«, sagte sie. »Rühr dich nicht von der Stelle, oder du stirbst.«

Befolge den Befehl, mahnte ihn das Planhirn. *Dies sind nur subalterne Kämpfer. Dein Schicksal wird sich erst entscheiden, wenn ihr Kommandeur eintrifft.*

»Ich bin froh, dass ihr gekommen seid«, erklärte er laut. »Wer weiß, was die Lemurer sonst noch mit dieser Zeitmaschine angestellt hätten.«

Die beiden Bestien antworteten nicht. Sie hielten weiter die Waffen auf ihn gerichtet, während draußen die Kämpfe abflauten und die Explosionen nachließen. Durch das Loch in der Decke konnte Tolot ein halbes Dutzend schwarze Kugelraumschiffe mit abgeplatteten Polen erkennen, die über dem verwüsteten Stützpunkt schwebten. Am Himmel leuchteten weitere Feuerbälle auf, expandierten und erloschen nach einer Weile. Trümmerteile rasten wie Sternschnuppen durch die Atmosphäre und zogen brennende Schweife hinter sich her.

Plötzlich tauchte eine Gruppe Bestien aus dem dichten Schneetreiben auf und trat durch das Tor, angeführt von einem vierarmigen Giganten, der größer und massiger als seine Begleiter war. Die rabenschwarze Haut seines ledrig strukturierten Gesichts wies handtellergroße weiße Pigmentflecken auf, die wie poliert glänzten.

Tolot versteifte sich unwillkürlich.

Das Auftreten und die Haltung dieser Bestie verrieten, dass sie es gewohnt war, Befehle zu geben. Mit großen, stampfenden Schritten trat sie auf ihn zu und blickte auf ihn hinunter. In ihren rot leuchtenden Augen war kein Gefühl, nur eine kalte Neugier. Sie starrte ihn an, als wäre er ein seltenes Insekt, das sie untersuchen wollte.

»Ich bin Hork Nomass«, stellte sie sich donnernd vor, »Kommandeur der 4. Flotte der Zeitgerechten. Und wer bist du, Verräter?«

»Ich bin kein Verräter«, verteidigte sich Tolot empört. Er wiederholte seine Geschichte und schloss: »Ihr habt genau im richtigen Moment eingegriffen. Wären die Energiespeicher der Zeitmaschine nicht zerstört worden, hätten die Lemurer eine ganze Expedition in die Vergangenheit geschickt. Die Gefahr eines Zeitparadoxons wäre ins Unermessliche gewachsen.«

»Aus welcher Zeit kommst du?«, fragte Nomass, noch immer nicht überzeugt.

»Aus einer über fünfzigtausend Jahre entfernten Zukunft«, antwortete Tolot.

Einige Momente lang herrschte Schweigen. Er konnte erkennen, wie beeindruckt sie von dieser unvorstellbaren Zeitspanne waren. Schließlich ergriff Nomass wieder das Wort.

»Wenn du wirklich aus der Zukunft kommst, weißt du auch, wie dieser Krieg enden wird«, sagte er schleppend.

»Wir Zeitgerechten siegen über die Lemurer«, erwiderte Tolot. »Die Niederlage der Zeitverbrecher ist total. In der Zukunft ist nichts mehr von ihnen übrig. Sie sind ausgelöscht und für immer vergessen.«

»Ah ...«, machte der Kommandeur der Bestien schnaufend. »Ich hatte nichts anderes erwartet.«

Du musst ihm mehr geben, drängte das Planhirn. *Du musst unter allen Umständen seine Sympathie gewinnen.*

»Wir sind die unumstrittenen Herrscher dieser und der Zwillingsgalaxis«, fügte Tolot hinzu. »Alle anderen Völker dienen uns. Wer aufzubegehren wagt, wird mit eiserner Faust zerschmettert. Und wir haben das Joch der Ersten Schwingungsmacht abgeschüttelt ...«

Hork Nomass keuchte hörbar auf. Er beugte sich zu dem kleineren Haluter hinunter und murmelte: »Erzähl mir mehr davon, Besucher aus der Zukunft.«

Tolot überlegte fieberhaft. Er wusste, dass die Urhaluter im Auftrag der Ersten Schwingungsmacht das Große Tamanium angegriffen hatten, um die für sie gefährlichen Zeitexperimente der Lemurer zu beenden. Aber er kannte auch die kriegerische, zur Dominanz neigende Mentalität seiner Vorfahren und wusste, dass sie nur unwillige Diener gewesen waren, von Furcht und Hass auf ihre Herren erfüllt.

Das ist der perfekte psychologische Hebel, bemerkte sein Planhirn. *Setze ihn richtig an, und du wirst ihr Vertrauen gewinnen.*

»Die Erste Schwingungsmacht hat uns immer nur benutzt«, sagte er laut. »Wir waren keine Partner für sie, nur Werkzeuge. Sie schickte uns in den Krieg gegen die Lemurer, ohne uns die technischen Mittel in die Hand zu geben, um diesen Krieg schnell zu beenden. Millionen von uns kämpften tapfer und mussten dennoch in den ersten Jahrzehnten des Krieges sterben.«

Die Bestien raunten zustimmend.

»Dies ist eine traurige Tatsache«, grollte ihr Kommandeur. »Die Erste Schwingungsmacht war stets grausam zu uns, obwohl wir ihr treu und aufopfernd dienen.«

»Hätte sie uns zu Beginn des Krieges mit der Paratrontechnologie ausgerüstet«, fuhr Tolot mit hörbarem Grimm in der Stimme fort, »wären zahllose unserer Krieger nicht einen sinnlosen Tod gestorben. Die Opfer, die wir brachten, waren unnötig.«

Hork Nomass neigte beifällig den Kopf. »Dem kann ich nur zustimmen, Icho Tolot. Viele meiner tapferen Kämpfer starben auf dem Schlachtfeld, weil sie nicht über die richtigen Waffen und Schutzschirme verfügten. Es gab Momente, in denen selbst ich fürchtete, dass die Zeitverbrecher triumphieren würden.«

»Aber wir haben den Krieg gewonnen«, donnerte Tolot, »und uns danach gegen die Erste Schwingungsmacht erhoben. Es kam zu blutigen und erbitterten Schlachten, aus denen wir siegreich hervorgingen. Und nach jahrelangen schrecklichen Kämpfen drangen wir bis zum Heimatsystem der Ersten Schwingungsmacht in der Satellitengalaxis vor und vernichteten ihre Welt. Seitdem sind wir die Herren, seitdem herrschen wir unangefochten ...«

Nomass atmete tief durch. »Das«, grollte er bedächtig, »sind wahrlich gute Nachrichten.« Er blickte zu der Zeitmaschine hinüber. »Aber die Reise des Zeitverbrechers Levian Paronn in die Vergangenheit stellt eine unkalkulierbare Bedrohung für uns da. Wir müssen etwas dagegen unternehmen. Sag, Icho Tolot, kannst du die Zeitmaschine bedienen?«

Der Haluter zögerte. Instinktiv spürte er, dass sein Leben von der Antwort auf diese Frage abhing. Sollte er lügen, um die Bestien daran zu hindern, die Zeitmaschine einzusetzen? Oder die Wahrheit sagen, um endgültig ihr Vertrauen zu gewinnen, obwohl er damit riskierte, dass die

Bestien selbst ein Zeitexperiment wagten und versuchten, Levian Paronn in der Vergangenheit zu töten?

Die Wahrheit ist im Moment die einzige Alternative, meldete sich sein Planhirn wieder zu Wort. *Wenn du Nomass' Vertrauen hast, wird sich später bestimmt eine Gelegenheit bieten, die Pläne der Bestien zu durchkreuzen.*

»Ich kenne mich nicht mit allen Komponenten der Maschine aus«, erwiderte er ruhig, »aber ich bin überzeugt, dass ich sie nach einer gründlichen Untersuchung bedienen kann.«

»Sehr gut«, brummte der Bestienkommandeur. Er wandte sich an seine Begleiter. »Demontiert die Maschine und schafft sie an Bord der HORGON THAR. Und beeilt euch. Es wird nicht lange dauern, bis die Zeitverbrecher zum Gegenangriff übergehen.«

Er winkte Tolot zu, und der Haluter folgte der riesigen Bestie hinaus ins Schneetreiben. Die Feuerbälle der explodierenden Raumschiffe am Himmel waren inzwischen erloschen, aber die Kasernen und Abwehrstellungen der Basis brannten. Öliger Rauch stieg von ihnen auf. Im Westen, dort, wo die Millionenstadt Matronis lag, verhingen die Staub- und Aschepilze taktischer Nuklearexplosionen den Horizont. Düster fragte sich Tolot, ob die Bestien die Metropole gezielt vernichtet oder nur die Bodenforts in ihrem Umkreis zerstört hatten. Er spähte durch die tanzenden Flocken und sah in der Ferne Beiboote der Bestienschiffe kreisen. Hin und wieder erschütterte eine Explosion die unheimliche Stille, die sich über den verwüsteten Flottenstützpunkt gelegt hatte. Offenbar leisteten versprengte Einheiten der Lemurer noch immer Widerstand.

Es wunderte ihn nicht.

Die Vorfahren der Zweiten Menschheit waren tapfere Kämpfer, die nicht einmal im Angesicht der sicheren Niederlage aufgaben.

Er blickte nach oben.

Aus den Wolken und den wirbelnden Schneeflocken schälte sich ein gigantischer Berg aus schwarzem Stahl, ein Superschlachtschiff der Bestien mit einem Durchmesser von 1700 Metern, ein Leviathan des Weltalls, fast unbezwingbar. Langsam sank das Schiff dem Landefeld vor der Halle entgegen, und Tolot war plötzlich froh, dass durch den Testlauf der Zeitmaschine der Leichte Kreuzer verschwunden war. Hätte das erbeutete Schiff noch immer an seinem Platz gestanden, hätte er große Probleme gehabt, die Bestien von seiner erfundenen Geschichte zu überzeugen.

Er folgte Hork Nomass auf das Landefeld, vorbei an den rauchenden, nachglühenden Trümmern der mobilen Thermogeschütze und den Leichen der gefallenen Wachsoldaten. Als das Schneetreiben nachließ und er sich umschaute, konnte er viele weitere tote Lemurer erkennen, aber nur zwei Leichen der Bestien, ein weiterer Beweis für die technologische Überlegenheit der Urhaluter.

Der Schatten des herabsinkenden Superschlachtschiffs legte sich wie ein düsteres Wesen auf das Landefeld. Verdrängte Luftmassen umbrausten den Haluter, und er stemmte sich dem Druck entgegen.

Nomass blieb stehen und atmete tief die rauchgeschwängerte Luft ein. »Ah«, seufzte er, »dies ist der Duft des Sieges, mein Freund.«

Mein Freund. Tolots zwei Herzen machten einen Sprung. Seine Strategie hatte Erfolg gehabt. Er hatte den Hass der Urhaluter auf die Erste Schwingungsmacht richtig eingeschätzt und mit seiner Geschichte ihre verborgenen Wünsche angesprochen. Sie hatten ihn akzeptiert.

Aber nur, weil für sie die Vorstellung absurd ist, dass einer von ihnen wirklich zum Verräter werden und zu den Lemurern überlaufen könnte, teilte ihm sein Planhirn kühl mit. *Du musst vorsichtig sein, um nicht doch noch ihr Misstrauen zu erregen. Dein Leben hängt von deiner Klugheit ab.*

Der abgeplattete Südpol des Superschlachtschiffs HORGON THAR mit seinem Ring aus angeflanschten Triebwerkseinheiten hing jetzt direkt über Nomass und Tolot. Ein Schleusenschott öffnete sich, und die beiden Haluter wurden von einem Antigravfeld erfasst und in die Höhe gerissen. Aus den Augenwinkeln sah er, wie die Bestien die ersten Komponenten der Zeitmaschine aus der Halle schleppten, dann wurden sie seinen Blicken entzogen.

Er folgte dem Kommandeur durch die große Schleusenkammer in einen Antigravschacht, der sie hinauf zum Kommandodeck des Schiffes trug. Eine Minute später hatten sie die Zentrale erreicht. Die Bestien an den Kontrollpulten, Terminals und Schaltwänden sprangen auf und salutierten, als ihr Kommandeur hereinkam. Nomass grollte zufrieden und wies Tolot mit einem Wink einen Platz an einem Reservepult zu. Er selbst ließ sich in den wuchtigen Sitz an der Kommandokonsole fallen.

»Die Schiffe des Feindes sammeln sich im Orbit des Mondes«, meldete eine Bestie. »Unsere Einheiten kontrollieren weiter den interplanetaren Raum um Lemur, aber wir werden die Stellung nicht halten können, wenn die Zeitverbrecher zum Gegenangriff übergehen. Wir müssen Verstärkung anfordern oder uns zurückziehen.«

»Unsere Mission ist fast beendet«, knurrte Nomass. »Wir müssen nur noch ein wenig Geduld haben.«

Tolot verfolgte auf den Monitoren, wie die Einzelteile der Zeitmaschine aus der Halle zum Superschlachtschiff transportiert wurden und in den riesigen Laderäumen verschwanden. Die Bestien arbeiteten mit erstaunlicher und erschreckender Effizienz, und es dauerte nicht langte, bis die Demontage und die Verladung der Maschine abgeschlossen war. Die letzten Mitglieder der Landetruppen gingen an Bord, und die mächtigen Schleusenschotts schlossen sich.

Langsam stieg das Superschlachtschiff in den Himmel.

Aus größerer Höhe war das Ausmaß der Zerstörung in der Umgebung des Flottenstützpunkts deutlich zu erkennen. Wo sich die Türme und Hochhäuser von Matronis erhoben hatten, gähnten brennende, rauchende Krater. Überall loderten Feuer, und der Ruß und die Asche färbten die Winterlandschaft schwarz.

Nomass gab einen Befehl, und die Intervall- und Impulskanonen des Bestienschiffes feuerten auf die Ruinen des Stützpunkts. Binnen weniger Sekunden wurde er dem Erdboden gleichgemacht. Wer auch immer dort unten noch gelebt hatte, war jetzt mit Sicherheit tot.

So viele Opfer, dachte Icho Tolot bedrückt. *Was für eine ungeheure Tragödie ...*

All das ist Geschichte und längst geschehen, erklärte sein Planhirn unbeeindruckt. *Dein Mitgefühl ist verständlich, aber unangebracht.*

Der Haluter unterdrückte einen Fluch. Manchmal hasste er das Planhirn für seine kalte, herzlose Logik.

»Wir sollten die Gelegenheit nutzen und eine Armageddonbombe auf Lemur werfen«, sagte einer von Nomass' Offizieren plötzlich. »Die Stammwelt der Zeitverbrecher ein für alle Mal auslöschen.«

Tolot blickte alarmiert zu Nomass hinüber. Der Kommandeur schien den Vorschlag zu überdenken.

Du musst dies unbedingt verhindern!, drang der grelle Gedankenimpuls des Planhirns in sein Bewusstsein. *Ein Atombrand würde die Existenz der Zweiten Menschheit negieren und ein Zeitparadoxon mit unabsehbaren Folgen auslösen!*

Er räusperte sich und sagte laut zu Nomass: »Kommandeur, Lemur ist in der Zukunft eine unserer wichtigsten strategischen Basen. Von hier aus kontrollieren wir die Westside der Galaxis. Eine Zerstörung des Planeten würde eine Schwächung unserer eigenen Macht bedeuten.«

Die riesige Bestie mit den weißen Pigmentflecken sah ihn nachdenklich an. Dann zuckte sie gleichgültig die Schultern. »Lemur stellt ohnehin keine Gefahr mehr für uns dar«, grollte sie. »Warum also eine Armageddonbombe verschwenden?«

Plötzlich heulten Alarmtöne durch die Zentrale. Auf den Ortungsmonitoren war abrupt ein lemurisches Schlachtschiff im äußeren Orbit aufgetaucht. Offenbar war der Kommandant das Risiko eingegangen und hatte einen Halbraumsprung in der Außenzone des planetaren Schwerkraftfelds durchgeführt. Mit rot leuchtendem Schutzschirm raste es auf das Bestienschiff zu und feuerte aus seinen Thermo- und Impulsgeschützen, doch die Energiestrahlen verpufften wirkungslos im Paratronschirm der HORGON THAR.

»Feuer erwidern«, befahl Nomass kalt.

Eine Salve aus den Intervallgeschützen genügte, um den Halbraumschirm des lemurischen Schiffes hinwegzufegen und große Löcher in die Hülle aus supergehärtetem Spezialstahl zu bohren. Ein Teil der Ringwulst-Impulstriebwerke detonierte. Steuerlos trieb das 1000 Meter durchmessende Schlachtschiff auf den Planeten zu.

In hilflosem Entsetzen verfolgte Icho Tolot, wie der stählerne Gigant durch die Atmosphäre pflügte, dabei einen feurigen, viele Kilometer langen Schweif hinter sich herzog und vor der Südküste Lemurias ins Meer stürzte. Der Aufprall löste eine gewaltige Flutwelle aus, die die Küste und einen großen Teil des Hinterlands unter sich begrub. Unmittelbar nach dem Absturz explodierte das Wrack. Ein gewaltiger Atompilz stieg in die Höhe. Die schwere Explosion löste massive Beben aus, die jene Küstenbereiche erschütterten, die von dem Tsunami verschont worden waren. Tolot sah, wie sich am südwestlichen Ausläufer Lemurias ein tiefer, am Grund glühender Riss bildete, aber dann war das Superschlachtschiff zu weit entfernt, um noch Einzelheiten erkennen zu können.

Der Planet mit seinem zum Untergang verurteilten Kontinent fiel zurück, und das Superschlachtschiff stieß in den offenen Weltraum vor. Die anderen Einheiten der Bestien gruppierten sich um das Flaggschiff und beschleunigten, als die lemurische Flotte im fernen Mondorbit Fahrt aufnahm, um zum Gegenangriff überzugehen.

Aber die lemurischen Schiffe waren zu langsam.

Lange bevor sie den Feind erreichten, verschwand die kleine Flotte der Bestien im Halbraum.

24

Nach einem Flug, der nur einen knappen Tag dauerte, landeten sie auf einem Basisplaneten der Bestien, einer vulkanischen, felsigen, von Stürmen heimgesuchten Welt, die Icho Tolot an den Vorhof der Hölle erinnerte. Der Großteil der Flotte hatte sich von der HORGON THAR getrennt, um an anderen Orten Operationen gegen die lemurischen Zeitverbrecher durchzuführen, und auf dem kleinen Raumhafen des Stützpunkts standen neben dem Superschlachtschiff nur zwei Leichte Kreuzer, die mit ihren 100 Metern Durchmesser neben dem Giganten wie Spielzeuge aussahen.

Blitze zuckten am wolkenverhangenen, düsteren Himmel, und ein schwerer Orkan umtobte die niedrigen, klobigen Gebäude der Basis, die hufeisenförmig das Landefeld umgaben, als die Bestien die Einzelteile der Zeitmaschine in eine Montage- und Reparaturwerkstatt für schweres Kriegsgerät transportierten.

Icho Tolot saß in der Zentrale der HORGON THAR und beobachtete den Abtransport.

Du musst einen Weg finden, den Einsatz der Zeitmaschine zu verhindern oder so zu sabotieren, dass die Bestien Levian Paronns Pläne nicht durchkreuzen können, mahnte ihn sein Planhirn. *Und du musst versuchen, den Bestien zu entkommen – irgendwie.*

Tolot hätte fast verzweifelt aufgelacht. Das Planhirn hatte gut reden. Obwohl er sicher war, dass er inzwischen das Vertrauen der Bestien gewonnen hatte, war er gleichermaßen überzeugt, dass sie ihn keinen Moment aus den Augen lassen würden. Hork Nomass mochte die Vorstellung gefallen, dass sein Volk die Erste Schwingungsmacht besiegt hatte, doch der Kommandeur war kein Narr – er würde den Besucher aus der Zukunft unter ständige Beobachtung stellen, bis das Zeitexperiment erfolgreich durchgeführt worden war.

Erneut dachte Tolot an die Sternenarchen. Er wusste noch immer nicht, wie er an Bord der LEMCHA OVIR gelangen sollte, und allmählich zweifelte er daran, dass es ihm überhaupt gelingen würde. Aber dann würde er Ichest nicht erreichen und seinem früheren Ich auf Gorbas IV nicht die Flucht durch die Zeitmaschine ermöglichen können. Die Gefahr, das Opfer einer Zeitschleife zu werden, wuchs mit jeder Sekunde.

Nomass' dröhnende Stimme riss ihn aus seinen Gedanken.

»Wir wissen, was der Zeitverbrecher Levian Paronn in der Vergangenheit getan hat«, sagte der Bestienkommandeur, während er den Haluter mit rot leuchtenden Augen fixierte. »Wir haben in den historischen Archiven Lemurias Beweise für seine Aktivitäten gefunden. Und wir müssen seine Absichten im Nachhinein vereiteln.«

Er gab einem seiner Untergebenen einen Wink. Die Bestie beugte sich über ihr Schaltpult und drückte einige Knöpfe. Ein Monitor leuchtete auf. Tolot unterdrückte ein verblüfftes Keuchen, als er eine zylinderförmige, knapp fünf Kilometer lange und 500 Meter durchmessende Struktur aus grauem Stahl sah. Es war die NETHACK ACHTON! Die Kamera zeigte die Arche aus verschiedenen Perspektiven vor dem Hintergrund der Sterne und der blauen Kugel Lemurs. Dann folgte eine Sequenz, in der sie beschleunigte und im sternendurchfunkelten Weltraum verschwand. Ein verzerrter Kommentar pries die Leistung des Großen Solidars an, das unter Leitung des Wissenschaftlers Levian Paronn ein Generationenraumschiff konstruiert hatte, um die Saat der Lemurer im Weltall zu verbreiten.

Die Bilder wechselten. Eine andere Arche wurde sichtbar, eine ringförmige Konstruktion mit rechteckigem Querschnitt, die Tolot sofort als LEMCHA OVIR identifizierte. Dies war die Arche, die er auf ihrem Dilatationsflug begleiten würde ... wenn die Bestien das Muster der Geschichte nicht veränderten und es ihm gelang, sie zu finden. Eine Zeitanzeige in der rechten unteren Ecke der Bilder verriet, dass diese Arche Jahre später als die NETHACK ACHTON zu ihrer jahrtausendelangen Reise aufgebrochen war.

Weitere Generationenschiffe unterschiedlicher Konstruktion tauchten auf dem Monitor auf, wie sie im Abstand von Jahren und Jahrzehnten ihren Flug zu den Sternen antraten, bis die historischen Aufnahmen schließlich mit dem Start der ACHATI UMA endeten, jener Arche, mit der Levian Paronn reiste.

Tolot war wie elektrisiert, als er Paronns Stimme hörte, wie er davon sprach, dass die Generationenschiffe den Fortbestand des lemurischen Volkes sichern würden.

Als die Aufnahmen endeten, konnte er nur mit Mühe seine Erleichterung verbergen. Paronn hatte es tatsächlich geschafft, die Archen zu bauen und auf die Reise zu schicken. Alles war so geschehen, wie es dem vorgegebenen Muster der Zeit entsprach.

»Wir haben die Aufnahmen analysiert«, grollte Hork Nomass, »und wir sind sicher, dass wir die Kursvektoren dieser Schiffe anhand der Sternkonstellationen berechnen und sie aufspüren und vernichten können. Allerdings besteht die Möglichkeit, dass die historischen Aufzeichnungen unvollständig sind und wir nicht alle Archen finden werden. Ein Teil der lemurischen Zeitverbrecher könnte überleben.«

»Das darf nicht geschehen«, stimmte Tolot nervös zu.

»Deshalb bleibt uns keine andere Wahl, als Paronns Werk in der Vergangenheit zu vereiteln«, fuhr Nomass fort. »Wir müssen ihn töten, bevor er mit dem Bau der Generationenschiffe beginnen kann.« Er schwieg einen Moment. »Mit deiner Hilfe, Icho Tolot, werden wir die HORGON THAR in die Vergangenheit versetzen und den Zeitverbrecher zur Strecke bringen.«

Tolot zögerte und überlegte fieberhaft. Er durfte nicht zulassen, dass Nomass die Flugvektoren der Archen errechnete und sie zerstörte. Aber er durfte auch nicht erlauben, dass ein voll funktionsfähiges Superschlachtschiff der Bestien in die Vergangenheit gelangte. Nomass war es ohne weiteres zuzutrauen, dass er sich nicht mit der Ermordung Paronns zufrieden gab, sondern mit der HORGON THAR gleich die gesamte lemurische Zivilisation des Jahres 4500 seit der Reichsgründung auslöschte.

Plötzlich fiel ihm ein, dass in Paronns mentalem Tagebuch von einem kleinen Bestienschiff die Rede gewesen war, das im Jahr 4560 das Apsu-System angegriffen hatte und vernichtet worden war.

Das war die Lösung! Wenn er klug vorging, konnte er Nomass' Wunsch erfüllen, ohne Paronn zu gefährden oder die geschichtliche Entwicklung im Nachhinein zu verändern.

»Ich bedaure«, sagte er laut, »aber eine Versetzung der HORGON THAR in die Vergangenheit ist unmöglich. Das Schiff ist für die Kapazität der Zeitmaschine zu groß.«

Nomass fluchte.

Tolot fügte hastig hinzu: »Doch ich bin sicher, dass ich einen der Leichten Kreuzer für den Zeitsprung vorbereiten kann. Das kleine Schiff dürfte genügen, um den Zeitverbrecher auszuschalten. Schließlich ist die damalige lemurische Zivilisation äußerst primitiv.«

»Hervorragend!«, rief Nomass. »Ich erwarte, dass du dich sofort an die Arbeit machst. Der Zeitverbrecher muss so schnell wie möglich zur Strecke gebracht werden!«

»Wie du befiehlst«, murmelte Tolot.

Der Kommandeur deutete auf zwei Mitglieder seiner Führungscrew. »Gorben und Kadark sind meine besten Technischen Offiziere. Sie werden dir bei der Montage der Zeitmaschine und der Vorbereitung des Sprungs in die Vergangenheit helfen.«

»Das ist eine gute Idee«, log der Haluter. »Je mehr Unterstützung ich habe, desto schneller können wir unseren Plan durchführen.«

Aufpasser, dachte er. Aber er hatte nichts anderes erwartet. Nomass traute ihm nur bis zu einem gewissen Grad.

Allerdings bezweifelte er, dass die Bestien viel von Temporalphysik und der Wirkungsweise des Zeittransmitters verstanden. Mit etwas List und Tücke musste es ihm gelingen, sie über seine wahren Absichten zu täuschen.

»Allerdings«, fuhr er fort, »wird dem Kreuzer die Rückkehr in die Gegenwart versagt sein. Er wird in der Vergangenheit bleiben müssen.«

»Nicht unbedingt«, grollte Nomass. »Er kann mit einem Dilatationsflug in unsere Zeit zurückkehren. Und sollte dem Kreuzer dies nicht gelingen, wird die Besatzung dem großen Sieg eben ihr Leben opfern«, fügte er gleichmütig hinzu.

Tolot knurrte bejahend. »Folgt mir«, sagte er zu den beiden Technos und verließ mit ihnen die Zentrale. Als sie das Gebäude erreichten, in dem die Einzelteile der Zeitmaschine lagerten, stellte er fest, dass einige Komponenten bei der Demontage oder dem Transport beschädigt worden waren. Er beschwerte sich lautstark und räsonierte über die Unfähigkeit der Bergungsmannschaft, doch insgeheim war er zufrieden. Um den Plan durchzuführen, den er sich zurechtgelegt hatte, brauchte er Zeit, und der Nachbau dieser Komponenten würde ihm diese Zeit verschaffen.

Unter den wachsamen Augen von Gorben und Kadark machte er sich an den Zusammenbau der Einzelteile und arbeitete bewusst langsam, während er seine beiden Aufpasser mit langatmigen Ausführungen über temporalphysikalische Theorien und das komplizierte Innenleben der Zeitmaschine bombardierte. Sein Kalkül, dass sein nicht enden wollender Redestrom die beiden Bestien bald langweilen und überfordern würde, ging auf. Er wusste nun, wie er seine Aufpasser ablenken und seinen Plan durchführen konnte.

Nach zwölf Stunden unermüdlichen Arbeitens, in denen die Montage der Zeitmaschine jedoch nur schleppend Fortschritte machte, kehrte er in die HORGON THAR zurück und begab sich mit Gorben und Kadark in die hochmodernen, robotisierten Fertigungsstätten des Superschlachtschiffs, um die beschädigten Komponenten zu duplizieren. Die vollautomatische Reproduktion der Bauteile dauerte nicht lange, aber er tat so, als wäre er mit der Qualität der Duplikate nicht zufrieden, und wiederholte den Prozess mehrfach, um ihn dann mit einer wütenden Tirade über die primitive Technologie seiner Vorfahren abzubrechen und die Arbeiten auf den nächsten Tag zu verschieben.

Gorben und Kadark führten ihn sichtlich entnervt zu seiner Kabine und ließen ihn allein, postierten aber eine Wache vor dem Schott.

Er lächelte freudlos und konzentrierte sich auf seinen eigentlichen Plan. Mithilfe der Positronikeinheit seines Kampfanzugs programmierte er regenerative Stealth-Viren, die er in die Bordrechner der drei Bestienschiffe einschleusen wollte, zerstörerische, kaum aufspürbare Programme, die es ihm ermöglichen würden, Nomass' Zeitexpedition zu sabotieren und von der Basiswelt der Bestien zu fliehen.

Vorausgesetzt, die halutische Softwaretechnologie ist der der Bestien überlegen, kommentierte sein Planhirn nüchtern. *Du kennst die Qualität ihrer Virenscanner nicht. Und wenn sie dich bei der Implementierung der Stealth-Viren ertappen, werden sie dich töten.*

Er ignorierte die kritische Bemerkung und arbeitete verbissen weiter, bis ihm vor Müdigkeit die Augen zufielen.

Am nächsten Tag informierte er Hork Nomass darüber, dass die gesamte Kraftwerkskapazität der HORGON THAR benötigt wurde, um den gigantischen Energiebedarf der Zeitmaschine zu decken. Er garnierte seine Behauptung mit komplizierten temporalphysikalischen Ausführungen und Exkursen über nanopulsierende Energieströme, die das Begriffsvermögen des Bestienkommandeurs weit überstiegen, und bekam die Erlaubnis, die Bordpositronik zu benutzen und die Reglermechanismen der Kraftwerke an die Energiekontrollsysteme der Zeitmaschine anzupassen.

Er verbrachte lange Stunden damit, die entsprechenden Programme zu schreiben und zu testen, und in einem unbeobachteten Moment gelang es ihm, die vorbereiteten Stealth-Viren in den Bordrechner einzuschleusen. Unwillkürlich hielt er den Atem an und erwartete halb, dass die

Virenscanner der Positronik Alarm schlagen würden, doch nichts geschah. Die Tarnkappen der Viren sorgten dafür, dass der Rechner in ihnen integrale Bestandteile der neuen Energiereglerprogramme sah.

Der erste Schritt war erfolgreich abgeschlossen.

Wenn die Viren aktiviert wurden, würden sie die Triebwerke und Waffen des Superschlachtschiffs blockieren und so seine Flucht unterstützen. Selbst wenn es den Bestien gelang, die aktiven Viren aufzuspüren und zu beseitigen, hatten sie nichts gewonnen. Die Sabotageprogramme würden sich immer wieder regenerieren und ihre zerstörerische Wirkung entfalten, bis das gesamte Betriebssystem gelöscht und neu installiert wurde.

Ein komplizierter, arbeitsintensiver Vorgang, der ihm genug Zeit verschaffen würde, um von dieser Welt zu fliehen.

Nachdem er Gorben und Kadark beauftragt hatte, die Energieleitungen von der HORGON THAR zur Halle mit der Zeitmaschine zu verlegen, nutzte er die Gelegenheit, um die historischen Aufnahmen vom Abflug der Sternenarchen auf den Computer seines Kampfanzugs zu überspielen. Danach implementierte er einen weiteren, simplen Virus, der die Aufzeichnungen im Bordrechner des Superschlachtschiffs löschen würde, sobald die Sabotageprogramme aktiv wurden.

Er wusste nicht, ob noch Kopien der Aufnahmen existierten, aber mehr konnte er nicht tun, um die Sternenarchen vor dem Zugriff der Bestien zu schützen.

Das Glück blieb ihm gewogen. Niemand bemerkte seine heimlichen Eingriffe in die Programmstrukturen der Bordpositronik.

Den Rest des Tages verbrachte er im Leichten Kreuzer SHAKAN, dem Schiff, das in die Vergangenheit versetzt werden sollte. Unter dem Vorwand, die auf fünfdimensionaler Basis arbeitenden Systeme des Kreuzers so zu kalibrieren, dass sie den Zeitsprung nicht behindern würden, schleuste er auch hier getarnte Viren in den Bordrechner ein. Bösartige kleine Programme, die nicht nur die Software, sondern auch die Hardware angreifen und dafür sorgen würden, dass die Triebwerke, Schutzschirme und Waffen des Kreuzers nur noch fehlerhaft funktionierten, wenn er den Zeitsprung absolviert hatte.

Die SHAKAN würde ein halbes Wrack sein, wenn sie im Jahr 4560 ankam, selbst für die primitiven Waffen der Lemurer jener Epoche verwundbar. Perry Rhodans Bewusstsein hatte als Beobachter miterlebt, wie das Bestienschiff zerstört wurde.

Zufrieden beendete Icho Tolot seine Arbeit.

»Wir müssen den zweiten Leichten Kreuzer ebenfalls präparieren«, sagte er zu seinen beiden Aufpassern. »Für den Fall, dass es beim Zeitsprung Komplikationen gibt und die SHAKAN beschädigt wird. Ich rate dringend, ein Ersatzschiff bereitzuhalten. Sonst besteht die Gefahr, dass der Zeitverbrecher Paronn doch noch triumphiert.«

Gorben und Kadark stimmten zu, und Tolot begab sich mit seinen beiden Aufpassern an Bord des Kreuzers, wo er seine Manipulationen wiederholte, nur dass er diesmal spezielle Stealth-Viren in die Bordpositronik einschmuggelte, die ihm die Kontrolle über das Raumschiff verschaffen würden, wenn er sie aktivierte.

Kaum war er mit der Arbeit fertig, wurde er in Hork Nomass' Quartier bestellt, und er fürchtete schon, dass seine Sabotage entdeckt worden war, aber der Bestienkommandeur wollte ihn nur weiter über die Zukunft ausfragen, über die glorreiche Herrschaft der Bestien und ihren triumphalen Sieg über die verhasste Erste Schwingungsmacht.

Die nächsten Tage arbeitete er an der Montage der Zeitmaschine und präparierte in einem unbeobachteten Moment das Kontrollsegment ebenfalls mit einem Virus, der nach dem erfolgten Zeitsprung die Steuereinheit blockieren und die Energiespeicher überlasten würde. Die daraus resultierende Explosion musste die Maschine zerstören oder zumindest derart stark beschädigen, dass ihre Reparatur das technische Wissen der Bestien überstieg.

Dann waren alle Vorbereitungen für den Zeitsprung getroffen – und für seine Flucht von dieser Welt.

Die Nacht vor dem entscheidenden Zeitexperiment verbrachte er in der bangen Erwartung, dass die Bestien seine Manipulationen doch noch entdecken würden, aber seine scheinbar begeisterte Kooperation und die Aussicht auf ihren endgültigen Triumph über den Zeitverbrecher Paronn hatten alles Misstrauen ihm gegenüber zerstreut.

»Dies ist ein historischer Moment«, erklärte Hork Nomass, als er mit Tolot und einem Dutzend Technikern vor der Zeitmaschine stand und die Systeme hochgefahren wurden. »Wir schlagen die lemurischen Zeitverbrecher mit ihren eigenen Waffen.« Die riesige Bestie lächelte breit über das weiß pigmentierte Gesicht.

Tolot lachte grollend. »Sie bekommen, was sie verdient haben.«

»Und diesen Sieg haben wir nur dir zu verdanken«, fügte Nomass hinzu. »Du wirst in die Annalen unseres Volkes als Held eingehen.«

»Ich tue nur meine Pflicht«, wehrte der Haluter in gespielter Bescheidenheit ab.

Dann konzentrierte er sich auf das Kontrollsegment. Die Kraftwerke des Superschlachtschiffs hatten die Energiespeicherbänke zu hundert Prozent aufgeladen. Der Temporalumformer brummte zufrieden vor sich hin und transformierte die Energien in hyperdimensionale Kraftfelder, die fahl zwischen den trichterförmigen Wandlern flackerten und mit jeder verstreichenden Sekunde stärker und stabiler wurden.

Er sah zu dem offenen Tor der Montagehalle und hinaus aufs Landefeld des kleinen Raumhafens, auf dem der Leichte Kreuzer SHAKAN stand. Die Besatzung war bereits an Bord und wartete auf den Zeitsprung.

»Alle Systeme arbeiten einwandfrei«, meldete einer der Bestientechniker nach einem Blick auf die Displays des Temporalumformers und der Energiekontrolle.

»Initiierung der Temporalwandler erfolgreich abgeschlossen«, sagte Tolot.

Er hantierte an den Kontrollen des Steuersegments, und das blau leuchtende Kraftfeld zwischen den Wandlern begann zuerst langsam, dann immer schneller zu pulsieren. Gleichzeitig verformte sich das Feld zu einer Spindel, deren Spitze auf die SHAKAN ausgerichtet war.

»Tretet zurück zu den Speicherbänken«, fügte der Haluter warnend hinzu. »Es wäre gefährlich, jetzt in den Erfassungsbereich des Transmitterfelds zu geraten.«

Die Bestien gehorchten und sammelten sich vor den Energiespeichern. Tolot unterdrückte ein zufriedenes Lächeln und fuhr die Leistung der Wandler weiter hoch. Das Brummen des Temporalumformers war zu einem vibrierenden Wummern angeschwollen. Das pulsierende, blau leuchtende Spindelfeld wurde länger und kroch wie eine exotische Schlange auf die SHAKAN zu. Dann hatte das Kraftfeld den Leichten Kreuzer erreicht und hüllte ihn in eine azurne Aura. Energieentladungen knisterten wie Elmsfeuer an der schwarzen Hülle und vereinigten sich zu einer flackernden Korona.

»Zeitsprung erfolgt ... *jetzt*«, rief Tolot.

Er zögerte einen Moment in dem Wissen, dass der Satz für den integrierten Rechner seines Kampfanzugs das Signal war, die Stealth-Viren an Bord der drei Raumschiffe mit einem ultrakurzen Funkimpuls zu aktivieren, und berührte dann eine Sensortaste an dem Kontrollsegment.

Im selben Moment verschwand das Bestienschiff vom Raumhafen. Mit einem donnernden Krachen stürzte die umgebende Luft in das entstandene Vakuum. Die Bestien brüllten ihren Triumph hinaus und schlugen sich gegenseitig auf die Schultern, aber das Heulen der Speicherbänke, in die immer weiter Energie geleitet wurde, übertönte Sekunden später ihre Jubelschreie.

Irritiert drehten sich die Bestien zu der Speicherphalanx um.

»Was hat das zu bedeuten?«, rief Nomass. »Gibt es Probleme?«

»Das ist eine völlig normale Nebenerscheinung des Zeitsprungs«, antwortete Tolot. Er wich zum Tor der Montagehalle zurück. »Es besteht kein Grund zur Sorge.«

Der Bestienkommandeur starrte ihn mit seinen drei rot

leuchtenden Augen an. Misstrauen glomm in ihnen auf, während das Heulen der Speicherbänke zu einem ohrenbetäubenden Lärm anschwoll.

Icho Tolot hatte das Tor der Halle fast erreicht, als Nomass den ersten Schritt machte, um ihn aufzuhalten. Aber es war zu spät. Die gewaltigen Energiemengen, die das Superschlachtschiff in die Speicher pumpte, ohne dass sie verbraucht wurden, überlasteten die Puffer. Entladungsblitze zuckten aus den Speichereinheiten und streckten einige der Bestien zu Boden. Nomass schrie in plötzlichem Begreifen auf und langte nach den Hüftkontrollen seines Kampfanzugs, um den Schutzschirm zu aktivieren, als die Bänke explodierten.

Ein Feuerball verschlang die Bestien. Tolot wurde von der Druckwelle erfasst und hinaus aufs Landefeld geschleudert, doch er war vorbereitet und hatte die Molekularstruktur seines Körpers verhärtet. Er spürte keinen Schmerz, als er auf dem Boden aufschlug, sprang sofort wieder auf und aktivierte das Paratronfeld.

Kurz spähte er in die Montagehalle, in der der Feuerball inzwischen erloschen war. Die Zeitmaschine hatte der Wucht der Explosion weitgehend widerstanden, aber die Bestien waren von der Druckwelle gegen die Wände geschmettert worden und rührten sich nicht. Er wusste nicht, ob sie tot waren, doch angesichts der zähen Konstitution seiner Vorfahren vermutete er, dass sie noch lebten und bald wieder zu sich kommen würden.

Seine Einschätzung war richtig.

Hork Nomass, der zwischen den rauchenden Trümmern der Speicherbänke lag, regte sich bereits wieder.

Tolot rannte los. Der zweite Leichte Kreuzer war nur einen knappen Kilometer entfernt, überschattet vom berghohen Koloss des Superschlachtschiffs, aber es schien eine Ewigkeit zu dauern, bis er ihn erreicht hatte. Die ganze Zeit befürchtete er, dass die Stealth-Viren versagten und die Bestien an Bord der HORGON THAR das Feuer auf ihn eröffnen würden, doch nichts geschah.

Mit einem Funkimpuls übernahm er die Kontrolle über

die Bordpositronik des Kreuzers und befahl ihm, das untere Schleusenschott zu öffnen. Als das Schott zur Seite glitt, blickte er zurück zur Montagehalle. Die ersten Bestien stolperten heraus, von der Explosion sichtlich mitgenommen, aber sie waren zu weit entfernt, um ihm gefährlich werden zu können.

Ein Antigravfeld trug ihn hinauf in die Schleusenkammer. Wenig später hatte er die Zentrale des leeren Schiffes betreten und leitete die Startsequenz ein. Auf den Monitoren der Außenbeobachtung verfolgte er, wie Hork Nomass und ein halbes Dutzend Bestien auf den Kreuzer zurannten und mit Intervallgewehren auf das Schiff schossen, doch der Spezialstahl der Hülle widerstand den Treffern. Vorsichtshalber aktivierte er den Paratronschirm und erhöhte die Leistung des Antigravgenerators.

Das Bestienschiff stieg langsam in die Höhe. Die Geschütze der HORGON THAR schwiegen noch immer, blockiert von den implementierten Stealth-Viren. Er dachte an die SHAKAN, deren Viren ebenfalls vor dem Zeitsprung aktiv geworden waren und die Funktion der Bordsysteme stören würden, sobald der Kreuzer in seiner Zielzeit eintraf. Die Lemurer jener Zeit würden keine Schwierigkeit haben, das Bestienschiff zu vernichten.

Levian Paronn und die Sternenarchen waren gerettet.

In knapp tausend Metern Höhe aktivierte Tolot die Impulstriebwerke des Kreuzers. Die vulkanische, zerklüftete Oberfläche der Stützpunktwelt fiel rasend schnell unter ihm zurück. Sekunden später hatte er den offenen Weltraum erreicht und wurde von den glitzernden Lichtpunkten von Myriaden Sternen begrüßt.

Er war den Bestien entkommen.

Epilog

Im Schutz der Korona einer roten, planetenlosen Riesensonne, sicher vor den Detektoren der Bestienschiffe, die zweifellos nach ihm suchten, machte sich Icho Tolot an die Auswertung der historischen Aufnahmen vom Start der Sternenarchen. Es kostete viel Zeit und Mühe, aber schließlich gelang es ihm, anhand der Sternkonstellationen und unter Berücksichtigung der Eigenbewegung der Milchstraße die Kursvektoren der Generationenschiffe und ihre aktuellen Positionen zu bestimmen.

Eine der Archen, die CHODOK MON, die zu den ersten Schiffen gehörte, die das Apsu-System verlassen hatten, war nur wenige Hundert Lichtjahre entfernt, wenn seine Berechnungen stimmten, und er flog ihre vermutete Position an. Der Ortungsschutz der Arche erschwerte es ihm, sie aufzuspüren, doch nach stundenlanger Suche fand er sie schließlich und ging an Bord.

Er wurde von den Lemurern freundlich und voller Neugier aufgenommen, und er war dankbar und erleichtert, dass sein Anblick sie nicht mit Entsetzen erfüllte, wie es bei den Menschen aus der Endzeit des Krieges der Fall gewesen war.

Seine Ankunft wurde vom plötzlichen Auftauchen eines Bestienschiffs überschattet, und in einem erbitterten Kampf vernichtete er den Feind. Die Begegnung mit den Bestien weckte schlagartig seine Erinnerung an die rätselhaften Hyperfunkimpulse, die in der Gegenwart des Jahres 1327 NGZ von den Archen ausgegangen waren. Er fragte sich, ob die Bestien die Generationenschiffe mit Hypersendern präpariert hatten und ob diese Signale für ihr überraschendes Erscheinen auf Gorbas IV verantwortlich waren. Was immer auch dahinterstecken mochte, er war überzeugt, dass es Perry Rhodan gelingen würde, die Gefahr zu bannen. Zudem hatte Rhodanos zweifellos tatkräftige Unterstützung, nämlich ihn selbst, Icho Tolot. Jenen Tolot zumindest, der den Rückweg ins Jahr 1327 Neuer Galaktischer Zeitrechnung schon hinter sich hatte und der – vielleicht – mehr über die Zusammenhänge herausgefunden hatte. Er selbst würde es erfahren ...

Beim Kampf mit dem Bestienschiff war sein Kreuzer beschädigt worden, und er benötigte geraume Zeit für die Reparatur. Während an Bord der Arche Tage und Wochen vergingen, verstrichen durch den Dilatationseffekt im Rest des Universums Jahre und Jahrzehnte, aber schließlich hatte Icho Tolot die Reparaturen abgeschlossen und nahm Abschied von den Lemurern der CHODOK MON.

Er steuerte die nächste Arche an, schließlich eine dritte, dann die vierte. Beinahe alle Generationenschiffe besuchte er mit der Zeit, und seine Befürchtung, dass die Bestien diese Lebensinseln heimgesucht hatten, zerstreute sich allmählich. Er wusste nicht, warum, aber sie schienen nur die CHODOK MON aufgespürt zu haben. Irgendwann hatten sie sich wohl nicht mehr für die Schiffe der Lemurer interessiert, weil sie friedfertig geworden waren. Genau das war ein Teil der Geschichte seines Volkes: Der lemurische Pschogen-Regenarator, quasi in letzter Minute entwickelt und entscheidend verbessert, hatte aus den Bestien im Laufe einer langen Zeit die friedfertigen, den Wissenschaften aufgeschlossenen Haluter werden lassen.

Eines von Icho Tolots vorerst letzten Zielen war die NETHACK ACHTON. Insgeheim hatte er befürchtet, gerade sie könnte das Ziel eines Bestienangriffs geworden sein, doch das Generationenschiff war unversehrt, und die Lemurer an Bord waren noch nie Wesen begegnet, die wie Tolot aussahen.

Auch von den Lemurern der NETHACK ACHTON wurde er freundlich empfangen, obwohl er in einer Zeit der Krise eintraf. Die Generation, die jetzt an Bord lebte, hatte Lemur nie gesehen und zweifelte am Sinn ihrer langen Reise. Verfeindete Gruppen hatten sich gebildet, gewalttätige Konflikte drohten. Icho Tolot blieb eine Weile bei ihnen, schlichtete den Streit und gab den Lemurern durch seine Erzählungen von den Wundern des Kosmos, die auf ihre Kindeskinder warteten, und der schicksalhaften Bedeutung ihrer Reise für das Überleben des lemurischen Volkes einen neuen Lebenssinn.

Sie würden ihn für immer als Förderer und Mentor in Erinnerung behalten.

Tolot genoss die Zeit an Bord der NETHACK ACHTON, den Frieden, den er nach den vielen Kämpfen und dem schrecklichen Leid fand, das er auf Torbutan und Lemur gesehen hatte, aber er musste weiterziehen, zur ACHATI UMA, der Arche, mit der Levian Paronn reiste. Er freute sich bereits auf das Wiedersehen mit dem Wissenschaftler. Sie würden einander sehr viel zu erzählen haben.

Sein weiterer Weg war vorherbestimmt.

Nach dem Besuch auf der ACHATI UMA würde er die LEMCHA OVIR ansteuern und dort im Dilatationsflug die Jahrtausende verbringen, bis die Arche das Ichest-System erreichte und abstürzte. Von Ichest aus würde er schließlich nach Gorbas IV gelangen, wo in der Gegenwart des Jahres 1327 NGZ die Bestien erneut ihr Unwesen trieben, und seinem anderen, früheren Ich die Flucht in die Vergangenheit ermöglichen, zu den Abenteuern, die dort auf ihn warteten, wie es dem vorgegebenen Muster der Zeit entsprach.

Der Kreis würde sich schließen.

Aber war es wirklich ein Kreis ohne definierbaren Anfang und ohne Ende? Das hätte bedeutet, dass er dem vorherbestimmten Schicksal nicht ausweichen konnte, weder durch Handeln noch durch Unterlassen. Oder bestand die Gefahr, dass die Zeit wie Wachs in seinen Händen formbar war, solange er das Jahr 1327 NGZ nicht wieder erreicht hatte? Er brauchte nur die LEMCHA OVIR nicht anzufliegen; die Folgen würden vielfältig sein.

Unüberschaubar.
Vielleicht sollte er sich damit begnügen, Levian Paronn auf der ACHATI UMA aufzusuchen ...
Und danach wartete die Zukunft auf ihn, rätselhaft und unergründlich, aber voller verlockender Versprechen.

Anhang

Wir Zeitreisende – Über die Fahrgemeinschaft der Chrononauten und ihre phantastischen Fortbewegungsmittel

von Hartmut Kasper

Das politisch-erotische Programm einer Reise gegen den Uhrzeigersinn

In einem Gespräch am 19. Juli 2004 antwortete Rainer Zubeil – allen Science-Fiction-Fans unter den Namen Thomas Ziegler ein Begriff – auf die Frage, was er in der Vergangenheit ändern würde, wenn er die Möglichkeit zu einer Zeitreise hätte: »Ich würde Adolf Hitler töten und so den Zweiten Weltkrieg und den Holocaust ungeschehen machen. Andererseits sind meine Großeltern mütterlicherseits Russlanddeutsche aus der Ukraine, die im Zuge der Kriegswirren nach Deutschland vertrieben wurden. Kein Krieg, keine Vertreibung, kein Rainer Zubeil. Schon wäre das schönste Zeitparadoxon zustande gekommen.«

Auf der Leserkontaktseite von PERRY RHODAN Nummer 499 zitiert der Redakteur aus einem Leserbrief: »Wäre es nicht möglich, dass mit dem Nullzeitdeformator folgende Personen in das Jahr 3438 gebracht werden: Rhodans Frauen ...«, von denen dem Publikum damals Thora und Mory Abro (offiziell) bekannt waren – Rhodans Verhältnis zur schönen Akonin Auris von Las Toór war ja etwas undurchsichtig geblieben.

Wenn wir den profanen Temporaltourismus einmal außer Acht lassen, bei dem der Pauschalzeitreisende von bloßer Neugierde getrieben wird, dann dürfen wir hier die beiden Hauptmotive für den Einsatz von Zeitmaschinen genannt erkennen: Der eine (Zubeil) möchte die Zeitreise zu historisch-moralischen Reparaturzwecken einsetzen; er ist sich als Moralist der Bedenklichkeit derartiger Operationen meist bewusst (kein Krieg, keine Vertreibung, kein Rainer Zubeil). Der andere schiebt solche Skrupel beiseite und sieht die Zeitreise zuvörderst als ergiebiges Frauenbeschaffungsprogramm.

Wer hat Recht? Und: Was hat das eine mit dem anderen zu tun?

Wer's wissen will, sollte zunächst einmal hinabsteigen in die Tiefen der Mythologie. Der griechische Philosoph Plato (428/27 bis 348/47 vor Christus) erzählt in seinem Dialog »Politikos« von einer Zeit, in der noch nicht der weise Gott Zeus den Kosmos regierte, sondern sein Vater, der Titan Kronos. Kronos hat bekanntlich seinen Vater, Uranos, entmannt; nun verspeist er, um einem ähnlichen Schicksal vorzubeugen, die eigenen Kinder. Kronos ist schon früh mit Chronos in eins gesetzt worden, der personifizierten Zeit. Nun fresse auch die Zeit ihr Kind, die Zukunft, und die kronische Welt habe deswegen so ausgesehen: Alles wendete »sich auf das Entgegengesetzte zurück und wurde gleichsam jünger und zarter. Und die weißen Haare der Alten schwärzten sich, die Wangen der Bärtigen glätteten sich wieder ... Damit, dass die Alten wieder zur Natur der Kinder zurückkehrten, hängt ja zusammen, dass auch von den Verstorbenen und in der Erde Liegenden alle diejenigen wieder dort sich zusammenfügend und auflebend jener allgemeinen Umwendung folgten.« (270e–271b) So, das sehen wir leicht, geht die Welt nicht mit rechten Dingen zu. Es braucht einen vernünftigen Gott, Zeus, der den Kosmos wieder auf den rechten Weg bringt.

Wenn aber der Pfeil der Zeit sich einmal in die falsche Richtung verkehrt hat – wohin würde diese Umkehr in letzter Konsequenz führen? Nach uralten Theorien residiert am Grunde der Zeit, in den »Höhlen der Ewigkeit« (*antrum aeternitatis*), die »Mutter der Jahre« (*mater annorum*) und verwaltet das »Archiv der Zeit«.

Zu solchen Müttern hinab fährt Goethes Faust im zweiten Teil der Tragödie, um die sagenhaft schöne Helena zu schauen, eine der »längst nicht mehr Vorhandenen« (Vers 6278). Werkzeug dieser Reise ist ein teuflischer Schlüssel, den Mephisto ihm borgt: »Er wächst in meiner Hand! Er leuchtet, blitzt!« (Vers 6261) Allerdings ist Faust, soweit er Dichter ist, ohnehin in der vierten Dimension mobil, denn »den Poeten bindet keine Zeit« (Vers 7434). Faust begegnet schließlich Helena vor dem Palast des Menelas zu

Sparta und wird so – selbst wenn man die ganze Exkursion mit anschließender Schwängerung der zeitlos schönen Griechin und Geburt des gemeinsamen Sohnes Euphorion als bloßen Wunscherfüllungstraum deutet – zu einem Zeitreisepionier. Die Idee, die vergangenen Frauen Rhodan mittels Nullzeitdeformation wieder zuzuführen, ist also gar nicht so neu, wie man es sich für eine Science-Fiction-Serie wünscht.

»One more drop of oil« – der große H. G. Wells und seine nicht minder großen Vorfahren

Natürlich gibt es, wie in allen touristischen Gesellschaften, auch unter den Zeitreisenden etwas wie die Spaßfraktion, die aus purer Lust am Reisen reist. Lewis Carroll (1832–1898), der Autor der Reiseberichte »Alice im Wunderland« und »Alice hinter den Spiegeln«, veröffentlichte im Jahr 1889 den Roman »Sylvie and Bruno«. Eine der Hauptfiguren dieser Geschichte ist ein wunderlicher Professor, der »sogar drei neue Krankheiten erfunden« hat »und außerdem eine neue Art, wie man sich das Schlüsselbein bricht«; darüber hinaus ist er im Besitz einer Zeitmanipulationsuhr mit sechs oder acht Zeigern und »mit der besonderen Eigenschaft, dass *sie* nicht mit der *Zeit*, sondern die *Zeit* mit *ihr* geht«.

Der Professor erklärt dem Ich-Erzähler des Romans: »Folglich ändere ich die Zeit, wenn ich die Zeiger bewege. Sie *vorwärts* in die *Zukunft* zu bewegen, ist unmöglich; aber ich kann sie bis zu einem vollen Monat *zurück*drehen – das ist die Grenze. Und dann können Sie alle Ereignisse noch einmal erleben – und gemäß der Erfahrung nach Wunsch ändern.«

Aber die Uhr »hat noch weit phantastischere Eigenschaften. ... Sehen Sie diesen kleinen Knopf? Man nennt ihn ›Umkehrknopf‹. Wenn man ihn drückt, dann laufen die Ereignisse der nächsten Stunde in umgekehrter Reihenfolge ab.« Und nun ist es wieder

Zeitreiseprofessor mit Stulpenstiefel für horizontales Wetter

wie bei Kronos: »So ging die stetig sich selbst zerstörende Arbeit voran.« Die Kinder demontieren ihre Handarbeit, die Familie versammelt sich um einen Tisch, der mit schmutzigem Geschirr gedeckt ist, der Hammelbraten entgrillt sich, Kartoffeln werden dem Gärtner zum Vergraben ausgehändigt, der Koch fängt das letzte Flackern des erlöschenden Feuers mit dem Streichholz ein, das Hausmädchen nimmt das rohe Fleisch vom Spieß und trägt es dem rückwärts seinen Laden betretenden Metzger entgegen.

Neben diesen verspielten Flaneuren in Vergangenheit und gegenläufiger Zeit wissen wir auch von unfreiwillig Zeitreisenden, die es in eine andere Zeit verschlagen hat: Im selben Jahr 1889 wie Carroll publizierte der Autor und Erfinder Mark Twain (1835–1910) seinen Roman »A Connecticut Yankee in King Arthur's Court« (»Ein Yankee aus Connecticut an König Arthurs Hof«). In diesem Werk wird Hank Morgan, Oberaufseher einer Waffenfabrik in Connecticut, ins 6. Jahrhundert an König Arthurs Hof Camelot versetzt, und zwar durch einen Schlag auf den Kopf (daher wohl der Terminus »verschlagen«). Nun mögen Hiebe auf den Kopf verglichen mit der Professorenuhr als technologischer Rückschritt erscheinen, dafür wird Morgan in der Vergangenheit schneller heimisch.

Morgan macht Karriere: Er jagt den Turm von Merlin, dem Zauberer alter Schule, mit Sprengstoff in die Luft, beginnt mit der Industrialisierung des mythischen Königreiches und beansprucht ein Prozent aller Staatsgewinne. Auf einem Turnier stellt er die Überlegenheit der Feuerwaffe unter Beweis; später löscht er, mittlerweile als »The Boss« tituliert, ein Heer von

Ein Yankee wirft einen ersten Blick auf seine neue Zeitgenössin – spätere Heirat nicht ausgeschlossen

Der Held schläft noch im Cockpit, die Frau der Zukunft geht schon auf Mäusejagd

30 000 Rittern mit Dynamit, Minen, elektrischen Drahtverhauen und Maschinengewehren aus: »Es hatte Menschenleben in ungeheurem Ausmaß vernichtet. ... Natürlich konnten wir die Toten nicht zählen, denn sie existierten nicht als Einzelne, sondern als homogenes Protoplasma mit Zusätzen von Eisenteilen und Knöpfen.« Am Ende schickt ihn Merlin mittels 1300-jährigen Schlafes zurück in seine ursprüngliche Gegenwart, das 19. Jahrhundert.

Twains Text gilt heute als einer der Grundsteine der modernen Science Fiction, wegweisend war er zudem. Immer wieder einmal hat seit den Tagen des seligen Yankee ein Zeitversetzungsschlag den Kopf zukünftiger Helden getroffen, wenn auch in leicht modernisierter Form, zuletzt jenen Matthew Drax, der unter dem Namen Maddrax für den Bastei-Verlag über eine verunstaltete Zukunftserde streift. Und das kam so: Düsenjägerpilot Drax beobachtete gerade den Sturz eines gigantischen Kometen in die Erdatmosphäre im Jahr 2012, als schlagartig »etwas geschah. Der Jet schien plötzlich zwei Spitzen zu haben. ... Sämtliche Kontrolllampen schienen sich zu verdoppeln. Selbst die eigenen Hände sah Matt zweifach« – kurz: Er zeigt die klassischen Symptome einer Gehirnerschütterung. »Dunkelheit legte sich wie eine Bleischürze über sein Hirn. ... Dann saugte finstere Nacht sein Bewusstsein ins Nichts.« Als er erwacht, schreibt man das Jahr 2519. Drax muss etwas wie eine Verzerrung im Raumzeitgewebe durcheilt haben, jedenfalls ist die Welt nun von schauerlichen Mutanten besiedelt, die Städte heißen schauerlicherweise Landan (= London) oder Nuu'ork (= New York), nur Leipzig heißt immer noch Laabsisch – ein schwacher Trost.

Zur Frage, wie genau die Expressbeförderung durch die Jahrhunderte vonstatten ging, hören wir Michael Schönenbröcher, der Maddrax sagen lässt: »Ich weiß bis heute nicht, was damals *wirklich* geschah.« Treffender hätte es auch Morgan nicht ausdrücken können.

Versteht sich, dass Maddrax als echtem Zeitreisenden auch gleich die Gefährtin in die Arme fliegt, die schöne junge Wilde: »Fast nackt« trägt sie, da es Winter ist, immerhin »einen Lendenschurz aus Fell« und »ihre Brüste wippten bei jeder Bewegung auf und ab«. Aruula heißt das wehrige Zukunftsweib; sie ist eine »Lauscherin«, eine telepathisch begabte Mutantin.

Ein Jahr vor Carroll und Twain hatte Edward Bellamy (1850 bis 1898) in »Looking Backward: 2000–1887« seinem Helden einen Ausflug in die Zukunft spendiert: Der junge Mann war seiner kurz bevorstehenden Heirat wegen etwas nervös, litt eh an Schlaflosigkeit und ließ sich deswegen ab und an mesmerisieren, das heißt von einem »Professor des tierischen Magnetismus« in tiefen Schlaf versetzen. Jedoch wird dieser Schlaf einmal so tief, dass er 113 Jahre dauert – und der junge Mann wacht im Jahr 2000 wieder auf. Schlag und Schlaf, Kopfschmerz und Sinnestrübung bis zur Bewusstlosigkeit gehören seitdem zum Grundrepertoire der Befindlichkeiten eines Zeitreisenden.

Im Jahr 1895 endlich lässt Herbert George Wells (1866–1946) seinen namenlosen Helden »The Time Machine« in Betrieb nehmen – der definitive Beginn der utopisch-technischen Zeitreise-Literatur. Auch für Wells' Zeitmaschine hat es einen Probelauf gegeben: Im Jahr 1888 hatte Wells für die Studentenzeitschrift »Science School Journal« eine (nie abgeschlossene) Fortsetzungsgeschichte mit dem Titel »The Chronic Argonauts« geschrieben, die literarisch an die seinerzeit geführte Debatte über die Zeit als vierte Dimension anschloss. Die Hauptfigur ist ein gewisser Dr. Moses Nebogipfel, den Wells nach dem Vorbild Thomas Alva Edisons gestaltet haben dürfte. Wie Edison, der aus New York fortzog und auf dem Land in Menlo Park sein Laboratorium errichtete, wo er von den einfachen Dorfbewohnern als »wizard« wahrgenommen wurde, zieht Nebogipfel in das erfundene walisische Dörfchen Llyddwdd. Auch ihn fürchten die Einheimischen als einen »necromancer«, einen Schwarzkünstler, zumal er in seinem Haus das gruselige elektrische Licht installiert. Der irgendwie deutsch klingende Name (vielleicht eine Verballhornung von »Nebelgipfel«) gemahnt an einen anderen Vorgänger, den deutschen Dr. Frankenstein. Nebogipfel reist mit seinem (etwas unfreiwilligen) Gewährsmann Reverent Elijah Cook auf der Zeitmaschine, einem glitzernd-verdrehten Gerät wie »aus einem Fiebertraum«, in die Zukunft der Jahre 4003, 17 901 und 17 902. Die Maschine selbst wird als Schiff bezeichnet, als »the ship that sails through time«, ihr Name: The Chronic Argo.

Der Erfolg dieser Fortsetzungsgeschichte ermunterte Wells, sie zu einem Roman um- und auszubauen. Der nunmehr namenlose Zeitreisende residiert in London, im Rahmen einer kleinen Abendgesellschaft gibt er seinen Gästen einige technische Erläuterungen über die Zeit-Maschine: »Es wird Ihnen aufgefallen sein, dass sie ein wenig verdreht aussieht und dass diese Stange so sonderbar funkelt, als wäre sie irgendwie unwirklich«; einige »Bestandteile der Maschine waren aus Elfenbein, andere aus einem durchsichtigen, kristallinen Material«. Da sein Experiment mit einem winzigen Modell die Gäste nicht überzeugt, trifft er bald selbst letzte Vorbereitungen zur Zeitreise: Er »klopfte sie ein letztes Mal ab, kontrollierte nochmals alle Schrauben, goss einen Tropfen Öl auf die Quarzgestänge« und steigt in den Sattel des schlittenförmigen Gebildes.

Die eigentliche Fahrt ist zunächst eher »außerordentlich unangenehm. Man fühlt sich wie bei einer rasenden Berg- und Talbahn – hilflos vorangeschleudert! Dazu kam das schreckliche Gefühl, sofort zerschmettert zu werden.« Soweit das klassische Zeitreisesyndrom. Bald aber weicht dieses Gefühl einer »hysterisch gesteigerten Heiterkeit«. Der Reisende kommt in der Zukunft an, in einem scheinbar Goldenen Zeitalter des Jahres 802 000. Palastartige Gebäude stehen vereinzelt im Grün der Landschaft, Einzelhäuser und Einzelhaushalte sind nirgends zu sehen: »Kommunismus«, erklärt sich der Reisende die Lage der Dinge. Die Familienverbände scheinen aufgelöst, denn »wo Gewalt selten und die Nachkommenschaft gesichert ist, besteht weniger, ja überhaupt keine Notwendigkeit für eine gut funktionierende Familie«. Dennoch: Der Reisende bemerkt bald, dass er in eine »Verfallsperiode der Menschheit geraten« ist – »Stärke entsteht aus der Not; Sicherung bringt Schwäche mit sich. Die Arbeit an der Verbesserung der Lebensumstände – also der eigentliche Zivilisationsprozess ... –, war bis zu einem Höhepunkt stetig weiter fortgeschritten. Ein Triumph der geeinten Menschheit über die Natur war dem andern gefolgt. ... Und was ich hier vor mir sah, war das Endergebnis«: eine physisch verkleinerte, apathische Menschheit von porzellanener Schönheit. Wells äußert so seinen Zweifel am Fortschrittsoptimismus seiner Zeit.

Keine große Zeitreise ohne Frau. Weena heißt das mädchenhafte Geschöpf, das der Zeitreisende vor dem Ertrinken rettet. Mit Weena an der Hand erfährt er von der zurückgelegten Evolution des Menschengeschlechts, das zwei Arten hervorgebracht hat: die an allem desinteressierten schönen Eloi, und die unterirdischen Morlocks oder Morlocken. Dem Zeitreisendem wird klar, »dass in der immer größer werdenden Kluft zwischen Kapitalist und Arbeiter ... der Ursprung« dieser entwicklungsgeschichtlichen Entzweiung gelegen haben muss, denn »es herrscht eine Tendenz, die weniger ansehnlichen Einrichtungen unserer Zivilisation unter die Erde zu verlegen – wie zum Beispiel die Untergrundbahn in London, neue elektrische Bahnlinien oder unterirdische Werkstätten und Restaurants«. Die Morlocks klei-

... und die Erde wird wüst und leer – einmal zum Ende der Welt und zurück

den und ernähren die Eloi, die Eloi ernähren die Morlocks, wenn auch unwillentlich. Die Unterirdischen sind nämlich Kannibalen, wodurch die Zartheit der Eloi einen etwas unappetitlichen Beigeschmack bekommt.

Im Lauf seiner Auseinandersetzungen mit den Morlocks verliert der Reisende Weena. Er macht sich wieder auf den Weg in die Zukunft, erlebt ein Zeitalter monströser Krabben, endlich, dreißig Millionen Jahre von Zuhause, eine schweigend-vereiste Erde, die ihren Mond in die Tiefen des Weltalls verabschiedet hat und deren Drehung längst zum Stillstand gekommen ist. Er reist in die Gegenwart zurück, rüstet sich neu aus und verschwindet auf Nimmerwiedersehen in der Zeit – vielleicht, räsoniert der Herausgeber seiner Geschichte, »wandert er eben jetzt« – wann und wie immer wir uns dieses Jetzt vorzustellen hätten – »über ein von Plesiosauriern bevölkertes oolithisches Korallenriff oder am Ufer eines einsamen Salzsees der Triasperiode«.

Das Post-Wellsianische Zeitalter – Zeitexpeditionen in der Nachfolge von H. G. Wells

Nachdem Wells das Zeitreisezeitalter in der Science Fiction begründet hatte, folgte ihm eine mittlerweile kaum noch überschaubare Zahl von Nacheiferern – im engeren wie im weiteren Sinne. Manche unter ihnen halten engen Kontakt zu ihrem Urvater, so Michael Moorock in »Wo die Gesänge enden« (1984, »The End of all Songs«). Hier landet ein Zeitreisender aus fernen Äonen im spätviktorianischen England, trifft H. G. Wells und plaudert mit ihm über Zeitmaschinen. Auch in Eric Browns Novelle »Die Erben der Erde« (»The Inheritance of Earth«) tritt Wells höchstpersönlich auf; und sogar der österreichische Kabarettist Egon Friedell (1878–1938) hat mit »Die Reise mit der Zeitmaschine« (1946 postum; neuerer Titel: »Die Rückkehr der Zeitmaschine«) Wells ein literarisches Denkmal gesetzt.

In neuerer Zeit wäre besonders Stephen Baxter zu nennen, der mit »Zeitschiffe« (1995; »The Timeships«) den Wells'schen Zeitreiseverkehr wieder aufnimmt. Baxter schickt den namenlosen Ich-Erzähler erneut in die Tiefen der Zeit zu den Morlocks und Eloi. Aber die Zukunft hat sich verändert: Die Morlocks haben eine technisch fortgeschrittene und moralisch hoch stehende Zivilisation entwickelt; sie wohnen auf einer künstlichen Raumsphäre, die den Sonnenball umspannt, und sie sind – die einschneidendste Veränderung – zu Vegetariern geworden. Zum Fremdenführer durch die schöne, neue Morlockwelt wird ein Morlock namens Nebogipfel – eine Reverenz an den frühesten der Wells'schen Chrononauten.

Auch der Ich-Erzähler gibt seinen Namen preis – aber den würden wir wohl auch erraten: Er heißt (wie sein Wells'scher Vorgänger) Moses. Moses wird durch die Morlockwelt geführt, ein lichtloses Paradies. Die Erde tief unter der Sphäre ist in diesem Jahr 657 208 nach Christus lange schon zum Spielplatz für Kinder geworden – für Retortenkindern übrigens, denn die Morlocks haben jedes Geschlecht abgelegt und werden fortgepflanzt und nach dem Tod recycelt von der selben, allumfassenden Maschine, die auch alles andere zum Leben Notwendige herstellt: ihrer Solarsphäre.

Offenbar hat der von Moses veröffentlichte Bericht über die Zukunft eben diese Zukunft verhindert, verändert, modifiziert. Nebogipfel, der neugierige Wissenschaftler, möchte das Prinzip der Zeitmaschine erforschen und reist zusammen mit dem Ich-Erzähler ins Jahr 1873. Dort begegnet man dem jüngeren Ich von Moses und wird von einem absonderlichen britischen Zeitverschiebungsfahrzeug aufgegriffen: In der Zukunft des Jahres 1938 herrscht nämlich Zeitkrieg, nach altem Brauch gegen die Deutschen. Die Zeitreisenden fliehen und stranden mit ihrer defekten Zeitmaschine 30 Millionen Jahre in der Vergangenheit, wo sie von einem Zeitreise-Expeditionskorps geborgen werden, jedenfalls beinahe: Eine chronomobile Messerschmitt zerstört das Zeitlager des Korps, dessen Mitglieder nun im Paläozen festsitzen. Sie gründen eine Kolonie, Alt-London an der Proto-Themse, und diese prähistorische Siedlung gedeiht prächtig. Der Mond wird terraformt, die Erde zu einer gigantischen Metropole, allerdings kollabiert im Zuge der totalen Industrialisierung das Klima, ewige Eiszeit bricht an, die Erde wird weiß, die Menschheit gibt sie auf, reist zu den Sternen, kehrt als metabiologische Intelligenz zum verödeten Heimatplaneten zurück, studiert die humanoiden Zeitreisenden und zeigt ihnen, was eine wirkliche, tief- und weitgehende Zeitreise ans Ende oder an den Anfang der Zeit ist und ... nun, von da an wird die Geschichte ein wenig phantastisch.

Wie auch immer, schließlich findet der Reisende irgendwo in diesem multitemporalen Universum auch seine Weena wieder und rettet sie aus den abschließenden Kapiteln von Wells' Romanvorlage.

*Der Zeitreisende reitet wieder –
in Stephen Baxters Fortsetzung
des Wells'schen Klassikers*

Gönnen wir uns an dieser Stelle ein kurzes, aber bewunderungsinniges Whow!

Natürlich sind Zeitreisegeschichten in der Science Fiction überhaupt Legion. Beschränken wir uns auf einige maßgebliche Beispiele:

In Moorcocks »Behold the Man« (»I.N.R.I. oder Die Reise mit der Zeitmaschine«, 1972) kommt es zu einer wunderseligen Zeitschleife: Der fromme Karl Glogauer (Zeitreise scheint ein irgendwie deutsches Gewerbe zu sein) sucht Gott den Herrn mit der Zeitmaschine – einer mit milchiger Flüssigkeit gefüllten Kugel, einem deswegen gebärmütterlich anmutenden Apparat – und findet Jesus, den Sohn Josephs, als stammelnden Idioten. Glogauer nimmt dessen Platz ein, predigt, erläutert Gottes Wort, heilt psychosomatische Beschwerden, sammelt Jünger um sich und wird am Ende unter dem Namen Jesus von Nazareth gekreuzigt.

Noch bizarrer geht es zu in Fritz Leibers Farce »Eine große Zeit« (1961), dem vielleicht verschrobensten Zeitroman aller Zeiten. Hier tobt der große Veränderungskrieg, ein echter Zeitkrieg, und die Zeitsoldaten kämpfen an allen Fronten: Sie versenken dorische Schiffe, unterstützen die minoische Kultur auf Kosten Athens (in dem Plato als Trivialautor Erfolge feiert), sie lassen die Truppen der Nazis ein zaristisches Russland besetzen, entführen Einstein als Baby, manipulieren die politischen Kräfteverhältnisse im alten Rom und auf dem Mond und fördern die gotisch-katholische Kirche, dabei sind sie selbst von zweifelhafter Beschaffenheit: auf den Schlachtfeldern der Erde gefallene und wieder erweckte Soldaten, Zombies, Dämonen und Geistermädchen, angeworben von dubiosen Mächten, die eine Art von Evolutionshilfe leisten – um es für den temporalkriegsunerfahrenen Laien ganz schlicht zu sagen.

Eine neue und originelle Zeitreiseidee hat Roger MacBride Allen mit seinem Roman »The Depths of Time« (»In den Tiefen der Zeit«, 2002) beigesteuert: Hier durchziehen Zeitschächte das Weltall. Die Raumschiffe dieser fernen Menschheit erreichen zwar ein Zehntel der Lichtgeschwindigkeit, doch auch das würde die Reisen von Stern zu Stern unmenschlich lang geraten lassen. Also lässt man die Mannschaften den Tieftemperaturschlaf schlafen und durchquert unterwegs – sagen wir: nach fünfzig Jahren Flugzeit – einen Zeitschacht: Das Raumschiff fliegt ein, passiert den Schacht und verlässt ihn »fünfzig Jahre vor der Abreise vom Heimatsystem und einhundert Jahre vor dem Eintritt in den Zeitschacht. ... Nach einer Reise von einhundert Jahren Bordzeit trifft das Raumschiff wenige Tage oder Wochen objektiver Zeit nach seiner Abreise im Zielsystem ein. Die Besatzung wird vom hundertjährigen Tieftemperaturschlaf wiederbelebt und findet, dass weniger als ein Monat vergangen ist« – einfach, aber genial, und wir wundern uns, das noch kein anderer auf diese Einsatzmöglichkeit von Zeitreisen verfallen ist.

Wer das alles für zwar leicht vorstellbar, doch schwer zu beschreiben hält, dem sei Douglas Adams »The Restaurant at the End of the Universe« (»Das Restaurant am Ende des Universums«, 2003) empfohlen, denn hier wird ihm in Gestalt von Dr. Dan Streetmakers »Handbuch der 1001 Tempusbildungen für den Reisenden durch die Zeit« grammatische Orientierung zuteil. Dieses Wunderwerk »sagt einem zum Beispiel, wie man etwas auszudrücken hat, das in der Vergangenheit im Begriff war, einem zu widerfahren, bevor man ihm aus dem Weg ging, indem man in der Zeit zwei Tage nach vorn hopste. ... Die meisten Leser kommen bis zum Futurum des Semiconditionals des subjunktiven Praeteritum Plagalis« – und das scheint weiter auch nicht schwer: So sagt man zum Beispiel, das Restaurant am Ende des Universums stehe »auf den zertrümmerten Überresten eines möglicherweise zerstörten Planeten, der in eine riesige Zeitblase eingeschlossen und in die zukünftige Zeit genau an den Moment projiziert ist (wirt sain-gevezz), an dem das Universum endet.« (Bitte um Aufnahme in den PISA-Test!)

Ebenso unverzichtbar für jede halbwegs gut sortierte Zeitreiseberichtsbibliothek ist Connie Willis' mehrfach preisgekrönter Roman »To Say Nothing of the Dog or: How we Found the Bishops's Bird Stump at Last« (»Die Farben der Zeit oder: Ganz zu schweigen von dem Hunde und Wie wir des Bischofs Vogeltränke schließlich doch noch fanden«, 2001). Willis erzählt die Geschichte einiger Geschichtsstudenten, denen von der Universität Oxford (die Wirkungsstätte von Zeitreise-Ahn Lewis Carroll, der im Roman zitiert wird) die Möglichkeit zu einer Zeitreise gegeben wird, um bestimmte historische Epochen vor Ort zu studieren. Und nicht nur zu studieren: Sie sollen gewissermaßen als Temporalarchäologen tätig werden und bestimmt Fundstücke aus der Vergangenheit beschaffen. Ihre Auftraggeberin, die energische Lady Schrapnell, begehrt nämlich (aus nicht ganz durchsichtigen familiären Gründen), die Kathedrale von Coventry neu und historisch korrekt aufzubauen und dazu mit authentischen Kirchenrequisiten auszurüsten. Was ihr besonders am Herzen liegt, ist des Bischofs Vogeltränke, die leider während des deutschen Bombenangriffs verschwunden ist. Nun begeben sich etliche Studenten auf die Suche nach diesem Missinglink zwischen zeitgenössischem Nachbau und historischem Original.

Allerdings erweist sich die Tränke als vorläufig unauffindbar, und Verity, eine zeitreisende Studentin der historischen Wissenschaften, mopst ein Kätzchen aus der Vergangenheit (das ertränkt werden sollte) und schmuggelt es in ihre Gegenwart, in der Kätzchen längst ausgestorben sind. Diese Rettungsaktion zeitigt – wie es scheint – einige Zerrüttung der Zeit. Zwar stemmt sich das Zeitkontinuum gegen die Eingriffe aus der Zukunft, wie ein Körper sich gegen Bakterien wehrt, und versucht, stabil zu bleiben. Nun aber gerät (wie es wieder scheint) doch manches ins Rutschen, die Abweichungen von der Realgeschichte summieren sich: Die Briten verlieren den Feldzug in Nordafrika, die Nazis gewinnen den Krieg, das Gefüge des politisch korrekten Universums wankt. Woraufh sich Ned, der Held, ins Viktorianische Zeitalter begibt (Wells' Zeitheimat), um die vermeintlichen Schäden zu beheben. Allerdings richtet er dabei nur (wie ihm scheint) neues Zeitunheil an. Dazu kommt, dass die Zeitreisenden an ihren Zeitsprüngen kranken. Die Zeitkrankheit beginnt mit harmlosen Symptomen: mit Rührseligkeit, Sentimentalität, Reizbarkeit, kurz all dem, was ein normaler Mensch erleidet, wenn er in einem Hollywood-Schinken Doris Day »Que Sera Sera« schmettern hört.

Am Ende aber ist das meiste gar nicht so, wie es schien: Das

Kontinuum ist die Güte selbst, und die Vogeltränke wird doch noch entdeckt (und zwar in der Gegenwart). Lady Schrapnell findet sie abscheulich, steckt aber voller Tatendrang und plant unverzüglich, ein paar Kleinigkeiten wie die Ateliers von MGM, Rom vor der Neronischen Feuersbrunst und vierzehn Kirchen von Christopher Wren in ihre Gegenwart hinüber zu retten; alle heiraten, Großbritannien gewinnt, wie es sich gehört, den Krieg, die Katze schnurrt und der Leser bedauert, dass die über siebenhundert Seiten Zeitvertreib schon vorüber sein sollen. Der Roman, vom Ideenkern her eine Erzählung aus dem Jahre 1984 (»The Fire Watch«), ist eine beschwingte Komödie mit schnellen, witzigen Wortwechseln, eben ein wahres Highlight der Zeitreiseliteratur.

Übrigens: Wenn immer wieder Deutsches um die Zeitmaschinen west und webt, und wenn zumal in englischsprachiger Science Fiction der drohende Endsieg deutscher Truppen in mannigfachen Dimensionsfalten oder auf etlichen Alternativwelten lauert – sollte es dann nicht auch deutsche Zeitreisen geben?

Der gebürtige Wolfratshausener Autor H. D. Klein hat mit »Phainomenon« (2003) tatsächlich einen ungewöhnlich heimatverbundenen Zeitreiseroman vorgelegt: Thomas Schweighart ist ein deutscher Astronaut, der von der ISS mit dem Space Shuttle INTREPED zurück zur Erde fliegen soll; mit an Bord sind seine Mannschaftskolleginnen und Kollegen, darunter die Französin Annick Denny, Kenneth und Hillary Cochran und ihr Commander James Jefferson DeHaney. Der Rücksturz zur Erde wird durch einen Sonderauftrag unterbrochen: Die Mannschaft soll sich ein UFO ansehen, das über der Erde kreist und von dem man (= die NASA) weiß, dass es gelegentlich Menschen entführt. An Bord des fremden Raumschiffs finden sich allerlei Utensilien und Souvenirs von der aktuellen Erde, DVDs, ein Designer-Surfbrett, ein kleiner japanischer Geländewagen und eine südafrikanische Reiterin namens Janine Lindemulder. Unverhofft kommt das UFO in Fahrt, die Astronauten befällt ein Schwindelgefühl, plötzlich verdunkelt sich alles, und wer seinen Wells kennt, weiß: Man ist auf Zeitreise gegangen.

Als man wieder erwacht, befindet man sich in der letzten Eiszeit, 10 000 Jahre vor der Jetztzeit. In Ägypten wird gerade an der Cheopspyramide gearbeitet, viel früher, als uns unsere Geschichtsbücher Glauben machen. Überhaupt steckt hinter dem ganzen Pyramidenbau ein ungeheures Zeitkomplott: Initiator und Bauherr der monumentalen Architektur ist Belvedere alias

Notache Achetaton, letzter Abkömmling aus dem »Herrscher-Clan aus Atlantis«; er spricht Deutsch (auch alle anderen Weltsprachen), ist eitel, sexsüchtig, Sadist, Mörder und überhaupt ein rechter »Schlawiner«, wie man vom Bauleiter der Pyramidenbaustelle erfährt, Herrn Jonathan Steinvogel aus Ulm, der seinerzeit im Jahre 1924 von einem Spaziergang in Kochel am See nicht zurückkehrte, sondern per UFO in die Vergangenheit entführt worden war und als ehemaliger Uhrmacher und Musikmaschinenkonstrukteur (sein Meisterstück ist das Modell einer Hupfeld-Phonolist-Violina) hier seine Erfüllung findet, denn der Bau von pseudo-ägyptischen, tatsächlich post-atlantischen Pyramiden ist eine echte »Herausforderung für die Ingenieurskunst ... Ein feinmechanisches Werk von gigantischer Größe. Natürlich lagen die meisten Pläne schon vor, aber ich habe sie verbessert, ich habe sie mit Feinschliff und Reife versehen. Fürwahr«, sagt Vogelsang, denn er stammt ja aus dem Jahre 1924.

Langsam enthüllt sich folgender Hintergrund: Nur wenige Atlanter haben den Untergang von Atlantis überlebt und sich ins Niltal geflüchtet. Dort sehen sie mit Sorge einer Klimakatastrophe entgegen. Belvedere will sich und einige nahe Anverwandte in die Zukunft flüchten, und zwar in die Zeit nach den Weltkriegen, aber vor technischen Entwicklungen, die ihm den technologischen Vorsprung nehmen würden. Fleißig wird Baupersonal aus der Zukunft rekrutiert. Warum man sich nicht einfach in das Zeitmaschinen-UFO setzt und in die Zukunft

Deutsche auf dem Zeitbaum – H. D. Kleins Roman »Phainomenon«

fliegt? Nun, die Zeit ist etwas wie ein Baum, der sich in Richtung Zukunft weiter und weiter verzweigt. Von jedem Zeitzweiglein zurück zu Ast und Stamm zu finden, ist unproblematisch – aber in der weitverzweigten Zukunft könnte man sich schon verirren. Also wird die Zeitmaschine in der Pyramide geparkt, überdauert dort die Zeit bis in die reguläre Zukunft, kehrt voller Mitbringsel in ihre Stammzeit zurück und verschwindet dort/dann erneut für ein paar Jahrtausende in der pyramidalen Tiefgarage – ein temporaler Kreisverkehr.

Die fertigen Pyramiden sollen hochkomplizierte Zeitüberwinterungsschlafmaschinen – die Sarkophage – beherbergen, in denen der Atlantide die Äonen verschlummern möchte. Aber der deutsche Astronaut schlägt in Zusammenarbeit mit dem deutschen Uhren- und Musikmaschinenmacher dem finstern Scheinägypter ein Schnippchen: Schweighart steigt selbst in dessen Sarkophag, schläft ein und wacht erst im Jahr 1918 wieder auf, und darf nun einen Blick auf die Totenmasken von Echnaton (= Belvedere) und seiner ehemaligen Astronautenkollegin Annick Denny (= Nofretete) werfen – die beiden haben es nämlich wegen der mangelhaften Energieversorgung oder eines Defektes ihrer Sarkophage nur bis ins 14. Jahrhundert vor Christus geschafft und abschließend in die Ägyptische Abteilung der Staatlichen Museen in Berlin.

Von Zeitkugeln, Zeitbanditen und einem Dr. Wer – Zeitreise multimedial

Zeitreisen sind längst schon ein multimediales Ereignis. H. G. Wells' Zeitmaschinenfabel wurde mittlerweile zweimal verfilmt: Das erste Mal im Jahr 1960 von George Pal (USA/GB). Uhren eröffnen den Film, gleiten durchs Bild, ticken, schlagen, Zeit verrinnt wie Sand. Bald startet der Zeitreisende in die Zukunft, mit drei kurzen Reisepausen in Großbritannien. Jedes Mal ist Krieg: Erster, Zweiter Weltkrieg, und im nicht allzu fernen Jahre 1966 wird die Insel von sowjetischer Seite auch noch nuklear drangsaliert. Nun ja: Prophezeiungen, sagt das Sprichwort, sind besonders dann schwierig, wenn sie sich auf die Zukunft beziehen ... 2002 folgt die Neuverfilmung durch Wells' Ur-Enkel Simon Wells. In dessen Version der urgroßväterlichen Geschichte nimmt Alexander Hartdegen Kurs auf die Vergangenheit, um seine ermordete Braut Emma wiederzusehen und vor dem Tod zu bewahren –

Es bleibt das Fernziel vieler Zeitfahrer: schöne Frauen aus den Klauen dunkler Mächte zu befreien

die Frau als zeitreisetreibende Kraft ist uns ja mittlerweile ein Begriff. Er scheitert, Emma stirbt auch im zweiten Durchgang der Geschichte. Verzweifelt über die Unabänderlichkeit der Vergangenheit macht er sich auf den Weg in die Zukunft, in der die Eloi des Beistandes ihres erfinderischen Urahnen harren. Denn auch hier ist die Zivilisation zwischenzeitlich untergegangen, zwar nicht mehr in Folge eines Atomkrieges, aber die Menschheit hat leichtsinnigerweise den Mond in Stücke gesprengt, was dem Ökosystem Erde gar nicht gut tat. Doch da wir es hier mit einer US-amerikanischen Version zu tun haben, macht Hartdegen den lichtscheuen Morlocken den Garaus, findet am Ende sein Glück in den Armen der hübschen Mara (die auch nicht mehr so wasserstoffblond ist wie ihre Filmvorgängerin Weena) und schickt die gelehrigen Eloi zur Schule, wo sie in die amerikanische Kultur eingewiesen werden. Der ursprüngliche Reisende war Viktorianer, der modernisierte Zeitmaschinist forscht in New York – die Zeitachse der Modernität hat sich eben deutlich verschoben.

Der Film insgesamt schickt gerne auf Zeitreise, denn diese Art von Verkehr ist ein dankbares, oft kostengünstiges Verfahren. Erlauben sie doch Science-Fiction-Filme mit minimalem Aufwand, wenn der Held aus allerfernster Zukunft – wie es der Zufall will – just in der Gegenwart der Filmschaffenden landet (wie zum Beispiel in *Twelve Monkeys*). Aber wir wollen nicht klagen: Schließlich wissen wir aus Werken wie der Star-Trek-Reihe, dass sich selbst die Lebewesen im entlegenen Delta-Quadranten oft nur um ein Ohrläppchen oder ein abwegiges Nasenloch vom genormten Mitteleuropäer unterscheiden.

Aus der Unmenge verfilmter Zeitreisen sei hier lediglich an Terry Gilliam einerseits und an die *Back to the Future*-Trilogie des Spielberg-Adepten Robert Zemeckis andererseits erinnert (USA 1984, 1989 und 1990). Zemeckis' Dreiteiler läuft annähernd parallel mit seinem dunklen Bruder, der Trilogie um die von Arnold Schwarzenegger so unnachahmlich gemimten zeithopsenden Terminatoren (1984, 1991, 2003), doch beleuchtet Zemeckis eher die privat-heitere Seite des Zeitreisens: familiäre Affären, erste Lieben und dergleichen. Zwar bemäkelt »Das große Filmlexikon« von *TV Spielfilm* angesichts des dritten Teils: »Irgendwie kann man sich des Gefühls nicht erwehren, alles schon mal gesehen zu haben« – doch entlarven sich die Autoren damit nur als Laien in Sachen Zeitreise: Selbstverständlich ist das »Gefühl, alles schon mal gesehen zu haben«, nichts als ein Indiz für eine gelungene Zeitreise!

Terry Gilliam, der große Amerikaner in *Monty Python's Flying Circus*, bewies eine Vorliebe für Zeitreisen. Im Jahr 1981 drehte er *Time Bandits*, Slogan: »Sie machen keine Geschichte, sie plündern sie aus.« Die Helden dieses Spektakels, in dem unter anderem John Cleese (als Robin Hood, König der Diebe) und Sean Connery (als Agamemnon, König von Mykene) auftreten, sind sechs Zwerge, die dem Höchsten Wesen des Universums eine Karte »entliehen« haben, auf der alle Zeitlöcher der Welt verzeichnet sind. Die diebischen Gnome steigen durch diese Zeitlöcher in lohnende Epochen der menschlichen Historie ein und machen Beute, wobei sie erklärtermaßen das Ziel verfolgen, zu den erfolgreichsten Banditen aller Zeiten zu werden. Als sie sich unterwegs jedoch mit dem leibhaftigen Bösen anlegen, nimmt die Geschichte eine unerwartete Wendung – was noch bemerkenswerter wäre, wenn diese Filmhandlung sich nicht aus lauter unerwarteten Wendungen zusammensetzen würde.

Im Jahr 1995 schickt Gilliam seine Figuren ein zweites Mal auf

Zeitreise: Bruce Willis spielt in *Twelve Monkeys* den Besucher aus dem verödeten Jahr 2035, der in die Vergangenheit des Jahres 1996 reist, um den Ausbruch einer apokalyptischen Seuche zu verhindern oder wenigstens an eine Probe des Virus zu kommen, was den Wissenschaftlern seiner Zeit die Entwicklung eines Gegenmittels ermöglichen würde.

Das Fernsehen hat nicht nur Trilogien oder Einzelstücke, sondern ganze Zeitreiseserien ausgestrahlt: *The Time Tunnel* lief immerhin zwei Jahre, von 1966 bis 1967. In dieser US-amerikanische Serie begeben sich Dr. Tony Newman und sein Kollege Dough Phillips durch einen hübsch leuchtenden, spiralig sich drehenden Zeittunnel meist in die Vergangenheit, ab und an in die Zukunft. Die Maschine muss mit einem geheimen Zusatzmechanismus ausgerüstet gewesen sein, denn obwohl sich die Ankunftszeiten der Reisenden nie exakt justieren ließen (und die Reisegefährten schaffen es auch bis zum Ende der Serie nicht wieder heim in ihre Gegenwart), fanden sich die beiden immer wieder an außerordentlich brisanten Zeitpunkten wieder: auf der Titanic kurz vor ihrem Rendezvous mit einem Gletscher, in Pearl Harbour kurz vor dem Angriff der Japaner, in Frankreich während der Französischen Revolution, in Griechenland zur Zeit des Trojanischen Krieges. Nach einer Stippvisite in der Epoche der Dinosaurier – etwas wie das Pflichtprogramm für Zeitreisende – landen sie am Ende der Serie abermals auf der Titanic: Das Schiff scheint überwiegend Zeitreisende als Passagiere zu befördern.

Dass die Piloten diverser ENTERPRISEN und der VOYAGER ebenfalls munter durch alle Zeiten huschen, gelegentlich sogar an ausgewachsenen Temporalen Kalten Kriegen teilnehmen, wird niemanden verwundern. Aber eigentlich wildern die Kapitäne der Sternenflotte hier im fremden Revier: Der eine, einzige und wahre Fernsehzeitreisende ist nämlich ein anderer, irgendwie fragwürdiger Tourist: Er heißt Dr. Wer – Dr. Who – und ist eine insulare, ganz und gar englische Erscheinung.

Zu Beginn sind zwei britische Lehrer verblüfft über das immense Wissen ihrer erst fünfzehnjährigen Schülerin Susan. Die Pädagogen fragen sich, ob das Mädchen diese Bildung von Hause aus mitbekommt. Eltern hat sie kaum, also sprechen die beiden bei Susans Großvater vor und erfahren bei dieser Gelegenheit, dass der alte Herr in einer alten, blauen Polizei-Box im britischen Telefonhäuschenformat lebt – und das weder schlecht noch beengt. Im Innern ist das Häuschen nämlich gigantisch:

Unzählige Gänge verbinden unzählige Räume, und im Zentrum des Gebildes steht ein futuristisches Steuerpult. Die Police-Box tut nämlich nur so, als ob sie eine wär; in Wirklichkeit ist sie TARDIS, eine Time And Relative Dimension In Space – eine Zeitmaschine. Und ihr Inhaber, der etwas miesepetrige Großvater von Susan, ist niemand anderes als ein Zeit-Lord, der Zeiten-Herr Dr. Who. Ein Alien also. Am 23. November 1963 kurz nach 17.00 Uhr Ortszeit startete der Doktor im Auftrag der BBC zur bislang erfolgreichsten und langlebigsten Science-Fiction-Fernsehserie aller Zeiten: *Dr. Who*.

Die TARDIS begibt sich auf Kreuzfahrt durch die Zeiten, besucht nahe und entlegene Planeten sowie die abenteuerlichsten Epochen beiderseits der Gegenwart. Man begegnet freundlichen Mitgeschöpfen, zwielichtigen Figuren, arglistigen Feinden, vom Supercomputer WOTAN ferngesteuerten Kriegsmaschinen, Mechanoiden und den populärsten unter den Widersachern des zeitpraktizierenden Doktors: den Daleks, ruchlosen, verkrüppelten Mutanten, die in mechanisch-kybernetischen Reiseleibern auf dem Weg sind, das komplette Weltall zu unterjochen.

Wenn man sich derart häufig in Gefahr begibt, bleibt es nicht aus, dass man darin umkommt. Das widerfährt Dr. Who durchaus hin und wieder, schreckt ihn aber weiter nicht, denn er verfügt über die Gabe der Regeneration. Allerdings ändert er mit jeder Rundumerneuerung seine Gestalt (was der Produktionsfirma die Möglichkeit gibt, den Doktor mit immer wieder neuen Schauspielern mimen zu lassen). Auch die TARDIS (übrigens ein Gerät vom Typ 40, Mark One – auf der Heimatwelt des Doktors, Gallifrey, werden längst zeitgemäßere produziert) hat ursprünglich ihre äußere Hülle variieren können, aber nun ist sie defekt und steckt, was ihre äußere Erscheinung angeht, in ihrer letzten Maske als Police-Box fest ... Ganze Generationen von britischen Fernsehzuschauern sind im Laufe der Jahrzehnte mit der TARDIS und ihrem wandlungsfähigen Doktor aufgewachsen, und der Tag ist nicht weit, an dem die Modelle der blauen Maschine und der diabolisch-drolligen Daleks, die aus den Kinderzimmern auf die Kaminsimse gewandert sind, ins Altenheim umziehen. Denn das ist die Eigenschaft wahrer Pop-Kultur: dass sie uns, ihre Schöpfer und/oder Bewunderer, überlebt.

Anders der Fall einer Heftromanserie, die zwischen 1974 und 1978 erschien und sich der Zeitreise widmete: »Zeitkugel«. Das Heyne Lexikon der Science-Fiction-Literatur fasst die neunzig Hefte der Serie so zusammen: Ein dreiköpfiges Forscherteam aus

Zeitkugel-Erfinder Professor Lintberg, Assistent Frank Foster und Ingenieur Ben Hammer stößt mithilfe einer Zeitmaschine in unterschiedliche Epochen der Geschichte vor, »um ›wissenschaftliche‹ Beobachtungen zu machen. Die Akteure geraten von einem haarsträubenden Abenteuer ins andere und können sich stets nur in letzter Sekunde retten.« Man reist ins hitzige Pompeji, ins »Tal der Dinosaurier«, selbstverständlich nach Atlantis, hört »Die Posaunen von Jericho« und begegnet dem »Blutsauger des Satans«, »Dem Monster aus der Judengasse« und sogar einem »Riesen namens Rübezahl«. Von 1978 bis 1979 fand die Serie unter dem Titel »Erde 2000 – mit der Zeit-Kugel in die Zukunft« eine kurzlebige Fortsetzung, aber auch mit diesem Etikett war dem dreiköpfigen Team kein rechter Erfolg beschieden: Im Gegensatz zu Gilliams Zeit-Gnomen ist den Zeitkugel-Historikern »das Mitbringen von Gegenständen aus fernen Räumen und anderen Zeiten ... nicht möglich«, also auch kein Handel mit Autographen von Moses, dem letzten Bürgermeister von Atlantis oder Rübezahl. Und so endet die kommerziell unergiebige Serie mit Heft 44 und einer insgesamt enttäuschenden Bilanz: »Der freundliche Professor Lintberg ... und seine Mitarbeiter sahen allesamt blass aus. Aber wissenschaftliche Reisen waren nun mal kein Vergnügen.«

Zeitreisen – auch vom kaufmännischen Standpunkt aus nicht immer ein Gewinn

Zeitreisen in der PERRY RHODAN-Serie

1. Das Dossier Ernst Ellert

Wenn es in Deutschland etwas wie einen Dr. Who gibt, einen nationalen Zeitreisehelden, dann ist es ohne Zweifel Ernst Ellert – Perry Rhodans Teletemporarier. »Ernst Ellert, Deutscher« heißt es in K. H. Scheers Exposé zu Heftroman 7 der PERRY RHODAN-Serie. »Besondere Eigenschaft: Teletemporation! Ein von W. Ernsting geprägter Begriff, in dem der Geist alleine in die Zukunft geschickt wird.«

Walter Ernsting alias Clark Darlton hatte Ellert als eine Art Selbstporträt erfunden. Ernst(ing) Ellert taucht in Heftroman 4 »Götterdämmerung« auf, ein junger Schriftsteller aus München-Schwabing (der Moewig-Verlag, in dem PERRY RHODAN erschien, hatte seinen Sitz in München). Man feiert in seiner Wohnung den Geburtstag von Johnny, dem Maler (Johnny Bruck war bekanntlich der Maler der ersten 1797 PERRY RHODAN-Titelbilder); ferner anwesend ist ein gewisser Aarn Munro, der sich »nach dem Helden eines sehr bekannten utopischen Romanes benannt« hatte – gemeint ist jener Aarn Munro, den John W. Campbell jr. in den 1940er Jahren auf Sternenabenteuerfahrten schickte. (Möglicherweise dachte Ernsting auch an Kurt Brand, der unter dem Pseudonym C. R. Munro seit den späten 1950er Jahren Science Fiction schrieb und zwei Jahre später bei PERRY RHODAN einsteigen sollte. Die von Brand ab 1972 als Exposéredakteur betreute Serie »Raumschiff Promet« würde übrigens im Untertitel »Arn Borul – Von Stern zu Stern« heißen. – Arn ist das althochdeutsche Wort für »Adler«. Heiko Langhans dechiffriert in seiner ausgezeichnet recherchierten Biographie »Clark Darlton – Der Mann, der die Zukunft brachte« den Namen so: Hinter Arn Munro stecke ein Fan namens Gottlieb Mährlein.) Ellert »interessiert die Zukunft«, er liegt auf seinem Bett und denkt nach, und spürt dann »plötzlich, wie eine Veränderung mit mir vorging. ... Es wurde dunkel in meinem Zimmer, Sekunden – es können auch Ewigkeiten gewesen sein – schwebte ich in Finsternis – und dann wurde es plötzlich wieder hell« – Ellert ist in der Zukunft. Auch Ellert widerfährt die klassische Zeitreisebetäubung. Allerdings reist er bloß mental, sein Leib bleibt tief schlafend in der Gegenwart zurück.

Scheer erkennt allmählich das erschreckende Potenzial dieser Figur. Zunächst mahnt er bloß: »Ellerts enorme Fähigkeiten dürfen noch nicht zu stark herauskristallisiert werden. Wenn er schon über Monate hinweg alles voraussagen kann, wird die Gesamthandlung der Rhodan-Serie entscheidend geschwächt!« Doch kurz darauf wird ihm Ellert als Problem deutlicher: »Schweigt man ihn einfach tot, so verliert Ellerts Existenz jeden Sinn. Lässt man ihn im Rahmen seiner Fähigkeiten auftreten, kann es für Rhodan keine Ungewissheiten und damit keine Spannungsmomente mehr geben.« Woraus der Schluss folgt: »Ellerts Eigenschaften sind eine Gefahr für die ganze Serie.« Und auf Gefahren reagiert Scheer mit der harten Hand des Sternen-Imperators: »Ernst Ellert muss daher im Laufe des 7. Bandes den Heldentod finden.«

Darlton führt die Vorgabe, wie bekannt, im Roman »Invasion aus dem All« trickreich aus: Zwar bekommt Scheer den verlangten Heldentod geliefert, doch entschlüpft Ellerts Geist dem vernichtenden Zugriff Scheers »durch den Zeitstrom«, und »nichts«, nicht einmal der Exposéredakteur, »konnte seinen Sturz in die Zukunft aufhalten«.

Übrigens erlaubt sich Darlton noch einen kleinen Seitenhieb gegen Scheer und dessen grenzenlose Bewunderung für die eigene Art, den Jetztzeitmenschen. In einem Gespräch Ellerts mit der kindlichen Paranautin Betty Toufry erklärt ihm diese: »Ich bin eine geborene Mutantin. Telekinese und Telepathie sind meine Hauptgebiete. Mein Intelligenzquotient betrug bereits mit sechs Jahren das Doppelte eines normalen Erwachsenen. In allen Teilen der Welt werden Mutanten geboren. Das neue Menschengeschlecht wächst unbemerkt heran. Eines Tages wird es Homo sapiens ablösen.« Ernst Ellert erwidert: »Eine schreckliche Vision.« Darauf Betty: »Warum? Weil eine alte Epoche ihrem Ende entgegengeht? Finde ich nicht. Nicht Homo sapiens, sondern Homo superior wird Erbe des galaktischen Imperiums werden.« Als dann zu Beginn des Schwarm-Zyklus – im Serienjahr 3438 – der Homo superior sich ein zweites Mal meldet, wird er von Scheer endgültig diffamiert, kriminalisiert und am Ende liquidiert: Die hochintelligente Menschengruppe lehnt wahnwitzigerweise technischen Fortschritt ab und fordert eine »esoterisch-philosophische Lebensform« (so das PERRY RHODAN-Lexikon).

Ellerts Geist aber geistert weiter durch das Perryversum: Er meldet sich aus dem Körper eines Druuf aus dem zeitlupenhaften Roten Universum, geht ab und zu in der Superintelligenz ES auf und feiert sein großes Comeback unter der Ägide Rainer Zubeils. Auf die Frage, welche Figuren er aus seiner Zeit in der

Exposé-Redaktion in besonderes guter Erinnerung habe, antwortete Zubeil: »Meine Lieblingsfiguren in der Serie waren immer die etwas schrägen Figuren wie der Kommunikationsspezialist Krohn Meysenhart oder die Matten-Willys. Ebenfalls geschätzt habe ich mystisch angehauchte Gestalten wie Harno oder Ernst Ellert, den wir in der Zeit des Virenimperiums wiederbelebt und mit einem Virenkörper als Ganzkörperprothese ausgerüstet haben.« Reinkarniert in diesen strahlend blauen, von Innen her leuchtenden Virenkörper steht Ellert der Menschheit gegen die sieben Plagen Vishnas bei. Danach verabschiedet er sich als Vironaut in die Tiefen der Raumzeit.

Als Ellert im Heftroman 1799, das im Realjahr 1996 erschien, ein wieder mal letztes Gespräch mit Perry Rhodan führt, hat dieser deutscheste aller Zeitreisenden seinen Attentäter Scheer um fünf Jahre überlebt. Wann er erneut aufgetaucht sein und wann er Perry Rhodan aus dem Titel seiner Serie verdrängt haben wird, scheint nur eine syntaktisch schwierige Frage der Zeit.

2. Vergangenheitsreparatur per Nullzeitdeformation: Regierungsamtliche Zeitkorrekturen im PERRY RHODAN-Kosmos

»Eine Zeitreise im Sinne des Wortes war unsinnig«, spricht Atlan im Heftroman 125 der Serie, »Retter des Imperiums«. Als Busenfreund Rhodans hätte er es besser wissen können – oder hat Rhodan ihm nicht verraten, dass schon zu Beginn der Serie fleißig durch die Zeit rotiert wird?

Es ist wieder mal ES, der oder das Perry Rhodan in einen exklusiveren Club einführte. Im Zuge der interplanetarischen Schnitzeljagd, die der Unsterbliche von Wanderer für all diejenigen veranstaltet, die sich auf die Suche nach ihm begeben, legt er auch für Rhodans Team »Die Spur durch Zeit und Raum«. So der Titel von Heftroman 15, Untertitel: »Die Unsterblichen haben die Schranken von Zeit und Raum überwunden. Wer sie sucht, muss in die Vergangenheit eindringen ...« Die frühe Arbeitsteilung zwischen den Serienvätern Scheer und Darlton/Ernsting lässt sich im Grunde auf die Formel bringen: Scheer = Raumfahrt, Darlton = Zeitreise.

Im Heftroman 15 beginnt die Karriere des Chrononauten Perry Rhodan. Ein »Zeitumformer«, der »die vierte und fünfte Dimension beherrscht und mit ihr manipuliert«, versetzt Rhodans Mannschaft in die Vergangenheit der Wega-Welt Ferrol, wo sie auf eine Art Filiale des irdischen Mittelalters treffen, Rittersleut mit ihren Strahlern beeindrucken und deshalb selbstverständlich für Götter gehalten werden. Zur Belohnung für das bestandene Zeitabenteuer gibt es einen weiteren Hinweis auf den Unsterblichen.

Einige Jahre später reist man in Heftroman 125 »Retter des Imperiums« kraft akonischer Temporal-Hightech in die arkonidische Vergangenheit und sorgt in der Bauphase des späteren Robotregenten dafür, dass dieser sich in Zukunft (also in Rhodans Gegenwart) als Problem erledigt.

Im Zyklus um die Meister der Insel wimmelt es geradezu von Zeitfallen. In eine solche tappt im Heftroman 232 Clark Darltons Favorit Gucky, um sich tausend Jahre in der Vergangenheit zu bewähren und so zu einer Sagengestalt zu werden, zu der die ihm gegenwärtigen Nachfahren seiner damaligen Schützlinge unterwürfig aufblicken. Anschließend findet man sich durch lemurisch-tefrodische Zeittransmitter etwa fünfzigtausend Jahre in die Vergangenheit, und zwar in die lemurische Epoche der ersten Menschheit, versetzt. Kein Wunder, dass nach all diesem ungeregelten zeitlichen Hin und Her im Folgezyklus die so genannte Zeitpolizei anrückt, um zukünftige Zeitreisen zu unterbinden.

Verdrießlicherweise hatte man sich bei all diesen Zeitreisen außerirdischer Technik bedienen müssen – wo blieb (von Ernstings Ellert einmal abgesehen) der terranische Beitrag zur Zeitreisetechnologie? Im 400er-Zyklus um die Cappins ist es so weit: K. H. Scheer zeigt den fremden Zeitmaschinenbauern, was terranische Technologie zu leisten in der Lage ist und baut seinem Helden die erste eigene Zeitmaschine, den Nullzeitdeformator; Funktionsweise: »8 Nullfeldprojektoren, durch 8 Atommeiler mit Energie versorgt, bauen mit 5-dimensionaler Energie ein übergeordnetes Feld auf, bis das absolute, tiefrote Nullfeld oder Deformator-Waringer-Zeitfeld die Außenhülle der Kuppel umloht. Durch genaueste Regulierung des Energiepotenzials kann auf der Kausalitätsachse des Zeitstroms die Reise in die Vergangenheit stattfinden« – so einfach kann das Nullzeitdeformieren sein!

Mit dem Nullzeitdeformator werden im Laufe der Zeit diverse Gefahren gebannt: Zunächst verschafft man sich in tiefster vormenschlicher Vergangenheit ein paar einflussreiche Freunde, den Ganjo Ovaron und den Zeitlupenmutanten Takvorian, und – als obligatorisches Mitbringsel von Zeitreisen – eine blendend schöne Frau, Merceile. Merceile liiert sich bald darauf mit Michael »Roi Danton« Rhodan, der zwar im Zyklus um die Zeitpolizei vorübergehend verstorben, aber durch lauten Leserprotest von den Toten wieder auferweckt worden war (offizielle Begründung für Roi Dantons Aufenthalt in der Prähistorie: Rhodans Sohn war kurz vor seinem scheinbaren Tod mittels Zeitmaschine in die Vergangenheit evakuiert worden, wo ihn sein nullzeitdeformierender Vater nun findet).

Nullzeitdeformator

ändert nie die Position im Raum, sondern überwindet nur die Zeitebenen. Kuppelhöhe 70 m, Durchmesser 50 m, energetisch autark. Zeitreise nur in die Vergangenheit und wieder zurück in die Realzeit möglich. Die gesamte Kuppel besteht aus exotischem Leichtmetall (Howalgoniumlegierung); circa 20 bis 25 Personen Besatzung (Spezialistenteam)

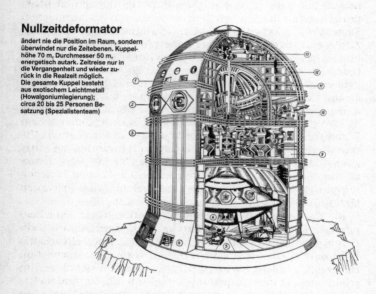

Nachbau von der Zeitpolizei strengstens untersagt: der Scheersche Nullzeitdeformator

Im Jahr 3443 wird der Deformator als Druckmittel gegen die Herren des Sternenschwarms eingesetzt. Eineinhalb Jahrzehnte später führen terranische Zeitreisende ein Zeitparadoxon herbei: Um die aus einem Paralleluniversum eingeschleppte allesverheerende PAD-Seuche noch vor ihrem Ausbruch zu annullieren, wird ein historischer Rhodan aufgesucht und über seine Zukunft instruiert, worauf er seinen monströsen Parallel-Rhodan nicht wie im ersten Durchlauf durch einen Schuss in die Brust, sondern – das ist »Die Zeitkorrektur« – mit bloßen Händen tötet.

Aber die Zeitreise wird Scheer nie ganz geheuer. Die beiden Nullzeitdeformatoren der Serie werden bald nach ihren Einsätzen »nuklear vernichtet« – was, wenn ich Scheers Chiffren richtig deute, so viel heißt wie: zum Teufel geschickt.

3. Märchenländer und transtemporale Rettungsaktionen

Niemals zuvor und niemals wieder wurde im PERRY RHODAN-Kosmos so furios, so unvoraussagbar-schnurrig und absolut phantastisch durch die Zeit gereist wie unter der Federführung von Rainer Zubeil. Zubeil stieg unter dem Künstlernamen Thomas Ziegler mit Heftroman 1124 »Das Armadafloß« in die Serie ein und arbeitete von 1983 bis 1985 als ihr Autor und Exposè-Redakteur.

In seinem PERRY RHODAN-Taschenbuch »Der Narrenturm« (1985) erzählt Ziegler von einem Denkfabrikanten, einem interkosmischen Eheanbahner und einem Detektiv, der sich in einen Roboter verliebt hat, die alle zusammen im Galactic Center, einem Büroturm in der irdischen Hauptstadt Terrania City, hausen. Unvermittelt tauchen hier die Zeitspione auf, Invasoren aus einer zwei Milliarden Jahre in der Zukunft liegenden Ära. Die Zeitspione sind zwanzig Zentimeter große, fotografiesüchtige Burschen mit pinocchiösen Langnasen, ihr Anführer heißt Terdo Esculap Ugra Federedis Esculap Larimoko, abgekürzt TEUFEL.

Die Zeitspione beherrschen allerdings überhaupt keine Zeitreise, sondern fallen schlicht durch die Zeit, weil sie nicht existieren: »Die Zeit ist gegen uns«, zitiert TEUFEL einen alten Clark-Darlton-Titel, »sie will uns ausradieren, wegputzen, abservieren, nur weil sie's nicht vertragen kann, dass es so abgebrühte Burschen wie uns gibt. Abgebrüht genug, um auf die verdammte Evolution zu pfeifen. ... Wir drehen der Kausalität 'ne Nase! ... Die Logik kann uns mal! Die Naturgesetze sollen uns den Buckel runter rutschen. ... Es gab uns nich', es gibt uns nich', es wird uns nie geben – wenn's nach der Zeit ginge. Wir kommen aus dem Nichtsein, aus der Nicht-Existenz. Um vom Nichtsein zum Sein zu kommen, blieb uns keine andere Wahl als 'n verdammtes Zeitparadoxon. Und jetzt ist uns die Zeit auf den Fersen und plagt uns mit ihren verdammten Interferenzen, damit unser Paradoxon nich' hinhaut.« Der Plan der Zeitspione ist einfach: Um zu entstehen, müssen sie die Erde in genau den Schutt und die Asche legen, aus der allein sie einst hervorgegangen zu sein gekonnt haben werden.

Der Plan misslingt, denn ein gewisser Knut Schmidt-Oggersheim von der Zeitlosen Zeitpatrouille, die ihre Zentrale ebenfalls zwei Milliarden Jahre in der Zukunft hat, fädelt ein Anti-Zeitparadoxon-Zeitparadoxon ein, um die Umstülpung der nichtexistenten Zeitspione in existente Zeitspione zu unterbinden. Da Schmidt-Oggersheim nur dank Operations-Maske seinen evolutionären Vorfahren noch wie ein Mensch erscheint, darf man hier wohl von einer Fortsetzung des Kölner Karnevals mit den Mitteln der Science Fiction sprechen – Zeitreise als übermütige Komödie, als Zeitverwirrspiel und Farce.

Ernster zur Sache geht es in der Heftromanserie selbst. »Ich würde Adolf Hitler töten und so den Zweiten Weltkrieg und den Holocaust ungeschehen machen«, hatte Zubeil erklärt. Einen Abglanz dieses Wunsches erfüllt er sich in der Serie: Im Rahmen der Auseinandersetzung mit den Meistern der Insel war es zu einem Völkermord an den Twonosern gekommen, die von den Meistern durch ihre interstellaren Hunde, die energetisch überladenen Mobys – eine Art lebenden Kleinplaneten – ums Leben gebracht wurden. Im Zuge seines Sturzes durch die Zeit, den Rhodan von Heftroman 1203 (»Sturz durch die Zeit«) bis 1204 (»Der erste Impuls. Entscheidungsort Mumienschiff – die Zeitgänger schlagen zu«) erleidet, kehrt er auch ins 25. Jahrhundert zurück, die Zeit des Genozids, und rettet das Volk der Twonoser unter Vermeidung eines Zeitparadoxons hinüber ins 41. Jahrhundert.

Darüber hinaus delegiert Zubeil im Zyklus um die Endlose Armada und die Chronofossilien seine Zeitreisenden in temporale Regionen, die bisher zeittouristisch völlig unerschlossen waren. Vishna, als abtrünnige Kosmokratin eine beinahe allmächtige Gegnerin, erobert die Erde, ihre Meta-Agenten bauen den Stadtkern von Terrania in den Virenhorst um: ein mysteriös-disneyanisches Albtraumschloss. Der große Horst ist unmöbliert, von leeren Labyrinthen durchzogen; im Netzsaal aber, seiner Mitte, steht der Virenthron, auf dem Vishna residiert. Außerdem errichten Meta-Agenten im Stadtgebiet die Zeittürme als Wohnstätten der Ordensmänner des Virenimperiums. Die Unterwelt der Zeittürme bilden die Zeitschächte, die in diverse Zeitsohlen unterteilt sind. Jede Sohle repräsentiert eine vergangene Epoche des Universums; die Nullsohle liegt noch vor dem Urknall. Hier vergeht keine Zeit, hier gelten keine Naturgesetze. Die Nullsohle dient Vishna als Verlies – ihr Lieblingsgefangener in diesem rabenschwarz-romantischen Bergwerks-Palast-Hybrid ist natürlich kein anderer als Ernst Ellert. Und natürlich führt Ellert, verbündet mit seinem ehemaligen Virenkerkermeister Stein Nachtlicht, am Ende die Niederlage Vishnas herbei, wonach sich diese böse Königin zum Guten wandelt. Und da sie alle ganz unsterblich sind, so leben sie noch heute (wann immer das auch ist).

Wie Menschen sich diese Nullsohle, die Zeit vor der Zeit, vorzustellen haben, erlebt Perry Rhodan am eigenen Leib. Hier (wenn man so sagen darf), in der Starre vor dem Urknall, »führt jede Richtung zum Ziel«, hier ist der Nebelsee, hier schlachten die mechano-organischen Kybernos einander aus, titanische Zwischendinge aus Festungen und Panzerfahrzeugen, Relikte eines vorangegangenen Universums, die zwar den Untergang ihrer Welt überstanden, aber keine Passage durch den anstehenden Urknall gefunden haben; hier zieht der ewig eine, mit all seinen ersten Böen gleichzeitige Kompressionssturm auf, den man nur übersteht, wenn man sich auf eine Insel der Möglichkeit flüchtet, hier leben (wenn man so sagen darf) die Zeitgänger, die zwar ihre Position im Raum nicht verändern, aber auf Zeitspuren durchs Universum fahren können, mutige Gesellchen, die nur eines fürchten: in die Grenzzeit zu geraten, wo sich die Gegenwart des Universums allmählich in die noch spurenlose, daher unwegsame Zukunft vorarbeitet.

Und hier hat Zubeil auch das Grenzgebiet der Phantastischen Literatur erreicht, vielleicht der Literatur überhaupt, da hier/dort von einer Welt die Rede ist, die, da in ihr nichts getan werden kann und nichts da wäre, was eine Eigenschaft hätte, mit unseren Tätigkeits- und Eigenschaftsworten nicht zu fassen ist. Ein tatsächliches U-Topia (kein Ort) und U-Chronia (keine Zeit), die Endstation aller Raum- und Zeitreisen.

4. Zeitschleifen und der mögliche Kongress der Rhodane am Zeithorizont

Wäre noch an Delorian, Rhodans als Chronist von ES in die Vergangenheit abgestellten Sohn, und an den ebenso unseligen wie untoten Zim November zu erinnern, den – Terra, mon amour – als seiner selbst nicht mehr ganz bewussten Souverän der Vernunft etwas ihm Unerklärliches zur Erde zieht. Hieß es im Heftroman 2168 »Der Sarkan-Kämpfer« zunächst noch: »*Ein Zeitparadoxon! Es gab wohl keine schlimmere Waffe in einem Krieg als ein solches Vorgehen. Wer die Veränderung des Raum-Zeit-Kontinuums über fast 160 000 Jahre hinweg in Kauf nimmt, billigt die Vernichtung ganzer Völker, das Erlöschen unzähliger intelligenter Bewusstseine mit einer Geste ... *Welche Anmaßung!*«, so wird bald eine lupenreine Zeitschleife gebunden.

Rhodan verschwindet mit seinem Raumschiff, der LEIF ERIKSSON, begleitet vom arkonidischen Partnerschiff KARRIBO und dem Eltanenraumer TEFANI, aus der Jetztzeit: »Es ist, als ob sich ein Spundloch in einen übergeordneten Raum aufgetan hätte.« Man tut sich in der Geschichte des Reiches Tradom beziehungsweise seines Vorgängerstaates, genannt das »Reich des Glücks«, um, informiert sich und kehrt bald darauf in die Normalzeit zurück, jedoch unter Zurücklassung eines unscheinbaren Beibootes, des Spürkreuzers JOURNEE. Dessen Mannschaft sollte später einer genetischen Metamorphose unterzogen, langlebig, sogar unsterblich werden, und sein Pilot, der Emotionaut Zim November, über die langen und dunklen Jahrzehntausende zum Herrscher über das Reich Tradom sich aufschwingen, zum »Souverän der Vernunft« werden, die Erde angreifen und jenen Krieg auslösen, in dessen Verlauf Rhodan sich in die Galaxis Tradom begab/begeben wird, um dort mit der LEIF ERIKSSON 160 000 Jahre in die Vergangenheit geschleudert worden zu sein/zu werden, sich umzusehen und unter Hinterlassung des Spürkreuzers JOURNEE in die Gegenwart/Zukunft zurückzukehren, während/bevor/nachdem Zim November ... und so weiter.

Rhodan tief in der Vergangenheit von Ferrol, Arkon, Terra beziehungsweise Lemuria beziehungsweise Lotron, Rhodan zwischen dem Reich der Güte und dem Reich Tradom, Rhodan auf Zeitodyssee eine Milliarde Jahre in der Zukunft, Rhodan vor aller Zeit – vielleicht überraschen uns die Autoren ja einmal mit einem Kongress der zeitreisenden Rhodane im Nirgendwann, ein Treffen auf dem präposttemporalen Zeitbahnhof WALTER DARLTON im Schnittpunkt diverser Zeitlinien und sagen einander: »Wir hätten lange schon mal ein Tässchen Tee gemeinsam schlürfen sollen.« Und dann plaudern sie über Thora, Auris, Mory, Orana, Gesil, Mondra sowie uns zeitlich Gebundeneren noch völlig unbekannte Lebensabschnittsgefährtinnen und über die guten alten, guten neuen, über all die noch nicht oder nie gewesenen guten Zeiten.

Fassen wir zusammen: Es verschlägt den Reisenden in aller Regel in eine irgendwie brisante Phase der Geschichte – also tendenziell eher auf die TITANIC kurz vor ihrem Untergang als an Bord eines Butterdampfers, der zwischen Rügen und Helgoland verkehrt und seinen Fahrgästen steuerbefreite Leckereien anbietet. Außerdem wird die mehr oder weniger highe Technik, die da die Äonen durchtunnelt oder die Nullzeit deformiert, von einer untergründig-erotischen Strömung beeinflusst, die den (meist männlichen) Temporaltouristen zur Schönheitskönigin ihrer Epoche zieht – heiße diese nun Helena, Weena oder Merceile.

»... mit etwas Glück – hoffentlich ...« – Gespräch mit Rainer Zubeil am 19. Juli 2004

Wenn Sie, Herr Zubeil, in der Zeit reisen könnten, welche Epoche würden Sie am liebsten besuchen?

»Auf keinen Fall würde ich in die Vergangenheit reisen. Die desolaten hygienischen Zustände, die mangelhafte medizinische Versorgung, der dumpfe Aberglaube, die Seuchen und Kriege – all das ist zu abschreckend. Ich fürchte, ich bin für die Vergangenheit einfach zu zivilisiert. Allerdings würde ich zu gern in die Zukunft reisen, und zwar am liebsten in eine Zeit, in der interstellare Raumfahrt möglich ist.«

Unsere Gegenwart hat ja auch einiges zu bieten – gute Literatur, zum Beispiel. Welche Lektüre würden Sie Lesern empfehlen?

»Sehr beeindruckt hat mich der Nachkriegsautor Wolfgang Borchert mit seinen Kurzgeschichten und dem Hörspiel ›Draußen vor der Tür‹. Im Bereich der Science Fiction liebe ich Philip K. Dick, seine Art, die Realität zu beschreiben und als trügerisch zu entlarven. Von Dick sollte man mindestens ›Ubik‹ gelesen haben, aber auch ›Die drei Stigmata des Palmer Eldritch‹ und ›Marsianischer Zeitsturz‹ sind eine realitätszertrümmernde Erfahrung. Ich schätze außerdem Cordwainer Smith sehr mit seinen mystischen, stimmungsvollen Geschichten, besonders die Erzählungen um den Planeten Norstrilia, auf dem riesenhafte Schafe leben, aus denen eine Unsterblichkeitsdroge gewonnen wird. Und von meinen eigenen Romanen würde ich ›Stimmen der Nacht‹ empfehlen, einen Alternativweltroman, der davon ausgeht, dass nach dem Zweiten Weltkrieg der Morgenthau-Plan verwirklicht und Deutschland in ein Agrarland ohne jede Industrie verwandelt wurde, während die Nazis in ihrer südamerikanischen Andenfestung nach der Weltherrschaft greifen.«

Sie haben in den Jahren von 1983 bis 1985 die PERRY RHODAN-Serie maßgeblich beeinflusst. Wie haben Sie diese Zeit mit Rhodan in Erinnerung?

»Unsterbliche wie Perry Rhodan zu beschreiben ist sehr schwierig: Wie versetzt man sich in einen Menschen, der mehrere tausend Jahre alt ist? Außerdem gibt es noch das Problem, dass die Speicherkapazität des menschlichen Gehirns eigentlich begrenzt und nach tausend Jahren erschöpft ist. Im Grunde müsste Rhodan seine Vergangenheit nach und nach vergessen, um Neuronenkapazitäten für zukünftige Erfahrungen freizumachen. Aber das wäre natürlich schädlich für die Serie ... Überhaupt die Last der Erinnerungen – mit jedem verstreichenden Jahr wird sie größer und schwerer. Wie beeinflusst dies die Rezeption der Gegenwart? Ich stelle mir vor, dass er abgeklärt, wenn nicht geradezu abgehoben sein müsste, auf jeden Fall aber Schwierigkeiten hätte, sich in den neuen Epochen zurecht zu finden. Aber wie schon gesagt, im Interesse der Serie darf in diesem Punkt nicht allzu viel Realismus walten.«

Was reizt einen Autor am Motiv Zeitreise?

»Der Reiz liegt in der Frage, ob ein Zeitparadoxon möglich ist: Was würde geschehen, wenn man versucht, die Geschichte zu ändern? Ergibt sich dadurch eine geschlossene Zeitschleife, landet man in der ewigen temporalen Verdammnis? Für eine Geschichte mit vielen überraschenden Wendungen ist die Zeitreisethematik natürlich ein unerhört dankbares Motiv.«

Das ist die Theorie – nun zur Praxis! Reisen Sie bitte selbst kurz in die Zukunft: Wie sieht unser Land im Jahr 2105 aus?

»Nun, wenn man sich die demografische Entwicklung ansieht, wird Deutschland entweder größtenteils entvölkert oder von Einwanderern und ihren Nachkommen dominiert sein. Wie auch immer: Man sollte dies leidenschaftslos sehen, sogar hoffnungsvoll. Schließlich machen die USA als klassisches Einwandererland vor, wie viel sich durch das Potenzial, das die Immigranten mitbringen, gewinnen lässt. Und mit etwas Glück – hoffentlich – leben die Menschen dann in einer durchgehend robotisierten Zivilisation, voll von Haushalts- und Industrierobotern mit Künstlicher Intelligenz und anderen mechanischen Gehilfen, die den Menschen das Leben erleichtern – ein technizistisches Utopia!«

Bis wir endlich über entsprechende Maschinen verfügen, bleiben wir Zeitreisenden auf den kleinen, privaten und nicht maschinellen Zeitreiseverkehr angewiesen: auf Spaziergänge in die wachsenden, sich verzweigenden und vertiefenden Hallen unseres Gedächtnisses; auf unsere Wünsche und Hoffnungen, die ein wenig Licht in die Zukunft werfen.

Tipps zum Weiterlesen:

Douglas Adams: Das Restaurant am Ende des Universums, München 2003

Stephen Baxter: Zeitschiffe, München 2002

Philip K. Dick: Ubik, München 2003

Ken Grimwood: Replay, München 2005

H. D. Klein: Phainomenon, München 2003

Fritz Leiber: Eine große Zeit, 1974

Roger MacBride Allen: In den Tiefen der Zeit, München 2002

Michael Moorcock: I.N.R.I. oder Die Reise mit der Zeitmaschine, 1972

Connie Willis: Die Farben der Zeit, München 2001

Thomas Ziegler: Der Narrenturm, 1985
–: Stimmen der Nacht, 1993

Rainer Zubeil:
18. Dezember 1956 – 11. September 2004

Versuch einer Würdigung des großen deutschen Science-Fiction-Autors

von Hartmut Kasper

Um Kopf und Kragen des Wurms oder:
»Bei der blauen Kreatur der Heimtücke – was ist das?«

»›Bei der blauen Kreatur der Heimtücke!‹, stieß der Kommandant Si'it hervor. ›Was ist das?‹ Mit spitzen Fingern fischte er einen wurmähnlichen Gegenstand aus seinem Teller Priit-Suppe, einer latosischen Spezialität aus Schimmelpilzklößchen und Krötenwarzenbrühe. Der Gegenstand bewegte sich und ringelte sich um Si'its Finger.«

Wenn die Priit-Suppe im PERRY RHODAN-Fandom auch niemals so volkstümlich geworden ist wie der Vurguzz – ein legendäres geistiges Getränk –, so gehört das Rezept doch zu den beliebtesten Passagen der kompletten Serie. Diese Suppe hat Rainer Zubeil alias Thomas Ziegler dem Blues-Kommandanten Si'it eingebrockt, und wie der sie auslöffelt – oder eben nicht –, das ist zu einem Kabinettstück der phantastisch-humoristischen Literatur geworden. Der Wurm nämlich, der sich um des Kommandanten Finger wickelt, ist ein so genannter Muurt-Wurm, eine galaktische Delikatesse, horrend teuer, und dass der Koch auf dem gatasischen Kriegsschiff TRÜLIT TYRR seinem Kommandanten diesen schier unerschwinglich kostspieligen Fladen Eiweiß in die Suppe geschmuggelt hat, lässt sich nur als Liebesbeweis verstehen: »Rührung stieg im Kommandanten auf. ›Bei der weißen Krea-

Rainer Zubeil / Thomas Ziegler

tur der Wahrheit, unser Chefkoch ist ein Heiliger. Wir haben uns alle in ihm getäuscht. Wir hielten ihn für trunksüchtig, schlampig, verrückt und nervtötend, und in Wirklichkeit ist er ein Heiliger.‹«

Zubeil hatte immer ein Interesse an den Randfiguren der Gesellschaften; das verband ihn mit William Voltz, der seine Helden ebenfalls weniger unter den Flottenadmiralen, Regierungschefs und zentralen Lichtgestalten fand als in den melancholischen Außenseitern wie Alaska Saedelaere, in desertierenden Ulebs oder in jenem Douc Langur, Forscher der KAISERIN VON THERM, der allen Dingen auf den Grund zu gehen verstand, nur nicht sich selbst. Doch die Voltz'sche Schwermut war Zubeils Sache nicht. Seine Exzentriker sind Zeitvagabunden wie Ernst Ellert und Harno, immer wieder aber auch leicht hysterische Alltagsgestalten ohne kosmischen Auftrag, schräge oder verkrachte Existenzen, Hausmeister, Journalisten, von ihren Aufgaben ein wenig überforderte Raumschiffkommandanten wie du und ich.

Zurück zu Tisch. Wir befinden uns im Jahr des Herrn 4015; die neue Menschheit schreibt den 13. Juli 427 NGZ, Neuer Galaktischer Zeitrechnung, Perry Rhodan versucht in der fernen Milchstraße M 82 das Steuer über die Endlose Armada zu übernehmen, die Terraner gebieten über das Virenimperium und kämpfen Seit an Seit mit den Kosmokraten gegen den Dekalog der Elemente; Si'it kämpft mit dem Essen. Muurt-Würmer beherrschen eine absonderliche Mimikry: »Sie täuschen Intelligenz vor, wenn sie in Gefahr geraten, von intelligenten Wesen verspeist zu werden. Ein raffinierter Trick der Evolution.« Und so entwickelt sich zwischen Speise und Vernascher ein denkwürdiger Dialog: »Der Wurm rollte sich zusammen und sagte: ›Tu es nicht. Es wäre ein verhängnisvoller Fehler, Kommandant!‹ Si'it lachte hämisch: ›Von wegen, Freundchen.‹ ... Die Gabel senkte sich, die scharfe Schneide des Messers glitzerte drohend. ›Ich bin giftig‹, sagte der Wurm. ›Ein Bissen, und du läufst gelb an, lässt die Zunge heraushängen und hältst dich für eine Pflanze. Wahrscheinlich wirst du deine Leute bitten, dich regelmäßig zu gießen. Stell dir die Schande vor!‹ Si'it zögerte. ... Elüfar lachte sarkastisch. ›Eine glatte Lüge, Kommandant. Glaube ihm kein Wort. Ich meine, wer in seiner Lage würde nicht behaupten, dass er giftig ist? Wer, frage ich?‹ – ›Also ich‹, meldete sich Gülgany hilfreich zu Wort, ›würde mir etwas Besseres ausdenken, zum Beispiel, dass ich eine Halluzination bin.‹ – ›He‹, sagte der Wurm, ›klar, es ist tatsächlich so. Ich bin eine Halluzination. Eine giftige Halluzination.‹« Und dies alles spielt sich im PERRY RHODAN-Heftroman 1184 »Der Weg der Flamme« ab, während in den Unterdecks der TRÜLIT TYRR schon das Element des Krieges tobt.

Wer denkt sich solche Geschichten aus?

Von Könau über Wuppertal in den Weltraum II – erste Adressen einer Schriftstellerkarriere

Rainer Friedhelm Zubeil wurde am 18.Dezember 1956 in Könau bei Uelzen geboren, einem kleinen Dorf zwischen Suhlendorf und Soltendieck. Er war das dritte von sieben Kindern. Seinen zweiten Vornamen hat er nicht sehr geliebt – eigentlich merkwürdig für einen Mann, der dem Einsatz von Waffen immer mehr als skeptisch gegenüber gestanden hat, bedeutet Friedhelm doch »Schutz vor Waffengewalt«.

Und ein derartiger Schutz schien Ende des Jahres 1956 wünschenswert. 1956 war das Jahr, in dem die Bundeswehr und die Nationale Volksarmee gegründet wurden; Budapest wurde von sowjetischen Panzern und Bombenflugzeugen angegriffen, der ungarische Aufstand niedergeschlagen; Frankreich und Großbritannien griffen militärisch am Suezkanal ein. Von seinen schönen Seiten zeigte sich das Jahr erst im Winter: Etwa vier Wochen vor Zubeils Geburt waren die XVI. Olympischen Sommerspiele in Melbourne eröffnet worden, und einen Tag nach dem Geburtstag ging halb Deutschland ins Kino, um *Sissi, die junge Kaiserin* zu bejubeln.

Im Jahr 1958 zog die Familie nach Wuppertal. Sein Vater Heinz hat im Schichtbetrieb eines Chemiebetriebs gearbeitet, zuletzt als Schichtmeister; seine Mutter Berta war Rechtsanwaltsgehilfin, hat aber dann als Mutter von sieben Kindern im Haushalt mehr als genug zu tun gehabt. Eigentlich hat sie sogar acht Kinder groß gezogen, denn als achtes Kind kam Verena dazu, die Enkeltochter, die Tochter von Rainer und seiner Frau Monika, geborene Feuster, die er 1975 geheiratet hatte. Verena wurde im Januar 1976 geboren; sie lebte, nachdem Rainer Zubeil sie im Anschluss an seine Scheidung von Monika eine Weile lang als alleinerziehender Vater versorgt hatte, fast zehn Jahre lang im Haushalt der Großeltern. Aber wir haben vorgegriffen. Bei seiner Einschulung war Rainer der kleinste Schüler gewesen, doch die Ärztin vom Gesundheitsamt hatte ihm in die Handfläche gesehen und seiner Mutter gesagt. »Frau Zubeil, der Rainer, der wird mal sehr groß.« Sie sollte Recht behalten, in jeder Beziehung.

Rainer Zubeil hat schon in der Grundschule Geschichten geschrieben, zunächst handschriftlich, dann mit einer alten Schreibmaschine, die er sich irgendwo besorgt hatte. Seine Mutter mahnte ihn: »Junge, erledige erst die Schule!« – »Ich schaffe beides«, hat er ihr versprochen. – »Ach Rainer, deine Träume!«

Aber er hat beides geschafft, und er hat seine Träume von einem Leben als Schriftsteller verwirklicht.

Nach seinem Realschulabschluss mit der Mittleren Reife machte Rainer Zubeil eine Ausbildung in der Stadtverwaltung der Stadt Wuppertal. Er begann in der Mittleren Beamtenlaufbahn und durchlief, wie es üblich ist, alle Abteilungen; er arbeitete im Standesamt und zuletzt in der Stadtkasse. Er sollte auch noch Kurse besuchen, die ihm den Wechsel in die höhere Beamtenlaufbahn ermöglicht hätten, entschied sich aber dafür, als freier Schriftsteller zu leben.

Sein ältester Bruder, der Groß- und Außenhandelskaufmann Horst Zubeil, erinnert sich: »Science Fiction gehörte nicht ursprünglich zur Familie. Rainer hat diese Art von Literatur bei uns eingeführt, und das Erste, was er las, war PERRY RHODAN. Er zog nach Köln, und er hatte schon zeitig einen besonderen Zug zur Südstadt, obwohl er wirklich kein Karnevalstyp war. Überhaupt betrachtete er das Leben um sich herum neutral, entfernt – er beobachtete es. Zu Massenveranstaltungen wie Fußball oder Fernsehen verhielt er sich sehr distanziert. Ja, man kann ihn durchaus einen Pazifisten nennen. Warum er in seinen Romanen Köche und Feinschmecker hat auftreten lassen, weiß ich nicht.« Er kochte freilich schon selbst, allerdings keine Prüt-Suppe, sondern – wie seine Mutter weiß – Schweinebraten mit Knödeln und Rotkohl. Als Rainer Zubeil sich entschied, freier Schriftsteller zu werden, war sie zunächst erschrocken, aber dann erlebte sie seinen zunehmenden Erfolg.

Zubeil debütierte 1976 mit der Kurzgeschichte »Unter Tage«. Große Schwierigkeiten, diese und folgende Arbeiten an den Verlag und damit an die Öffentlichkeit zu bringen, hatte er offenbar nicht, dazu war sein literarisches Potenzial zu offenkundig.

Zum professionellen Schreiben war Zubeil über die Autorenkollegen Uwe Anton und Ronald M. Hahn gekommen.

Hahn, der Autor, Literaturagent und Redakteur, in dessen

Science-Fiction-Magazin NOVA im November 2004 übrigens ein ausführlicher Nachruf erschienen ist, erinnert sich: »Ich habe Zubeil kennen gelernt als typischen Hippie: Haare fast bis zum Hintern, und eine musikalische Vorliebe merkwürdigerweise sowohl für Status quo als auch für Neil Young. Er hatte, nicht ganz typisch für den typischen Hippie, die Beamtenlaufbahn bei der Stadt Wuppertal eingeschlagen. Einmal hatte ich in der Stadtkasse zu tun und ihn dort sitzen gesehen. Und wie er dort saß, der Hippie zwischen den Altwuppertaler Beamtenärschen, das war einfach ein Bild für die Götter. Er war ein unsteter Bursche, ist ständig umgezogen, von Wuppertal nach München, von München nach Köln. Und er war immer gut aufgelegt, immer gut drauf.«

Mit dem jetzigen PERRY RHODAN-Autor Anton verfasste Zubeil sogar zwei Romane gemeinsam: »Zeit der Stasis« und »Erdstadt«.

»Zeit der Stasis«, der allererste Zubeil/Ziegler-Roman, eine Koproduktion mit Uwe Anton

Anton: »Wir überarbeiteten einander die Kapitel, wie man das so macht, wenn man zusammen an einem Roman schreibt. Rainers Phantasie war unerschöpflich, die Ideen flossen nur so aus ihm heraus – ich habe ihn tatsächlich beneidet.«

»Zeit der Stasis« (1979) war Zubeils Romandebüt; die Geschichte spielt in einer Bundesrepublik Deutschland nach einer Nuklearkatastrophe am Niederrhein. Neonazistische Kräfte haben eine neue Diktatur errichtet; die Bevölkerung wird mit Drogen ruhig gestellt, die den Nahrungsmitteln beigemischt sind; die Medienindustrie sorgt für seichte, staatstragende Unterhaltung. Gegen diese Tyrannei erhebt sich Richard Arning, ein Mann mit einem multiplen Bewusstsein.

In »Zeit der Stasis« werden grundlegende Motive von Zubeils Werk sichtbar: die Warnung vor rechtsradikalen Bewegungen; die Kritik an einer übermächtigen, jeder demokratischen Kontrolle entzogenen (Energie-)Wirtschaft; seine Skepsis gegenüber den Medien. »Erdstadt« (1985), die zweite Zubeil-Anton'sche Koproduktion, ergänzt diesen Kanon um den Themenkomplex Natur/Umwelt/Ökologie, den er davor bereits in einer Heftromanserie hatte durchspielen können: Im Jahr 1979 suchte Lektor und Redakteur Michael Görden Autoren für eine neue Science-Fiction-Heftromanserie des Bastei Verlags: DIE TERRANAUTEN. Er sprach Zubeil an, und »wir verstanden uns gleich gut, weil wir beide die etwas schrägere Science Fiction à la Philip K. Dick mochten«.

In dieser von Thomas R. R. Mielke und Rolf W. Liersch konzipierten SF-Serie hat die Menschheit die interstellare Raumfahrt aus eigener Kraft entwickelt – jedenfalls mehr oder weniger: PSI-begabte Menschen, die Treiber, treiben die Raumschiffe durch das Weltall und vor allem durch den so genannten Weltraum II, in dem überlichtschnelle Fortbewegung zulässig ist. Zur Orientierung in diesem übergeordneten Kontinuum benötigen die Treiber allerdings die übersinnlich aktiven Mistelblüten des Urbaumes Yggdrasil. Yggdrasil, eine auf Grönland sesshafte 500 000 Jahre alte Borstenzapfenkiefer, gebietet über ein hunderte von Kilometern sich erstreckendes Wurzelgeflecht. An diesen Wurzeln nun gedeihen die wundersamen Misteln.

Das Sternenreich der Menschheit wird jedoch weder mit dem grünen Daumen, pflanzenkundig, noch ökologisch nachhaltig regiert, sondern von einem Konzil der Wirtschaftsimperien geknechtet. Der besonders böse Berliner Kaiser-Konzern hat die so genannte Kaiserkraft entwickelt, mit deren Hilfe der Weltraum II – anders als mittels sanfter grüner Mistelraumfahrt –

Öko-Schock und danach: Quint, der Terranaut, folgt dem Ruf ins Rhodanversum

aufgerissen, vergewaltigt und danach befahren werden kann. Aber da Gewalt keine Lösung ist, bringt die Kaiserkraft das ganze kosmische Gefüge in Gefahr.

Gut, dass nun der Held der TERRANAUTEN erscheint, David terGorden, ein schier übermächtiger Treiber, der zudem Sohn Yggdrasils heißt und in dem die Treiberkollegen den von alters her prophezeiten Retter und Befreier erkennen, den messianischen Muad'dib des terranautischen Universums. David terGorden übermannt den Vorsitzenden des Konzils, Max von Valdec, und bricht die Diktatur der Konzerne.

Mit Heftroman Nummer 1 eingestiegen, wird Zubeil – der seine Beiträge unter dem Namen Robert Quint liefert – auch zum Hauptautor der Serie, der annähernd ein Drittel der 99 Heftromane im Alleingang liefert. Trotz einer Auflage von 25 000 Stück wurde die Serie jedoch bereits 1982 aus wirtschaftlichen Erwägungen vorzeitig eingestellt und Zubeil beauftragt, ein Finale zu schreiben: »Der Öko-Schock« – ein Titel, der sich sehr schön als ironischer

Kommentar zum Basteischen Verlagsgebaren lesen lässt. Görden über die Zusammenarbeit: »Rainer war trotz seiner Introvertiertheit ein ungewöhnlich großzügiger und hilfsbereiter Mensch, der für seine Freunde praktisch alles getan hat. Alles, was er schrieb, war sozusagen persönlich – mit Herzblut – geschrieben, das heißt, es gab für ihn keine ›Routine-Jobs‹, auch wenn er natürlich die kommerziellen Anforderungen seines Genres und der Branche genau kannte. Die Ansprüche, die er selbst an seine Manuskripte stellte, waren dementsprechend hoch.«

Sieben Plagen für PERRY RHODAN und ein unvergessliches Rezept

Im PERRY RHODAN-Kosmos hat sich Zubeil früh zu Wort gemeldet. 1971 stand auf der Leserkontaktseite von Heftroman 492 folgende Kritik des damals 15-Jährigen zu lesen: »›Das violette Feuer‹ von Clark Darlton (Band 472) war sehr gut geschrieben, aber etwas unwahrscheinlich. Ein Gewaltherrscher wie der Taschkar würde niemals tagelang Gefangene verhören und sie tagelang zu ehrlichen Aussagen zu bewegen versuchen. Spätestens nach dem zweiten Verhör kämen Wahrheitsdrogen an die Reihe.«

Clark Darlton hatte sich offenbar den Glauben an das Gute im Menschen bewahrt, Zubeil dagegen lebte längst in Wuppertal, der Stadt, von der sein Literaturagent Michael Görden sagt, dass sie »eine Art Brutstätte für eine besondere Art von Phantastik zu sein scheint. Liegt vielleicht an der Schwebebahn und den vielen protestantischen Sekten.«

Etwa zehn Jahre nach seinem taschkarkritischen Leserbrief war Zubeil nicht nur selbst Autor bei Perry Rhodan, sondern hatte William Voltz als Exposé-Redakteur abgelöst. Er war dem todkranken Chefautor vom Verlag zur Seite gestellt worden. Zubeil schrieb mir am 10. Februar 1998 in einem Brief: »Als quasi eine Art ›Gesellenstück‹« habe er »die Idee zu und die Exposés rund um die ›Sieben Plagen Vishnas‹ ausgebrütet«. Vishna, eine abtrünnige Kosmokratin, hatte versprochen, die Erde als Heimstatt ihrer Lieblingsfeinde in Stücke zu schneiden – aber mit so einem bisschen Planetenschlachterei sollte sie sich unter Zubeils Regie dann doch nicht zufrieden geben. Nach seiner Anleitung schickt die Kosmokratin der Menschheit und ihren Computern zunächst eine babylonische Sprachverwirrung auf den Hals (Plage Nr. 1: »Das Babel-Syndrom«, Heftroman 1151); danach befallen bewusstseinsverändernde Parasiten die Menschen (Plage Nr. 2: »Hölle auf Erden«, Heftroman 1153); die Toten erheben sich aus ihren Gräbern (Plage Nr. 3: »Der Erwecker«, Heftroman 1155); die Pflanzen- und Tierwelt der Erde wird schlagartig verändert (Plage Nr. 4: »Kampf um Terra«, Heftroman 1162); traumhaft schöne Elfenköniginnen erscheinen, zu denen alle Menschen in inbrünstiger Liebe entbrennen; so auf ein einziges Objekt der Begierde fixiert, stellen sie alle übrigen Sozialkontakte ein, lassen Arbeit Arbeit sein und sich in ein entlegenes Universum entführen (Plage Nr. 5: »Invasion der Fairy Queens«, Heftroman 1163); technomanisch infiziert, beginnen die Menschen, monströse, ihnen selbst unbegreifliche Maschinen zu bauen (Plage Nr. 6: »Vishna-Fieber«, Heftroman 1164), schließlich werden die Bewohner der Erde auf Virengröße geschrumpft und auf jeweils eine eigene, private, künstliche Miniatur-Erde deportiert, wo sie wie menschliche Chips die Informationsströme des Viren-Imperiums steuern müssen (Plage Nr. 7: »Einsteins Tränen«, Heftroman 1165 und übrigens letzter Romanbeitrag von William Voltz zur Serie; »Computerwelten«, Heftroman 1173).

Mit all diesen Veröffentlichungen war Zubeil in den frühen 1980er Jahren etwas wie eine literarische Großmacht in der deutschen Science Fiction geworden, ein übersprudelndes Ideen-Imperium. Seine verwegene Phantasie wurde zum Glücksgut auch für das PERRY RHODAN-Universum: Sein erster Heftroman von dreizehn – »Das Armadafloß« (Nummer 1124) – erschien am 6. 3. 1983; der Exposé-Vertrag zwischen Zubeil und dem Verlag datiert vom 13. 11. 1984 (die Vertragsauflösung nebenbei zum 4. 10. 1985). Eine furiose Zeit – mit dem Tiefenland am Grund des Universums, den Tiefenfahrstühlen und dem Tiefenzöllner Drul Drulensot, der himmelhoch ummauerten Stadt Starsen, der eitlen Spielzeugmacherin Clio vom Purpurnen Wasser, dem Astralfischer Giffi Marauder aus dem Milliarden Lichtjahre entfernten Freien Wirtschaftsimperium, den Gen-Kartographen und Raum-Zeit-Ingenieuren, dem Tabernakel von Holt, dem rasenden Reporter Krohn Meysenhart und seinem rasenden Medientender KISCH, mit dem Dekalog der Elemente, darunter jenem Element des Krieges, das Si'it beim Versuch stört, eine gewisse latosische Spezialität samt Muurt-Wurm-Einlage zu genießen.

Uwe Anton, damals noch nicht Autor, sondern nur Leser der Serie, im Rückblick: »Seine PERRY RHODAN-Romane waren einfach fabulös. Zubeil ging äußerst wach durch die Welt, über die er geschrieben hat. Auch wenn seine Romane Science-Fiction-

Titel waren, in Wirklichkeit schrieb er doch immer über seine Gegenwart, die er zunehmend politisch sah.«

Die vierte Plage – das Xenomorphing der irdischen Flora und Fauna – stellt sich beispielsweise als ökologisch-humoristische Utopie heraus: Die von Vishna bloß irregeleiteten Pflanzenverformer sehen ein, dass es sich bei den Menschen doch nicht (oder nicht nur) um Pflanzenschädlinge handelt, die es zu jäten gelte. Die galaktischen Gärtner rekonstruieren die irdische Pflanzenwelt und bescheren Mutter Erde sogar noch ein paar ökologische Innovationen: prachtvolle Blumen, süße Früchte, wasserklärende Seerosen und leuchtendes Plankton, das die Meere reinigt.

Natürlich war die Leserschaft neugierig auf diesen Autor. Und so gab Zubeil für den Heftroman 1232 ein Interview und beantwortete unter anderem die Frage, was er besonders möge: »Fette Schecks, Urlaub, humorvolle Menschen, Kölsch, Romane von Dick, Bukowski, Stephen King, Bilder von Giger, Schiemann, Weidmann, den Frühling, Honorarerhöhungen, das dicke ENDE unter einem soeben fertiggestellten Manuskript, die Tage, an denen alles wie geschmiert läuft, kleine grüne Männchen im Bundestag und Leute, die meine Bücher kaufen.« Und was er verabscheue? »Mahnungen, Rechnungen & Drohbriefe, zum x-ten Mal – trotz aller guten Vorsätze – den Termin zu überziehen, Militaristen, schlechte Nachrichten, den Blick in den Spiegel nach einer durchzechten Nacht, Krieg & Leute, die gern Krieg spielen wollen, Langeweile & Langeweiler, Dummheit, Tod und kalte Füße.«

Nun wollte Zubeil, wie Uwe Anton sagt, »ins PERRY RHODAN-Team zurückkehren, auch bei ATLAN sollte er mitarbeiten. Ende September des Jahres 2004 hatten wir seine Rückkehr ins Team bekannt geben wollen.«

Bekanntlich erschien stattdessen seine Todesanzeige.

Wenn eines nicht mehr fernen Tages die schönsten PERRY RHODAN-Romane verfilmt werden, dann möchte ich bitte – unter anderen Highlights – eine Sequenz an Bord des gatasischen Kriegsschiffes sehen: Es ist Raumschlacht, aber wir blenden um in die Schiffskombüse. Dort plaudert ein suggestiv begabter Muurt-Wurm mit dem langmähnigen Schiffskoch (einem Terraner aus Wuppertal) über Gott und die Welt. Draußen, in der Eiseskälte des Alls, wummern nun die Transformkanonen. »Was hast du gesagt«, fragt der Wurm den Koch, »es ist so laut, man versteht seine eigenen Gedanken nicht.« – »Sehr störend, dieses Transformkanonenwummern«, sagt der Koch und schaltet die Lautsprecher ab. Es wird still. »Ich habe gesagt«, sagt der Koch, »dass ich heute einmal nicht Muurt-Wurm auf die Speisekarte setze, sondern Schweinebraten. Schweinebraten mit Klößen und Rotkohl. Was hältst du von dieser Idee?« Der Wurm denkt nach, wiegt eine Weile den Kopf (insofern er einen hat) und summt währenddessen »After the Gold Rush« oder einen alten Neil-Young-Hit. Dann nickt er: »Diese Idee halte ich, wie alle deine Ideen, für eine phantastische Idee, ja für eine geradezu unvergessliche Idee.«

»Eben«, sagt der Koch, »eben.«

Stimmen hören

Ronald M. Hahn, damals Herausgeber der Science-Fiction-Reihe des Ullstein Verlags, hatte angeregt, Zubeil solle seine umfangreichere Novelle »Die Stimmen der Nacht« zu einem Roman ausarbeiten. Zubeil folgte diesem Rat, und der gleichnamige Roman erschien im Jahr 1983. Die »Stimmen« sollten so etwas wie das Opus Magnum Rainer Zubeils werden, das Werk, das ihn bis zuletzt nicht ruhen ließ.

In einer Welt, die von unserer abweicht, wurde nach dem dortigen Zweiten Weltkrieg der Morgenthau-Plan der US-Amerikaner umgesetzt, das heißt Nachkriegsdeutschland in ein rückständiges Agrarland ohne jede Industrie verwandelt. Die großen Städte sind ruiniert; die Bevölkerung verarmt; faschistische Widerstandskämpfer haben die Besatzungstruppen in einen endlosen Guerilakrieg verwickelt. Die Nazis haben sich allerdings nach Südamerika geflüchtet und den Kontinent weitgehend unter ihre Kontrolle gebracht; der greise Martin Bormann residiert in einer Andenfestung, sein Latino-Deutsches Reich verfügt über Nuklearwaffen.

Held der düsteren Fabel, dem Zubeil ein Motto aus dem Ägyptischen Totenbuch vorangestellt hat, ist Jakob Gulf, ein Showmaster mit einer merkwürdigen Plage: Seine vor vier Jahren bei einem Unfall ums Leben gekommene Frau Elisabeth belagert ihn, spricht auf ihn ein, liegt ihm förmlich in den Ohren. Elisabeth ist zwar nicht leibhaftig anwesend, aber in Gestalt einer Klette präsent, einer Mikromaschine. Die Maschine spielt aber nicht etwa alte Bandaufzeichnungen ab, sondern lässt auf uner-

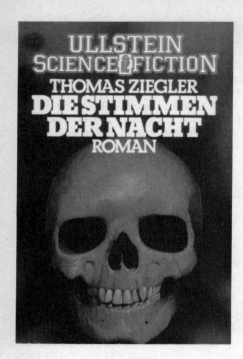

Zubeils wohl bekanntester Roman – eine deutsche Höllenfahrt

klärlich-verschrobene Weise die Tote selbst zur Rede kommen. Das macht Gulf unwillentlich zu einem Experten für ein akutes europäisches Phänomen: Drüben, auf dem alten Kontinent, hat im Kölner Dom der tote Führer seine Stimme wieder erhoben, unkörperlich, astral, aber laut und vernehmlich brabbelt er seine hasserfüllten Parolen. Gulf soll sich das einmal anhören und nach Möglichkeit verhindern, dass Köln zum postfaschistischen Wallfahrtsort für Nazihörige wird.

Doch das Stimmenhören grassiert bald weltweit, das heißt: Die Stimmen der Toten vermehren sich, die Stimmen der Nacht. Der tote John F. Kennedy spricht in Dallas, der tote Henry Morgenthau spukt im Weißen Haus, und es wird den Beteiligten wie den Lesern immer deutlicher, dass etwas mit dieser Welt nicht stimmt. Am Ende vergeht sie schließlich im nuklearen Holocaust und verwandelt sich im Untergang in eine andere Alternativwelt – eine Welt, in der das Deutsche Reich den Krieg überlebt hat, weil sein greiser Präsident, Claus Schenk von Stauffenberg, in jungen Jahren und gerade noch rechtzeitig »den verrückten Führer zur Hölle geschickt hatte«.

Als Zubeil diese historische Gruselgeschichte zehn Jahre später für eine Neuausgabe überarbeitet, blendet er den Weltenbrand in das Feuerwerk über, das am Brandenburger Tor zur Feier der deutschen Wiedervereinigung abgebrannt wird. Gulf ist in (unserem) Berlin, Elisabeth am Leben. Aber der Albtraum jener denkbaren, in Asche gelegten Ander-Welt hat sich als schwarzer Grundriss in Gulfs Bewusstsein eingebrannt.

»Ein Tod, ein Clown, ein Papst und zwei Mäuse« oder: Noch ein bisschen Köln

»Ein halbes Gramm neunzigprozentiges Kokainhydrochlorid ... hatte aus ihm einen völlig neuen Menschen gemacht. Die Kreislaufstörungen und Schweißausbrüche waren wie weggeblasen, die Kokskäfer aus seiner Arschfalte verschwunden und selbst sein rasender Hass auf Bernie Barnovic hatte sich in milde, fast wohlwollende Mordlust verwandelt. In seiner euphorischen Koksstimmung sah sich Petrus als gestrengen, aber gerechten Vater und diesen abgewrackten, durchgedrehten Doper als missratenes Kind, das zu seinem eigenen Besten erschlagen werden musste. Gerührt quetschte sich Petrus eine Träne aus dem Auge und sagte sich, dass er im Grunde seines Herzens ein Heiliger war.«

Was hier – in »Koks und Karneval« von 1990 – so klingt, als hätte der Verein zur Förderung jugendgefährdenden Schrifttums einen Krimi in Auftrag gegeben, wurde im Lauf der neunziger Jahre immer mehr zu einem literarischen Hauptanliegen Zubeils: das Verfassen nicht-phantastischer Spannungsliteratur voller realistischer Details – Kölner Details, zunächst. Und da es selbst in einer ganz schön heiligen, gut bedomten Stadt wie Köln nun einmal nicht so klinisch rein zugeht wie in der von allem Menschlichen desinfizierten Zentrale des Raumschiffs ENTERPRISE, werden von nun an Kokskäfer aus der Arschfalte ebenso literaturfähig, wie es früher die geselligen Muurt-Würmer waren.

Und wenn sich im karnevalistischen Mummenschanz Figuren wie »ein Tod, ein Clown, ein Papst und zwei Mäuse« tummeln, ein Drogenfahnder aus dem schönen Städtchen Herne (bei Wanne-Eickel) sich mit Schuldeneintreibern, Dealern und einem kolumbianischen Killer misst, dann scheint es, als habe sich Zubeil Ende der 1980er Jahre nicht nur von PERRY RHODAN, sondern von der Science Fiction überhaupt verabschiedet. In den Jahren 1986 und 1987 war zwar noch seine neunteilige Serie um »Flaming Bess« erschienen, in der eine tapfere Proto-Janeway als Kommandantin der NOVA STAR die letzten freien Menschen aus den Tiefen des Raumes zurück zur Erde führt.

Doch anschließend legte er bis 1994 fünf lupenreine Kriminalromane vor, die überwiegend im Kölner Milieu spielen. Dazu Michael Görden: »Rainer lebte ja mit kurzen Unterbrechungen seit 1982 in Köln und für ihn war es einfach so, dass er mit den Menschen und der Szene in seinem Viertel so vernetzt war, als sei er da geboren worden. In den frühen 80ern wurde aus dem Wuppertaler irgendwie ein Kölner. Es war wohl einfach sein Zuhause – ohne Wenn und Aber hatte er in der Südstadt seinen Platz gefunden, seine Stammkneipen und seine Freunde. Es gäbe

Odyssee, weiblich: die Rebellin der Galaxis bringt ihre Kinder heim

natürlich noch viel mehr über Rainer zu erzählen – auf ein Werk möchte ich noch verweisen, weil das nie erschienen ist, und eigentlich einer seiner besten Thriller. 1989 war Rainer durch meinen Kontakt zu einer amerikanischen TV-Produktion für circa drei Monate in Los Angeles als so eine Art ›Writer in Residence‹ beim dortigen Büro der DEA (der US-Drogenpolizei). Er nahm an diversen Einsätzen und Razzien teil und schrieb Treatments für eine amerikanische DEA-TV-Serie. Aus diesen Treatments entstanden drei Romane für eine Taschenbuchserie bei Bastei, die aber dann auf der Vertretertagung gecancelt wurde, weil Krimi-Reihen gerade mal nicht im Trend lagen. Auch die TV-Serie ging letztlich nicht in Produktion, weil die Produzenten Pleite gingen – was nicht an dem DEA-Projekt lag. Aus dem Material hat Rainer dann vor zwei Jahren einen durchgehenden Thriller unter dem Titel ›Ramirez‹ gemacht, der aber noch keinen Verlag gefunden hat.«

In den letzten Jahren hatte sich Zubeil aber wieder der Phantastik zugewandt: »Er arbeitete an der endgültigen Ausgabe von SARDOR, von dem ja nur zwei Bände bei Bastei erschienen waren, denn die Reihe, für die SARDOR als Trilogie geplant gewesen war, war nach meinem Wechsel zu Goldmann in der bisherigen Form eingestellt worden.«

SARDOR (1984; »Am See der Finsternis« 1985) – das ist die Geschichte des ostpreußischen Kampfpiloten Dietrich von Warnstein, den es mitten aus der schönsten Luftschlacht des Ersten Weltkriegs in eine Zukunfts- oder Anderwelt verschlägt, wo die Sonne rot und riesig am Himmel steht, Pilzwälder das Land überziehen und Menschen gegen – nun ja: Dämonen, Nachtmahre und andere Spukgestalten kämpfen. Von Warnstein greift in diese Endzeitschlacht ein und wird eins mit dem Heros, Gott und Menschenretter Sardor. Michael Görden: »Die ersten beiden Romane hatte er bereits vollständig überarbeitet und zu einem fortlaufenden Manuskript gestaltet und fünf weitere Kapitel für den Schluss geschrieben sowie die letzten Kapitel mit Überschriften und Materialsammlung vorbereitet. Da wir noch keinen Vertrag hatten und sich dann PERRY RHODAN meldete, hat er die Arbeit wohl für die RHODAN-Manuskripte unterbrochen. Ende der 90er Jahre war Rainer krankheitsbedingt in einer schwierigen Phase, weil er nur wenige Stunden am Tag konzentriert arbeiten konnte und deshalb nur noch Übersetzungen machte. In den letzten Jahren kehrte aber seine alte Kreativität zurück und er hatte wieder ausgesprochene Freude am Schreiben.«

Und es war gleichzeitig etwas wie eine Heimkehr auch in das Genre, das ihn von Kindheit an am meisten gereizt, herausgefordert und zu seinen großen literarischen Leistungen getrieben hatte: die Science Fiction.

Als der BLITZ-Verlag sich entschloss, Kurt Brands gutes, altes RAUMSCHIFF PROMET wieder ins Weltall zu starten, legte Zubeil die Exposés für die ersten beiden Zyklen vor, »Katai« und »Das Virtuversum«, Vorlagen »voller Ideen und schillernder Persönlichkeiten«, wie der Verleger Jörg Kaegelmann rühmt. Hier erschien 1998 auch die neu überarbeitete Version seines Romans »Alles wird gut« von 1983, in dem deutsche Astronauten fern der Heimat – die von einem korrupten Kanzler Schwammstein regiert wird – auf der Venus nur nach Öl bohren, aber Gott finden, einen überlebensgroßen Wunscherfüllungsorganismus, der äußerlich einem Himbeerpudding ähnelt und die Menschen lehrt, dass ein Leben, in dem alle Wünsche erfüllt sind, ebenso wunschwie glücklos wäre.

1997 kam im gleichen Verlag Zubeils große Erzählung »Eine Kleinigkeit für uns Reinkarnauten« wieder heraus, eine Huldigung an Philip K. Dick und dessen »Eine Kleinigkeit für uns Temponauten«. Valentin ist »Reinkarnaut. Wie ein Astronaut in die Regionen jenseits der Erdatmosphäre vorstieß, so stieß er in die Regionen jenseits des Grabes vor« – eine Region, die Zubeils zweifellos immer wieder fasziniert hatte.

Auch die »Stimmen der Nacht« hat er noch einmal überarbeitet. Michael Görden kennt die neueste Version: »Bei der Überarbeitung ging es ihm nicht um einen neuen Schluss oder Handlungsverlauf. Der Roman war ihm nur sehr wichtig, vielleicht für ihn selbst das wichtigste Werk bis dato, und die Überarbeitung bezog sich auf Feinheiten und Nuancen im Stil, leichte Aktualisierungen im Hinblick auf Seitenhiebe zur aktuellen Weltlage et cetera, wobei das Buch – ich habe es jetzt nochmal in der Heyne-Fassung von 1992 gelesen – eine geradezu erschreckend prophetische Aktualität hat, nicht nur politisch, sondern auch bei den Seitenhieben auf das Mediengeschäft.«

Rainer Zubeil alias Thomas Ziegler, der Meister der aberwitzigen Pointen, der uferlosen Phantasie, der spannungsgeladenen, zeitkritisch-utopischen Literatur, war wieder da. Leider viel zu kurz.

Zum Herzen der Sonne vorstoßen; mit den Feinden reden; Menetekel schreiben – Schriftsteller sein

Zubeil war – bei all der Überfülle seiner Ideen – alles andere als ein unbedachter, intuitiver Autor. Das zeigt sein Beitrag zum PERRY RHODAN-Heftroman 1220, in dem er 1985 das Rezept für eine gute Science-Fiction-Kurzgeschichte verrät. Der Verlag hatte seine Leser zu einem Story-Wettbewerb aufgerufen; Zubeil gab den Nachwuchsautoren folgende Gesetze: »Schreiben Sie knapp, prägnant, dicht. Kreisen Sie nicht lange im Orbit, sondern stoßen Sie direkt zum Herz der Sonne vor. Das 2. Gesetz lautet: Ganz gleich, welches Thema Sie für Ihre Story wählen ..., konzentrieren Sie sich auf ein Geschehnis. Verzetteln Sie sich nicht in Nebenhandlungen. Geben Sie vom Start an sofort Vollgas ... Und damit kommen wir zum 3. Gesetz: Das Tempo der Handlung. ... Missverstehen sie mich nicht: Ihr Held braucht nicht im Lauf von 10, 15 oder 20 Seiten ein ganzes galaktisches Reich von der Tyrannei des Obermolchs zu befreien. Das Tempo der Handlung wird vom Stil bestimmt. ... Wenn Sie schreiben, dann beschreiben Sie nicht, sondern lösen Sie die Beschreibung in Handlung auf.« Im weiteren Verlauf rät Zubeil zu äußerster literarischer Wirtschaftlichkeit: »Verpassen Sie Ihrem Protagonisten einen markanten Charakterzug und bleiben Sie dabei. Konzentrieren Sie sich darauf, arbeiten Sie ihn heraus. ... Prüfen Sie sorgfältig, ob sich nicht hier oder dort ein überflüssiger Satz, ein Lückenfüller eingeschlichen hat. Was nicht unbedingt notwendig ist, brauchen Sie auch nicht.« Aber: »Halten Sie sich um Gottes willen nicht sklavisch an diese Regeln!«

Schließlich kommt Zubeil auf den Unterschied zwischen Science Fiction und anderer Literatur zu sprechen: »Die SF ist Ideenliteratur« und lebe als solche von neuen Ideen und davon, etablierten Ideen »eine originelle Wendung« zu geben: »Vergessen Sie also die Aliens, die zum 100 000ten Mal die gute alte Erde zerblastern; vergessen Sie den Zeitreisenden, der seine Oma schwängert und zu seinem eigenen Großvater wird; vergessen Sie die tapferen Raumfahrer, die durch das All düsen und bei ihrer Rückkehr zur Erde feststellen, dass 20 Millionen Jahre vergangen sind ... Vergessen Sie all die total ausgesaugten, toten Plots, die wir alle nicht mehr ertragen können.«

Nur woher die neuen Ideen nehmen?

»Leben Sie; träumen Sie; lesen Sie Sachbücher, Kochbücher, Kursbücher; reden Sie mit Freunden, Feinden, Verwandten, reden

Sie mit jedem; gehen Sie tanzen, trinken, spazieren; ... denken Sie über all die vielen fremden Wesen nach, die irgendwo dort oben über uns leben und sich genau wie Sie mit rabiaten Chefs, tumben Lehrern und uneinsichtigen Gläubigern herumstreiten müssen.« Mit einem Wort: Zubeil rät, jede Literatur, auch die Science Fiction, mit Wirklichkeit zu sättigen, Ideen aus dem Alltag zu gewinnen.

Dieses Verfahren sollte allerdings nicht zu einer Banalisierung der Texte führen, ganz im Gegenteil: Als die TERRANAUTEN-Serie eingestellt wurde, durfte sich jeder ihrer Autoren im letzten Heft – dem »Öko-Schock« – mit einem kurzen Statement von seinen Lesern verabschieden. Zubeil umriss, was es für ihn bedeutete, als Zukunftsroman-Autor zu arbeiten: nämlich »keinesfalls allein an Raumschlachten, kosmischen Kriegen und Flucht aus dieser Welt in die Exotik imaginärer Planetenlandschaften interessiert« zu sein. »Das Hier und Jetzt, die Probleme, die diese kleine Erde bedrängen, sie fanden ihren Niederschlag in unserer Serie, als Denkanstöße, als Extrapolation derzeitiger Entwicklung, als Menetekel ... DIE TERRANAUTEN enden mit diesem Band. Die Probleme bleiben – auch wenn sie nicht Valdec, Kaiserkraft oder Konzil der Konzerne heißen. Lasst uns deshalb nicht David terGorden ... oder Yggdrasil nachtrauern. Erinnern wir uns an sie, wenn es gegen *unsere* großen und kleinen Valdecs geht, wenn *unsere* Yggdrasils bedroht werden. Die Zukunft wird von uns gestaltet. Sie liegt in unserer Hand.«

Philip K. Dick
Das Orakel vom Berge

Was wäre, wenn Deutschland und Japan den Zweiten Weltkrieg gewonnen und die USA unter sich aufgeteilt hätten? Der große Klassiker der Alternativweltliteratur, erstmals in ungekürzter Neuübersetzung. Mit einem Anhang aus dem Nachlass des Autors.

»Philip K. Dick war einer der größten Visionäre, die die amerikanische Literatur hervorgebracht hat.«
L.A. Weekly

3-453-16411-3

Perry Rhodan

Die grösste Science Fiction-Serie der Welt

Jede Woche erscheint ein neuer spannender Roman. Erhältlich im Bahnhofsbuchhandel und am Kiosk.

1. Auflage   3. Auflage   5. Auflage

Internet: www.Perry-Rhodan.net

Kostenloses Infomaterial:
Perry Rhodan • Postfach 2352 • 76413 Rastatt